David Sedaris est né aux États-Unis en 1956. Il est l'auteur de six best-sellers traduits dans plus de vingt-cinq pays. Véritable phénomène outre-Atlantique, il est le seul écrivain à avoir rempli Carnegie Hall. Contributeur régulier du *New Yorker*, il écrit également pour la radio et le théâtre. Il vit entre New York, la Normandie et Paris.

Tout nu
Florent Massot, 1999
et « J'ai lu », n° 5419

Je parler français
Florent Massot, 2000

Delirium tremens
Florent Massot, 2001
et « J'ai lu », n° 6318

Habillés pour l'hiver
Plon, 2006
et « 10/18 », n° 4033

N'exagérons rien
Éditions de l'Olivier, 2010

David Sedaris

JE SUIS TRÈS À CHEVAL SUR LES PRINCIPES

Traduit de l'anglais (États-Unis)
par Nicolas Richard

Éditions de l'Olivier

TEXTE INTÉGRAL

TITRE ORIGINAL
When You are Engulfed in Flames
ÉDITEUR ORIGINAL
Little, Brown and Company, 2008
La présente édition ne comporte pas « The Man in the Hut »,
à la demande de l'auteur
© David Sedaris, 2008

ISBN 978-2-7578-1765-0
(ISBN 978-2-87929-634-0, 1ʳᵉ publication)

© Éditions de l'Olivier, pour l'édition en langue française, 2009

Pour Ronnie Ruedrich

Ça arrive ici

Mon amie Patsy me racontait une histoire. « Donc je suis au cinéma, disait-elle, je pose mon manteau bien à plat sur le dossier de mon siège, sur ce un type arrive… » Et là, je l'ai arrêtée, parce que cette manie d'étaler son manteau, ça m'a toujours turlupiné. Quand je suis au cinéma, ou je plie le mien sur mes genoux ou je le jette sur l'accoudoir, mais Patsy, elle, l'étale, comme si le dossier avait froid et qu'elle ne pouvait absolument pas passer un bon moment tant qu'il souffrirait.

« Pourquoi est-ce que tu fais ça ? » ai-je demandé, et elle m'a regardé en disant : « Les microbes, dingo. Pense à tous les gens qui ont posé la tête à cet endroit. Ça ne te flanque pas la trouille ? » J'ai reconnu n'y avoir jamais pensé.

« Écoute, tu ne t'allongerais jamais sur un dessus-de-lit, si ? » a-t-elle demandé, et là encore : « Pourquoi pas ? Je ne le mettrais peut-être pas dans ma bouche, mais m'allonger dessus pour passer quelques coups de fil – je le fais tout le temps.

– Mais tu nettoies le combiné, hein ?

– Euh. Non.

– Eh bien, c'est tout simplement… dangereux », a-t-elle dit.

9

Dans le même genre, en faisant des courses avec ma sœur Lisa, j'ai remarqué qu'elle poussait son chariot avec les avant-bras.

« Qu'est-ce qui t'arrive ?

– Oh, a-t-elle dit, il ne faut pas toucher la poignée d'un chariot de supermarché à mains nues. Ces machins grouillent de microbes. »

Est-ce uniquement les Américains, ou est-ce que tout le monde raisonne comme ça ? À Paris, une fois, dans la supérette de mon quartier, j'ai vu un type avec sa perruche calopsitte, qui avait la taille d'un aigle adolescent et était perchée sur la poignée du chariot.

J'ai raconté ça à Lisa, et elle a dit : « Tu vois ! On ne peut pas savoir quelles maladies de pattes cet oiseau pouvait avoir. » Son argument se tenait, mais les gens qui se promènent avec leur calopsitte ne courent pas non plus les supermarchés. En toute une vie de courses, c'était le premier oiseau exotique que je voyais passer devant le rayon boucherie.

La seule mesure préventive que je prenne c'est de laver les vêtements achetés dans les magasins type Armée du Salut – cela après avoir attrapé des morpions à cause d'un pantalon d'occasion. J'avais dans les vingt-cinq ans à l'époque, et je me serais sans doute gratté jusqu'à l'os si un ami ne m'avait pas emmené à la pharmacie, où j'ai acheté un flacon d'un truc qui s'appelait Quell. Après application, je me suis passé les poils pubiens au peigne fin spécial lentes, et ce que j'ai vu m'a vraiment surpris : ces petits monstres avaient festoyé de ma chair pendant des semaines. Je suppose que c'est ce que Patsy imagine quand elle regarde un siège de cinéma ou ce que Lisa voit rôder sur la poignée d'un chariot de supérette.

Mais c'est de la rigolade, comparé à ce que Hugh a attrapé. Il avait huit ans et vivait au Congo lorsqu'il a remarqué une tache rouge sur sa jambe. Rien d'énorme – une piqûre de moustique, s'est-il dit. Le lendemain, la zone irritée est devenue plus douloureuse, et le jour d'après, en baissant la tête, il a vu sortir un asticot.

Quelques semaines plus tard, la même chose est arrivée à Ma Hamrick, c'est comme ça que je surnomme Joan, la mère de Hugh. Son asticot était un peu moins long que celui de son fils, bien que la taille n'ait pas vraiment d'importance. Si j'étais un môme et que je voyais quelque chose s'extirper d'un trou dans la jambe de ma mère, je filerais à l'orphelinat le plus proche et demanderais à être adopté. Je brûlerais toutes les photos d'elle, détruirais tout ce qu'elle m'aurait offert, et recommencerais à zéro parce que c'est tout simplement dégoûtant. Qu'un paternel soit grouillant de parasites, passe encore, mais sur une maman, ou sur n'importe quelle femme, franchement, c'est impardonnable.

« Hé, c'est une forme de machisme, de dire une chose pareille, tu ne trouves pas ? » a demandé Ma Hamrick. Elle était venue à Paris pour Noël, tout comme Lisa et son mari Bob. Les cadeaux avaient été ouverts, et elle récupérait les papiers usagés, les lissant de la main. « Ce n'était qu'un ver de Guinée. Les gens en attrapent tout le temps. » Elle a regardé en direction de la cuisine où Hugh faisait quelque chose à une oie.

« Mon chéri, où veux-tu que je mette ce papier ?

– Brûle-le, a dit Hugh.

– Oh, mais il est si joli. Tu es sûr de ne pas vouloir t'en resservir ?

– Brûle-le, a répété Hugh.

– Qu'est-ce que c'est que cette histoire d'asticot ? » a demandé Lisa.

11

Elle était allongée sur le sofa, sous une couverture, encore tout ensommeillée de sa sieste.

« Joan ici présente avait un asticot vivant dans la jambe », ai-je dit, et Ma Hamrick a jeté au feu une feuille de papier cadeau en disant : « Oh, je ne dirais pas *vivant*.

– Mais il était à l'intérieur de vous ? » a dit Lisa, et j'ai vu qu'elle se mettait à gamberger : *Suis-je déjà allée aux toilettes après cette femme ? Ai-je déjà touché sa tasse de café ou mangé dans son assiette ? Quand puis-je au plus tôt faire des examens ? Les hôpitaux sont-ils ouverts le jour de Noël, ou faudra-t-il que j'attende demain ?*

« C'était il y a bien longtemps, a dit Joan.

– C'est-à-dire… Combien de temps ? s'est inquiétée Lisa.

– Je ne sais pas – en 1968, peut-être. »

Ma sœur a hoché la tête, comme on fait lorsqu'on calcule mentalement.

« D'accord », a-t-elle dit, et j'ai regretté d'avoir mis ça sur le tapis.

Elle ne regardait plus Ma Hamrick mais *à travers* elle, voyant ce qu'une radiographie aurait révélé : l'enchevêtrement dépouillé de son squelette et, fourmillant dedans, les milliers de vers qui n'étaient pas sortis de la maison depuis 1968. Au début je voyais la même chose, mais au bout d'une quinzaine d'années, j'ai réussi à passer outre, et je ne vois plus désormais que Ma Hamrick. Ma Hamrick repasse, Ma Hamrick fait la vaisselle, Ma Hamrick sort les poubelles. Elle veut être une invitée exemplaire et cherche toujours à se rendre utile.

« Peut-être pourrais-je… ? » propose-t-elle, et avant qu'elle ait terminé je réponds : « Oui, bien sûr. »

« C'est toi qui as demandé à ma mère de se mettre à quatre pattes pour traverser le séjour ? dit Hugh.

12

« – Eh bien, non, pas exactement. J'ai juste suggéré que si elle voulait astiquer les plinthes, c'était la meilleure façon de s'y prendre. »

Lorsque Ma Hamrick est dans les parages, je ne lève pas le petit doigt. Toutes mes corvées lui sont automatiquement refilées, et je me contente de m'asseoir dans un fauteuil à bascule, levant les pieds de temps en temps, afin qu'elle puisse passer l'aspirateur. Ça fait un bien fou, mais je n'ai pas le beau rôle. Surtout si elle effectue une tâche pénible – descendre des meubles à la cave, par exemple – même si, là encore, l'idée venait entièrement d'elle. J'avais fait remarquer innocemment que nous utilisions rarement le vaisselier, et qu'un de ces jours il faudrait que quelqu'un le descende. Je ne voulais pas dire elle précisément, encore que, à l'âge de soixante-seize ans, elle soit bien plus forte que Hugh ne le pense. Venant du Kentucky, elle est habituée aux dures besognes quotidiennes. Le coupage, le portage, toutes ces activités en *age* : pour moi, elle a ça dans les gènes.

C'est un problème uniquement quand il y a des témoins pour voir cette femme menue aux cheveux blancs, le front dégoulinant de sueur. Lisa et Bob, par exemple, qui étaient hébergés dans l'appartement inoccupé de Patsy. Chaque soir, ils venaient dîner, et Ma Hamrick accrochait leurs manteaux avant de repasser les serviettes et de mettre la table. Ensuite elle servait l'apéritif et filait à la cuisine aider Hugh.

« Vous avez vraiment de la veine », a dit Lisa en soupirant, tandis que Joan se précipitait pour vider mon cendrier. Sa belle-mère à elle avait récemment emménagé dans un foyer d'accueil avec assistance médicalisée, le genre d'endroit qui a banni le terme « troisième âge » et qualifie ses résidents de « tigres grisonnants ».

« J'adore la maman de Bob, tu ne peux pas savoir, mais celle de Hugh… Mon Dieu ! Quand je pense qu'elle a été boulottée par des asticots.

– Techniquement, ils ne l'ont tout de même pas *boulottée*, ai-je dit.

– Mais alors, ils se nourrissaient comment à ton avis ? Ils apportaient leur quatre-heures, tu crois ? »

Je dois reconnaître qu'elle avait sûrement raison, mais que mangent les vers de Guinée ? Certainement pas de la graisse, sinon ils n'auraient jamais rendu visite à Joan, qui pèse quarante-cinq kilos toute mouillée, et rentre encore dans sa robe de bal du lycée. Pas du muscle, sinon elle serait incapable de faire les corvées à ma place. Boivent-ils du sang ? Creusent-ils des trous dans les os pour aspirer la moelle ? J'avais l'intention de demander, mais quand Ma Hamrick est revenue dans le séjour, la conversation a immédiatement bifurqué sur le cholestérol, c'est Lisa qui a lancé le sujet : « Je ne voudrais pas me mêler de ce qui ne me regarde pas, mais quel est votre taux ? »

C'était une de ces discussions dont j'allais fatalement être exclu. Non seulement je n'ai jamais fait d'analyses, mais je ne suis pas certain de savoir ce qu'est réellement le cholestérol. J'entends le mot, et j'imagine une sauce pâle au jus de viande, fabrication maison, avec des grumeaux dedans.

« Vous avez essayé l'huile de poisson ? a demandé Lisa. Grâce à ça le taux de Bob est passé de trois grammes quatre-vingts à deux grammes vingt. Avant, il était sous Lipitor. » Ma sœur connaît le nom de toutes les maladies répertoriées de l'homme et les médicaments correspondants, exploit pour le moins impressionnant dans la mesure où c'est une parfaite autodidacte. Ichtyose congénitale, myosite ossifiante, spondylolisthésis, à soigner avec du Celebrex, du Flexeril, du chlorhydrate d'oxycodone. J'ai dit en plaisantant qu'elle n'avait jamais acheté un magazine de sa vie, qu'elle les lisait gratuitement dans les salles d'attente des médecins, et elle m'a demandé quel était mon taux de cholestérol. « Tu ferais bien d'aller voir un toubib, mon petit bonhomme, parce que tu n'es pas aussi jeune que tu le crois. Et tant que tu y es, tu te feras examiner ces grains de beauté. »

Je n'avais vraiment pas envie de penser à ça, surtout à Noël, avec du feu dans la cheminée et l'appartement qui sentait bon l'oie.

« Parlons plutôt d'accidents, ai-je dit. Tu en as des bons à raconter ?

– Eh bien, ce n'est pas exactement un accident, a dit Lisa, mais tu savais que chaque année cinq mille enfants meurent de peur ? (C'était un concept difficile à saisir, alors elle s'est débarrassée de la couverture et a mimé ses propos.) Disons qu'une petite fille court dans le couloir, elle joue avec ses parents, et le papa surgit par-derrière en disant "Bouh !" ou "Je t'ai eue !" ou ce que tu veux. Eh bien, figure-toi que l'enfant peut véritablement s'effondrer et mourir.

– Ça ne me plaît pas du tout, a dit Ma Hamrick.

– Eh bien, à moi non plus, a dit Lisa. Je dis juste que cela arrive au moins cinq mille fois pas an.

– En Amérique ou dans le monde entier ? » a demandé Ma Hamrick, et ma sœur a lancé à son mari qui était dans l'autre pièce :

« Bob, les cinq mille enfants qui meurent de peur chaque année, c'est aux États-Unis ou dans le monde entier ? »

Il n'a pas répondu, alors Lisa a décrété que c'était uniquement aux États-Unis.

« Et ce ne sont là que les cas qui ont fait l'objet d'une déclaration. Beaucoup de parents ne veulent probablement pas l'avouer, du coup, la mort de leurs enfants est attribuée à autre chose.

– Les pauvres enfants, a dit Ma Hamrick.

– Et les *parents* ! a ajouté Lisa. Vous imaginez ? »

C'est tragique des deux côtés, mais je m'interrogeais au sujet des enfants survivants, ou, pire, de leurs remplaçants, élevés dans une atmosphère de sobriété préventive.

« Bon, alors écoute-moi bien, Caitlin Deux, quand on va arriver à la maison, plein de gens vont surgir de derrière les meubles en criant "Joyeux anniversaire !" Je te le dis maintenant parce que je ne veux pas que tu t'énerves de trop. »

Pas de surprises, pas de mauvaises blagues, rien d'inattendu, mais un parent ne peut pas tout contrôler, et il y a toujours le monde extérieur à affronter, avec ses voitures qui pétaradent et leurs équivalents humains.

Peut-être qu'un jour, en baissant la tête, vous verrez un asticot agitant sa triste tête pénienne après avoir éclos et foré un trou dans votre jambe. Si ça ne provoque pas chez vous d'arrêt cardiaque, j'ignore ce qui en provoquera un, mais Hugh et sa mère semblent y avoir survécu. En être sortis grandis, même. Les Hamrick sont taillés dans une étoffe plus robuste que la mienne. C'est pour ça que je les laisse préparer l'oie, déplacer les meubles, laver mes vêtements d'occasion pour en chasser les créatures hideuses. Si quelque chose devait les faire mourir de peur, ce serait que je leur propose de donner un coup de main, alors je me réinstalle sur le canapé avec ma sœur et agite ma tasse dans le vide, pour indiquer que je reveux du café.

Faut suivre

Ma rue à Paris doit son nom à un chirurgien qui enseigna à l'école de médecine voisine et découvrit une maladie de peau, une contracture qui a pour effet de recroqueviller les doigts, transformant finalement la main en un poing perpétuel. Elle est petite, cette rue, ni plus ni moins attirante que tout ce qui se trouve dans le secteur, et cependant elle attire les Américains en vacances, qui se sentent obligés pour je ne sais quelle raison de se tenir sous la fenêtre de mon bureau et de se hurler dessus.

Chez certains, les disputes portent sur la langue. Une femme s'était un peu avancée à propos de ses capacités. « J'ai écouté des cassettes », avait-elle dit, ou, peut-être : « Toutes ces langues latines se ressemblent, donc avec mon espagnol, on devrait être tranquilles. » Sauf que les gens utilisent l'argot, ou posent des questions inattendues, et tout s'écroule. « C'est toi qui as dit que tu parlais français. » J'entends ça tout le temps, alors je regarde à ma fenêtre et je vois un couple sur le trottoir prêt à en venir aux mains.

« C'est ça, dira la femme. N'empêche, j'essaie, *moi*, au moins.

– Eh ben ! fais un petit effort en plus, bon sang. Personne ne comprend ce que tu baragouines. »

17

Les disputes géographiques arrivent en deuxième position. Les gens remarquent qu'ils sont déjà passés dans ma rue, peut-être une demi-heure plus tôt, alors qu'ils pensaient juste être fatigués, affamés, et avaient besoin de trouver des toilettes.

« Nom de Dieu, Phillip, tu ne pourrais pas tout simplement demander à quelqu'un ? »

Allongé sur mon canapé, je me dis : *Et toi, pourquoi tu ne demandes pas ? Pourquoi faut-il absolument que ce soit Phillip ?* Mais ces choses-là sont souvent plus compliquées qu'elles n'en ont l'air. Phillip est peut-être venu ici vingt ans plus tôt et a affirmé qu'il connaissait la ville. Il est peut-être de ceux qui refusent de montrer la carte à quelqu'un d'autre, ou refusent de la sortir, de peur de ressembler à un touriste.

Le désir de passer pour un autochtone est un terrain miné et peut conduire à la pire sorte de dispute qui soit. « Tu veux *être* française, Mary Frances, c'est ton problème, mais au lieu de ça tu n'es qu'une Américaine de plus. » En entendant celle-là, je suis allé à la fenêtre et j'ai vu un mariage se désintégrer sous mes yeux. Pauvre Mary Frances avec son béret beige. À l'hôtel, ç'avait sans doute paru une bonne idée, mais maintenant il était fichu et ridicule, une grosse crêpe de feutre bon marché qui lui glissait à l'arrière du crâne. Elle avait aussi sorti le petit foulard, se fichant qu'on soit en été. Ç'aurait pu être pire, ai-je songé. Elle aurait pu être en maillot rayé de canotier, mais tout de même, ce n'était pas folichon, un vrai déguisement.

Certains vacanciers haussent le ton – ils se moquent de savoir qui les entend – mais Mary Frances chuchotait. Un signe supplémentaire de prétention pour son mari, qui le mettait encore plus en rogne. « Des Américains, répétait-il. On n'habite pas en France, on habite en Virginie. À Vienne, en Virginie. Pigé ? »

J'ai regardé ce type et j'ai su avec certitude que si on s'était rencontrés à une soirée, il aurait prétendu habiter à Washington DC. Demandez-lui son adresse, sa rue, et il détournera le regard en marmonnant : « Oui, enfin pas loin de DC. »

En cas de querelle à domicile, le camp blessé peut se retirer dans une partie séparée de la maison, ou sortir dans le jardin dégommer des boîtes de conserve, mais sous ma fenêtre, les options sont limitées aux cris, à la bouderie, ou au retour en trombe à l'hôtel. J'entends : « Oh, bon Dieu, est-ce qu'on peut juste, s'il te plaît, essayer de passer un moment agréable ? » C'est comme donner l'ordre à quelqu'un de vous trouver séduisant : ça ne prend pas, j'ai essayé.

En voyage, la plupart de mes disputes avec Hugh sont liées à la vitesse de la marche. Je marche vite, mais il a de plus longues jambes et aime maintenir une avance d'une bonne vingtaine de pas. Un observateur fortuit aurait l'impression qu'il cherche à me fuir, à se volatiliser à chaque coin de rue, tâchant délibérément de se perdre. Quand on me demande comment se sont passées mes dernières vacances, la réponse est toujours la même. À Bangkok, Ljubljana, Budapest et Bonn : qu'est-ce que j'ai vu ? Le dos de Hugh, très brièvement, tandis qu'il disparaissait dans la foule. Je suis persuadé qu'avant qu'on aille quelque part, il appelle le syndicat d'initiative et se renseigne sur le style et la couleur de manteau les plus populaires chez les autochtones. Si on lui répond, par exemple, le coupe-vent bleu marine, c'est ce qu'il va prendre. C'est troublant, sa façon de se fondre dans la masse. Quand on est dans une ville d'Asie, je jure qu'il rapetisse réellement. J'ignore comment il s'y prend, mais c'est ce qu'il fait. Il y a un magasin à Londres qui vend des guides touristiques à côté de romans dont l'action se déroule dans tel ou tel pays. L'idée est qu'on lira le guide pour les données objectives et le roman pour l'atmosphère – initiative heureuse, si ce n'est que moi, le seul livre dont j'aurai jamais besoin, c'est *Où est Charlie ?* Toute mon énergie est consacrée à suivre la trace de Hugh, si bien que je ne profite de rien.

La dernière fois que c'est arrivé, nous étions en Australie, où je m'étais rendu pour participer à une conférence. Hugh avait tout le temps libre du monde, mais moi je ne disposais que de quatre heures un samedi matin. Il y a énormément de choses à faire à Sidney, mais, ce que je voulais en priorité, c'était aller au zoo de Taronga, où j'espérais voir un dingo. Je n'ai jamais vu le fameux film avec Meryl Streep, et par conséquent la créature était pour moi un vrai mystère. Si quelqu'un avait dit : « J'ai laissé la fenêtre ouverte et un dingo s'est engouffré dans la maison », je l'aurais cru, et s'il avait dit : « Des dingos ? On en a plein la mare », là aussi je l'aurais cru. Bipèdes, quadrupèdes, avec nageoires ou à plumes : je n'en avais tout simplement aucune idée, ce qui était excitant, très rare, à vrai dire, à l'époque des chaînes qui diffusent des reportages animaliers vingt-quatre heures sur vingt-quatre. Hugh a proposé de me faire un dessin, mais, ayant tenu jusque-là, je voulais prolonger mon ignorance encore un tout petit peu, pour me retrouver devant la cage ou l'aquarium et voir l'animal de mes yeux. Ce serait un grand moment, et je ne voulais pas le gâcher à la dernière minute. Mais je ne voulais pas non plus y aller tout seul, et c'est là que les ennuis ont commencé.

Hugh avait passé le gros de sa semaine à nager et avait des valises sous les yeux, à cause des lunettes de piscine. Dans l'océan, il nage pendant des heures, au-delà des bouées délimitant la zone de baignade sur-veillée, s'aventurant dans les eaux internationales. On dirait qu'il essaie de rentrer au bercail à la nage, ce qui est embêtant quand vous êtes celui qui reste sur la berge avec les gens qui vous ont invités. « Je vous assure, il se plaît beaucoup ici. Non, c'est vrai. »

S'il avait plu, il m'aurait peut-être accompagné de bonne grâce, mais Hugh ne s'intéressait absolument pas aux dingos. Il fallut une bonne heure de jérémiades pour le faire changer d'avis, mais même alors, le cœur n'y était pas. Ça crevait les yeux. On a pris un bac jusqu'au zoo, et, une fois monté à bord, il a fixé l'eau d'un air envieux en faisant de petits mouvements avec les mains, comme s'il pagayait. Chaque seconde était une torture, et lorsqu'on a accosté, il a littéralement fallu que je coure pour arriver à le suivre. Les koalas n'ont été qu'une image floue, de même que les visiteurs qui se tenaient devant, posant pour les photos. « Est-ce qu'on ne pourrait pas juste… », ai-je commencé, à bout de souffle, mais Hugh tournait déjà au coin des émeus et n'a pu m'entendre.

Il a le sens de l'orientation le plus extraordinaire que j'aie jamais vu chez un mammifère. Même à Venise, où les rues ont apparemment été conçues par des fourmis, il est sorti de la gare, a consulté une seule fois la carte, et nous a conduits directement à notre hôtel. Une heure après, il donnait des renseignements aux étrangers, et, au moment de repartir, il suggérait des raccourcis aux gondoliers. Il a peut-être senti les dingos. Il avait peut-être repéré leur cage par le hublot de l'avion, mais, quel que soit son secret, il est arrivé pile devant. Je l'ai rattrapé une minute plus tard, plié en deux pour reprendre ma respiration. Je me suis caché le visage, me suis redressé, et j'ai lentement écarté les doigts, pour apercevoir d'abord une clôture, puis, derrière, un fossé peu profond rempli d'eau. J'ai vu quelques arbres – et une queue – à ce stade, je n'en pouvais plus, alors j'ai baissé les mains.

« Hé, on dirait des chiens, ni plus ni moins. Tu es sûr qu'on est au bon endroit ? »

Personne n'a répondu, alors je me suis retourné pour me retrouver à côté d'une jeune femme japonaise gênée. « Je suis navré, j'ai dit. Je vous ai prise pour la personne que j'ai fait venir des antipodes. En première classe. »

Le zoo est un bon endroit pour se donner en spectacle, car les gens qui vous entourent ont des choses plus affreuses et plus photogéniques à regarder. Un gorille se donne du plaisir en mangeant une tête de laitue croquante, ce qui est bien plus divertissant que le type de quarante et quelques années qui court comme un dératé en parlant tout seul. Pour moi, ce discours est toujours le même, une répétition de ma tirade d'adieu : « … parce que cette fois-ci, l'ami, c'est fini. Je suis sérieux. » Je m'imagine en train de faire ma valise, y jetant des trucs sans prendre la peine de les plier. « Si tu estimes à un moment donné que je te manque, trouve-toi un chien, un vieux, bien gras, capable de courir pour te rattraper et émettre ce souffle haletant auquel tu t'es habitué. Moi, en tout cas, c'est terminé. »

Je sortirais par la porte et ne me retournerais jamais, ne le rappellerais jamais en dépit des messages qu'il aurait laissés, n'ouvrirais jamais ses lettres. Les casseroles et poêles, tous les trucs qu'on a achetés ensemble, il pourrait se les garder, voilà à quel point je serais intraitable. « Un nouveau départ », telle est ma devise,

alors à quoi bon une boîte à chaussures plein[e] [photo]
graphies, ou la ceinture beige qu'il m'a off[ert]
mon trente-troisième anniversaire, quand on v[enait]
se rencontrer, à l'époque où il ne comprenait pas [en]core
qu'une ceinture est un truc qu'on se fait offrir par une
tante, pas par son petit copain, fabrication artisanale ou
pas. Après ça, n'empêche, il est devenu plutôt bon,
question cadeaux : un cochon mécanique ressemblant
à s'y méprendre à un vrai, en peau de porc véritable,
un microscope professionnel offert au summum de ma
période arachnologique, et, le meilleur de tous, un tableau
du dix-septième siècle représentant un paysan hollandais en train de changer une couche sale. Ces choses-là,
je les garderais – et pourquoi pas ? Je prendrais aussi le
bureau qu'il m'a donné, et le manteau de cheminée, et,
juste par principe, la table à dessin qu'il a clairement achetée pour lui et a essayé de faire passer pour un cadeau
de Noël.

Il semblait à présent que j'allais partir en minibus
plutôt qu'à pied, mais, quand même, j'allais le faire,
bon sang. Je me suis imaginé au volant, laissant derrière moi notre immeuble, et c'est alors que je me suis
souvenu que je ne sais pas conduire. C'est plutôt Hugh
qui serait au volant, il me devrait bien ça, après tout
ce qu'il m'aura fait endurer. L'autre problème était de
savoir où irait ce minibus. Vers un appartement, évidemment, mais comment me le procurer ? Déjà c'est la
croix et la bannière pour que j'ouvre la bouche au
bureau de poste, alors comment vais-je pouvoir parler
à un agent immobilier ? Ce n'est pas une question de
langue, car il est plus probable que je cherche à me
loger à New York qu'à Paris. Dès que je discute argent
au-delà de soixante dollars, je commence à transpirer. Pas
juste du front, mais de partout. Au bout de cinq minutes

...a banque, ma chemise me colle à la peau. Au bout de dix minutes, je ne peux plus me lever de mon siège. J'ai perdu six kilos pour le dernier appartement, et encore, je n'ai eu qu'à signer. Hugh s'était occupé du reste.

Le côté positif, c'est que j'ai de l'argent, bien que je ne sois pas sûr de savoir comment en disposer. Des relevés bancaires arrivent régulièrement, mais je n'ouvre rien qui ne me soit personnellement adressé ou ne ressemble pas à un échantillon gratuit. Hugh s'occupe de tout ça, il ouvre le courrier beurk et le lit réellement. Il sait quand payer les mensualités de la police d'assurance, quand renouveler nos visas, quand expire la garantie de la machine à laver. « Je ne pense pas qu'on ait besoin de la prolonger, dira-t-il, sachant que si la machine cesse de fonctionner, il la réparera lui-même, comme il répare tout. Mais pas moi. Si je vivais seul et que quelque chose venait à casser, je m'en passerais : j'utiliserais un pot de peinture en guise de W-C, j'achèterais une glacière et transformerais le réfrigérateur fichu en armoire. Appeler un réparateur ? Jamais. Le faire moi-même ? Ce n'est pas demain la veille.

Je suis dans le circuit depuis pratiquement un demi-siècle, et pourtant j'ai encore peur de tout et de tout le monde. Un enfant s'assied à côté de moi dans l'avion, et je lui fais la conversation en pensant à quel point je dois avoir l'air cruche. Les voisins du dessous m'invitent à une fête et, après avoir annoncé que j'avais déjà quelque chose de prévu, je passe toute la soirée confiné dans mon lit, craignant de marcher chez moi car ils pourraient entendre mes pas. Je ne sais pas monter le chauffage, envoyer un e-mail, appeler mon répondeur pour écouter mes messages, ou préparer du poulet avec un brin d'imagination. Hugh s'occupe de tout ça, et quand il s'absente je mange comme un animal sauvage la

24

viande trop rose avec des poils ou des plumes encore dessus. Alors est-ce étonnant qu'il me fuie ? Quelle que soit mon exaspération, j'en reviens toujours au même point : partir, très bien, et après ? M'installer chez mon père ? Au bout d'une demi-heure de fureur, je finis par le repérer, et je me rends compte que, de ma vie, je n'ai jamais été aussi content de voir quelqu'un.

« Te voilà », dis-je. Et lorsqu'il me demande où j'étais, je réponds honnêtement que j'étais perdu.

La doublure

Au printemps 1967, ma mère et mon père se sont absentés pour le week-end et ont laissé mes quatre sœurs et moi en compagnie d'une femme du nom de Mme Byrd, qui était vieille et noire et travaillait comme bonne pour un de nos voisins. Elle est arrivée chez nous un vendredi après-midi, et, une fois qu'elle a eu porté sa valise dans la chambre de mes parents, je lui ai fait faire une petite visite, comme, m'imaginais-je, dans les hôtels. « Là c'est votre télé, là votre terrasse privée, et par ici vous avez un cabinet de toilette – rien que pour vous et pour personne d'autre. »

Mme Byrd a posé la main sur sa joue. « Pincez-moi. Je vais tomber dans les vapes. »

Elle a de nouveau roucoulé quand j'ai ouvert un tiroir de commode et expliqué que pour les manteaux et autres, nous préférions un cagibi appelé la penderie. « Il y en a deux contre le mur, là, et vous pouvez utiliser celui de droite. »

C'était, pensais-je, le rêve pour elle : *votre* téléphone, *votre* lit massif, *votre* cabine de douche à portes vitrées. Il n'y avait qu'une chose à faire, la laisser un peu plus propre qu'elle ne l'avait trouvée.

Quelques mois plus tard, mes parents se sont à nouveau absentés et nous ont confié à Mme Robbins, qui était également noire, et qui, comme Mme Byrd, m'a permis de passer à mes propres yeux pour un faiseur de miracles. La nuit est tombée et je l'ai imaginée à genoux sur la moquette, effleurant de son front le dessus-de-lit doré de mes parents. « Merci, Jésus, pour ces Blancs formidables et tout ce qu'ils m'ont donné lors de ce beau week-end. »

Avec une baby-sitter adolescente normale, on faisait les fous, on lui sautait dessus quand elle sortait de la salle de bains, ce genre de choses, mais avec Mme Robbins et Mme Byrd, nous étions respectueux et bien élevés, bref, pas du tout nous-mêmes. Ce qui faisait du week-end d'escapade de mes parents une escapade pour nous aussi – car qu'est-ce que c'est que les vacances si ce n'est l'occasion d'être quelqu'un d'autre ?

Début septembre de cette même année, mes parents ont rejoint ma tante Joyce et mon oncle Dick pour une semaine aux îles Vierges. Ni Mme Byrd ni Mme Robbins n'étaient disponibles pour nous garder, aussi ma mère a-t-elle trouvé une certaine Mme Peacock. *Où* exactement l'avait-elle trouvée ? Cette question nous hanterait pendant le reste de notre enfance.

« Est-ce que maman est déjà allée dans une prison de femmes ? a demandé ma sœur Amy.

– Plutôt une prison pour *hommes* », a dit Gretchen, n'ayant jamais été convaincue que Mme Peacock était véritablement une femme.

Le « Mme » était de toute façon un mensonge, ça, nous le savions.

« C'est elle qui <u>dit</u> qu'elle a été mariée pour que les gens croient en elle !!!! » Voilà une des réflexions que nous avions consignées dans un carnet lorsqu'elle était chez nous. Il y en avait des pages, quantités de gribouillis désespérés, avec plein de points d'exclamation et de mots soulignés. C'était le genre d'écrit qu'on laissait quand le bateau coulait, le genre qui donnerait un vrai frisson aux êtres aimés qui vous survivraient. « Si seulement nous avions su, se lamenteraient-ils. Oh, pour l'amour de Dieu, si seulement nous avions su. »

Mais qu'y avait-il à savoir, réellement ? Une gamine de quinze ans propose de garder vos enfants un soir, et, bien sûr, vous vous renseignez auprès de ses parents, vous farfouillez un peu. Mais s'agissant d'une femme adulte, vous n'allez pas exiger des références, surtout si la femme est blanche.

Ma mère n'a jamais pu se rappeler où elle avait trouvé Mme Peacock. « Une annonce dans le journal », disait-elle, ou : « Je ne sais pas, elle a peut-être fait du babysitting pour quelqu'un au club. »

Mais qui au club aurait engagé une telle créature ? Pour devenir membre, il fallait répondre à certains critères, l'un d'eux étant de ne pas connaître de gens tels que Mme Peacock. De ne pas fréquenter les restaurants et les lieux de culte où elle allait, et assurément de ne pas lui confier la bonne marche de sa maison.

J'ai senti les embrouilles au moment où la voiture s'est garée, un pauvre tacot conduit par un gars torse nu. Il semblait tout juste en âge de se raser, et est resté assis tandis que la silhouette à côté de lui ouvrait la portière et sortait au ralenti. C'était Mme Peacock, et ce sont ses cheveux que j'ai remarqués en premier, ils étaient couleur margarine et tombaient en vagues jusqu'au milieu du dos. Le genre de chevelure qu'on pouvait s'attendre à trouver chez une sirène, mais qui ne convenait pas du tout à une femme de soixante ans, pas seulement ronde mais franchement grosse, se déplaçant comme si chacun de ses pas risquait d'être le dernier.

« Maman ! » ai-je lancé, et, tandis que ma mère sortait de la maison, le type torse nu s'est éloigné du garage en marche arrière et a disparu au bout de la rue.

« Était-ce votre mari ? a demandé ma mère, et Mme Peacock a fixé l'endroit où s'était arrêtée la voiture quelques instants plus tôt.

– Non, a-t-elle dit. C'est juste Keith. »

Pas « mon neveu Keith » ni « Keith, employé à la station-service et recherché dans cinq États », mais « juste Keith », comme si nous avions lu un livre sur sa vie et étions censés nous rappeler tous les personnages.

Elle allait beaucoup user de ce procédé au cours de la semaine à venir, et à force, j'allais finir par la détester pour ça. Quelqu'un téléphonait à la maison, et, après avoir raccroché, elle disait : « Eh bah Eugene, c'est fini » ou « J'avais dit à Vicky de ne plus m'appeler ici ».

« Qui est Eugene ? » demandions-nous. « Qu'est-ce qu'elle a fait de si grave, Vicky ? » Alors elle nous disait de nous occuper de nos oignons.

Son attitude semblait suggérer non pas qu'elle était mieux que nous mais qu'elle était aussi gentille que nous – et ça, ce n'était tout simplement pas vrai. Sa valise, par exemple, fermée à l'aide d'une ficelle ! Sa façon de bredouiller, jamais une phrase claire. Une personne polie aurait exprimé de l'admiration pendant qu'on lui faisait visiter la maison, mais à part quelques questions concernant la cuisinière, Mme Peacock a dit très peu de choses et a tout juste haussé les épaules quand on lui a montré la salle de bains principale, qui comportait le mot « principale », et était censée vous conférer un sentiment de puissance, vous faire ressentir la chance que vous aviez d'être en vie. *J'ai vu mieux*, semblait dire son regard, mais moi je n'y ai pas cru un seul instant.

Les deux premières fois que mes parents sont partis en vacances, mes sœurs et moi les avons accompagnés à la porte en disant qu'ils allaient nous manquer terriblement. Ce n'était que du cinéma, le but étant de montrer combien nous étions sensibles et distingués, mais cette fois-ci, on le pensait vraiment. « Oh, arrêtez de faire les bébés, a dit notre mère. C'est juste une semaine. » Puis elle a adressé à Mme Peacock un coup d'œil qui signifiait : « Ah, les enfants. Qu'est-ce que vous voulez qu'on y fasse ? »

On répondait traditionnellement par une mimique qui pouvait se traduire par : « Ne m'en parlez pas », mais Mme Peacock n'en a pas eu besoin, car elle savait exactement ce qu'elle allait faire : nous réduire en esclavage. Il n'y a pas d'autre mot pour ça. Une heure après le départ de mes parents, elle était allongée à plat ventre sur leur lit, seulement vêtue de son jupon. Comme sa peau, il était couleur vaseline, une non-couleur, en fait, dont l'effet était encore pire avec des cheveux jaunes. À quoi il fallait ajouter ses énormes jambes nues, avec des espèces de fossettes sur le côté, à la hauteur des genoux, et zébrées tout du long de vilaines veines violettes.

Mes sœurs et moi avons tenté de jouer la carte de la diplomatie.

« Est-ce qu'il n'y aurait pas, par hasard, du *travail* à faire ?

— Tiens, toi, celle avec les verres, a dit Mme Peacock à ma sœur Gretchen. Ta maman a dit qu'il y avait du pschitt dans la cuisine. Va m'en chercher, tu veux bien ?

— Vous voulez dire du Coca ? a demandé Gretchen.

— Ça fera l'affaire, a dit Mme Peacock. Et mets-le dans une tasse avec des glaçons dedans. »

Tandis que Gretchen allait chercher le Coca, je recevais l'ordre de tirer les rideaux. Une idée qui, pour moi, confinait à la folie, aussi ai-je fait de mon mieux pour essayer de l'en dissuader. « La terrasse particulière, c'est ce qu'il y a de mieux dans votre chambre. Vous voulez vraiment qu'on ne la voie plus alors que le soleil brille encore ? »

Manifestement, oui. Ensuite elle a voulu sa valise. Ma sœur Amy l'a posée sur le lit, et nous avons regardé Mme Peacock défaire la ficelle, fouiller, et sortir une main en plastique attachée à une baguette d'une trentaine de centimètres. Le bout qui servait n'était pas plus gros qu'une patte de singe, les doigts légèrement recroquevillés, comme figés en plein acte de mendicité. C'était un vilain petit machin, les ongles luisants de graisse, et durant la semaine à venir nous allions sacrément la voir. Aujourd'hui, si un de nos petits amis demande qu'on lui gratte le dos, mes sœurs et moi avons un mouvement de recul. « Va te frotter à un mur de brique. Engage une infirmière, mais ne me regarde pas comme ça. J'ai déjà donné. »

Personne ne parlait du syndrome du canal carpien à la fin des années 1960, mais ça ne veut pas dire qu'il n'existait pas. C'est juste qu'on ne l'avait pas encore identifié. Constamment, on passait la patte dans le dos de Mme Peacock, les doigts laissant des traînées blanches et parfois comme des traces de flagellation. « Mollo, disait-elle, la bretelle de sa combinaison sur les avant-bras, le côté du visage aplati contre la descente de lit dorée. Je ne suis pas en pierre, tu sais. »

Ça, c'était incontestable. La pierre ne suait pas. La pierre n'empestait pas, n'avait pas des rougeurs, et de petits poils gris n'y germaient pas entre les omoplates. Nous avons attiré l'attention de Mme Peacock sur ce dernier point, et elle a répondu en disant : « Z'avez tous la même fichue cochonnerie, seulement les vôtres sont pas encore sortis. »

Cette tirade fut notée mot pour mot et lue à voix haute au cours des réunions de crise quotidiennes que mes sœurs et moi nous sommes mis à tenir dans les bois derrière la maison. « Z'avez tous la même fichue cochonnerie, seulement les vôtres sont pas encore sortis. » C'était effrayant, dit de sa voix, et c'était encore pire, récité normalement, sans le bredouillement et l'accent campagnard.

« Ne sait pas parler anglais, ai-je écrit dans le cahier de doléances. Est incapable de passer plus de deux minutes sans prononcer le mot "fichu". In~~fichue~~capable de cuisiner. »

Ce dernier grief n'était pas tout à fait vrai, mais ça ne l'aurait pas tuée d'élargir un peu son répertoire culinaire. *Sloppy joe*[1], *sloppy joe, sloppy joe*, dont elle faisait grand cas, comme si c'était du steak. Personne ne mangeait sans l'avoir mérité, ce qui signifiait aller lui chercher ses boissons, lui brosser les cheveux, lui enfoncer la patte de singe dans les épaules jusqu'à ce qu'elle gémisse. L'heure du repas arrivait puis passait – elle s'était trop empiffrée de Coca et de chips pour s'en rendre compte, jusqu'à ce que l'un d'entre nous ose lui faire remarquer. « Si z'aviez tous faim, pourquoi que z'avez dit que dalle ? Je lis pas dans vos pensées, vous savez. Chu pas voyante, ni une fichue machine. »

Ensuite elle faisait tout un ramdam dans la cuisine, le gras de ses bras tremblotait quand elle jetait la poêle sur le brûleur, y lançait de la viande hachée, y ajoutait des giclées de ketchup.

---

1. Viande hachée au ketchup servie dans des petits pains à hamburger. *(Toutes les notes sont du traducteur.)*

Mes sœurs et moi étions à table, mais Mme Peacock mangeait debout, *comme une vache*, pensions-nous, *une vache avec un téléphone* : « Tu vas dire à Curtis de ma part que s'il accompagne pas Tanya à l'audience de R. C., il aura affaire à moi *et* à Gene Junior, et c'est pas des bobards. »

Ses conversations téléphoniques lui rappelaient qu'elle était loin de l'action. Les événements arrivaient à un point critique : le drame avec Ray, l'affaire entre Kim et Lucille, et elle qui était coincée au milieu de nulle part. C'est comme ça qu'elle voyait notre maison : le bout du monde. Quelques années plus tard, je serais le premier à être de son avis, mais à l'âge de onze ans – on sentait encore les solives en pin fraîchement taillé derrière les murs en Placoplatre –, je trouvais qu'il n'existait pas de plus bel endroit.

« J'aimerais bien voir où elle habite, *elle* », ai-je dit à ma sœur Lisa.

Et là, à titre de punition, nous avons vu.

Ç'a eu lieu le cinquième jour, la faute à Amy – en tout cas selon Mme Peacock. Tout adulte sain d'esprit, quiconque ayant des enfants, en aurait assumé la responsabilité. *Oh bon*, aurait dit la personne. *Ça devait arriver tôt ou tard.* Une fillette de sept ans, le bras en compote à force d'avoir passé des heures à lui frotter le dos, emporte la patte de singe dans la salle de bain principale, où elle lui échappe des mains et tombe sur le carrelage. Les doigts brisés net, ne laissant rien – un petit poing ébréché au bout d'un bâton.

« Ah bah bravo », a dit Mme Peacock. Tout le monde au lit sans manger. Et le lendemain matin Keith s'est garé devant la maison, toujours torse nu. Il a klaxonné dans l'allée du garage, et, à travers la porte fermée, elle lui a hurlé d'y aller mollo avec ses fichus coups de klaxon.

« Je ne crois pas qu'il puisse vous entendre », a dit Gretchen, et Mme Peacock lui a dit qu'elle ne supporterait pas notre insolence une seconde de plus. Elle ne supporterait pas notre insolence une seconde de plus, si bien qu'on s'est tus en s'entassant dans la voiture, et Keith a raconté une histoire alambiquée à propos de lui et d'un certain Sherwood, tout en fonçant au-delà du Raleigh qu'on connaissait, pour pénétrer dans un quartier de chiens qui aboyaient et de gravier devant le garage. Les maisons ressemblaient à des dessins d'enfants, un alignement de carrés tremblés avec des triangles pardessus. On ajoute une porte, deux fenêtres. Prévoir de placer un arbre dans le jardinet devant la maison, puis décider finalement que non parce que les branches ne méritent pas qu'on fasse l'effort.

La maison de Mme Peacock était séparée en deux, elle habitait derrière, et quelqu'un du nom de Leslie devant. Un *homme* qui s'appelait Leslie, qui portait un treillis et chahutait avec un doberman près de la boîte aux lettres quand on est arrivés. Je pensais qu'il se renfrognerait en voyant Mme Peacock, mais à la place il a souri, l'a saluée de la main, et elle l'a salué en retour. Cinq enfants entassés sur la banquette arrière, des enfants mourant d'envie de signaler qu'ils avaient été enlevés, mais Leslie n'a pas paru nous remarquer, pas plus que Keith auparavant.

Quand la voiture s'est arrêtée, Mme Peacock s'est retournée sur le siège avant et a annoncé qu'elle avait du pain sur la planche.

« Allez-y, lui avons-nous dit. Nous, on va attendre ici.

– Non mais fichez-vous de moi, tant que vous y êtes », a-t-elle dit.

On a commencé dehors, à ramasser les crottes déposées par le doberman, qui, nous l'avons appris, s'appelait Vaurien. Le jardin de devant était miné, mais celui de derrière, dont s'occupait Mme Peacock, était étonnamment normal, mieux que normal, à vrai dire. Il y avait une petite pelouse et, en bordure, un étroit parterre de fleurs à tiges basses – des pensées, je crois. Il y avait davantage de fleurs sur le patio devant sa porte, la plupart dans des pots en plastique, auxquels de petites créatures en céramique tenaient compagnie : un écureuil à la queue cassée, un crapaud souriant.

J'avais cru deviner en Mme Peacock quelqu'un pour qui le mot « mignon » n'existait pas, si bien qu'il a été surprenant d'entrer dans sa moitié de maison et de la voir remplie de poupées. Il devait y en avoir une centaine, toutes agglutinées dans une seule pièce. Il y avait des poupées assises sur la télévision, des poupées debout, les pieds collés sur le dessus du ventilateur électrique, et des tonnes de plus entassées sur des étagères, du sol au plafond. Ce qui m'a paru étrange, c'est qu'elle ne les avait pas du tout disposées par tailles ou par genres. Ici un mannequin en robe stylée, semblant naine à côté d'un poupon braillard de pacotille ou d'une fillette qui s'était apparemment trop approchée d'une plaque chauffante, les cheveux brûlés, le visage défiguré en une moue figée.

« Première règle, personne touche à que dalle, a dit Mme Peacock. Personne de chez personne, à que dalle, et sous aucun prétexte. »

Elle était manifestement persuadée que sa maison était quelque chose de spécial, un paradis pour enfants, un pays enchanté, mais pour moi c'était juste surchargé.

« *Et en plus* très sombre, ont par la suite ajouté mes sœurs. *Et* on étouffe, *et* ça sent mauvais. »

35

Mme Peacock avait un distributeur de gobelets Dixie fixé au mur au-dessus de sa coiffeuse. Ses pantoufles étaient rangées à côté de la porte de la salle de bain, et, à l'intérieur de chacune, il y avait une petite poupée troll, les cheveux soufflés en arrière, comme par un vent farouche.

« Vous voyez. C'est comme si qu'y voyageaient en bateau !

– Ah oui, on a dit. Rudement impressionnant. »

Elle a ensuite montré du doigt une dînette posée sur une des étagères du bas.

« Le frigo s'est cassé, alors je m'en suis fabriqué un autre avec une boîte d'allumettes. Approchez donc, vous pourrez tous zyeuter.

– C'est vous qui avez *fabriqué* ça ? » avons-nous dit, même si, bien sûr, c'était évident : on voyait le grattoir.

Mme Peacock essayait visiblement d'être une hôtesse agréable, mais j'aurais aimé qu'elle arrête. Mon opinion à son sujet était déjà faite, écrite noir sur blanc même, et tenir compte de ses petits accès de gentillesse ne ferait que brouiller les cartes. Comme tout CM2 normal, je préférais que mes méchants soient méchants et le restent, qu'ils agissent comme Dracula plutôt que comme le monstre de Frankenstein, qui a tout fichu en l'air en offrant une fleur à la paysanne. Il a un peu rattrapé le coup en la noyant quelques minutes plus tard, n'empêche, ensuite, on ne pouvait plus le voir sous le même jour. Mes sœurs et moi, on ne voulait pas comprendre Mme Peacock. On voulait juste la détester, si bien qu'on a été soulagés quand elle a fouillé dans sa penderie pour en sortir un autre gratte-dos, le bon, apparemment. Il n'était pas plus grand que le modèle antérieur, mais la main était plus mince et mieux sculptée, une main de femme plus que de singe. À partir de l'instant où elle a récupéré son bidule, elle a cessé de jouer les hôtesses accueillantes. Elle a enlevé la chemise d'homme qu'elle avait par-dessus son jupon, et a pris sa position sur le lit, entourée de baigneurs qu'elle appelait ses « bébégneurs ». Gretchen est passée en premier et le reste d'entre nous a été envoyé dehors pour arracher les mauvaises herbes sous un soleil torride.

« Ouf, ai-je dit à Lisa. J'ai eu peur pendant une minute qu'on soit obligés d'avoir pitié d'elle. »

En tant qu'enfants, on soupçonnait Mme Peacock d'être folle, terme fourre-tout qu'on utilisait pour quiconque ne reconnaissait pas notre charme. En tant qu'adultes, cependant, on restreint l'acception et on se demande si elle n'était pas cliniquement déprimée. Les brutales sautes d'humeur, les heures passées à dormir, une morosité tellement pesante qu'elle était incapable de s'habiller ou de se laver – d'où le jupon, d'où les cheveux de plus en plus gras au fur et à mesure de la semaine qui laissèrent une tache indélébile sur le couvre-lit doré de nos parents.

« Je me demande si elle avait été internée, dirait par la suite Lisa. Elle avait peut-être subi des électrochocs, c'est ce qui se faisait, à l'époque, la pauvre. »

On aimerait avoir fait preuve d'autant de compassion, enfants, mais on avait déjà notre liste, et il était impensable de ne pas en tenir compte, tout ça pour une pauvre boîte d'allumettes. Nos parents sont revenus de leurs vacances, et avant même qu'ils sortent de la voiture, nous leur sommes tombés dessus, en essaim, parlant tous en même temps. « Elle nous a obligés à aller chez elle ramasser des crottes. » « Un soir, elle nous a envoyés au lit sans manger. » « Elle a dit que la salle de bains principale était moche, et que vous étiez idiots d'avoir la climatisation. »

« Très bien, a dit notre mère. Dites donc, calmez-vous.

– Elle nous a obligés à lui gratter le dos jusqu'à ce que nos bras en tombent presque.

– Elle nous a fait manger tous les jours du *sloppy joe*, et quand on n'a plus eu de petits pains, elle nous a dit de prendre des biscuits salés à la place. »

Nous en étions encore là quand Mme Peacock a quitté le coin-repas et s'est dirigée vers l'abri-auto. Elle était habillée, pour une fois, et avait même des chaussures aux pieds, mais il était trop tard pour qu'elle se la joue normale. En présence de ma mère, qui était bronzée et jolie, elle paraissait encore plus malsaine, sinistre presque, la bouche tordue en un sourire terrifiant.

« Elle a passé toute la semaine au lit et n'a fait la lessive qu'hier soir. »

Je crois que je m'attendais à une violente confrontation. Sinon, comment expliquer ma déception quand, au lieu de gifler Mme Peacock, ma mère l'a regardée dans les yeux en disant : « Oh, allons. Je ne le crois pas une minute. » C'était la phrase qu'elle utilisait quand elle en croyait chaque mot mais était trop fatiguée pour s'en occuper.

« Mais, elle nous a *enlevés*.

– Eh bien, tant mieux pour elle. »

Notre mère a fait entrer Mme Peacock dans la maison et nous a plantés, mes sœurs et moi, sous l'abri-auto.

« Ils sont terribles, hein ? a-t-elle dit. Très honnêtement, je ne sais pas comment vous avez fait pour les supporter une semaine entière.

– Tu ne sais pas comment elle s'y est prise, *elle*, pour *nous* supporter ? »

Vlam ! notre mère nous a fermé la porte au nez, puis elle a fait asseoir son invitée dans le coin-repas et lui a offert un verre.

Dans l'encadrement de la fenêtre, de l'autre côté de la vitre, elles ressemblaient à des silhouettes sur une scène en matinée, deux personnages qui semblent à l'opposé l'un de l'autre avant de découvrir qu'ils ont beaucoup en commun : une éducation à la dure, un faible pour le Bourgogne bas de gamme de Californie, et une indifférence commune pour le public tapageur qui sifflait de l'autre côté du rideau entrouvert.

Mobilier à l'ancienne

Lorsqu'il s'agissait de décorer sa maison, ma mère était avant tout pratique. Elle apprit assez tôt que les enfants détruiront tout ce qu'on met devant eux, si bien que pendant la plus grande part de mes jeunes années, notre mobilier fut choisi pour sa durabilité plutôt que pour sa beauté. La seule exception étant les meubles de la salle à manger que mes parents achetèrent peu après leur mariage. Qu'un invité vienne à observer le buffet plus d'une seconde, et ma mère sautait sur l'occasion de glaner un compliment : « Il vous plaît ? demandait-elle. Ça vient de Scandinavie ! » Ce qui, nous l'avons appris, était le nom d'une région, un endroit froid et lointain où les gens ne sortaient pas de chez eux et fomentaient la mort des boutons de porte.

Le buffet, comme la table, était un bel exemple d'élégante simplicité. L'ensemble était en teck et avait été poli à l'huile de bois de Chine, qui mettait en valeur la qualité du bois, allant à certaines heures de la journée jusqu'à pratiquement le faire luire. Rien n'était plus magnifique que notre salle à manger, surtout après que mon père en eut couvert les murs de liège. Pas celui dont on se sert sur les panneaux d'affichage, mais quelque chose de rugueux et foncé, la couleur paille du pin humide. Là-dessus, vous allumiez les bougies du chauffe-plat, vous mettiez la table en utilisant la vaisselle texture charbon dont on ne se servait pratiquement jamais, et vous aviez un sacré tableau.

La salle à manger, j'aimais à le penser, cristallisait tout ce qu'était ma famille. Pendant toute mon enfance, elle m'a procuré beaucoup de plaisir, mais un beau jour j'ai eu seize ans et décidé qu'elle ne me plaisait plus. Ce qui m'a fait changer d'avis, c'est un feuilleton télé hebdomadaire montrant une famille très unie pendant la Dépression en Virginie. Cette famille n'avait pas de mixeur et n'était pas affiliée au country-club, mais chacun pouvait compter sur les autres – ça, et puis ils avaient une maison vraiment géniale, une vieille baraque, construite dans les années vingt ou quelque chose dans le genre. Dans toutes les chambres, les murs en bardeaux étaient inclinés et des lampes à huile baignaient le tout d'une fragile lumière dorée. Je n'aurais pas utilisé le mot « romantique », mais c'est ce que j'en pensais.

« Tu crois que ces années d'avant-guerre ont été douillettes ? m'a demandé une fois mon père. Essaie de te lever à cinq heures du matin pour aller vendre des journaux dans les rues sous la neige. C'est ce que j'ai fait, et je peux te dire que ça n'a pas été la marrade.

– Eh bien, lui ai-je répondu, je suis navré que tu n'aies pas su apprécier, voilà tout. »

Comme toute personne nostalgique d'une époque qu'elle n'a pas vécue, j'avais choisi de laisser de côté les menus inconvénients : la polio, disons, ou l'idée de manger du ragoût d'écureuil. Le monde était alors tout simplement plus grandiose, à l'époque, plus civilisé en un sens, et plus joli à regarder. Et l'histoire ! N'était-ce pas accablant d'habiter une maison pas plus âgée que le chat ?

« Non, disait mon père. Pas du tout. »

Ma mère partageait son sentiment : « Coincée de toutes parts par les voisins, obligée de traverser la chambre de mes parents pour aller dans la cuisine. Si tu crois que c'était amusant, c'est que tu n'as jamais vu ton grand-père sans son dentier. »

Ils avaient hâte de laisser leur passé derrière eux et réagirent vigoureusement quand ma sœur Gretchen et moi avons commencé à le réhabiliter sous leur toit. « Les *Andrews* Sisters ? a grommelé mon père. Bon sang, pourquoi donc veux-tu les écouter ? »

Quand je me suis mis à acheter des vêtements à Goodwill, alors là, il a explosé, à juste titre, probablement. Les bretelles et les knickers, c'était déjà dur, mais quand j'y ai ajouté un chapeau haut de forme, il s'est planté dans l'encadrement de la porte et m'a physiquement empêché de quitter la maison. « Ça ne rime à rien, je me souviens l'entendre dire. Ce chapeau avec ce pantalon, porté avec ces satanées *platform shoes*… » Il en est momentanément resté sans voix, et s'est retrouvé à agiter les mains, regrettant assurément qu'elles ne tiennent pas des baguettes magiques. « Tu ressembles… Tu ne ressembles à rien, voilà tout. »

Telles que je voyais les choses, le problème n'était pas tant ma tenue que le contexte. Certes, je ne semblais pas à ma place à côté d'un buffet scandinave, mais il suffisait qu'on me mette dans l'environnement idoine, et je cadrerais à coup sûr.

« L'environnement que tu cherches s'appelle un hôpital psychiatrique, a dit mon père. Maintenant donne-moi ce satané chapeau avant que j'y fiche le feu. »

J'aspirais à avoir un foyer où l'on respectait l'histoire, et quatre ans plus tard, j'en ai finalement trouvé un. C'était à Chapel Hill, en Caroline du Nord. J'y étais allé pour rendre visite à un vieux copain de lycée, et comme j'étais entre deux boulots et n'avais pas vraiment d'obligations, j'ai décidé d'y rester un certain temps, peut-être d'y chercher un boulot de plongeur. Le restaurant qui m'a embauché était un haut lieu local, tout de bois sombre, avec des carreaux de fenêtres grands comme des cartes à jouer. La nourriture était correcte, mais la réputation du lieu tenait surtout à la musique classique que le propriétaire, un dénommé Byron, passait à fond dans la salle à manger. N'importe qui d'autre se serait contenté d'une compilation, mais il prenait ses responsabilités très au sérieux, et préparait chaque repas comme une soirée au Tanglewood. J'espérais que faire la vaisselle pourrait conduire à un poste en salle, aide-serveur dans un premier temps, puis serveur, mais je gardais ces aspirations pour moi. Habillé comme je l'étais, en jodhpur et veste de smoking, j'aurais dû m'estimer heureux d'avoir été engagé.

Après avoir reçu ma première paie, j'ai cherché un endroit où habiter. Mes deux critères étaient que ce soit bon marché et à proximité de mon travail, et j'ai gagné sur les deux tableaux. Je n'avais pas osé rêver que ce serait aussi vieux et intact, une authentique pension. La propriétaire finissait de placer sa pancarte Chambre à louer quand je suis passé, et nos regards se sont croisés en une expression qui disait : « Écoute, inconnu(e), nous sommes de la même engeance ! » Nous semblions tous deux sortis d'une bande d'actualités éraflée, moi l'ouvrier chômeur aux lunettes de mineur à monture d'écaille et pardessus en tweed deux tailles trop grand, et elle, la valeureuse veuve, accueillant des pensionnaires pour arriver à joindre les deux bouts. « Excusez-moi, ai-je lancé, mais ce chapeau date bien des années quarante, non ? »

La femme a relevé les mains et s'est effleuré la tête, ajustant ce qui ressemblait à une poignée de cerises débordant d'une soucoupe en veloutine. « Ma foi, oui, en effet. C'est drôlement futé de votre part de l'avoir remarqué. » Je l'appellerai Rosemary Dowd, et, tandis qu'elle se présentait, j'ai tâché de deviner son âge. Ce qui me mystifiait, c'était son maquillage, elle avait eu la main un peu lourde avec la poudre couleur pêche. De loin, ses cheveux semblaient blancs, mais je voyais à présent qu'ils étaient striés de bandes jaunes presque aléatoires, comme de la neige sur laquelle on aurait pissé. Si elle avait l'air quelque peu viril, c'était lié à ses vêtements plus qu'à ses traits. Sa veste et son chemisier avaient tous deux des épaulettes, et lorsqu'elle les portait ensemble, elle passait difficilement la porte. Cela aurait pu poser problème à d'autres, mais Rosemary mettait rarement le nez dehors. Et pourquoi aurait-elle voulu sortir ?

Je n'avais pas encore franchi le seuil que déjà j'avais accepté de prendre la chambre. Ce qui m'a convaincu a été l'allure de l'endroit. D'aucuns l'auraient trouvé miteux – « un dépotoir », finirait par dire mon père – mais, à moins de les manger, quelques milliers d'écailles de peinture n'ont jamais fait de mal à personne. On pouvait dire la même chose de la véranda gémissante et des éventuels bardeaux manquants. Vu la situation de la maison, en bordure d'un parking d'université, il était facile de l'imaginer tombée du ciel, comme celle de Dorothy dans *Le Magicien d'Oz*, mais avec un deuxième étage. Puis il y avait l'intérieur, qui était encore mieux. La porte d'entrée donnait sur un séjour, ou, comme l'appelait Rosemary, le « petit salon ». Le mot était démodé mais convenait tout à fait. Des tentures de velours encadraient les fenêtres. Les murs étaient recouverts d'un papier peint au discret motif floral, et il y avait des napperons partout, posés sur les dessus-de-table, et pendouillant comme des toiles d'araignée au dossier des fauteuils. Mes yeux allaient d'un objet à l'autre, et, comme ma mère avec le mobilier de la salle à manger, Rosemary remarquait où ils se posaient. « Je vois que vous appréciez mon canapé-lit », disait-elle, et « Des lampes comme celle-ci, on n'en trouve plus. C'est du Stéphanie véritable. »

Ce ne fut donc pas une surprise d'apprendre qu'elle achetait et vendait des antiquités, ou « brocantait un peu », comme elle disait. La moindre surface disponible était peuplée d'objets : coupes à friandises en verre émeraude, photographies encadrées de vedettes de cinéma, étuis à cigarettes à monogramme. Un parapluie était posé contre une malle de voyage ouverte, et, comme je remarquais que la poignée était en bakélite, ma nouvelle propriétaire retira l'épingle de sa soucoupe de cerises et prédit que tous les deux, nous allions rudement bien nous entendre.

Et pendant de nombreux mois, ce fut le cas. Rosemary vivait au rez-de-chaussée, dans un labyrinthe de pièces interdites d'accès qu'elle désignait comme étant son « cabinet ». La porte qui donnait sur ces pièces communiquait avec le petit salon, et lorsque je me tenais dehors, j'entendais parfois la télévision. Ce qui, à mon sens, relevait de la trahison, comme mettre un billard à l'intérieur de la Grande Pyramide, mais elle m'a assuré que son téléviseur était d'époque – « Ma "Ford T V" », disait-elle.

Ma chambre se trouvait à l'étage, et, dans une lettre à mes parents, je la décris comme étant « au poil ». Comment évoquer en d'autres termes mon papier peint qui s'écaillait et se gondolait, et la manière dont il constituait une sorte de trait d'union entre toutes choses. Le lit, le bureau, le luminaire plaqué cuivre : tout était là à m'attendre, et si certaines pièces avaient connu des jours meilleurs – la chaise visiteur, par exemple, n'avait plus de siège –, en tout cas tout était uniformément vieux. De ma fenêtre je voyais le parking, et, au-delà, la route encombrée qui conduisait au restaurant. Cela plaisait à Rosemary que je travaille dans un endroit aussi vénérable.

« Ça vous va bien, disait-elle. Et n'ayez pas honte de faire la vaisselle. Je crois que même Gable a fait ça un certain temps.

– Vraiment ? »

Je me sentais si intelligent, de saisir toutes ses références. L'autre pensionnaire ne savait même pas qui était Charlie Chan, pourtant le gars était à moitié coréen ! Je le croisais dans le vestibule de temps en temps – étudiant en chimie, je crois qu'il était. Il y avait aussi une troisième chambre, mais en raison d'un dégât des eaux, Rosemary avait du mal à la louer. « Ce n'est pas que je m'en soucie tant que ça, me disait-elle. Mes petites affaires, c'est davantage une question de qualité que de quantité. »

J'ai emménagé début janvier, et pendant tout l'hiver, ma vie a ressemblé à un rêve merveilleux. Je rentrais à la maison en fin de journée et Rosemary était assise dans le petit salon, nous étions tous deux déguisés de pied en cap. « Aha ! s'exclamait-elle. Justement le jeune homme que je cherchais. » Sur ce, elle exhumait quelque nouveau trésor acheté à une vente de succession et m'expliquait ce qui faisait toute sa valeur. « Sur la plupart des moules à pain Fire King récents, le casque de la marque est gravé plutôt qu'estampé. »

L'idée était que nous n'étions pas comme les autres, différents du reste de l'Amérique, avec ses Fuzzbusters, ses centres commerciaux et autres pommeaux de douche articulés. « Si ce n'est pas nouveau et brillant, ils n'en veulent pas, se plaignait Rosemary. Donnez-leur la Cloche de la liberté, et ils se plaindront de la fêlure. Voilà comment sont les gens, de nos jours. Je le vois bien. »

Il y avait une station de radio à Raleigh qui rediffusait de vieilles émissions, et parfois, le soir, quand la réception était bonne, on s'asseyait sur le canapé-lit et on écoutait Jack Benny ou *Fibber McGee and Molly*. Rosemary recousait un uniforme usé de l'unité armée féminine du WAC avec son nécessaire à couture du temps jadis, tandis que je regardais fixement la cheminée, regrettant qu'elle ne fonctionne plus. Il nous arrivait de feuilleter de vieux magazines *Look*. Que le vent vienne à faire trembler les fenêtres, alors nous ramenions une courtepointe sur nos girons et humions la senteur enivrante des boules antimites.

J'espérais que nos vies continueraient ainsi à jamais, mais inévitablement le passé est venu frapper à la porte. Pas le bon passé, celui que l'on collectionnait, non, le mauvais, perclus d'arthrite. Un après-midi, début avril, en rentrant du travail, j'ai trouvé une femme aux cheveux blancs, l'air égaré, assise dans le petit salon. Ses doigts étaient gourds et noueux, aussi, plutôt que de lui serrer la main, je lui ai lancé un petit salut. « Sœur Voyanz », c'est ainsi qu'elle s'est présentée. Je me suis dit que c'était peut-être comme ça qu'on l'appelait à l'église, mais là-dessus, Rosemary est sortie de son cabinet et m'a dit en serrant les dents que c'était un pseudonyme.

« Mère ici présente était voyante, a-t-elle expliqué. Avec son jeu de tarot et sa boule de cristal elle racontait aux gens toutes les balivernes qu'ils avaient envie d'entendre.

– Ça c'est vrai », a gloussé sœur Voyanz.

On aurait pu penser, vu qu'elle arborait elle-même à l'occasion un turban, qu'elle serait contente d'avoir une mère médium, mais Rosemary en était franchement revenue, de ces histoires de médium. « Si elle avait pu prédire il y a trente ans que je me retrouverais à devoir m'occuper d'elle, je me serais suicidée en mettant la tête dans le four », m'a-t-elle dit.

Juin revint, l'étudiant en chimie obtint son diplôme, et sa chambre fut louée à un jeune homme du nom de Chaz, qui travaillait sur un chantier routier. « Tu sais, les gars qui tiennent les fanions, là ? a-t-il dit. Eh bien, c'est moi. C'est ce que je fais. »

Son visage, comme son nom, était ciselé et mémorable, et, après avoir décidé qu'il était trop beau, j'ai commencé à l'examiner pour trouver ses défauts. La lèvre inférieure fendue ne faisait qu'ajouter à son charme, aussi ai-je fixé ses cheveux, qui venaient manifestement de passer au brushing, et le collier de turquoises visible à travers sa chemise déboutonnée.

« Qu'est-ce que tu regardes ? » a-t-il demandé, et avant que j'aie eu l'occasion de piquer un fard, il a commencé à me parler de son ancienne petite copine. Ils avaient vécu ensemble pendant six mois, dans un minuscule appartement derrière l'épicerie Fowlers, mais elle l'avait trompé avec un certain Robby, un salaud de l'université de Caroline du Nord, diplômé en foutage en l'air de la vie des autres. « Tu ne fais pas partie de ces snobs de la fac, j'espère ? » a-t-il demandé.

J'aurais probablement dû répondre « Non » au lieu de :

« Pas présentement.

– Qu'est-ce que tu as étudié ? a-t-il demandé. Braquage de banques ?

– Pardon ?

– Tes nippes. Toi et la vieille du dessous, vous ressemblez aux gens de *Bonnie and Clyde*, pas les vedettes, mais les autres. Ceux qui foutent tout en l'air.

– Oui, eh bien, nous sommes des individus.

– Des individus tarés, a-t-il rétorqué, puis il a rigolé, suggérant que c'était sans rancune. Enfin bref, j'ai pas le temps de rester à tailler une bavette. Avec un pote, on va écumer les bars. »

Il faisait ça à chaque fois : commencer une conversation et la terminer de manière abrupte, comme si c'était moi qui le poussais au bavardage. Avant que Chaz emménage, le premier étage était relativement calme. Maintenant, j'entendais le son de sa radio à travers le mur, une station rock, si bien qu'il m'était plus difficile de prétendre que je vivais en des temps plus cléments. Quand il s'ennuyait, il frappait à ma porte et exigeait que je lui donne une cigarette. Puis il restait planté là et la fumait, se plaignant que ma chambre soit trop propre, mes croquis trop croqués, mon peignoir démodé trop démodé. « Bon, ça suffit, tout ça, disait-il. C'est que j'ai ma vie, moi. » Cela se produisait trois ou quatre fois par soir.

Tandis que Chaz changeait la vie à l'étage, sœur Voyanz la changeait au rez-de-chaussée. Je suis descendu un matin voir si j'avais du courrier, et j'ai trouvé Rosemary habillée comme n'importe quelle femme de son âge : pas de chapeau, pas de bijoux fantaisie, juste un pantalon et un chemisier banal, sans épaulettes. Elle n'était pas non plus maquillée et avait négligé de se friser les cheveux. « Qu'est-ce que je peux vous dire ? Ce genre d'effet, ça prend du temps, et dernièrement j'ai l'impression de ne pas du tout en avoir. » Le petit salon, qui avait toujours été limite, partait aussi à vau-l'eau. Il

y avait maintenant des canettes de thé glacé sur le Victrola, et des casseroles dans leurs cartons entreposées
dans le coin où se trouvait jadis la crédence. Fini Jack
Benny, parce que c'était l'heure du bain de sœur Voyanz.
« La reine de la ruche », l'appelait Rosemary.

Plus tard dans l'été, juste après le 4 Juillet, je suis descendu et j'ai trouvé deux valises blanches éraflées à côté
de la porte d'entrée. J'espérais que quelqu'un était sur le
point de partir – Chaz, pour être précis – mais il apparut
que c'était des bagages qui arrivaient et non pas des
bagages en partance. « Je vous présente ma fille », a dit
Rosemary sur le même ton réticent qu'elle avait utilisé
pour sa mère. La jeune femme – je l'appellerai Ava – a
pris une mèche de cheveux sur le côté et l'a mise dans sa
bouche. Elle était maigrichonne et très pâle, vêtue d'un
jean et d'une chemise style Western. « Dans son petit
monde à elle », a fait remarquer sœur Voyanz.

Rosemary m'a dit plus tard que sa fille sortait tout
juste de l'hôpital psychiatrique, et j'ai eu beau essayer
de faire l'étonné, je ne crois pas avoir été très convaincant. On aurait dit qu'elle était sous acide, presque, à sa
façon d'examiner les choses longtemps après qu'elles
avaient perdu leur mystère : un cendrier, un papillon de
nuit séché, le sèche-cheveux de Chaz dans la salle de
bains du haut. Chaque chose bénéficiait d'une attention
égale, y compris ma chambre. Les portes ne fermaient
pas à clé, à l'étage. Les clés étaient perdues depuis des
années, si bien qu'Ava entrait en flânant à chaque fois
qu'elle en avait envie. Je rentrais à la maison après une
longue journée de travail – mes vêtements empestaient
les déchets humides, mes chaussures étaient imbibées
d'eau de vaisselle – et je la trouvais assise sur mon lit
ou debout comme un zombie derrière ma porte.

« Tu m'as fait peur », lui disais-je, et elle fixait mon visage jusqu'à ce que je détourne les yeux.

La situation chez Rosemary s'est encore dégradée d'un cran quand Chaz a perdu son boulot. « J'étais sur-qualifié », m'a-t-il dit, mais, au fil des jours, son histoire s'est compliquée, et il a ressenti un besoin sans cesse croissant de m'en faire part. Il a commencé à venir frapper plus souvent, se fichant de savoir s'il était six heures du matin ou minuit passé depuis longtemps. « Ah, et puis autre chose, aussi… », disait-il, reliant dix conversations différentes. Il avait été mêlé à une bagarre et s'en était tiré avec un œil au beurre noir. Il a jeté sa radio par la fenêtre, puis a éparpillé les morceaux cassés dans tout le parking.

Un soir, tard, il est venu à ma porte, et lorsque j'ai ouvert, il m'a pris par la taille et m'a soulevé en l'air. Ça pourrait paraître innocent, mais ce n'était pas un geste festif. Nous n'avions pas gagné de match, n'avions pas bénéficié d'un sursis, et les gens insouciants ne vous traitent pas de « marionnette à la solde du seigneur des ténèbres » quand ils vous soulèvent sans vous avoir demandé votre avis. J'ai su alors qu'un truc clochait sérieusement chez ce gars, mais je n'arrivais pas à mettre un nom dessus. Je suppose que je pensais que Chaz était trop beau pour être fou.

Lorsqu'il a commencé à glisser des messages sous ma porte, j'ai décidé qu'il était temps de remettre à jour mes pensées. « Maintenant je vais <u>mourir</u> et revenir le jour même », disait l'un d'eux. Il n'y avait pas que les messages, l'écriture elle-même me flanquait la trouille, des lettres toutes tremblées imbriquées les unes dans les autres. Certains de ses messages contenaient des dia-grammes, et des flammes à l'encre rouge. Quand il a commencé à en laisser à Rosemary, elle l'a convoqué dans le petit salon et lui a dit qu'il fallait qu'il parte. Pendant une minute ou deux, il a paru bien le prendre, mais ensuite il a changé d'avis et a menacé de revenir sous forme de vapeur.

« Il a dit "vipère" ? » a demandé sœur Voyanz.

Les parents de Chaz sont venus une semaine plus tard et ont demandé si quelqu'un parmi nous l'avait vu. « Il est schizophrène, voyez-vous, et parfois il ne prend pas ses médicaments. »

Je pensais que Rosemary allait compatir, mais elle en avait ras le bol de la maladie mentale, des vieux, et d'avoir à prendre des pensionnaires pour joindre les deux bouts. « S'il était cinglé, vous auriez dû me le signaler avant, a-t-elle dit au père de Chaz. Je ne peux pas me permettre d'avoir des gens comme ça qui circulent chez moi. Avec tous ces objets anciens, c'est tout simplement dangereux. » Le regard de l'homme s'est promené dans le petit salon, et soudain j'ai vu avec ses yeux : c'était une pièce sale pleine de cochonneries. Ça n'avait jamais rien été de plus, mais, pour je ne sais quelle raison – la chaleur, peut-être, ou la sensation contagieuse de désespoir profond que dégageaient ces deux-là –, chaque entaille, chaque traînée vous sautait brutalement à la figure. Plus déprimante encore était l'idée que je faisais partie des meubles, que j'étais ici comme un poisson dans l'eau.

Pendant des années, l'université avait essayé de racheter la propriété de Rosemary. Des représentants venaient à sa porte, et les comptes rendus qu'elle faisait de ces rencontres semblaient extraits d'un film diffusé tard le soir. « Alors je lui ai dit : "Mais vous ne voyez pas ? Ce n'est pas juste une maison. C'est mon foyer, monsieur. Mon foyer." »

Ce n'était pas le bâtiment qu'ils voulaient, évidemment, mais le terrain. Chaque semestre, il prenait de la valeur, et elle avait été maligne de tenir aussi longtemps. J'ignore quelle fut l'offre finale, mais Rosemary l'accepta. Elle signa les papiers avec un stylo plume d'époque, qu'elle avait encore à la main lorsqu'elle est venue m'annoncer la nouvelle. C'était en août, et j'étais allongé par terre, occupé à laisser au sol une trace de sueur, comme les mômes qui dessinent une silhouette d'ange dans la neige. Une partie de moi était triste que la maison soit vendue, mais une autre, plus importante – la partie qui aimait l'air climatisé –, était plus que prête à passer à autre chose. Il était assez évident que, concernant le restaurant, je ne gravirais jamais les échelons au-delà de plongeur. Et puis, aussi, c'était difficile de vivre dans une ville universitaire sans aller à l'université. Les étudiants que je voyais de ma fenêtre me rappelaient constamment que je ne faisais que glandouiller, et je commençais à imaginer ce que ça donnerait d'ici dix ans, quand ils commenceraient à ressembler à des gamins à côté de moi.

Quelques jours avant mon départ, Ava et moi nous sommes assis ensemble sur le porche devant la maison. Il venait juste de se mettre à pleuvoir quand elle s'est tournée pour me demander : « Est-ce que je t'ai déjà parlé de mon père ? »

C'était plus que je n'en avais jamais entendu de sa bouche, et, avant de continuer, elle a enlevé ses chaussures, ses chaussettes, et les a étalées par terre à côté d'elle. Puis elle a pris une mèche de cheveux dans sa bouche et m'a dit que son père était mort d'une crise cardiaque. « Il a dit qu'il ne se sentait pas bien, et une heure plus tard, il s'est écroulé, comme ça. »

J'ai posé quelques questions et ai appris qu'il était mort le 19 novembre 1963. Les funérailles ont eu lieu trois jours plus tard, et, sur le trajet de l'église au cimetière, en regardant par la vitre de la voiture, Ava a remarqué que tous les gens qu'elle croisait étaient en pleurs. « Des personnes âgées, des étudiants, même les hommes de couleur à la station-service – les frères de race ou je ne sais plus comment on est censés les appeler maintenant. »

Le terme était tellement démodé qu'il a fallu que je l'utilise moi-même :

« Comment les frères de race connaissaient-ils ton père ?

– C'est exactement ça, a-t-elle dit. Il a fallu attendre la fin de l'enterrement pour que quelqu'un nous dise que Kennedy avait été abattu. Ç'a eu lieu pendant qu'on était à l'église, et c'est pour lui que tout le monde était bouleversé. Pour le président, et non pas pour mon père. »

Elle a ensuite remis ses chaussettes, et est retournée dans le petit salon, nous abandonnant, moi et ses chaussures.

Plus tard, quand j'ai raconté tout ça autour de moi, les gens m'ont dit : « Arrête, là », parce que vraiment, ça faisait trop. Une voyante arthritique, une maison délabrée, et soit deux soit quatre fous, selon votre degré de tolérance en matière de chapeaux. Encore plus dur à avaler : chacun de nous était un véritable cliché. Comme si on avait pris un roman de Carson McCullers, qu'on l'avait mélangé avec une pièce de Tennessee Williams, et qu'on avait plongé tous les décors et tous les personnages dans une seule boîte. Je n'ajoutais pas que sœur Voyanz avait un saïmiri, car c'était le détail de trop. Même le monde extérieur paraît suspect ici : la ville universitaire verdoyante, le restaurant et sa musique classique.

Je n'ai jamais supposé que la mort de Kennedy était responsable de l'effondrement d'Ava. Beaucoup de gens sont victimes de coïncidences troublantes sans séquelles durables, donc j'imagine que ses problèmes avaient commencé des années plus tôt. De même que pour Chaz, j'ai appris par la suite qu'il était assez habituel que les schizophrènes cessent de prendre leurs médicaments. Ça pourrait paraître bizarre que la pension nous ait attirés tous les deux, lui et moi, mais c'est ça, les endroits pas chers – ils attirent les gens sans le sou. Avoir un appartement à moi était impensable à cette période de ma vie, et même si j'en avais trouvé un à un prix abordable, il n'aurait pas satisfait mon besoin fondamental de vivre en communauté dans le passé, ou dans ce que j'imaginais être le passé : un monde rempli d'objets anciens. Ce que je n'ai jamais pu comprendre, et ne saisis toujours pas, dans le fond, c'est qu'à un moment donné, tous ces objets ont été neufs. Le Victrola poussif, l'imposant canapé-lit – en quoi différaient-ils du magnétophone huit pistes ou du mobilier scandinave de la salle à manger de mes parents ? Avec le temps, je me dis que n'importe quel objet peut acquérir une certaine patine. Il n'a qu'une chose à faire, survivre.

T'aurais pas une p'tite cravate, mon pote ?

Quand ma sœur aînée et moi étions jeunes, notre mère avait coutume de choisir nos vêtements d'école et de les suspendre à nos boutons de porte avant qu'on aille se coucher. « C'est bien, ça, non ? » demandait-elle, et nous nous émerveillions devant ces versions vides, sans tache, de nous-mêmes. Il est incontestable que les enfants étaient mieux habillés à l'époque : pas de jeans coupés, pas de tee-shirts, et veloutine pour tout le monde. Les garçons ressemblaient à des homosexuels efféminés, et les filles à Bette Davis dans *Qu'est-il arrivé à Baby Jane ?* Il n'y avait qu'à Halloween que nous pouvions choisir nous-mêmes nos tenues. Une année, j'ai été pirate, mais ensuite j'ai toujours été vagabond. Tout comme « clochard », le terme a été remplacé par « sans domicile fixe », ce qui n'est pas la même chose. Contrairement à quelqu'un qui a été expulsé ou qui a perdu sa maison dans un incendie, le vagabond faisait le choix de vivre à la dure. Être en liberté loin des factures et des emprunts immobiliers convenait mieux à son programme de picole, aussi s'abritait-il où il pouvait, jamais clochard, mais quelque chose de bien moins menaçant, un symbole de gaieté, quasi.

Rien de tout cela n'avait de rapport avec mon choix de déguisement d'Halloween. Je m'habillais en vagabond parce que c'était facile : une barbe tracée avec un bout de charbon sur les joues, un pantalon troué, un chapeau, une chemise trop grande, et une veste sport avec des taches de nourriture et des cendres de cigarette. Ôtez le chapeau, et c'est exactement ma tenue vestimentaire depuis 1978. Pendant toutes les années 1980, ce look avait un côté bourlingueur attrayant, mais à présent, accentué par les dents ambrées et les doigts tachés de nicotine, la formule que j'entends le plus souvent est la formule des surfeurs californiens de naguère « craignos, man ». Si les gens s'adressent à Hugh pour se faire expliquer où se trouve l'agence Citybank la plus proche, moi, c'est la banque du sang qu'on me demande.

Ça ne signifie pas que je n'ai pas mes critères. L'année de mes quarante ans, j'ai jeté tous mes jeans à la poubelle, si bien qu'à la place de mes jeans minables, je me balade désormais en pantalon minable. Je ne possède pas de lunettes de soleil, ni quoi que ce soit avec des inscriptions dessus, et je ne suis en short qu'en Normandie, qui est en gros l'équivalent de la Virginie-Occidentale, les opossums en moins. Ce n'est pas que je n'ai pas acheté de jolis vêtements – c'est juste que j'ai peur de les mettre, persuadé qu'ils seront brûlés ou tachés.

La seule chose luxueuse que je porte est un pull en cachemire bleu marine. Il coûte quatre cents dollars, et on dirait qu'il a été arraché de la gueule d'un tigre. « Quel dommage », m'a-t-on dit au pressing la première fois que je l'ai apporté. Le pull avait été plié en un tas gros comme une miche de pain, et elle le caressait, comme on pourrait le faire d'un lapin mort récemment. « C'est tellement doux », a chuchoté la vendeuse.

Je n'ai pas osé lui dire que les dégâts étaient intentionnels. La longue trace en travers de l'épaule gauche, les dizaines de trous dans les bras et le torse ; chacun spécialement placé par l'équipe de stylistes. D'ordinaire, j'évite les choses qui ont été artificiellement vieillies, mais avec ce pull, le procédé avait été poussé un cran plus loin : il avait été bousillé. Ayant été détruit, il est maintenant indestructible, je peux donc le porter sans inquiétude. Pour la moitié du prix, j'aurais pu acheter un pull intact, le jeter dans la gueule d'un tigre, l'arracher moi-même d'entre ses crocs, mais, passé un certain âge, qui a le temps pour ce genre de choses ?

En deuxième position sur la liste des achats luxueux, il y a une paire de chaussures dignes d'un clown. Elles ont ce que ma sœur Amy appelle des « talons négatifs », ce qui veut dire, je crois, que je suis plus grand quand je suis juste en chaussettes. Si ce n'est pas vraiment l'idéal pour quelqu'un de ma taille, ce sont les seules chaussures avec lesquelles je ne boite pas. J'ai les pieds complètement plats, mais pendant la majeure partie de ma vie, ils avaient encore la forme de pieds. Maintenant, grâce aux oignons, ils ressemblent davantage à des États, de larges États ennuyeux que personne n'a envie de traverser en voiture.

Mon seul regret est de ne pas avoir acheté davantage de chaussures de clown – une douzaine de paires, deux douzaines, suffisamment pour tenir jusqu'à la fin de mes jours. La perspective de porter les mêmes chaussures jour après jour chagrinerait sans doute certaines personnes, mais en termes de mode, j'ai une règle : ne jamais changer. Cela dit, les choses changent. J'aime à penser que les tendances ne m'atteignent pas, mais mon récent engouement pour le sac à main masculin laisse entendre qu'il n'en est rien. Manifestement je passe encore par des phases embarrassantes, qui me prennent d'un coup, et j'ai beau tout essayer pour les combattre, je n'y arrive pas systématiquement. Dans l'espoir d'éviter de futures humiliations, j'ai classé mes erreurs les plus criantes sous forme de brèves leçons que je m'efforce de passer en revue chaque fois que j'essaie quelque chose de nouveau. Les voici :

LUNETTES EUROPÉENNES, TRONCHE DE HYÈNE

Le lycée m'a appris une belle leçon en matière de lunettes : il ne faut pas en avoir. Les lentilles m'ont toujours paru être une besogne trop pénible, alors, à la place, je me contente de plisser les yeux, en me disant que si quelque chose se trouve à plus de deux mètres, j'aurai bien le temps de le voir une fois que j'y arriverai. Les choses auraient sans doute été différentes au dix-huitième siècle, quand les gens avaient tous les mêmes montures métalliques, mais le vaste choix qui nous est proposé aujourd'hui signifie qu'en optant pour une monture, on est obligé de se positionner comme étant tel type de personne, ou, dans mon cas, tel type d'insecte.

En 1976, mes lunettes étaient tellement grosses que je pouvais nettoyer les verres avec une éponge pour parebrise. Elles étaient non seulement gigantesques, mais vertes, aussi, avec des emblèmes Playboy incrustés sur les branches. Aujourd'hui, des montures comme ça paraîtraient ridicules, mais à l'époque elles avaient une certaine classe. Le temps est cruel pour tout, mais semble avoir choisi les lunettes de vue pour leur infliger un châtiment particulier. Ce qui en jette aujourd'hui sera la honte dans vingt ans, c'est garanti. C'est là, évidemment, tout le problème de la mode. Si le design atteint parfois des sommets, il ne rebrousse jamais chemin de manière à ce que tout le monde soit quitte. En fait, il continue sur sa lancée, tentant de satisfaire notre besoin insatiable d'acheter des nouveautés. Plisser les yeux est intemporel, de même, malheureusement, que les migraines optiques qui vont souvent avec.

À la fin des années 1990, quand je ne pouvais plus voir mes pieds, j'ai pris rendez-vous chez un ophtalmo à Paris qui m'a fait passer quelques tests et m'a envoyé acheter des lunettes. J'aimerais pouvoir imputer le choix de ma monture au fait que je ne la voyais pas distinctement. J'aimerais pouvoir dire qu'on m'a obligé à les mettre, mais aucune de ces excuses n'est vraie. J'ai effectué ce choix de mon propre chef, parce que j'estimais que ces lunettes me donnaient un air futé et international. La monture était en plastique foncé, avec des verres rectangulaires pas beaucoup plus grands que mes yeux. Elles me faisaient vaguement penser à quelque chose, mais je n'arrivais pas à dire précisément quoi. Après les avoir choisies, je suis resté un bon paquet de temps devant la glace, feignant d'échanger des commentaires intelligents concernant la situation en Europe. « Laissons de côté nos voisins de l'Est, et je dirais qu'on se retrouve avec un géant endormi sur les bras », déclamais-je.

Je portais ces lunettes depuis près d'un an quand j'ai réalisé à qui elles appartenaient légitimement. Cette personne ne figurait pas en couverture du *Point* ou de *Foreign Affairs* – en fait, ce n'était même pas une personne réelle. J'étais à New York, je passais devant un étal de jouets au marché aux puces de Chelsea quand j'ai reconnu ma monture sur le visage d'une poupée de Mme Beasley, cette femme d'une cinquantaine d'années dans *Cher Oncle Bill*, la sitcom des années 1960. C'était la version parlante, d'époque, dans sa boîte d'origine.

« Vous voulez que je tire le cordon ? » a demandé le marchand. J'ai dit non, et, tout en m'éloignant prestement, je pourrais jurer que j'ai entendu une petite voix geignarde qui baragouinait je ne sais quoi à propos d'un géant endormi.

ENCORE PIRE, LE FAUX-CUL QUI TRANSPIRE

Sans doute aucun, mes mollets constituent mon plus bel attribut. Je ne sais pas s'ils sont innés ou acquis, mais ils sont musclés de manière presque comique, l'équivalent des avant-bras de Popeye. Pendant des années, ils m'ont valu des compliments. Des inconnus m'arrêtaient dans la rue. Mais tout cela a changé avec le recours aux implants désormais si facile. Maintenant, quand les gens regardent mes jambes, je vois bien qu'ils se demandent pourquoi je ne me suis pas fait refaire le cul au passage. C'est ce que les femmes ayant des seins naturellement galbés doivent ressentir – flouées et furibardes.

Au lycée, j'ai acheté une paire de *platform shoes*, en partie parce que c'était la mode et en partie parce que je voulais me grandir. Je ne veux pas dire par là que j'ai prié pour gagner en taille – il ne m'est jamais venu à l'idée que huit centimètres de plus résoudraient le moindre de mes problèmes. J'étais juste curieux. C'est comme vivre au rez-de-chaussée et se demander comment est la vue deux étages plus haut. Les chaussures que j'ai achetées étaient en daim rouge, avec une semelle robuste, façon pavé. J'aurais eu l'air moins ridicule avec des briques attachées aux pieds, mais évidemment, je ne pouvais pas m'en rendre compte à l'époque. D'autres gars s'en sortaient pas mal avec les *platform shoes*, mais chez moi, elles fleuraient bon le désespoir. Je les ai enfilées pour la cérémonie de remise du bac, et j'ai conclu un petit marché avec moi-même : si j'étais capable de traverser l'estrade et de rentrer à la maison sans me casser la figure, j'apprendrais à m'accepter tel que j'étais et serais heureux de ce que j'avais. Dans les histoires pour enfants, de telles leçons sont apprises pour la vie, mais dans le vrai monde, il faut généralement procéder tous les deux, trois ans à des remises à niveau.

Ce qui nous conduit au milieu des années 1990 : mon plus gros souci dans le domaine de l'apparence, ce n'est pas ma taille ni les traits de mon visage, mais le fait que je n'aie pas de cul. D'autres, dans ma famille, sont plutôt bien pourvus à ce niveau, mais le mien consiste en à peine plus qu'une pêche flétrie. Je m'étais plus ou moins résigné à porter de longues vestes sport et des chemises sorties du pantalon lorsque je suis tombé sur une publicité, dont l'accroche en caractères gras était : « Marre des pantalons qui ne vous vont pas ? » Je ne me rappelle plus le nom exact du produit, mais en gros il s'agissait d'un faux derrière rembourré, des fesses synthétiques bien proportionnées cousues dans la doublure d'un slip ample. Je l'ai inscrit sur ma liste de Noël et me le suis fait offrir par mon amie Jodi, qui a attendu quelques semaines avant de reconnaître qu'elle m'avait effectivement envoyé un cul de bonne femme – en gros, un popotin.

Bref, c'était comme ça. Ce qui ne m'a pas empêché de le porter. Quoique piriforme, mon postérieur artificiel n'était pas dénué de charme. Il me conférait une confiance en moi que je n'avais pas éprouvée depuis des années et me donnait une excuse pour acheter des pantalons flatteurs et des spencers. Lorsque je me rendais à pied à l'épicerie ou à la poste, je me faisais invariablement doubler par un inconnu qui avait clairement cru suivre quelqu'un d'autre : la petite pin-up de calendrier, ou la doublure de Pamela Anderson.

Mon popotin me tenait chaud l'hiver et au début du printemps, mais une fois les grandes chaleurs arrivées, il m'a fichu dedans. Le problème, c'était le rembourrage en nylon, lequel, combiné à une haute température, agissait comme un coussin chauffant, m'obligeant à perdre en transpiration le peu que j'avais initialement. Début juin, irrité et osseux, mon derrière naturel ressemblait à une machine rouillée, avec une fente pour introduire les pièces.

Ce fut amusant tant que ça dura, mais si je ne m'en séparais pas, je savais qu'il me faudrait compter sur des prothèses pour le reste de ma vie. Après un dernier tour de mon pâté de maisons, j'ai remisé mon popotin dans sa boîte, dans le placard de l'entrée. De là, il me lança des signaux, à la manière d'une sirène, jusqu'à ce qu'une invitée se présente, une femme longiligne, à l'air triste, qui compara son cul, et pas très favorablement, à un poêlon en fonte. « J'ai exactement ce qu'il te faut », ai-je dit. Il n'était pas dans mon intention de le lui donner, mais dès qu'elle l'a eu essayé, j'ai vu combien ça la rendait heureuse : comment aurais-je pu le lui refuser ? La femme est restée chez nous pendant une semaine, et si je lui en ai atrocement voulu de partir, on pourrait dire que j'ai adoré la regarder s'en aller.

« Achète-le. » C'est le conseil de ma sœur Amy à propos de tout, ça va de la tête de cheval empaillée au string camouflage. « Prends-le, c'est tout, dit-elle. Tu te sentiras mieux. »

Il suffit que vous observiez quelque chose ou que vous le preniez pour voir, et elle intervient illico pour justifier le coût de l'article. « Ce n'est pas *si* cher que ça, et, en plus, tu ne dois pas recevoir un versement des impôts pour trop perçu ? Allez. Fais-toi plaisir. »

L'objet en question peut tout à fait ne pas me convenir, ça ne l'empêchera pas d'insister, brouillant mes intuitions les plus perspicaces. Elle n'est pas délibérément diabolique, ma sœur, c'est juste qu'elle adore voir surgir cet instant, la fraction de seconde où le doute est remplacé par la conviction totale. *Oui*, me dirai-je. *C'est* vrai *que j'ai travaillé dur et cet achat m'apportera le bonheur que je mérite véritablement*. En tendant l'argent, je suis convaincu que cet achat est non seulement légitime, mais gagné durement et nécessaire.

En l'an 2000, j'ai fait un régime et perdu un tout petit peu trop de poids. Amy et moi allions faire du shopping, et quand rien ne m'allait au rayon hommes, elle me guidait lentement vers le rayon femmes. « Ça c'est joli, disait-elle. Pourquoi ne l'essaies-tu pas ? » Une fois, ce fut un pull avec la boutonnière à gauche et non à droite. « Oh, allez, a-t-elle dit. Tu penses honnêtement que les gens font attention à des choses comme ça ? » Il semblait effectivement improbable que quelqu'un fasse attention à l'emplacement d'un bouton. Oui, mais les épaulettes ?

« On peut les enlever. Vas-y. Prends-le. Ça t'ira bien. »

Elle avait beau promettre que personne ne remarquerait jamais, on repérait toujours les vêtements que j'avais achetés en compagnie d'Amy. Dans le restaurant bondé, j'étais celui qui enlevait la veste avec l'étiquette Aguich Sport. C'était moi avec les pinces à la chemise, le tissu distendu à l'endroit qui aurait dû être rempli par des seins. Je me levais pour aller aux toilettes et me souvenais que ce pantalon-ci avait le zip à l'arrière. À ce stade, les gens se rendaient compte. Amy suggéra qu'une veste à mi-mollet résoudrait le problème, mais j'avais une meilleure idée. Elle avait pour nom rayon hommes.

AVEC UN COPAIN COMME ÇA,
PLUS BESOIN D'ENNEMIS

J'ai toujours aimé l'idée des accessoires, ces petits trucs conçus pour booster ce qui, à force, finit par paraître morne et prévisible. Une femme pourra rajeunir sa tenue avec un foulard Hermès classique, ou une coquette ceinture cordelette, mais les options pour hommes sont loin d'être aussi intéressantes. Je ne mets pas de boutons de manchette ni de bretelles, et s'il m'arrive à l'occasion de choisir une nouvelle cravate, ce n'est pas pour autant que je me sens « tendance ». Les accessoires cachés peuvent faire l'affaire, mais là encore, ils relèvent essentiellement du domaine féminin. Porte-jarretelles et lingerie fine – oui. Fixe-chaussette et slip mini – non.

C'est ma quête de quelque chose de discret, de masculin, et de pratique, qui m'a conduit au Copain du Stade, un cathéter externe destiné aux fans de sports, aux chauffeurs routiers, et à quiconque en a marre de chercher les toilettes. À première vue, le bidule répondait à tous mes critères : était-il masculin ? Oui, et non sans fierté. Sachant qu'aucune femme raisonnable ne ferait pipi dans son pantalon de plein gré, les fabricants ont pris l'initiative de concevoir le produit exclusivement pour les hommes. Contrairement à un cathéter normal, qui s'insère directement dans le pénis, le Copain du Stade est raccordé grâce à un préservatif autoadhésif, lui-même attaché à un tube en caoutchouc flexible. L'urine s'écoule par le tube et s'amasse dans la « pochelib' à la jambe » fort commodément fixée au mollet de l'usager. La poche peut être vidée et réutilisée jusqu'à douze fois, ce qui la rend à la fois dégoûtante *et* rentable. Difficile d'imaginer plus viril.

Était-il discret ? À en croire la brochure, sauf à le porter avec un short, personne n'était censé savoir.

Était-il pratique ? À l'époque, oui. Je ne conduis pas et n'assiste pas aux matchs de football, en revanche une tournée de promotion de mon livre était prévue, et les possibilités s'annonçaient illimitées. Cinq verres de thé glacé suivis d'une longue lecture en public ? *Merci Copain du Stade !* Le siège côté hublot dans un vol d'une côte à l'autre des États-Unis ? *Ne vous en faites pas, je suis équipé !*

Je me suis commandé un Copain du Stade et ai réalisé que, s'il pouvait éventuellement être utile à l'hôpital, il n'était vraiment pas pratique pour un usage au quotidien. Dans l'environnement sportif, une tuyauterie chaude reliée à une poche d'urine de neuf cents grammes pourra éventuellement passer inaperçue, mais pas dans l'espace confiné d'un avion ou d'une petite librairie bondée. Une heure après l'avoir étrenné, j'empestais comme une maison de retraite à moi tout seul. Par-dessus le marché, j'ai trouvé qu'il était difficile de faire pipi et autre chose en même temps. Lire à haute voix, discuter du choix de boissons avec l'agent de bord, se présenter à la réception d'un bel hôtel : chaque activité requiert sa propre forme de concentration, et si personne n'a réellement su ce que je manigançais, il était assez clair qu'il se passait quelque chose. Je pense que c'est mon visage qui m'a trahi. Ça et mon mollet étrangement enflé.

Au fond, ce qui m'a fichu dedans, c'est le préservatif autoadhésif. L'enfiler n'était pas un problème, l'enlever, en revanche, s'apparentait à ce qu'on connaît, dans certaines cultures, sous le nom de *bris*. Vous vous servez une fois du machin, et il vous faudra un bon mois pour vous en remettre. Mois pendant lequel, très probablement, vous mettrez dans la balance la relative liberté de faire pipi dans votre pantalon contre l'inconfort disgracieux d'un pénis couvert de croûtes, pour finalement vous rendre compte qu'en termes d'accessoire de confort, mieux vaut un nouveau bracelet-montre.

NE JAMAIS ÉCOUTER MON PATERNEL

C'était le week-end du mariage de mon frère, et mon père essayait de me convaincre de porter un nœud papillon. « Allez, disait-il. Laisse-toi vivre ! » Dehors, de l'autre côté de la vitre, les vagues battaient contre la grève. Les oiseaux marins s'élevaient au-dessus de nos têtes en poussant des cris qui ressemblaient à : « Pédé, pédé, pédé. »

Porté avec un smoking, le nœud papillon peut éventuellement se défendre, mais avec un costume, je n'étais pas sûr que ça passe. Le modèle choisi par mon père était à rayures rouges et blanches, de la taille d'un papillon lune, et tandis qu'il avançait, je reculais vers la porte.

« Ce n'est qu'un bout de tissu, disait-il. Ça ne change pas d'une cravate normale. Que ça tombe droit ou que ça se balade à l'horizontale, tout le monde s'en fiche ! »

Le vagabond en moi me suppliait de ne pas céder, mais je me suis bêtement dégonflé, me disant que ça ne ferait pas de mal de faire plaisir à un vieil homme. Là encore, j'étais peut-être juste fatigué, et je voulais arriver au bout de la soirée en en disant le moins possible. Le truc, avec un nœud papillon, c'est qu'il en dit beaucoup à votre place. « Hé ! s'écrie-t-il. Regardez par ici. Je suis amical, je suis intéressant ! » C'est en tout cas ce que je croyais qu'il disait. Ce fut une soirée formidable, et à la fin j'ai remercié mon père pour son conseil. « Je savais que ça te plairait. Un gars comme toi est fait pour le nœud papillon. »

Peu après le mariage, alors que je me préparais pour une tournée d'un mois à travers les États-Unis, je me suis acheté un nœud papillon, et j'ai découvert qu'il disait des choses différentes selon les gens. Celui-ci était à motif cachemire, sa couleur dominante une sorte de bleu nuit, et si une femme de Columbus a trouvé qu'il me donnait un air universitaire, sa voisine à Cleveland a émis l'idée que ça me plairait sans doute de vendre du pop-corn.

« Comme machin, là, comment s'appelle-t-il ? a-t-elle dit. Celui qui est mort.

– Paul Newman est mort ?

– Non. L'autre. Orville Redenbacher. »

L'association entre les deux noms n'était pas piquée des hannetons, de même que mes intérêts présumés pour le music-hall et la politique. À Saint Louis, le nœud papillon a été perçu comme étant « très Charlie McCarthy », tandis qu'à Chicago un jeune homme l'a défini comme « le piercing au sourcil pour le Parti républicain ». Ce qui a renvoyé le nœud papillon dans ma valise, où il a imploré le pardon, évoquant les noms de Daniel Patrick Moynihan et du sénateur Paul Simon. « Oh, allez, disait-il. C'étaient des démocrates, *eux*. Laisse-moi sortir, je t'en prie. »

Toute affiliation politique mise à part, je sais ce que le jeune type de Chicago avait voulu dire. Drôle de monde que celui où le port du nœud papillon fait de vous quelqu'un de « farfelu ». Simplement je ne suis pas certain de savoir ce qui est le pire : les gens qui trouvent ça farfelu que quelqu'un porte un nœud papillon, ou la personne qui se croit farfelue parce qu'elle en porte un.

J'ai arboré mon nœud papillon dans vingt-sept villes, et dans chacune d'elles je me suis retrouvé à supplier qu'on me soutienne : « Êtes-vous *vraiment* sûr que ça me va ? *Vraiment ?* » Je n'arrivais tout simplement pas à dire si ça m'allait. Seul dans l'ascenseur, j'avais des instants de clairvoyance, mais juste au moment où je m'apprêtais à retirer mon nœud papillon, je me rappelais quelque compliment forcé dont s'était fendu un inconnu. « *Oh, mais c'est tellement adorable, tellement chou. Je n'ai qu'une envie, vous ramener à la maison !* »

J'apprends de mon père que lorsque j'étais nourrisson, les gens jetaient un coup d'œil furtif dans mon landau et se tournaient vers ma mère en disant : « Grand Dieu…, quel bébé. » On ne m'a jamais décrit comme étant chou, alors pourquoi le ferait-on maintenant ? Que disait le nœud papillon dans mon dos ? Et comment pouvais-je le mettre en contact avec des marines de vingt ans plutôt qu'avec des femmes de soixante-dix ans ?

C'est mon ami Frank, un auteur de San Francisco, qui m'a finalement ouvert les yeux. Quand je lui ai demandé son avis au sujet de mon nouveau look, il a posé sa fourchette et m'a regardé quelques instants. « Un nœud papillon annonce au monde que tu ne peux plus avoir d'érection. »

Et c'est *exactement* ce que dit un nœud papillon. Non pas que vous êtes impuissant, mais que vous êtes impotent. Les gens proposent de vous ramener à la maison, non pas parce que vous êtes sexy, mais parce que vous êtes *a*sexué. Un matou châtré qui a besoin d'un bon vieux câlin. Ce qui ne signifie pas nécessairement que le nœud papillon *ne soit pas* pour moi, juste que c'est un peu prématuré. Quand j'ai expliqué ça à mon père, il a levé les yeux au ciel. Ensuite il a dit que je n'avais aucune personnalité. « Ce que tu peux être cruche. »

Il voit le nœud papillon, du moins dans mon cas, comme un ruban aux couleurs vives enveloppant un cadeau banal. En ouvrant le paquet, celui qui reçoit le présent sera forcément déçu. Alors pourquoi se tendre un piège ? C'est une question à laquelle mon père répond de la voix peinée et répétitive d'un contrôleur judiciaire. Selon lui, on se tend un piège à soi-même afin d'*aller* au-delà de ces attentes. « Tu t'habilles pour donner cent pour cent, et ensuite tu donnes cent vingt pour cent. Bon sang, dit-il, tu es un adulte. On n'en a pas déjà discuté ? »

Adulte ou pas, c'est encore quand je m'habille en vagabond que je me sens le mieux – le plus en adéquation avec moi-même. Les dés ont été jetés pour moi à Halloween, et si cela n'a assurément pas été prouvé, je pense que c'est comme ça pour tout le monde. Regardez mon frère, qui se déguisait en assassin, et ma sœur Amy, qui se déguisait en prostituée hagarde. Quant aux mômes de mon quartier, les sorcières et les fantômes, les vampires, les robots et, oh mon Dieu, les momies, je ne peux espérer qu'une seule chose : que, comme moi, ils travailleront à la maison.

Les voyages forment la jeunesse

La maison dans laquelle j'ai grandi est située dans un lotissement, et, au tout début, lorsque ma famille s'y est installée, les jardins n'étaient pas complètement dénudés, mais presque. C'est mon père qui est allé voir les voisins et a initié une campagne de plantation d'érables sur le bord de la route. On a creusé des trous, de jeunes arbres ont été livrés, et nous avons remarqué, mes sœurs et moi, qu'à l'exception des oiseaux, les arbres étaient les seules choses sur terre à ne pas être mignonnes étant bébés. On aurait dit des branches plantées dans le sol, et je me rappelle m'être dit que le temps qu'ils arrivent pleinement à maturité, moi, je serais vieux.

Et c'est grosso modo ce qui s'est passé.

Pendant toute mon adolescence, puis quand j'ai eu la vingtaine et un peu plus, je me suis demandé si mon père ne s'était pas trompé en commandant des érables nains, si tant est que cela existe. Quand j'ai eu la trentaine, ils ont peut-être atteint un mètre, maximum, mais après cela, leur croissance a été ahurissante. La dernière fois que je les ai vus, c'étaient de véritables arbres, tellement grands que les branches supérieures du côté gauche de la route se mêlaient à celles du côté droit, pour former une solide canopée ombragée. C'était il y a quelques années. J'étais à Raleigh pour la soirée, et mon père m'a emmené à une soirée organisée par l'un de ses voisins. Avant, je connaissais tout le monde dans notre rue, mais depuis que j'étais parti, il y avait eu beaucoup de renouvellement. Les gens meurent, emménagent dans des immeubles en copropriété, et leurs maisons sont vendues à de jeunes couples mariés qui enlèvent les moquettes couleur terre et construisent des îlots de cuisine. Jadis, les intérieurs de ces maisons se ressemblaient tous, et, au final, comme elles ont toutes été rachetées et réaménagées, elles seront toutes à nouveau semblables, mais différemment.

La soirée avait lieu dans ce que je croyais être « la maison des Rosen », sauf que, entretemps, il y avait eu deux autres propriétaires. La maîtresse de maison faisait partie des nouveaux, tout comme ses invités, et j'ai été surpris que mon père les connaisse tous par leur prénom. Il y avait Phil et Becky, Ashley et Dave, et un jeune gars pétulant de quinze ans, qui s'est jeté sur le canapé en en faisant des tonnes et a désigné mon père comme s'il s'agissait d'une femme :

« Lou Sedaris, qui est-ce qui l'a invitée, *celle-là* ?

– Mon fils est homo ! » a annoncé la mère du gamin, comme si personne ne s'en était encore rendu compte.

Il fréquentait peut-être une de ces écoles artistiques pilotes implantées en zone d'éducation prioritaire, il n'empêche, j'en restais baba de constater qu'un gamin en classe de troisième à Raleigh, en Caroline du Nord – dans la rue où j'avais passé mon enfance – pût impunément s'assumer en tant qu'homosexuel. J'ai eu l'impression de me traîner une attelle de cinq kilos et de rencontrer quelqu'un ayant eu droit au nouveau vaccin contre la polio.

« Il se trouve que *celle-là*, jeune homme, c'est mon père, et j'apprécierais que tu lui témoignes un peu de respect.

– Oui, m'dame. »

Quand j'avais l'âge de ce gamin, quelqu'un parlant de la sorte aurait été brûlé vif. Être homosexuel était impensable, aussi refusait-on de l'admettre, on se trouvait une petite copine qui voulait bien se mettre à la colle avec un gars du genre raisonnable. Lors des rendez-vous amoureux, on lui rappelait que les rapports sexuels avant le mariage n'étaient rien d'autre que ça : des rapports sexuels, ce que faisaient les chiens dans le jardin. Complètement à l'opposé de « faire l'amour », ce qui était davantage ce à quoi on aspirait. Une véritable union des âmes pouvait prendre de huit à dix ans pour se nouer comme il se devait, mais vous étiez disposé à attendre, et pour ça, les mamans vous adoraient. On en discutait parfois avec elles en sirotant un thé glacé, de préférence sur la véranda, pendant que le frère de la petite copine tondait la pelouse torse nu.

J'ai gardé le secret jusqu'à mes vingt ans, et cela aurait pu durer plus longtemps si un couple ne m'avait pris un soir en auto-stop. Il était une heure du matin, et s'il y a bien une chose à laquelle je ne m'attendais pas, c'était qu'une Cadillac s'arrête. Plus étonnant encore, en ouvrant la portière arrière, les gens à l'intérieur étaient vieux, découvris-je – l'âge de mes parents, au moins. La voiture sentait la lotion capillaire. Une CB grésillait à côté du volant, et je me suis demandé à qui ils pouvaient bien parler à cette heure de la nuit. Puis j'ai remarqué que la femme portait un déshabillé. Elle s'est penchée en avant pour enfoncer l'allume-cigare, et j'ai vu une étiquette grosse comme un bristol visible à travers le tissu sur sa nuque. On a roulé deux ou trois kilomètres en silence avant que l'homme se retourne sur son siège et me demande, sur le ton de quelqu'un prenant des nouvelles de ma santé :

« Ça te dirait de lécher la chatte de ma femme ? »

Puis la femme s'est retournée à son tour, et c'est à elle que j'ai avoué :

« Je suis homosexuel. »

Aussi loin que je me souvienne, j'avais voulu me décharger de ce fardeau, et, entre le crissement des pneus et la violente embardée sur le bas-côté, j'ai éprouvé tout le soulagement que je m'étais imaginé un jour ressentir.

Quelques mois plus tard, j'ai dit la même chose à ma meilleure copine Ronnie, qui a fait semblant d'être étonnée, puis a reconnu l'avoir su depuis toujours.

« C'est ta façon de courir, a-t-elle dit. Tu gesticules avec les bras au lieu de les tenir serrés contre tes flancs. »

« Pense à travailler ta technique de course à pied », ai-je noté dans mon journal intime le lendemain matin.

À un âge que beaucoup considéreraient comme leur apogée, moi, je n'avais encore couché avec personne. Mes aveux ne contribuèrent en rien à modifier cette situation, mais, pour la première fois de ma vie, j'ai eu le sentiment qu'une personne me connaissait vraiment. Enfin, trois personnes, pour être précis. Deux d'entre elles arpentaient la route en Cadillac, à faire Dieu sait quoi avec une CB, mais l'autre était on ne peut plus proche de moi, et je pouvais désormais apprécier le plaisir sans mélange de sa compagnie.

Le suivant sur la liste des gens à qui l'annoncer était Todd, mon ancien coturne de la fac. Je suis allé en stop de Raleigh à Kent, dans l'Ohio, mais une fois sur place, j'ai eu l'impression que ce n'était pas tout à fait le bon moment. Il était plus difficile d'en parler à un garçon qu'à une fille, et encore plus difficile après avoir pris trop d'acide, occupé que vous étiez à essayer d'empêcher les lutins de vous enfoncer des épingles dans les yeux.

Après mon échec dans l'Ohio, j'ai remis le cap au sud. C'était au début du mois de décembre, et j'avais oublié comme il peut faire froid à cette période dans le Midwest.

Todd m'avait proposé de prendre sa doudoune, mais je la trouvais moche, donc je me suis retrouvé avec un pardessus qui ne se boutonnait même pas jusqu'en haut, acheté dans un dépôt style Armée du Salut. Il m'avait également proposé un pull-over avec une ceinture à la taille. Un pull épais aux motifs bigarrés, parfait pour un berger menant paître son troupeau de lamas, mais j'avais répondu :

« Non, ça risque de me faire une vilaine silhouette. »

C'était la formule que j'avais utilisée, et maintenant je payais pour ma vanité – parce que franchement, qu'est-ce que cela aurait changé ?

« Oh, bonté divine, lui, je ne peux pas le prendre en stop. Trop enrobé. »

J'avais quitté Kent à huit heures du matin, et en cinq heures de temps, j'avais parcouru moins de quatre-vingts kilomètres. C'était maintenant l'heure du déjeuner – mais, de toute façon, il n'y avait ni snack en vue, ni rien pour acheter quoi que ce soit. Il a commencé à pleuvoir, et juste au moment où j'envisageais de rebrousser chemin, une dépanneuse s'est arrêtée, et le chauffeur m'a fait signe de monter. Il m'a dit qu'il n'allait pas loin – une cinquantaine de kilomètres à peine – mais j'ai été bien content de me retrouver au chaud, et je me suis hissé sur le siège passager, bien décidé à en profiter au maximum.

« Alors, a fait le type une fois que j'ai été installé, t'es d'où ? »

Lui, en tout cas, j'aurais dit qu'il était quelque part entre vieux et croulant, dans les quarante-cinq ans, peut-être, avec des favoris grisonnants en forme de botte.

Je lui ai dit que j'étais de Caroline du Nord, et il a donné un grand coup de paume sur le volant.

« Caroline du Nord. En v'là un État. Mon frère et moi, on y est descendus en vacances – Topsail Beach, je crois – on s'est éclatés. »

Quand le type s'est tourné pour m'adresser la parole, j'ai remarqué qu'il avait les oreilles décollées et que son front était presque séparé en deux par une sorte de bosselure verticale qui commençait à l'intersection des sourcils et remontait deux centimètres et demi au-delà de la naissance des cheveux. Une sorte de ride qu'on associe à des pensées profondes, mais tellement profonde qu'elle aurait pu être l'œuvre d'une hachette.

« Ouimsieu, cette sacrée bonne vieille Caroline du Nord, a continué le type. Je parie que vous dites CdN, par là-bas, non ? »

Il a enchaîné sur le climat de l'État et la gentillesse de ses habitants, puis il a regardé dans son rétroviseur latéral pour surveiller le semi-remorque qui approchait.

« Tout ce que je sais, c'est que si quelqu'un voulait me tailler une pipe, ou que je lui en taille une, eh bien, ce serait banco. »

Il m'a sorti ça de but en blanc, et ce qui m'a frappé c'était la manière dont il avait enchaîné avec ses considérations antérieures. Le climat de la Caroline du Nord est tempéré, sa population est agréable ; par conséquent je suis prêt à faire ou recevoir une fellation d'un autre homme.

« Attention, j'ai dit, ils ne sont pas *tous* gentils. Je me souviens d'une fois, je marchais dans la rue, et toute une bande m'est tombé dessus, ils m'ont tenu les bras et craché à la figure. » L'histoire était authentique, et rien que d'en parler, je me suis rappelé la puanteur de leur salive acide et glaireuse. Je m'attendais, et à juste titre me semble-t-il, à ce que le chauffeur me demande des détails. « Qui étaient ces types ? Pourquoi t'ont-ils craché à la figure ? »

Au lieu de quoi il a repris là où il s'était arrêté.

« Je tiens à te dire que je m'accroupirais carrément sur ce siège et que je te ferais une turlute. Soit ça, soit je resterais bien calé au fond de mon siège pendant que quelqu'un m'en ferait une. Vraiment, ce serait banco.

– Et puis, une autre fois, lui ai-je dit, une autre fois, un gars a menacé de me faire bouffer mes dents. J'étais là, je n'embêtais personne, et d'un seul coup, tac. »

Ça, c'était un mensonge, du moins la dernière partie. Le type avait effectivement menacé de me faire bouffer mes dents, mais uniquement parce qu'on s'était moqué de lui et on lui avait fait un doigt, avec mon copain, le traitant de vieux bouseux crasseux.

« J'avais douze ans à l'époque, j'ai dit. Dans l'Ohio, un môme ne se ferait jamais menacer comme ça, mais en Caroline du Nord, c'est le lot quotidien. »

Le lot quotidien. Plus ça allait, plus je causais comme un crétin – non pas d'ailleurs que cela eût changé quoi que ce soit.

« Je veux dire, pourquoi ne pas tailler une pipe ? a continué le conducteur. Ce n'est qu'un pénis, pas vrai ? Sans doute pas pire pour toi que de fumer. »

À l'extérieur de la dépanneuse en mouvement défilaient des champs mornes et plats, certains bordés de bouquets d'arbres, d'autres s'étirant à perte de vue. Ils paraissaient flous, puis l'instant d'après l'essuie-glace passait en frémissant, et à nouveau l'image redevenait nette. Un break s'est rabattu devant nous, et les enfants sur la banquette arrière ont fait signe au chauffeur de doubler pour tailler la route. Apparemment, il ne les avait pas remarqués, et juste au moment où je m'apprêtais à lui en toucher deux mots, je me suis rendu compte que j'allais devoir employer le mot « tailler ». Aussi ai-je laissé tomber pour me concentrer à nouveau sur le paysage.

Si j'avais été capable d'aborder le sujet de front, j'aurais dit à cet homme que je me réservais pour la bonne personne. Je souhaitais que ma première fois soit spéciale, voulant dire par là que je connaîtrais le nom du partenaire et, je l'espérais, son numéro de téléphone. Après l'amour, nous resterions allongés dans les bras l'un de l'autre, et passerions en revue les événements nous ayant conduits jusque-là. Je ne pouvais pas prédire avec exactitude la teneur de la discussion, mais je n'imaginais pas y voir figurer des tirades du style : « J'ai su que ça allait arriver il y a cinq minutes, à l'instant où tu es monté dans mon camion. » Non pas que j'aie eu la moindre réticence quant à la profession de cet homme. C'est l'autre truc qui me chiffonnait : sa bosselure, sa manière d'y aller franco, et son refus obstiné de parler d'autre chose, bon sang. Il me faisait penser à moi quand je sentais qu'il y avait de la dope dans les parages : « Tout ce que je sais c'est que si quelqu'un a envie de se défoncer, ou veut me regarder fumer sa dope, je suis d'accord. Vraiment ce serait banco. »

J'ai envie de rentrer sous terre quand je me revois en train de faire le forcing pour taxer de la beuh à mes amis, persuadé d'avoir l'air désinvolte. Après être passé sans y avoir été invité et avoir en gros obligé quelqu'un à partager sa dope, j'empochais ce qui restait du joint et décampais en disant : « C'est la dernière fois que je te laisse me mettre la tête à l'envers comme ça, sérieux. »

« Oui, vraiment de chez vraiment, a dit le chauffeur de la dépanneuse. Un petit plaisir de bouche, là, maintenant, ce serait pas désagréable. »

J'aurais pu mettre si simplement un terme à tout cela. « Je ne crois pas que ma petite amie apprécierait beaucoup », voilà ce que j'aurais pu dire, mais je voulais éviter de recourir à ce mensonge en particulier. Il y avait ma vie *avant* que j'annonce à une femme étrange en déshabillé que j'étais homosexuel, et maintenant il allait y avoir ma vie d'*après*, deux chapitres tellement dissemblables en termes de style et de contenu qu'ils auraient pu être écrits par des gens différents. C'est ce que j'espérais, mais évidemment ce n'est pas comme ça que j'allais m'en sortir. J'avais besoin d'une histoire qui m'aille à peu près, alors j'ai trouvé un compromis en disant au chauffeur que j'avais une *ex*-petite amie.

« On vient juste de se séparer, la semaine dernière, et là je rentre à la maison pour la reconquérir.

– Et alors ? a-t-il dit. Moi j'ai une ex-*femme*. Et puis il y a ma femme de maintenant, c'est pas pour autant que ça me ferait pas du bien de tailler une pipe à quelqu'un, ou que quelqu'un m'en taille une pendant que je m'allonge pour en profiter un petit peu. »

Mon mensonge était de ceux qui ne mènent nulle part, et, tandis que je m'en voulais d'avoir mal joué le coup, le chauffeur a retiré sa main du volant et l'a posée sur le siège entre nous. L'espace d'un instant, elle est restée immobile, puis elle a commencé à progresser dans ma direction en un mouvement hésitant et pataud de tortue.

« Ouimsieu », s'est exclamé son propriétaire.

Il y aurait des fois, au cours des années à venir, où je ferais l'amour contre mon gré. Personne ne me forcerait véritablement – ce n'est pas ça. C'est juste que je ne serais pas sûr de savoir dire : « Va-t'en. Fiche le camp. Je ne veux pas ça. » Souvent j'aurais pitié du gars : il serait difforme, ce ne serait pas sa faute, il achèterait tous ses vêtements chez Sears, il dirait m'avoir aimé au premier rendez-vous. À une ou deux reprises, j'aurais trop peur de dire non, mais ce type-là ne me faisait pas peur. Je le considérais du même œil que le môme de quinze ans, le voisin de mon père, me considérait certainement : une relique d'un autre temps, remontant à l'époque où les arbres n'étaient que des arbrisseaux malingres, où l'on pouvait tromper les femmes, et où tout chez vous était couleur rouille ou terre.

Quand la main rampante a enfin atteint mon manteau, j'ai réfléchi à la manière dont j'allais annoncer au chauffeur que c'était l'endroit idéal pour que je descende.

« Quoi ? dirait-il. Ici ? Tu es sûr ? »

Le type s'arrêterait, et je prendrais place sur le bord de la route, un puceau avec trois dollars en poche, et toute la vie devant lui.

Ce que j'ai appris

Ç'a été intéressant de se promener sur le campus cet après-midi, car lorsque *moi* j'étais à Princeton, les choses étaient complètement différentes. Cette chapelle, par exemple – je me souviens de l'époque où ce n'était qu'une clairière délimitée par des bâtons pointus. La prière était alors obligatoire, et on ne pouvait pas se contenter de faire semblant en bougeant les lèvres dans le vide ; il fallait connaître les paroles, et y croire vraiment en son for intérieur. En disant cela, je trahis mon âge, mais attention, je vous parle d'une période antérieure à Jésus-Christ. Nous vénérions alors un Dieu nommé Sashatiba qui avait cinq yeux, dont un sur la pomme d'Adam. Aucun d'entre nous ne l'a jamais rencontré, mais le bruit courait qu'il pouvait apparaître à tout instant, aussi étions-nous toujours sur le qui-vive. *Quoi que tu fasses, ne regarde pas son cou*, avais-je coutume de me dire.

Aujourd'hui, c'est amusant, mais à l'époque ça me préoccupait beaucoup. Il y avait des gens que ça préoccupait un peu trop, et leurs résultats universitaires en pâtissaient vraiment. Là encore, cela en dit long sur l'âge que j'ai, il n'empêche qu'à l'époque, les examens, on les avait ou on les loupait. Tu réussissais tes examens, et tu avais le droit de vivre, tu échouais, tu étais brûlé vif sur un bûcher funéraire qui est aujourd'hui le département des études gaies, lesbiennes et transgenres. Suite aux premiers partiels, la fumée dans l'air était tellement épaisse qu'on pouvait à peine s'orienter sur le campus. Il y avait ceux qui disaient que ça sentait la viande, une odeur de barbecue, mais moi je voyais bien la différence. Je veux dire, vraiment. Depuis quand fait-on griller des cheveux ? Ou des pulls ? Ou encore ces gros godillots qu'on avait tous à l'époque ?

N'empêche, ce n'était pas le pied, je n'en dirai pas plus. Si j'avais été brûlé vif à cause de mes mauvaises notes, mes parents m'auraient tué, surtout mon père, qui ne pensait pas à mal, mais était juste un peu trop enthousiaste à mon goût. Il avait toute la panoplie : le plastron Princeton, le bonnet de nuit Princeton ; il avait même la cape en velours avec la tête de tigre qui pendait comme un sac à dos entre les omoplates. En ce temps-là, la mascotte était le tigre à dents de sabre, alors vous pouvez imaginer comme vous aviez l'air fin en vous installant confortablement dans votre fauteuil. Et puis il y avait le break familial entièrement recouvert de décalcomanies et d'autocollants : « Je soutiens à fond les universités de l'Ivy League », « Mon fils a intégré la plus grande université des États-Unis, et tout ce que j'ai reçu, moi, c'est une facture de 168 000 dollars ». Et ainsi de suite, ce qui n'était vraiment... *pas glorieux.*

Un des trucs qu'on vous infligeait à l'époque, c'était, pour commencer, le « séminaire de modestie », une session de huit heures que tous les bizuts devaient se coltiner. Il est possible que ce ne soit plus pareil aujourd'hui, mais de mon temps, ça prenait la forme d'un jeu de rôle, mes camarades de classe et moi-même faisions semblant d'être des diplômés, et le prof endossait le rôle du citoyen lambda : le soldat, le phlébologue, la putain au cœur d'or.

« Dites-moi, jeune homme. Avez-vous fait des études supérieures ? »

À quiconque portait outils ou armes, nous avions pour consigne de répondre :

« Quoi ? Moi aller à la fac ? Qui est-ce qui vous a fait croire une chose pareille ? »

En revanche, si la personne était diplômée, vous aviez le droit de dire :

« En quelque sorte. »

Ou, parfois :

« Je crois, oui. »

Et c'est la suite qu'il ne fallait pas louper. Tout était dans l'inflexion, et les étudiants étrangers mettaient un temps fou à prononcer la formule correctement.

« Alors tu crois être allé où, en quelque sorte, comme tu dis ? »

Et nous devions répondre :

« Heu, Princeton ? » (Comme s'il s'agissait d'un examen oral, et que nous n'étions pas certains que ce soit la bonne réponse.)

– Princeton ! Juste ciel, s'exclamait le professeur. Ç'a dû être quelque chose ! »

Il fallait attendre qu'il balance sa réplique, mais à partir du moment où il commençait à dire que vous deviez être quelqu'un de brillant, un sacré bosseur, vous deviez lever les mains en disant :

« Oh, ce n'est pas si dur d'y entrer. »

Alors il faisait :

« Vraiment ? Mais j'ai entendu dire… »

– Faux, répondiez-vous alors. Ce que vous avez entendu dire est faux. Ce n'est pas une université si formidable. »

C'est comme ça qu'il fallait faire. Il fallait minimiser le truc, ce qui ne coulait pas de source lorsque votre paternel était là, à déclamer votre lettre d'admission au mégaphone.

Il fallait que je tempère un peu son enthousiasme, aussi ai-je annoncé que j'allais prendre « parricide » comme matière principale. Le programme était très costaud à l'époque, ce qui se faisait de mieux en Amérique, mais au moins, ce n'était pas avec ce genre de matière que votre père allait se monter le bourrichon. En tout cas, *a priori*, la plupart des pères. Sauf que le mien était aux anges, il se voyait déjà sur la lune.

« Tué par un diplômé de Princeton ! a-t-il dit. Et mon propre fils, de surcroît. »

Ce qui a fait piquer une crise de jalousie à ma mère :

« Et pourquoi pas matricide ? Je ne suis pas assez bien pour être assassinée ? Môssieu est au-dessus de ça, il refuse de buter son unique maman ? »

Ils ont commencé à se chamailler, aussi, afin de rétablir la paix, j'ai promis d'envisager de prendre deux matières principales.

« Et ça va nous coûter combien en plus ? » ont-ils demandé d'une seule voix.

Ces derniers mois à la maison ont été assez durs, mais ensuite, la première année a commencé, et j'ai été pris dans le tumulte de la vie intellectuelle. Mon cours de vénération de l'idole fut le meilleur, mais mon père n'a pas du tout compris.

« Nom d'une pipe, mais qu'est-ce que cela a à voir avec le parricide ? »

Et j'ai répondu : « Euh. Ça a *tout* à voir. »

Il ne comprenait pas que tout est lié, qu'un sujet conduit à un autre pour former une sorte de chaîne qui redresse la tête et se cabre comme un cobra quand vous tirez sur le bong après trois jours sans dormir. Sous acide, c'est encore plus dingue, on dirait qu'il bouffe des trucs. Mais n'étant pas allé à l'université, mon père n'avait aucune idée de ce qu'était un enseignement complet en matière d'arts libéraux. Il pensait que tous mes cours devaient avoir un rapport avec le meurtre, sans pause déjeuner ni rien. Heureusement, n'empêche, que ça ne se passe pas comme ça.

Si j'avais dit à mes parents que mes cours principaux consisteraient à apprendre à les tuer c'était juste pour qu'ils me laissent un peu tranquille. En vérité, je ne savais absolument pas ce que j'avais envie d'étudier, si bien que, les premières années, j'ai pris tout ce qui se présentait. L'histoire m'intéressait, mais je n'avais pas de mémoire pour retenir les dates, donc j'avais tendance à mélanger les époques. J'adorais les pillages et l'astrologie, mais ce qui m'est resté, finalement, c'est la littérature comparée. À l'époque, il n'y avait pas grand-chose à comparer, hormis une poignée de poèmes épiques et un roman sur une femme détective, c'est en partie pour ça que ça me plaisait. C'était un champ nouveau, offrant mille perspectives. Un diplômé cultivé irait *n'importe où*, mais allez dire ça à mes parents.

« Tu veux dire que tu ne *vas pas* nous tuer ? a dit ma mère. Mais j'ai annoncé à tout le monde que c'était ta double dominante. »

Mon père a fait suivre son discours sur le mode « Je-suis-si-déçu » d'une conférence sur les opportunités de carrière.

« Tu vas étudier la littérature et tu vas trouver un boulot de quoi ? De *littératurisateur* ? »

On a passé toutes mes vacances à se disputer ; puis, juste avant que je retourne à la fac, mon père est venu me voir dans ma chambre.

« Promets-moi de bien réfléchir à tout ça », a-t-il dit.

Et, en partant, il a glissé dans mon cartable une dague gravée d'une empreinte.

J'ai eu beaucoup de bons professeurs pendant mes années à Princeton, mais celle à laquelle je pense le plus souvent est ma prof de divination, la vieille sorcière intégrale aux cheveux gris en bataille, avec des verrues grosses comme des pommes de terre nouvelles, la totale. Elle nous apprenait à prévoir la météo jusqu'à deux semaines à l'avance, mais si vous lui demandiez quoi que ce soit d'un peu plus conséquent, c'était la déconvenue presque certaine.

Les étudiants dont la matière principale était l'alchimie voulaient tous savoir combien ils se feraient, une fois leur diplôme en poche.

« Donnez-nous juste une fourchette », disaient-ils, et la prof secouait la tête et posait une petite couverture offerte par une de ses anciennes classes sur sa boule de cristal. Dès qu'il s'agissait de notre avenir, elle mettait le holà, on avait beau supplier, rien n'y faisait – et on l'a vraiment suppliée, je peux vous le dire. J'étais tout aussi dépité que les autres, mais, rétrospectivement, je vois bien qu'elle a agi pour notre bien. Regardez-vous le jour de la remise des diplômes, et ensuite regardez-vous aujourd'hui. Je l'ai fait récemment, et ça donne un truc du genre : « Beurk ! Nom d'une pipe, qu'est-ce qui s'est passé ? »

La réponse, bien sûr, est : la vie. Ce que la sorcière a choisi de ne pas nous prédire – et que nous, fiers comme nous l'étions, n'aurions pu deviner –, c'est qu'il arrive des trucs. De drôles de portes s'ouvrent. Les gens s'embarquent dans de drôles de voies. Le petit génie qui a fait des études d'ingénieur se retrouvera à faire du cidre, non pas parce qu'il y est obligé, mais parce qu'il trouve ça stimulant. Qui sait ? Peut-être bien que l'athlète apportera la paix à toutes les nations, ou le crétin de la promo se retrouvera peut-être président des États-Unis – encore que ça, il y a plus de chances que ça se produise à Harvard ou à Yale, des universités qui laissent entrer à peu près n'importe qui.

Il y a ceux qui ont quitté Princeton et qui, telles des flèches, ont gravi les échelons dans les cercles du pouvoir et la finance, mais je n'ai pas été de ceux-là. Mon itinéraire fut tortueux, avec moult obstacles en chemin. Une fois la fac terminée, je suis rentré à la maison, avec dans ma besace le diplôme d'une prestigieuse université de l'Ivy League, quatre années de linge sale et toute la vie devant moi.

« Qu'est-ce que tu vas faire, maintenant ? » ont demandé mes parents.

Et j'ai répondu : « Eh bien, j'envisageais de laver certains de ces sous-vêtements. »

Ça m'a pris six mois. Ensuite, je suis passé aux chemises.

« Bon, et maintenant ? » ont demandé mes parents.

Et quand je leur ai dit que je ne savais pas, ils ont perdu le peu de patience qu'il leur restait.

« C'est la réponse d'un gars sortant d'une petite université locale, ça, a dit ma mère. Toi tu sors de la plus grande université. Comment peux-tu *ne pas* avoir au moins une petite idée ?

– Je ne sais pas. »

Avec le temps, mon père a cessé de porter sa panoplie de Princeton. Ma mère a arrêté de parler de mon « potentiel », et elle et mon père ont pris un chiot marron et blanc. Question intelligence, il était tout juste dans la moyenne, mais ils refusaient de le voir.

« Tu es le toutou le plus intelligent du monde, pas vrai ? » demandaient-ils, et le chiot leur léchait les doigts d'une manière familière au point d'en être gênante.

Mon premier week-end des anciens élèves m'a un peu remonté le moral. C'était chouette de savoir que je n'étais pas le seul diplômé au monde sans emploi, mais cet agréable sentiment s'est dissipé quand je suis rentré à la maison et que je me suis rendu compte que mes parents avaient donné ma chambre au chien. Au-dessus de la commode, à la place du fanion de Princeton qu'ils m'avaient acheté pour mon premier anniversaire, se trouvait une bannière sur laquelle on pouvait lire : « Concours de chiens de Westminster sinon rien. »

Je voyais bien dans quelle direction le vent commençait à tourner, alors je suis parti m'installer à New York, où un ancien copain de promo, diplômé en philosophie, m'a dégoté un boulot dans son équipe de chiffonniers. Quand l'industrie a délocalisé outremer – sur décision d'un autre ancien copain de promo –, je suis resté sur place et ai finalement trouvé du travail comme dépeceur pour un dératiseur, un type maigre et grave qui avait une longue barbe comme jamais je n'en avais vu.

Le soir, je lisais et relisais la poignée de livres que j'avais emportés en partant de la maison, et finalement, plus par ennui que pour d'autres raisons, j'ai moi-même commencé à écrire. Ce n'était pas grand-chose, au départ : des esquisses de personnages, des comptes rendus de ma journée, des parodies d'articles du bulletin des anciens élèves. Puis, peu à peu, je suis devenu plus ambitieux, j'ai commencé à concocter de petites histoires sur ma famille. J'en ai lu une à voix haute au dératiseur, qui n'avait jamais ri de quoi que ce soit, mais qui a hurlé de rire en entendant la description de ma mère et de son chiot.

« Ma mère était exactement pareille, a-t-il dit. J'ai décroché mon diplôme de l'université de Brown, et, deux semaines plus tard, elle élevait des faucons dans ma chambre, sur le lit superposé du haut ! »

L'histoire de mon père déféquant dans le puits de son voisin plut tellement à mon patron qu'il m'en demanda une copie et l'envoya à son père.

Cela m'a encouragé à continuer, et, petit à petit, j'ai terminé un livre entier, qui a ensuite été publié. J'ai montré une première édition à mes parents, qui ont commencé par l'histoire du puits du voisin, puis se sont levés pour tirer les rideaux. Cinquante pages plus tard, ils condamnaient la porte en clouant des planches et cherchaient en quoi se déguiser.

D'autres personnes avaient adoré mes textes, mais ces deux-là n'ont pas du tout apprécié.

« Qu'est-ce qui cloche ? » ai-je demandé.

Mon père a ajusté son turban de fortune et a dessiné une moustache sur la lèvre supérieure de ma mère.

« Ce qui cloche ? Je vais te dire, moi, ce qui cloche : tu nous assassines, là.

– Mais je croyais que c'était ce que vous vouliez.

– Certes, a dit ma mère en pleurant, mais pas de cette façon. »

Jusqu'alors, je n'avais pas fait le rapprochement, mais j'avais semble-t-il bouclé la boucle. Ce qui avait commencé comme une esquive était par mégarde devenu mon métier dans la vie, ironie que je n'aurais jamais pu apprécier si mes extraordinaires parents ne m'avaient pas envoyé à Princeton.

That's Amore[1]

À côté de notre immeuble à New York, il y avait une étroite passerelle, et chaque soir, juste après la tombée de la nuit, des rats en émergeaient et se ruaient en masse sur les poubelles alignées le long du trottoir. La première fois que je les ai vus, je me suis mis à crier, mais après ça, j'ai mis un point d'honneur à marcher de l'autre côté de la rue, m'arrêtant pour les zieuter et ne rien manquer du spectacle. C'était comme emménager en Alaska et voir une congrégation d'ours – je savais que je devais m'y attendre, mais j'avais tout de même du mal à en croire mes yeux. De temps en temps, l'un d'eux se faisait écraser par un taxi, et je me penchais par-dessus le corps, captivé par son côté immonde. Vingt secondes de rêverie, peut-être trente, après quoi le charme était rompu, parfois par la circulation, mais le plus souvent par ma voisine Helen, qui me criait dessus depuis sa fenêtre.

De même que les rats qui émergeaient de la passerelle, Helen était exactement le type de créature que je m'étais attendu à trouver à New York. Arrogante, pressante, ayant un avis sur tout, et ce avec fierté, pour ne pas dire fascisme, c'était le genre de personne que vous

---

1. Chanson composée en 1953 par Jack Brooks et Harry Warren, interprétée notamment, comme « Volare », par Dean Martin.

vous retrouviez à citer dans les dîners, surtout si vos hôtes étaient un peu chichiteux et que vous ne teniez pas particulièrement à être réinvité. Helen sur la politique, Helen sur le sexe, Helen sur les relations interraciales : la réaction à la table était à peu près toujours la même. « Oh, c'est horrible. Et *d'où* connais-tu cette personne ? »

C'est Hugh qui l'a rencontrée en premier. À New York, dans Thompson Street, durant l'automne 1991. Il y avait là un boucher qui faisait également café, et Hugh a fait savoir qu'il cherchait à louer un appartement. Tout en parlant, il a remarqué une femme qui se tenait près de la porte, soixante-dix ans au moins, et pas plus grande qu'une fillette de dix ans. Elle était en survêtement serré sur le ventre et les hanches. Il n'était pas couleur pastel, le genre typiquement féminin, mais juste gris tout simple, comme celui d'un boxeur. Elle avait des lunettes en forme d'ailes, avec, au milieu, un épais rembourrage de sparadrap en plein sur le nez. Elle a dit qu'elle s'appelait Helen. Hugh l'a saluée d'un hochement de tête, et en se retournant pour prendre congé, elle a montré les sacs à ses pieds. « Monte donc mes provisions chez moi. » On aurait dit un homme, ou, plutôt, un tueur à gages, sa voix était rauque et lente comme des pas lourds sur le gravier.

« Maintenant ? » a demandé Hugh.

Elle a répondu : « Quoi ? Tu as mieux à faire ? »

Ils sont entrés dans l'immeuble d'à côté, et ils étaient au premier étage, montant lentement au quatrième, quand elle lui a parlé d'un appartement inoccupé. L'ancien locataire était mort un mois plus tôt, et son appartement serait disponible d'ici une semaine environ. Helen n'était pas la gardienne de l'immeuble, ni la gérante. Elle n'avait aucun titre officiel, mais était en bons termes avec le propriétaire, et avait donc une clé. « Je peux te laisser jeter un coup d'œil, mais ça veut pas dire que c'est toi qui l'auras. »

Pour un deux-pièces, il était plutôt petit, étroit également, et aussi bas de plafond qu'un mobile home. Les murs étaient couverts de lambris foncé bon marché, mais il serait facile de s'en débarrasser. Ce qui convainquit Hugh fut la férocité de la lumière du soleil, ça et puis également l'emplacement. Il obtint l'adresse du propriétaire et, avant de s'en aller pour postuler, donna à cette femme, Helen, soixante-quinze dollars. « Pour m'avoir fait visiter », lui dit-il. Elle a fourré l'argent dans la poche de son sweat-shirt, puis a fait en sorte qu'on ait l'appartement.

Je l'ai vue pour la première fois quelques jours plus tard. Hugh était dans le séjour, occupé à enlever le lambris, tandis que j'étais assis sur un pot de peinture, occupé à tâcher de digérer ma déception. Pour commencer, il y avait le sol de la cuisine. Les carreaux étaient marron, brun clair et ocre, des couleurs qui faisaient penser à un châle afghan au crochet. Et puis il y avait la taille. Je me demandais comment deux personnes pourraient vivre dans un espace aussi confiné, lorsqu'on a frappé à la porte, qui n'était pas fermée à clé, et cette femme que je ne connaissais pas est entrée sans qu'on l'y invite en marchant sur ce carrelage immonde. Elle avait les cheveux teints de la couleur d'un penny tout neuf, ramenés en une queue-de-cheval de la taille d'un pouce. Si bien que toute l'attention se portait sur ses lunettes rafistolées au sparadrap, et sur sa mâchoire inférieure, légèrement proéminente, comme un tiroir n'ayant pas été complètement refermé. « Puis-je vous aider ? » ai-je demandé, et sa main s'est approchée d'un sifflet accroché à une cordelette autour de son cou.

« Si tu m'enquiquines, toi, je te carre mon pied dans le cul, tellement profond que j'en paumerai ma grolle. »

Quand quelqu'un vous dit ça, naturellement, vous baissez la tête pour regarder, en tout cas, moi, c'est ce que je fais. Les pieds de la femme étaient minuscules, pas plus grands que des petits pains à hot-dog. Elle avait des baskets volumineuses, de mauvaise qualité, à base d'air et d'une sorte de plastique, et, les observant, j'ai fait la moue.

« Elles sont peut-être petites, mais elles feront quand même l'affaire, crois-moi », a-t-elle dit.

C'est à ce moment-là que Hugh est sorti du séjour, un bout de lambris à la main. « Est-ce que tu as fait la connaissance d'Helen ? »

La femme a déployé quelques doigts épais, comme on le ferait pour résoudre une équation : 2 jeunes hommes + 1 chambre à coucher – des lambris moches = pédés. « Ouais, on a fait connaissance. » Sa voix était empreinte de dédain. « On a fait connaissance, c'est bon. »

Durant les premières semaines où nous avons habité dans l'appartement, la préférence d'Helen allait nettement à Hugh plutôt qu'à moi. « Mon petit ami », l'appelait-elle. Puis ils se sont tous les deux mis à parler, et elle a changé d'allégeance. J'ai su que j'avais conquis ses faveurs quand elle m'a invité dans sa cuisine. Étant de sang sicilien, Helen avait un don inné pour cuisiner. Elle s'en est vantée en fourrant des boulettes de viande dans une croûte pour farce congelée achetée toute faite. Puis elle a noyé le tout dans une mixture d'œufs battus et de lait écrémé. « Ma célèbre quiche italienne », appelait-elle ça. Parmi ses autres spécialités, il y avait : « Ma célèbre aubergine au parmesan avec du veau dedans », « Mon célèbre riz à la sauce tomate à la viande avec petits pois en boîte », et « Mon célèbre ragoût de spaghettis et haricots blancs ». Si la cuisine d'Helen était bien connue, c'était au sens où une allergie au soleil peut l'être, ou un chien aux babines écumeuses qui gronde : le genre de chose à éviter pour sa santé, c'est bien connu. Quand j'étais complètement défoncé, il pouvait m'arriver d'égoutter la sauce du veau et d'en manger un morceau en tartine sur un cracker, mais dans l'ensemble, ses plats allaient directement à la poubelle.

Durant les sept années pendant lesquelles Hugh et moi avons vécu sur Thompson Street, nos vies ont obéi à un schéma simple. Il se levait tôt et ne partait pas de la maison après 8 heures. Moi, je travaillais pour une société de nettoyage, et mon emploi du temps avait beau varier d'un jour sur l'autre, je ne commençais habituellement jamais avant 10 heures. Ma seule véritable constante était Helen, qui regardait Hugh sortir de l'immeuble, puis traversait le couloir pour peser de tout son poids sur notre sonnette. Je me réveillais, et pendant que je nouais la ceinture de mon peignoir, le timbre de la sonnette était remplacé par de vigoureux coups de boutoir, comme le ferait sur un cercueil quelqu'un ayant été accidentellement enterré vivant.

« C'est bon, c'est bon.

– Non mais t'étais quoi, endormi ? disait Helen comme j'ouvrais la porte. Moi je suis debout depuis cinq heures. »

Elle tenait à la main un plateau recouvert de papier d'aluminium, ça ou alors une casserole avec un couvercle.

« Euh, lui disais-je, je ne suis pas allé me coucher avant trois heures.

– Et moi pas avant trois heures et demie. »

C'était comme ça avec elle : si vous aviez dormi un quart d'heure, elle avait dormi dix minutes seulement. Si vous aviez un rhume, elle avait la grippe. Si vous aviez évité une balle de pistolet, elle en avait évité cinq. Avec un bandeau sur les yeux. Après les obsèques de ma mère, je me souviens qu'elle m'a salué en me disant :

« Et alors ? Moi ma mère est morte quand j'avais la moitié de ton âge.

– Mince alors, ai-je dit. Vous vous rendez compte, tout ce qu'elle a loupé. »

Pour Helen, un cadeau n'était pas quelque chose qu'on offrait à la personne numéro un, mais quelque chose qu'on *n'offrait pas* à la personne numéro deux. C'est ainsi que nous avons récupéré une machine à coudre Singer, le genre avec table incorporée. Au deuxième étage, une femme faisait ses propres vêtements et, de son air paisible, elle avait demandé si elle pourrait l'avoir.

« Alors comme ça, vous voulez ma machine à coudre, hein ? a dit Helen. Attendez que je réfléchisse. » Elle a alors décroché le téléphone pour nous passer un coup de fil, à Hugh et moi.

« J'ai un truc pour vous. À une condition, c'est que vous ne la donniez à personne d'autre, surtout pas à quelqu'un qui habite dans cet immeuble au deuxième étage.

– Mais on n'a pas besoin d'une machine à coudre, ai-je dit.

– Quoi, tu es en train de me dire que vous en avez déjà une ?

– Euh, non…

– Bon bah alors, boucle-la. Tout le monde a besoin d'une machine à coudre, surtout celle-ci – le modèle de luxe. Je ne peux pas te dire le nombre de tenues que j'ai faites, au fil des ans.

96

– Oui, mais…

– Y a pas de mais. C'est un cadeau que je vous fais. »

Tandis que Hugh se chargeait de la manutention, j'ai essayé de l'empêcher de franchir la porte. « Il y a déjà à peine la place pour deux. Où veux-tu qu'on mette une machine à coudre aussi grande que ça ? Je veux dire, sérieux, autant nous offrir un remorqueur ! Il nous prendrait autant de place. »

Hugh, n'empêche, il faut vraiment lui reconnaître cette qualité. Il s'est assis sur l'horrible petit banc qui allait avec la machine, et cinq minutes plus tard, il apprenait tout seul à coudre. Il est comme ça – capable de tout apprendre.

« Tu pourrais me faire une housse mortuaire ? » lui ai-je demandé.

Chaque jour pendant les six mois qui ont suivi, Helen a parlé de son cadeau. « Alors, elle est comment, cette Singer ? Vous avez commencé à faire des pantalons ? Des jeans ? »

C'était la même chose avec la nourriture qu'elle nous donnait.

« Alors, vous avez aimé le pain de dinde à la sauce italienne ?

– Beaucoup.

– Personne ne le fait comme moi, tu sais.

– Là-dessus, personne ne viendra vous contredire. »

La nourriture qu'Helen apportait était présentée comme un affront visant à blesser le couple d'à côté. « Les fils de pute, s'ils savaient que je fais ça pour vous, ils en crèveraient. »

Les parties communes de notre immeuble étaient recouvertes de petits carreaux de céramique, qui donnaient l'impression d'être dans une piscine vide. Même les bruits les plus infimes étaient amplifiés, si bien que, sans grand effort, votre voix pouvait être assourdissante. Dans le couloir, devant ma porte, Helen hurlait si fort que les lumières des plafonniers baissaient en intensité. « Toute la semaine ils ont essayé de m'extorquer de la nourriture en suppliant. "Qu'est-ce que c'est qui sent si bon, ça doit être délicieux ?" qu'ils veulent savoir. "S'il vous reste du rab et que vous ne savez pas quoi en faire. On meurt presque de faim, chez nous." »

En réalité, le couple voisin était agréable ; jamais un mot plus haut que l'autre. À l'époque où nous avions emménagé, la femme avait déjà la maladie d'Alzheimer, et son mari Joe, quatre-vingt-cinq ans, s'occupait d'elle du mieux qu'il pouvait. Je ne l'ai jamais entendu se plaindre ni jouer les carpettes. Tout ça, à mon avis, n'était qu'un vœu pieux d'Helen. Aucune de ses imitations n'était très bonne, mais on ne pouvait pas nier qu'elle avait le sens de la mise en scène. C'était quelqu'un de dynamique, et même Joe, avec qui elle se montrait plus cruelle qu'avec n'importe qui d'autre, était le premier à reconnaître son étrange aura de star. « Elle pète le feu, disait-il. Et puis jolie comme un cœur. »

« Quand je pense qu'il vient me supplier alors qu'il touche sa retraite des chemins de fer, plus l'aide sociale. Ils peuvent bien aller se faire foutre, tous les deux », s'écriait Helen.

Hugh est le type qui va entendre ce genre de chose et dire : « Oh, allons, du calme. Ce n'est pas une façon de parler de ses voisins. »

C'est pour ça qu'Helen attendait chaque jour qu'il soit parti pour le travail – c'était un vrai boulet. « Vivre avec quelqu'un comme ça, je deviendrais zinzin, disait-elle. Doux Jésus, je sais pas comment tu peux le supporter. »

Avant d'emménager à New York, j'ai vécu six ans à Chicago. Pendant l'essentiel de cette période, j'ai habité avec mon petit copain d'alors, et, à nous deux, manifestement on connaissait du monde. Il y eut des dîners épiques, des soirées épiques – avec toujours de la rigolade et des histoires de dope qui se manigançaient. Jamais plus je n'aurai autant d'amis, et d'aussi bons, cependant j'ignore exactement pourquoi. Avec les années, je suis peut-être devenu moins aimable, ou alors j'ai peut-être juste oublié comment on s'y prend pour faire de nouvelles connaissances. La présentation initiale – la partie où on se serre la main – j'y arrive encore. C'est la suite qui me met dedans. Qui appelle qui, et à quelle fréquence ? Et si on décide à la deuxième ou troisième rencontre qu'on n'apprécie pas vraiment la personne ? Jusqu'à quel point est-on autorisé à faire machine arrière ? Avant, je savais ces choses-là, mais aujourd'hui, c'est un mystère.

Si j'avais rencontré Helen quand j'avais vingt et quelques années, nous n'aurions pas passé autant de temps ensemble. J'aurais été en bordée avec des gens de mon âge, occupé soit à parler de drogue soit à en chercher, au lieu de boire du café soluble en écoutant quelqu'un me parler de ses colites. Quand Helen voulait dire « moi » elle disait « mouille ». Par conséquent, « toilettes » devenait dans sa bouche « touillelettes », comme dans : « La nuit dernière j'ai fait six allers et retours aux touillelettes. Chié si fort, je crois que je me suis foulé le trou du cul. »

Le fait que nous trouvions ça tous les deux fascinants, j'imagine, était la preuve qu'on avait au moins une chose en commun. Autre chose sur laquelle nous étions toujours d'accord : le feuilleton à l'eau de rose *On ne vit qu'une fois*. C'était en début d'après-midi, et, souvent, quand je ne travaillais pas, je traversais le couloir pour aller le regarder chez elle.

Helen vivait dans le même appartement depuis près de cinquante ans, mais à le voir, on ne l'aurait jamais cru. Moi j'avais des trucs partout – la machine à coudre, par exemple – mais son séjour à elle, comme sa cuisine, du reste, était spartiate. Sur un mur, il y avait une photo encadrée d'elle, mais pas de photos de ses filles, ni d'aucun de ses sept petits-enfants. Il n'y avait pas non plus de chaises, juste un sofa et une table basse. Lesquels se trouvaient face à la seule extravagance de la pièce : une tour constituée de trois téléviseurs empilés. J'ignore pourquoi elle les gardait. Le modèle noir et blanc du bas avait rendu l'âme des années plus tôt, et celui qui était posé dessus n'avait plus de bouton de volume. Il ne restait donc que le téléviseur situé sur le dessus de la pile. Il avait beau être allumé toute la journée, elle l'ignorait pour se jucher à la fenêtre, qui offrait une vue sur tout le pâté de maisons et était sa source de distraction favorite. Quand elle était dans le séjour, Helen se postait habituellement sur le radiateur, la partie inférieure du corps à l'intérieur, la tête et les épaules le plus à l'extérieur possible. La serveuse du premier qui rentrait à 2 heures du matin, le commerçant d'en face qui réceptionnait un paquet du livreur d'UPS, une femme en décapotable qui se mettait du rouge à lèvres : rien n'échappait à sa vigilance.

Durant les années pendant lesquelles je l'ai connue, je dirais qu'Helen passait une bonne dizaine d'heures par jour à sa fenêtre. En milieu de matinée, on pouvait la trouver dans sa cuisine, mais à 11 heures, quand le feuilleton commençait, elle coupait la radio et retournait sur son perchoir. Elle se tordait le cou à tourner la tête de la rue à l'écran, tant et si bien que la plupart des émissions étaient entendues plus que regardées. Elle faisait une entorse à la règle pour les épisodes du vendredi d'*On ne vit qu'une fois*, et, à l'occasion, pour Oprah, qui était l'une des rares personnes noires pour laquelle Helen avait quelque considération. Peut-être avait-elle eu par le passé les idées plus larges, mais depuis qu'elle s'était fait agresser dans l'entrée de notre immeuble, elle était convaincue que c'étaient tous des filous et des malades sexuels. « Même ceux qui ont la peau claire. »

Les animateurs des talk-shows étaient également des salopards, mais Oprah, tout le monde voyait bien qu'elle n'était pas comme les autres. Tandis que le reste de la meute accentuait tout ce qui était négatif, elle, au contraire, encourageait les gens à ne pas culpabiliser, qu'il s'agisse de mères célibataires – groupe auquel Helen avait appartenu – ou d'enfants horriblement défigurés. « Jamais je n'y aurais pensé, mais je suppose que cette fille a un bel œil », a-t-elle dit une fois, en faisant allusion à la jeune cyclope qui gigotait à l'écran.

Un après-midi, Oprah a interviewé un groupe de femmes ayant surmonté des obstacles apparemment insurmontables. Susan était tombée de son bateau et avait réussi à survivre en se cramponnant pendant six jours à une glacière. Colleen avait appris toute seule à lire et avait trouvé un poste de secrétaire de direction. La troisième invitée, une poétesse, avait récemment publié un récit sur son cancer et les nombreuses opérations subies afin que sa mâchoire soit refaçonnée. La poétesse et moi nous étions rencontrés et avions discuté en plusieurs occasions. Et voilà qu'elle se retrouvait chez *Oprah*, et il fallait absolument que je traverse le couloir pour le dire à Helen. De son perchoir sur le radiateur, elle regardait la télé d'un œil, et n'a pas paru impressionnée outre mesure par la nouvelle.

« Vous ne comprenez pas, ai-je dit en montrant l'écran. Je *connais* cette personne. C'est mon amie. » Le terme était trop fort pour qualifier une relation qui, au mieux, consistait en échanges de hochements de tête, mais Helen n'était pas obligée de le savoir.

« Et alors ? a-t-elle dit.

– Alors j'ai une amie qui passe chez *Oprah*.

– La belle affaire. Tu crois que ça fait de toi quelqu'un de spécial ? »

Si Helen avait connu quelqu'un invité chez *Oprah*, elle aurait fait faire des tee-shirts, mais évidemment, là, c'était différent. Elle avait le droit de se vanter en citant des noms, mais personne d'autre n'était habilité à le faire. Quand on lui annonçait l'accomplissement d'un haut fait – la signature d'un contrat pour un livre, la chronique de votre pièce dans le *Times* – elle vous volait dans les plumes. « Tu crois que ta merde sent meilleur que la mienne ? C'est ça que tu essaies de dire ? »

« Mais vous êtes *vieille*, lui ai-je dit une fois. Vous devriez être contente pour moi.

– Carre-toi ça dans le cul, oui, a-t-elle répondu. Je suis pas ta daronne. »

À l'exception des membres de ma famille, personne n'était capable de me faire sortir de mes gonds comme Hélène. Un mot savamment assené, et je me métamorphosais sur-le-champ en un môme de huit ans, incapable de contrôler mon humeur. Je suis souvent sorti de chez elle en me jurant que je n'y remettrais plus jamais les pieds. Une fois, j'ai claqué la porte tellement fort que sa pendule est tombée du mur, et pourtant je suis revenu – « la queue entre les jambes », aurait-elle dit – lui présenter mes excuses. J'avais le sentiment que ce n'était pas correct de s'en prendre ainsi à une grand-mère, mais surtout, je me rendais compte qu'elle me manquait, ou, en tout cas, qu'il me manquait quelqu'un chez qui je puisse passer à l'improviste si facilement. Ce qui était formidable chez Helen, c'est qu'elle était toujours là, elle suppliait quasiment qu'on vienne la déranger. Était-ce une amie, ou m'étais-je trompé de monde ? Comment s'appelait ce lien qui nous unissait ?

Quand j'ai parlé à Hugh de l'affaire Oprah, il a dit : « Écoute, évidemment qu'elle a réagi comme ça. Tu as été prétentieux. »

Je n'en ai pas cru mes oreilles.

« La prétention c'est de connaître quelqu'un qui a rencontré Pina Bausch, pas quelqu'un qui a rencontré Oprah.

– Ça dépend des cercles dans lesquels tu évolues », a-t-il dit, et j'ai songé qu'il avait sans doute raison, ce qui ne justifiait pas qu'Helen soit hargneuse. J'avais arrêté de compter les fois où elle avait fait allusion à son amitié avec John Gotti, le chef de la famille mafieuse Gambino. « Il est très bel homme, disait-elle. Les photos ne lui font pas honneur. » En insistant, j'appris que par « ami » elle voulait dire qu'elle lui avait été présentée trente ans auparavant et avait dansé deux minutes avant que quelqu'un s'interpose.

« John tricote rudement des gambettes, me disait-elle. Voilà quelque chose que la plupart des gens ignorent à propos de lui.

– Ce sera peut-être évoqué lors de son procès pour meurtre », ai-je dit.

Helen est tombée dans sa baignoire et s'est foulé le poignet. « Finis les petits plats, nous a-t-elle dit. Vous aurez plus de repas gratuits venant de chez moi. »

Hugh et moi avons retraversé le couloir en traînant les pieds et refermé la porte derrière nous. Adieu « Célèbre côtelette de veau » ! Adieu « Célèbre ragoût de saucisses » ! Adieu « Célèbre poulet aux petits légumes à l'orientale » ! Quelle chance, on avait du mal à y croire.

Pendant qu'Helen était alitée, je lui ai fait ses courses. Hugh descendait ses poubelles et lui apportait son courrier. Joe, désormais veuf, a également proposé de l'aider. « Si vous avez quoi que ce soit à faire dans la maison, appelez-moi ». Il voulait dire qu'il changerait les ampoules, passerait la serpillière par terre, mais Helen l'a mal pris et l'a chassé de chez elle. « Il veut me donner un bain, m'a-t-elle confié. Il veut voir mon con. »

Ce fut choquant d'entendre ce mot dans la bouche d'une femme de soixante-treize ans, et, en guise de réaction, j'ai tressailli.

« Quoi ? a-t-elle dit. Tu crois pas que j'en ai un ? »

Trois mois après que Hugh s'est inscrit au syndicat des décorateurs, les adhérents ont voté la grève. C'est le groupe qui peint les décors dans les films et les pièces de théâtre. Soucieux de soutenir leur effort, j'ai essayé de leur trouver des slogans à brandir sur des pancartes : « Broadway ne peut pas voir le 829 en peinture », et aussi : « Les peintres déco jugent le nouveau contrat inadmissible, manque de pot. »

Le premier matin de grève, Hugh a quitté la maison à 7 heures. Peu après, Helen a appelé. Normalement, à cette heure-là, je n'aurais pas répondu, mais sa voix sur le répondeur était inarticulée et paniquée, alors j'ai décroché. Depuis que je la connaissais, Helen s'était, pour reprendre ses termes, « pris » trois attaques. Des petites, elle le reconnaissait, mais j'étais tout de même inquiet à l'idée qu'elle en ait fait une autre, alors je me suis habillé et me suis empressé de traverser le couloir pour me rendre chez elle. La porte s'est ouverte brusquement avant que je puisse frapper, elle se tenait dans l'encadrement, la mâchoire inférieure enfoncée, la lèvre invisible. Apparemment, elle était à sa fenêtre, à surveiller la scène en contrebas, et quand le gardien de l'immeuble d'en face avait jeté une cigarette dans notre poubelle, elle lui avait crié dessus avec tant de vigueur que la partie inférieure de son dentier avait été expulsée de sa bouche. « Ché dans les huichons, a-t-elle dit. Va le chéché. »

Une minute plus tard, j'étais en bas à fouiller dans la jardinière devant notre immeuble. J'y ai trouvé une bouteille de bière, une tranche de pizza couverte de fourmis, et, finalement, le râtelier, étonnamment intact malgré sa chute du quatrième. Ce n'est pas déplaisant de tenir à la main les dents tièdes de quelqu'un, et, avant de remonter, je me suis arrêté pour étudier le fer à cheval en plastique humide qui servait de gencive à Helen. Ce qui trahissait son côté factice était sa perfection. Aucune dent en avant ou penchée vers ses voisines. Même en termes de forme et de couleur, elles ressemblaient à une rangée de carreaux en céramique.

De retour à l'étage, j'ai trouvé Helen qui attendait sur le palier. Elle a glissé l'appareil dentaire dans sa bouche sans le rincer, et ce fut comme lorsqu'on remet des batteries dans un jouet particulièrement ignoble. « Ce salopard, quel enculé, il aurait pu foutre le feu à tout l'immeuble. »

Le matin, Helen écoutait la radio, une station passant de vieux standards, que j'avais baptisée « Rital FM ». Tous les chanteurs semblaient être italiens, et étaient accompagnés par des arrangements de cordes boursouflés.

À chaque fois qu'une de ses chansons préférées passait, elle montait le son à fond, nous imposant d'innombrables versions de « Volare » et « That's Amore ».

La radio comptait beaucoup pour Helen, mais uniquement *sa* station *à elle*. Quand j'ai été invité à enregistrer une série d'émissions pour la National Public Radio, elle ne s'y est absolument pas intéressée. Le matin où ma première histoire était diffusée, elle a tambouriné à notre porte. J'étais dans la chambre, un oreiller sur la tête, alors Hugh est allé répondre, et, d'un geste, a indiqué l'air ambiant.

« Écoutez, a-t-il chuchoté. David passe à la radio.

– Et alors ? a dit Helen. Il y a des tas de gens qui passent à la radio. »

Elle lui a alors tendu une enveloppe en lui demandant s'il pouvait poster un échantillon de ses selles. « J'ai pas tout mis, juste une trace. » Quand l'émission s'est terminée et que je suis enfin sorti du lit, j'ai remarqué qu'elle avait posté un échantillon de ses selles dans une enveloppe agrémentée de timbres de Noël sur lesquels on pouvait lire, d'une écriture manuscrite pattes de mouches : « Joyeuses fêtes. »

Notre immeuble était plein de gens qui, pour une raison ou pour une autre, avaient réussi à se retrouver sur la liste noire d'Helen. Certains étaient condamnés d'emblée : ils avaient une tête ou une voix qui ne lui revenaient pas. Ils étaient crâneurs. Ils étaient étrangers. Notre propriétaire avait un petit bureau qui donnait sur Bleecker Street, et Helen avait coutume de l'appeler au moins trois fois par jour. Elle était comme la police secrète, toujours à regarder, toujours à prendre des notes.

Puis le propriétaire est mort, et l'immeuble a été vendu à un conglomérat immobilier situé quelque part dans le New Jersey. Les nouveaux propriétaires se fichaient de savoir que la bonne femme du premier avait maintenant un petit copain noir, ou que le gardien composait de la musique électronique au lieu d'améliorer son anglais. Du jour au lendemain, Helen s'est trouvée impuissante, et ceux qui l'avaient longtemps crainte se firent progressivement plus provocants. On aurait pu penser qu'elle détesterait se faire traiter de commère, ou, encore pire, de « vieille garce qui fourre son nez partout », mais, étrangement, ces noms d'oiseaux semblaient avoir sur elle un effet ravigotant.

« Tu me crois pas capable de te botter le cul, l'entendais-je brailler. Hé, le clébard, tu vas me servir de serpillière pour nettoyer par terre. »

Les premières fois que j'ai entendu ça, j'ai rigolé. Puis c'est moi qu'elle a menacé d'utiliser comme serpillière, et soudain ça n'a plus paru si amusant. C'était une de ces disputes qui démarraient pour un rien : un mot en entraînait un autre, et l'instant d'après c'était l'affrontement. Ironie du sort, les hostilités ont commencé à cause d'un plomb qui avait sauté. Le courant était coupé chez moi et j'avais besoin de la clé pour accéder au sous-sol. Helen en avait une et comme elle refusait de me la prêter, je lui ai dit qu'elle se comportait en connasse.

« Vaut mieux ça qu'être un ivrogne, a-t-elle dit, puis elle a attendu un moment, le temps que le mot fasse son petit effet. Oui oui, tu as bien entendu. Tu crois que je te vois pas avec les canettes et les bouteilles vides, chaque matin ? Tu crois que ça se voit pas sur ton visage bouffi ? »

Je n'aurais pas été bourré au point d'avoir du mal à tenir debout, mon démenti aurait sans doute eu davantage de poids. Mais en l'occurrence, mes protestations furent pathétiques. « Vous savez. Rien de… rien. De ce qui se passe. Chez. Moi. »

Nous étions dans l'encadrement de la porte quand elle a posé ses mains sur ma poitrine et a poussé. « Tu te crois coriace, hein ? Tu crois que je suis pas capable de te botter le cul ? »

Hugh est arrivé dans les escaliers juste à ce moment-là, il en avait plein les oreilles de tout ce boucan. « Vous êtes des gamins, tous les deux », nous a-t-il dit.

Suite à cette petite scène, Helen et moi ne nous sommes pas adressé la parole pendant un mois. Je l'entendais dans le hall de temps en temps, le matin le plus souvent, elle apportait ses petits plats à Joe. « C'est mon célèbre *fagioli* à la *pasta*, et je peux vous dire que le gus d'à côté, cet enfoiré de Grec, en crèverait s'il apprenait que je vous en donne. »

C'est une inconnue qui nous a rabibochés. Durant les quelque dix années qui précédèrent sa retraite, Helen a fait le ménage pour un groupe de prêtres de Murray Hill. « C'étaient des jésuites, m'a-t-elle dit. Ce qui veut dire qu'ils croient en Dieu mais pas dans le papier-touillelette. Tu aurais vu leurs slips. Dégoûtants. »

D'après elle, quiconque engageait une femme de ménage se croyait au-dessus des autres. Elle adorait les histoires de snobs se faisant remettre à leur place, mais les gens pour qui moi je travaillais étaient généralement plutôt corrects. Je voyais bien que je l'ennuyais à lui raconter qu'ils étaient tous courtois et généreux, si bien que ç'a été une agréable surprise qu'on m'envoie faire le ménage dans un appartement près du musée d'Art moderne. La femme qui y habitait approchait des soixante-dix ans et avait des cheveux couleur poussin juste éclos. Disons qu'elle s'appelait Mme Oakley. Elle avait une jupe en jean avec un chemisier assorti et un bandana rouge noué autour du cou. Chez certains, ç'aurait pu passer, c'est leur look, mais chez elle, on aurait dit un déguisement, qu'elle allait à une fête costumée sur le thème du gardien de bétail.

Le plus souvent, la personne chez qui je venais faire le ménage prenait mon blouson ou me montrait où était la penderie. Mais pas Mme Oakley, et lorsque je me suis dirigé vers le portemanteau dont elle-même manifestement se servait, elle a dit : « Pas là, d'une voix qui a retenti comme un aboiement. Vous pouvez mettre vos affaires dans la salle de bains des invités. Pas sur le dessus de l'armoire, mais sur les toilettes. » Elle indiquait une porte à une extrémité du vestibule. « Vous rabattez d'abord le couvercle, m'a-t-elle dit. Et ensuite vous posez votre manteau et votre écharpe dessus. »

Je me demandais qui serait assez idiot pour ne pas avoir compris ça, et j'imaginais un nigaud, la mine contrariée : « Bah, dirait-il, comment se fait-y que mon blouson l'est tout trempé ? Et pis, c'est qui donc qu'a mis cette crotte dans ma poche ?! »

« Il y a quelque chose qui vous amuse, n'est-ce pas ? a demandé Mme Oakley.

– Non, ai-je répondu. Pas du tout. »

Sur ce, j'ai noté l'heure dans mon calepin.

Elle m'a vu écrire et a mis les mains sur les hanches.

« Je ne vous paie pas pour pratiquer votre anglais.

– Pardon ? »

Elle a montré mon calepin.

« Ce n'est pas un institut de langues, ici. Vous êtes là pour travailler, pas pour apprendre de nouveaux mots.

– Mais je suis américain. Je parlais anglais avant d'arriver ici. Comme par exemple à la maison, quand j'étais petit, etc. »

Mme Oakley a reniflé d'un air hautain mais ne m'a pas présenté d'excuses. Je pense qu'elle voulait tellement un étranger qu'elle avait entendu un accent là où il n'y en avait pas. Sinon, comment expliquer sa réaction ? En tant que misérable immigrant désespéré, il allait sans dire que je convoitais tout ce que j'avais sous les yeux : la moquette blanche, la reproduction encadrée de l'*Affreux jojo avec arrosoir* de Renoir, le porte-serviettes plaqué or dans la grande salle de bains en marbre.

« J'ai de très belles choses, a-t-elle annoncé. Et j'ai l'intention de les avoir *encore*, une fois que vous serez parti. »

Est-ce à ce moment-là que j'ai décidé de me rabibocher avec Helen, ou est-ce plus tard, quand Mme Oakley m'a hurlé dessus parce que j'avais ouvert l'armoire à pharmacie ? « Quand je vous ai demandé de nettoyer la grande salle de bains, je voulais dire tout *sauf ça*. Non mais vous êtes bête ou quoi ? »

En fin de journée, j'ai pris le métro pour rentrer à la maison. Helen était postée à sa fenêtre tandis que je m'approchais de l'immeuble, et lorsque je lui ai fait un signe de la main, elle a répondu d'un signe de la main. Trois minutes plus tard j'étais assis à la table de sa cuisine.

« Et alors là elle m'a dit : "J'ai de très belles choses. Et j'ai l'intention de les avoir encore, une fois que vous serez parti." »

– Oh, celle-là, elle l'a vraiment cherché, a dit Helen. Qu'est-ce qu'elle a dit, quand tu l'as giflée ?

– Je ne l'ai pas giflée. »

Elle a eu l'air déçu.

« D'accord, mais alors qu'est-ce que tu as cassé en fichant le camp ?

– Rien. Je veux dire, je n'ai pas fichu le camp.

– Tu es en train de me dire que tu es resté et que tu as supporté ses conneries ?

– Euh… Bien sûr.

– Mais putain ? » Elle s'est allumé une nouvelle cigarette, a remis le briquet dans le paquet avant d'ajouter : « Putain mais tu es bon à quoi ? »

La première fois que je suis allé en Normandie, j'y suis resté trois semaines. À mon retour, je suis allé directement chez Helen, mais elle a refusé d'en entendre parler. « Les Français sont des pédales », a-t-elle décrété. La preuve vivante en était Bernard, qui était né à Nice et habitait au troisième.

« Bernard n'est pas homosexuel, lui ai-je dit.

– Peut-être pas, mais il est crado. Est-ce que tu as déjà vu son appartement ?

– Non.

– OK, alors boucle-la. (C'était sa façon à elle de signifier que la discussion était close et qu'elle avait gagné.) Je parie que tu es content d'être revenu, n'empêche. Moi, tu pourrais me payer que j'irais pas, à l'étranger. J'aime New York, c'est civilisé, tu peux boire l'eau sans avoir à courir aux touillelettes toutes les cinq minutes. »

En France, j'avais acheté quelques cadeaux pour Helen, rien de grandiose, juste quelques bricoles dont elle pourrait se servir avant de les jeter à la poubelle. J'ai posé le paquet de cadeaux sur la table de sa cuisine, et elle y a jeté un vague coup d'œil, tenant les objets du bout des doigts, à l'envers et de guingois, à la manière d'un singe. Un rouleau d'essuie-mains en papier, des serviettes jetables avec des *H* imprimés dessus, des éponges de cuisine ajustées à la forme de la main. « Je ne me sers jamais de ces cochonneries, a-t-elle dit. Embarque-moi ça. J'en veux pas. »

J'ai remis les cadeaux dans le sac, honteux de me sentir à ce point blessé.

« La plupart des gens, la plupart des humains, acceptent les présents qu'on leur offre et disent merci.

– Pas quand c'est des foutaises comme ça, ça non. »

De fait, ces choses étaient parfaites pour elle, mais Helen ne les accepterait pas pour la même raison qu'elle refusait absolument tout : il fallait que l'autre personne lui doive quelque chose, lui soit redevable. À jamais.

J'ai ramassé le sac et me suis dirigé vers la porte.

« Vous savez ce que vous avez ? ai-je dit. Vous avez un trouble du comportement avec les cadeaux.

– Un quoi ?

– C'est comme un trouble du comportement alimentaire, mais avec les cadeaux.

– Retire ça tout de suite, a-t-elle dit.

– En voilà l'illustration parfaite. »

Et je suis parti en claquant la porte derrière moi.

Helen a frappé le 1er janvier, juste au moment où je partais au boulot. « Travaille le premier de l'an, et tu travailleras chaque jour de l'année, m'a-t-elle dit. C'est la vérité. Tu peux demander à n'importe qui. »

Je me suis demandé un moment si elle avait raison, puis j'ai réfléchi au dernier petit truisme dont elle s'était fendue : tu auras pas la gueule de bois si tu dors avec la télé allumée. Elle prétendait également qu'on pouvait éviter la mort subite du nourrisson en faisant trois fois le signe de croix avec un couteau à viande.

« Si on est en camping, est-ce qu'on peut utiliser un couteau de l'armée suisse à la place ? » ai-je demandé.

Elle m'a dévisagé en secouant la tête. « Putain, mais qui emmènerait un bébé en camping ? »

Helen préparait ses comprimés : ceux pour le cœur et l'hypertension artérielle, la douleur sur le côté et la nouvelle dans la jambe droite. Ses seules sorties étaient ses descentes chez le médecin, et après chaque visite elle passait des heures au téléphone, à haranguer le personnel de l'assurance maladie pour les personnes âgées. Quand elle commençait à tourner en rond, elle appelait la pharmacie McKay et s'en prenait au pharmacien. « J'aimerais lui couper les couilles et les lui fourrer dans la gorge », m'a-t-elle dit.

Elle avait désormais de nouveaux cachets à prendre. J'ai proposé de passer les récupérer pour elle, et, en plus de l'ordonnance, elle m'a tendu un ticket de caisse. Apparemment, son ennemi chez McKay lui avait fait payer trop cher à sa dernière visite, donc une fois que j'aurais la nouvelle commande, j'avais pour mission de dire à ce Juif au nez crochu qu'il devait quatre cents à ma voisine. Je devais ensuite lui suggérer que les frais de livraison, il pouvait se les carrer dans son gros cul.

« C'est pigé ? » a demandé Helen.

J'étais content de lui prendre les médicaments, mais au moment d'aborder la question du ticket de caisse litigieux – et vers la fin il y avait toujours un litige – je paierais de ma poche et mentirais lorsqu'elle m'asticoterait pour avoir des détails.

« Le pharmacien a dit qu'il était tout à fait désolé et que cela ne se reproduira pas, lui dirais-je.

– Tu lui as dit ce qu'il pouvait en faire, de ses frais de livraison ?

– Ça, oui.

– Et alors, qu'est-ce qu'il a répondu ?

– Pardon ?

– Quand tu lui as dit de se les carrer dans le cul, qu'est-ce qu'il a dit ?

– Il a dit, hum : "Je parie que ça va faire mal."

– Tu m'étonnes que ça va faire mal. »

À l'époque où elle pouvait encore monter et descendre les escaliers, Helen avait toutes les prises de bec qu'elle voulait : dans le bus, au bureau de poste, partout où régnait la paix, elle la brisait. Désormais il fallait qu'elle importe ses proies, des livreurs pour la plupart. Ceux de Grand Union, le supermarché que nous préférions, tendaient à être africains, des immigrants récents du Tchad ou du Ghana. « Salopards de Noirs, l'entendais-je crier. Vous croyez peut-être que je sais pas ce que vous manigancez ? »

Elle a touché le fond la fois où elle a physiquement agressé un sourd-muet. Ce garçon devait avoir quatorze ans, un petit gars que tout le monde aimait bien dans le quartier, qui faisait les livraisons pour l'épicerie du coin.

« Comment avez-vous pu faire une chose pareille ? l'a réprimandée Hugh.

– Tu veux que je fasse quoi quand quelqu'un me chaparde mes affaires ? Quoi, tu veux que je reste là, les bras croisés ? »

On a fini par comprendre que par « chaparder » elle voulait dire qu'il lui avait emprunté un stylo bille. Après s'en être servi pour faire son total, il l'avait mis dans sa poche de chemise, machinalement, très probablement. Helen a réagi en lui tirant les cheveux et en lui plantant ses ongles dans le cou. « Mais pas fort, a-t-elle dit. Il n'y a pratiquement pas eu de sang. »

Quand on lui a demandé pourquoi le garçon lui aurait volé un stylo à trente *cents* alors qu'il les avait sûrement gratuitement dans le magasin de son père, Helen a soupiré, épuisée d'avoir à expliquer l'évidence. « Il est *portugais*. Tu sais comment sont ces enfoirés. Tu les as vus. » Mais il y avait une pointe de désespoir dans sa voix, la peur d'être cette fois-ci allée un peu trop loin.

Le lendemain matin, elle a appelé chez nous et a demandé, presque penaude, que je lui applique du Baume du tigre. J'ai traversé le couloir et, après m'avoir fait entrer, elle a pris un siège et a montré son épaule douloureuse. « Je crois que je me la suis foulée en giflant ce petit monstre. »

On était le 14 février, le jour de la Saint-Valentin, et après quelques mots de plus sur le petit livreur, les pensées d'Helen se sont tournées vers l'amour, ou, plus précisément, vers mon père. Il m'avait rendu visite l'automne précédent, et depuis, elle n'avait cessé de parler de lui.

« Ce Lou est très bel homme. Dommage que tu n'aies pas hérité d'un seul de ses gènes.

– Oh, je suis sûr que j'en ai quand même récupéré quelques-uns.

– Non, certainement pas. Tu dois tenir de ta mère. Et elle est morte, hein ?

– Oui, elle est morte.

– Tu sais qu'on a le même âge, Lou et moi. Est-ce qu'il sort avec quelqu'un ? »

À l'idée que mon père et Helen soient ensemble, j'avais la plante des pieds en sueur.

« Non, il ne sort avec personne, et d'ailleurs ça ne risque pas d'arriver.

– Pas besoin de monter sur tes grands chevaux. Bon sang, je demandais, c'est tout. »

Puis elle a baissé un peu sa chemise et m'a demandé de lui masser le dos.

Je revenais juste d'une autre virée à la pharmacie, quand Helen m'a demandé de mettre un petit coup de cirage blanc au plafond de sa cuisine. Une petite tache s'était formée, et elle affirmait que c'était de l'urine de chien, qui fuyait de l'appartement du dessus. « Les fils de pute, ils croient que c'est en dégueulassant mon plafond qu'ils me feront partir en maison de santé. »

Je ne me rappelle plus pourquoi je ne l'ai pas fait. J'avais peut-être quelqu'un qui m'attendait, ou j'en avais peut-être assez pour la journée. « Je ferai ça demain », lui ai-je dit, et, en refermant la porte, je l'ai entendue répliquer : « C'est ça, oui. Toi et tes "demain", tu parles. »

C'est Joe qui l'a trouvée. Helen gardait toujours une planche dans sa cuisine, une arme contre d'éventuels intrus, et il avait été réveillé en l'entendant cogner contre l'intérieur de la porte de chez elle. Il avait une clé à utiliser en cas d'urgence, et était entré dans l'appartement pour la trouver à terre. À côté d'elle, l'escabeau était renversé, et au-delà de la table de la cuisine, juste hors de portée de main, la boîte de cirage blanc.

Dans *On ne vit qu'une fois*, et dans tous les feuilletons à l'eau de rose, en fait, les personnages se font toujours des reproches. L'acteur principal manque d'être tué dans un accident de voiture, et tandis que les chirurgiens font tout leur possible pour le sauver, la famille se réunit dans la salle d'attente et se sent responsable de ce qui s'est passé. « C'est ma faute, dit son ex-femme. Je n'aurais jamais dû le perturber en lui annonçant la nouvelle à propos du bébé. » Elle commence à se taper la tête contre le mur, mais est arrêtée par le père de l'acteur principal. « Ne soyez pas idiote. S'il y a quelqu'un de fautif, c'est moi. » Alors la petite amie s'en mêle et décide que tout est sa faute *à elle*. Au final, le seul qui ne se sente pas coupable est le conducteur de l'autre voiture.

« Mais nom d'une pipe pourquoi est-elle montée sur un escabeau pour cirer ses chaussures ? a demandé Joe tandis que l'ambulance partait pour l'hôpital Saint-Vincent. C'est ça que je n'arrive pas à comprendre.

– Moi non plus », ai-je répondu.

Pendant les quelques mois qui ont suivi, Hugh et moi sommes allés voir Helen à l'hôpital. Le problème n'était pas sa hanche cassée, mais la série d'attaques qui avaient suivi l'opération. C'était comme si elle avait été frappée par la foudre, pour vous dire à quel point elle était cramée et à côté de la plaque. Incapable d'articuler une phrase, et on lui avait littéralement enlevé tous les crocs. Pas de dents, pas de lunettes, et lorsque le henné se fut complètement dissipé, ses cheveux, comme son visage, furent couleur vieux ciment.

La chambre d'hôpital était petite et surchauffée. Près de la porte se trouvait un deuxième lit dans lequel était installée une Dominicaine ayant récemment perdu une jambe. À chaque fois que j'étais là, elle montrait du doigt le plateau-repas et demandait d'une voix suppliante : « Est-ce qu'elle va manger sa compote de pommes ? Vous pensez qu'elle les veut, ses biscuits ? Sinon, je les prends. »

Si Helen avait été dans son assiette, il lui aurait manqué bien plus qu'une jambe, à cette femme. En l'occurrence, ladite voisine de chambre ne lui faisait pas plus d'effet que la télé murale, branchée en permanence sur la chaîne Baratin, et qui restait tout le temps allumée.

Au salon funéraire, il y avait des gens dont j'avais entendu parler mais que je n'avais jamais rencontrés. Helen m'avait dit une fois que, quand elle était jeune femme, on l'appelait Rocky, comme Graziano, le boxeur, mais selon sa sœur, elle n'avait eu qu'un seul surnom. « Pour moi, elle a toujours été Bébé Hippo, rapport à son gros postérieur. Je l'appelais comme ça et, oh là là, ce que ça pouvait la mettre en rogne. »

Pratiquement tous les gens que j'ai rencontrés avaient une bonne histoire sur Helen en colère : Helen et les gros mots, Helen et les gifles, Helen raccrochant violemment le téléphone. Dans les mois qui ont suivi son décès, ce sont également ces moments-là qui me revenaient à l'esprit. Petit à petit cependant, l'attention s'est déplacée, et au lieu d'Helen et l'attaque du sourd-muet, je l'ai revue le lendemain matin, assise dans sa cuisine tandis que je lui appliquais du Baume du tigre. C'était tellement incongru qu'elle en ait, et tout simplement qu'elle en parle. « C'est oriental, m'avait-elle dit. Je crois que c'est les Chinois qui l'ont inventé. »

Je ne suis pas quelqu'un d'extrêmement physique. Et Helen ne l'était pas non plus. Nous ne nous étions jamais serrés dans les bras l'un de l'autre, ne nous étions même jamais serré la main, si bien que ça me faisait bizarre de me retrouver à masser son épaule nue, et ensuite son dos. C'était comme caresser une espèce de créature marine, d'avoir cette peau grasse et adipeuse sous mes paumes. Dans mon souvenir, il y avait quelque chose sur le feu, une marmite de sauce tomate à la viande, dont l'odeur se mêlait au camphre du Baume du tigre. Les fenêtres étaient embuées, Tony Bennett passait à la radio et disait « Please » – s'il te plaît – et, en chantant, Helen a buté sur ce mot, en raison de sa nouveauté, et m'a demandé de monter le son.

La mort vous va si bien

Le truc, avec les morts, c'est qu'ils ont vraiment l'air mort, on dirait presque des faux, comme des mannequins de cire. Ça, je l'ai appris dans le bureau du médecin légiste que j'ai visité à l'automne 1997. Si les corps paraissaient irréels, les outils utilisés pour les décortiquer étaient, chose inquiétante, terriblement familiers. C'est peut-être différent dans les endroits où la situation financière est meilleure, mais là, les pathologistes utilisaient des cisailles à haies pour découper les cages thoraciques. Les poitrines étaient vidées de leur sang à l'aide de louches en métal bon marché utilisées pour servir la soupe, le genre qu'on trouve dans les cafétérias, et les tables d'autopsie étaient lubrifiées avec le premier produit vaisselle disponible dans le commerce. Ce qui était familier, également, c'étaient les chansons, de vieux standards pour l'essentiel, diffusées par la radio éclaboussée de sang, qui constituaient une sorte de bande-son. Quand j'étais jeune, j'associais Three Dog Night à mon prof de travaux manuels de cinquième, qui se considérait lui-même fièrement comme le plus grand fan du groupe. Si ce n'est que maintenant, chaque fois que j'entends « Joy to the World », je pense à un fibrome posé sur une assiette en polystyrène. C'est marrant, comme ça arrive, ces choses-là.

Lorsque j'étais dans le bureau du médecin légiste, je devais mettre une combinaison de protection, avec un bonnet et une paire de bottes Tyvek. Les citoyens se faisaient éviscérer les uns après les autres, et, vu de l'extérieur, je suis certain qu'on a pu croire que ça ne me posait pas de problème. Ensuite, le soir, je rentrais à mon hôtel, je fermais la porte à double tour, et je restais sous la douche jusqu'à terminer le savon et le shampooing. Les gens de la chambre d'à côté ont dû se demander ce que je fabriquais. L'eau qui coulait sans interruption pendant une heure, puis une voix qui chialait : « Je crois aux revenants, je crois aux revenants, j'y crois, j'y crois, j'y crois, j'y crois. »

Je ne débarquais pourtant pas là-dedans sans m'y être un peu préparé. Tout petit, déjà, j'étais fasciné par la mort, non pas au sens spirituel, mais esthétique. Un hamster ou un cochon d'Inde mourait, et, après avoir enterré le corps, je le déterrais, puis je le remettais en terre pour le déterrer et ainsi de suite, jusqu'à ce qu'il ne reste plus qu'un bout de fourrure miteux. Cela m'a valu une certaine réputation, surtout quand je suis passé aux animaux domestiques d'autres gens. « Igor, qu'ils m'appelaient. Le méchant, le sordide. » En fait, je pense que mon intérêt était relativement courant, du moins parmi les adolescents. À cet âge-là, la mort est un truc qui n'arrive qu'aux animaux et aux grands-parents ; l'étudier est comme un devoir de sciences nat, les devoirs les plus chouettes parce qu'il n'y a rien à faire à la maison. La plupart des mômes mûrissent et passent à autre chose, mais chez moi, le temps n'a fait qu'aiguiser ma curiosité.

Quand j'étais jeune homme, j'ai économisé l'argent gagné en faisant la vaisselle pour m'acheter un exemplaire à soixante-quinze dollars des *Enquêtes médico-légales sur la mort*, une sorte de bible à l'usage des médecins légistes. On y montre à quoi on risque de ressembler si on mord une rallonge en ayant les pieds dans une mare d'eau peu profonde, si on se fait écraser par un tracteur, étrangler par le fil téléphonique à spirale (ou pas à spirale), si on se prend la foudre, un coup de marteau à pied-de-biche, si on brûle, si on se fait tirer dessus, si on se noie, si on se fait poignarder, ou si des animaux sauvages ou domestiques se repaissent de vous. Les légendes des photos se lisent comme des titres de poèmes vraiment géniaux, mon préféré étant : « Développement galopant de mildiou sur le visage d'un reclus. » J'ai regardé cette photo pendant des heures, dans l'espoir qu'elle m'inspirerait, mais je n'y connais rien en poésie, et le meilleur résultat auquel je sois arrivé était assez désolant :

> *Regarde le reclus à l'air pensif !*
> *Le mildiou, n'empêche, n'est pas un poncif*
> *Sur sa tête, à la fois à la poupe et en proue.*
> *Il aurait peut-être dû prendre l'air peu ou prou.*

Je n'y connais rien en biologie non plus. Les pathologistes ont essayé de m'en enseigner les rudiments, mais l'aspect grotesque m'empêchait de me concentrer : le fait de découvrir, par exemple, que si on saute du haut d'un grand immeuble et qu'on atterrit sur le dos, les yeux jailliront de leurs orbites et resteront accrochés par des sortes de câbles sanguinolents.

« Comme les lunettes des magasins de farces et attrapes ! » ai-je fait remarquer au médecin légiste en chef.

Ce type était un professionnel, c'était le moins qu'on puisse dire, et sa réaction à mes observations était toujours la même :

« Ma foi, soupirait-il. Pas vraiment. »

Au bout d'une semaine en salle d'autopsie, je n'arrivais toujours pas à consulter le menu de Denny's sans être pris de nausées. Le soir, je fermais les yeux et voyais les seaux remplis de mains ratatinées entreposés dans la chambre froide annexe. Il y avait aussi des cerveaux, dans cette chambre froide, sur des étagères couvrant un mur entier, comme des conserves dans une épicerie. Et puis il y avait les bouts épars : un torse abandonné, un joli cuir chevelu blond, une paire d'yeux flottant dans un bocal à nourriture pour bébé. Il aurait suffi de les assembler pour obtenir une secrétaire incroyablement brillante capable de taper à cent à l'heure, mais pas de répondre au téléphone. Je restais allongé les yeux ouverts à penser à des trucs comme ça, mais ensuite mon esprit revenait aux macchabées de fraîche date, qui étaient le plus souvent entiers, ou du moins presque entiers.

La plupart d'entre eux étaient livrés nus, dans des sacs à fermeture à glissière identiques. Les membres de la famille n'avaient pas le droit d'entrer dans le bâtiment, si bien que les cadavres étaient hors contexte. Sans rapport avec les vivants, ils étaient comme ces créatures étranges liées uniquement les unes aux autres. Un rapport de police expliquait que Mme Daniels avait été tuée par un camion ayant perdu le contrôle : il avait percuté la vitrine d'un fast-food où elle faisait la queue en attendant de passer sa commande. Le récit s'arrêtait là. La victime avait-elle des enfants ? Y avait-il un M. Daniels ? Pourquoi se trouvait-elle précisément dans ce fast-food cet après-midi-là ? Dans des cas comme le sien, un simple rapport ne me suffisait pas. Il devait bien y avoir une raison pour que cette femme se soit fait écraser, car, sinon, la même chose pouvait très bien m'arriver. Trois hommes se font descendre au baptême d'un enfant, et vous vous dites : *Là, c'est sûr, ils traînaient avec des gens infréquentables*. Mais en train d'acheter un hamburger ? *Moi*, j'en achète, des hamburgers. Enfin, j'en achetais, disons.

Ce médecin légiste se trouvait dans l'ouest des États-Unis, dans une ville où il est facile de se procurer des flingues, et où les automobilistes ont la réputation de se tirer dessus pour une place de parking. Le bâtiment était bas de plafond et d'allure minable, situé assez loin à la périphérie du centre-ville, entre la voie ferrée et une fabrique de tampons en caoutchouc. Il y avait dans le vestibule une plante verte et une réceptionniste qui conservait toujours du désodorisant Mountain Glen dans le tiroir de son bureau. « Pour la viande avariée », expliquait-elle, désignant ceux qui étaient morts seuls et avaient pourri un certain temps avant qu'on les trouve. On a eu un cas comme ça à Halloween, un type de quatre-vingts ans tombé d'une échelle alors qu'il changeait une ampoule électrique. Quatre jours et demi par terre dans une maison sans air conditionné, et lorsqu'on a défait la fermeture à glissière du sac, la pièce s'est emplie de ce que le pathologiste présent a qualifié de « l'odeur de la sécurité de l'emploi ». L'autopsie a eu lieu le matin, et fut le meilleur argument en faveur du travail en binôme que j'aie jamais vu. *Ne vis jamais seul*, me suis-je dit. *Avant de changer une ampoule, appelle quelqu'un et force-le à regarder jusqu'à ce que tu aies fini.*

À ce stade, la liste des choses à bannir faisait trois pages, et comprenait des injonctions du genre : ne t'endors jamais dans une benne à ordures, ne sous-estime jamais une abeille, ne roule jamais en décapotable derrière un camion à plateau, ne vieillis jamais, pense à ne jamais te saouler à proximité d'un train, et à ne jamais, sous aucun prétexte, bloquer ton arrivée d'air en te masturbant. C'est un fléau d'ampleur nationale, et il est étonnant de voir le nombre d'hommes qui le font après avoir enfilé les vêtements de leurs femmes, la plupart du temps pendant qu'elles sont parties en voyage. À l'intention de quiconque ayant des inclinations similaires, un mot d'avertissement : une fois que vous serez découvert, la police prendra des instantanés de votre corps costumé, qui seront ensuite classés dans des albums photo, et étudiés par des gens comme moi, ne supportant pas la puanteur de la viande avariée qui arrive, et donc se réfugient dans la salle des archives en gémissant : « Oh, mon Dieu. Oh, mon Dieu. Oh, mon Dieu », sans trop savoir s'ils font référence à votre visage couleur lie-de-vin ou au collier courge en fleur que vous avez choisi pour aller avec ce chemisier.

Je n'avais pas particulièrement choisi de faire coïncider ma visite avec Halloween, mais les choses se sont goupillées ainsi. On pourrait croire que la plupart des accidents concerneraient des enfants surpris en plein ramassage de friandises, écrasés par des voitures, ou ayant péri à cause de bonbons frelatés, mais en fait, ce fut un jour comme un autre. Le matin, on a eu notre petit vieux décomposé, et après déjeuner j'ai accompagné une pathologiste à un procès pour meurtre. Elle s'était occupée de l'autopsie de la victime et témoignait en faveur de l'accusation. Il y avait plein de choses qui auraient dû me concerner – les éclaboussures de sang, la trajectoire des balles – mais toute mon attention fut focalisée sur la mère du prévenu, venue au tribunal en short en jean et tee-shirt *Ghostbusters*. Ça ne devait certes pas être facile pour elle, et pourtant, la question se posait : il lui fallait quoi, comme occasion, pour qu'elle s'habille correctement ?

Après le procès, j'ai regardé une autre pathologiste recueillir des asticots provenant d'une colonne vertébrale trouvée dans le désert. Il y avait une tête décomposée, aussi, et, avant de finir sa journée de travail, elle avait l'intention de faire mijoter le crâne pour étudier les contusions. On m'a demandé de transmettre l'information au médecin légiste en chef, et, rétrospectivement, je me dis que j'aurais pu choisir mes mots plus soigneusement. « Préparez la bouilloire, lui ai-je dit. Crâne chaud bouillant à l'ancienne, à cinq heures. »

C'était, bien entendu, la trouille qui me faisait parler ainsi, et puis l'envie misérable de paraître relax, comme si j'étais de la bande. Ce soir-là, au lieu de retourner à mon hôtel, je suis resté avec les livreurs, dont un avait écopé d'une contravention pour avoir roulé sur la voie réservée aux véhicules occupés par plusieurs passagers. Il avait – sans succès – utilisé l'argument selon lequel le cadavre qu'il avait à l'arrière constituait un second passager. J'avais imaginé des gars moroses et patibulaires, du style à vivre dans les sous-sols, des handicapés sociaux, mais c'était tout le contraire. Plusieurs d'entre eux avaient travaillé pour des entrepreneurs de pompes funèbres, et m'ont dit que les funérailles tsiganes étaient les pires. « Ils s'installent sur le parking, se branchent sur l'électricité municipale, et font griller du poulet jusqu'à pas d'heure. » Ils se sont souvenus de la fois où ils avaient trouvé l'œil d'un suicidé collé au bas d'une porte de chambre, puis ils ont allumé la télé et ont commencé à regarder un film d'horreur, qui n'a pas dû beaucoup les impressionner.

Vers minuit, un type en sweat-shirt Daytona Beach s'est présenté au portail : il voulait visiter. Comme les livreurs refusaient, il a fait signe à une auto à l'arrêt, et a demandé à sa petite copine de tenter le coup. La jeune femme était adorable et aguicheuse, et comme elle se collait contre le portail, je l'ai imaginée allongée sur une table d'autopsie, ses organes en tas à côté d'elle. Je regardais désormais tout le monde de cet œil, et j'étais inquiet à l'idée de ne plus jamais pouvoir m'arrêter. C'était la conséquence du fait que j'en avais trop vu, je comprenais l'horrible vérité : personne n'est à l'abri. Le monde n'est pas gérable. Le gamin allant de maison en maison réclamer ses sucreries à Halloween ne se fera peut-être pas cueillir le soir-même, mais tôt ou tard, son heure sonnera, tout comme la mienne, et celle de tous ceux qui me sont chers.

Il va sans dire que lors des semaines qui ont suivi, je n'ai pas été d'une compagnie follement joyeuse. Début novembre, de retour chez moi, j'ai repoussé tous ceux avec qui j'étais en contact. Progressivement, néanmoins, ma morosité s'est estompée. Arrivé à Thanksgiving, j'imaginais les gens nus et non pas morts et nus, ce qui était une amélioration. Une semaine plus tard, je m'étais remis à fumer au lit, et au moment où je pensais avoir tourné la page pour de bon, en allant à l'épicerie du coin, j'ai vu une vieille femme glisser sur un grain de raisin. Sa chute a été violente, et après m'être précipité auprès d'elle, je l'ai prise par le bras.

« Il faut vraiment faire attention dans cette allée de fruits et légumes.

– Je sais, a-t-elle dit. J'aurais pu me casser la jambe.

– À vrai dire, ai-je rétorqué, vous auriez pu y rester. »

La femme a essayé de se relever, mais je l'en ai empêchée.

« Je suis sérieux. Il y a des gens qui y restent. J'ai déjà vu ça. »

Son expression a alors changé, devenant craintive plus que simplement douloureuse. L'air qu'on prend lorsqu'on se retrouve face à un danger soudain et insurmontable : le camion qui fait une embardée, l'échelle branlante, le dingue qui vous cloue au lino et insiste, sur un ton de plus en plus impérieux, en disant que tout ce que vous savez et aimez peut être défait par un grain de raisin.

En salle d'attente

Six mois après m'être installé à Paris, j'ai laissé tomber les cours de français et décidé de prendre la tangente en douceur. Je ne disais qu'une seule chose : « Vous pourriez répéter, là ? » Et à quoi bon ? Je comprenais rarement la deuxième fois, et lorsque je comprenais, c'était habituellement quelque chose de banal, mon interlocuteur se demandant mon sentiment à propos des tartines grillées, ou m'annonçant que le magasin allait fermer dans vingt minutes. Tout ce travail pour quelque chose qui n'avait pas vraiment d'importance, aussi ai-je commencé à utiliser le terme français « *D'accord* », autrement dit : « OK. » Ce terme était la clé d'une porte magique, et, chaque fois que je le prononçais, j'éprouvais l'excitation associée à de nouvelles perspectives.

« *D'accord* », ai-je dit à la concierge, et je me suis retrouvé à recoudre l'œil d'un animal en peluche appartenant à sa petite fille. « *D'accord* », ai-je dit à la dentiste, et elle m'a envoyé chez un parodontiste, qui m'a fait passer quelques radios puis m'a convoqué dans son bureau pour une petite causerie. « *D'accord* », ai-je dit, et une semaine plus tard je suis retourné à son cabinet, où il m'a cisaillé les gencives de l'extrémité à la base, puis a retiré en raclant de grandes quantités de plaque dentaire à la racine des dents. Si j'avais eu la moindre idée de ce qui allait se passer, je n'aurais jamais dit *d'accord* à mon éditeur français, qui m'avait programmé une apparition télévisée le lendemain soir. Une émission culturelle hebdomadaire, très populaire. J'ai suivi la pop star Robbie Williams, et tandis que le producteur m'installait sur mon siège, j'ai fait glisser ma langue sur les points de suture. J'avais l'impression d'avoir des araignées plein la bouche – sinistre, mais ça m'a au moins fourni un sujet de conversation à la télé, ce que j'ai drôlement apprécié.

J'ai dit *d'accord* à un serveur, qui m'a servi un groin de porc posé à la verticale sur un lit de légumes verts. Je l'ai dit à une femme dans un grand magasin et suis ressorti aspergé d'eau de Cologne. Chaque jour était une nouvelle aventure.

Quand j'ai eu des calculs rénaux, je suis allé en métro à l'hôpital et ai dit « *D'accord* » à une infirmière rousse enjouée, qui m'a emmené dans une chambre particulière et m'a mis sous perfusion de Démérol. C'est incontestablement la meilleure chose que *d'accord* m'ait procurée, et elle fut suivie de la pire. Une fois le caillou expulsé, j'ai parlé à un médecin, qui m'a donné rendez-vous et m'a demandé de revenir le lundi suivant, date à laquelle nous ferions ce à quoi j'avais donné mon accord. « *D'accord* », ai-je dit, avant d'amplifier ma réponse en ajoutant « *génial !* »

Le jour de mon rendez-vous, je suis retourné à l'hôpital, suis passé aux admissions, puis ai suivi une infirmière légèrement moins enjouée jusqu'à une grande cabine de déshabillage. « Mettez-vous en slip », m'a-t-elle dit, et j'ai dit : « *D'accord.* » En se retournant, au moment de partir, la femme a ajouté autre chose, et, lorsque j'y pense rétrospectivement, je me dis que j'aurais vraiment dû lui demander de répéter, de me faire un dessin, le cas échéant, parce que, une fois qu'on a enlevé son pantalon, *d'accord*, ce n'est plus vraiment OK.

Il y avait trois portes dans la cabine, et, après m'être déshabillé, j'ai posé l'oreille contre chacune d'elles pour essayer de savoir laquelle était la plus sûre pour quelqu'un dans mon état. Derrière la première, il y avait du bruit, des téléphones qui sonnaient constamment, celle-ci était exclue. La deuxième, c'était à peu près la même chose, aussi ai-je choisi la troisième, et je suis entré dans une salle d'attente à la peinture pimpante, meublée de chaises en plastique et d'une table basse en verre sur laquelle s'entassaient des magazines. Il y avait une plante verte dans un coin, et à côté une autre porte, ouverte, qui donnait sur un couloir.

J'ai pris place, et j'étais installé depuis une minute environ lorsqu'un couple est entré et s'est assis sur deux chaises inoccupées. La première chose que j'ai remarquée, c'est qu'ils étaient entièrement habillés, et élégamment, d'ailleurs – ni baskets ni survêt, pour eux. La femme portait une robe grise d'aspect rêche qui lui arrivait aux genoux et était assortie au tissu de la veste sport de son mari. Leurs cheveux noirs, teints à l'évidence, constituaient un autre point commun dans leur apparence à l'un et à l'autre, mais lui convenaient mieux à elle qu'à lui – moins futile, me suis-je dit.

« *Bonjour* », ai-je lancé, et c'est alors que je me suis demandé si l'infirmière n'avait pas parlé d'un peignoir, celui qui était suspendu dans la cabine de déshabillage, peut-être. Plus que tout au monde j'avais envie de rebrousser chemin pour enfiler le peignoir, sauf que si j'y allais, le couple verrait mon erreur. Ils me prendraient pour un imbécile ; aussi, pour ne pas leur donner raison, ai-je décidé de rester à ma place et de faire semblant que tout était normal. *Pom pom pom.*

C'est drôle, ce qui vous passe par la tête lorsque vous êtes assis en slip face à un couple d'inconnus. Le suicide vient à l'esprit, mais à l'instant où vous considérez que c'est une option à envisager, vous vous rappelez que vous ne disposez pas des outils nécessaires : pas de ceinture à se passer autour du cou, pas de stylo à s'enfoncer dans le nez ou dans l'oreille jusqu'au cerveau. J'ai brièvement envisagé d'avaler ma montre, mais il n'y avait aucune garantie que j'arrive à m'étouffer avec. C'est gênant, mais vu la façon dont je mange normalement, elle serait sans doute passée assez facilement, avec le bracelet et tout. Une pendule, je ne dis pas, mais une Timex de la taille d'une pièce de monnaie – aucun problème.

L'homme aux cheveux teints en noir a sorti une paire de lunettes de la poche de sa veste, et tandis qu'il la dépliait, j'ai repensé à un soir d'été dans le jardin de mes parents. Cela remontait à bien longtemps, à un repas d'anniversaire pour les dix ans de ma sœur Gretchen. Mon père avait fait des steaks au barbecue. Ma mère avait dressé la table de pique-nique avec des bougies insecticides, et, juste au moment où on a commencé à manger, elle m'a surpris en train de mâcher un morceau de viande gros comme un porte-monnaie. Voir les gens s'empiffrer l'a toujours mise en rogne, mais cette fois-ci, ça l'a agacée plus que de coutume.

« J'espère que tu vas t'étouffer et mourir », a-t-elle dit.

J'avais douze ans ; je me suis interrompu en me demandant : *est-ce que j'ai bien compris, là ?*

« T'as bien entendu, espèce de porc, étouffe-toi. »

Sur le coup, j'ai espéré que j'allais vraiment mourir étouffé. Que le morceau de bœuf se coincerait dans ma gorge, et que, jusqu'à la fin de sa vie, elle serait hantée et se sentirait responsable. Chaque fois qu'elle passerait devant un restaurant de grillades ou l'étal d'un boucher, elle songerait à moi et repenserait aux mots qu'elle avait prononcés, « espérer » et « mourir » dans la même phrase. Mais, évidemment, je ne m'étais pas étouffé. Au lieu de cela, j'avais continué à vivre et j'étais arrivé à l'âge adulte, de manière à pouvoir me retrouver dans cette salle d'attente seulement vêtu d'un slip. *Pom pom pom.*

C'est à peu près à ce moment-là que deux autres personnes sont entrées. La femme devait avoir dans les cinquante-cinq ans et accompagnait un type plus âgé, qui était pour le moins trop habillé : un costume, un pull, une écharpe *et* un pardessus, qu'il a eu toutes les peines du monde à retirer, chaque bouton étant un défi. *File-le-moi*, ai-je pensé. *Par ici*. Mais il était sourd à ma télépathie, et a confié son pardessus à la femme, qui l'a plié sur le dossier de sa chaise. Nos yeux se sont croisés un instant – les siens se sont écarquillés en se déplaçant de mon visage à mon torse –, puis elle a pris un magazine sur la table et l'a tendu au vieil homme, que je prenais maintenant pour son père. Elle s'est ensuite choisi un magazine, et comme elle tournait les pages, je me suis laissé aller à me détendre un peu. C'était juste une femme qui lisait *Paris Match*, et moi j'étais juste la personne assise en face d'elle. Certes, je n'avais pas de vêtements, mais elle n'allait peut-être pas s'attarder sur la question, de même peut-être que tous les gens ici présents. Le vieil homme, le couple aux cheveux assortis :

« Comment ça s'est passé, à l'hôpital ? » leur demanderaient peut-être leurs amis.

À quoi ils répondraient :

« Bien. »

Ou :

« Oh, tu sais, comme d'habitude.

– Tu n'as rien vu de dingue ?

– Non, rien de particulier. »

Ça aide, parfois, de me rappeler que tout le monde n'est pas comme moi. Tout le monde ne note pas des choses dans un calepin qu'il transcrit ensuite dans son journal intime. Encore moins nombreux sont ceux qui prendront ce journal, feront un peu de nettoyage, et le liront en public.

« Le 14 mars. Paris. Me suis rendue avec papa à l'hôpital, où nous avons attendu en face d'un type en slip. Un slip kangourou, pas un boxer, un peu gris sur le côté, l'élastique distendu suite à de trop nombreux lavages. Plus tard, j'ai dit à papa : "D'autres gens s'asseyent sur ces chaises, tout de même" et il a été de mon avis pour dire que ce n'était pas hygiénique.

« Drôle de petit gars, inquiétant. Cheveux sur les épaules. Grand sourire imbécile collé sur la figure, s'est contenté de rester assis à marmonner dans sa barbe. »

Comme c'est prétentieux de ma part de penser que l'on pourrait se souvenir de moi dans un hôpital bondé où la misère humaine est le lot quotidien. Si l'une de ces personnes tenait *effectivement* un journal, il y a fort à parier que le texte du jour porterait sur le diagnostic, une nouvelle soit pénible, soit décisive dans le pronostic vital : le foie ne tient pas le coup, le cancer s'est développé jusqu'à la colonne vertébrale. En comparaison, un gars en slip n'est pas plus remarquable qu'une plante verte recouverte de poussière ou la carte d'abonnement au magazine qui traîne par terre à côté de la table. Et puis, que les nouvelles soient bonnes ou mauvaises, ces gens finiraient par repartir de l'hôpital et retourner dans la rue, où toutes sortes de choses pourraient m'effacer de leur mémoire.

En rentrant chez eux, ils verront peut-être un chien avec une patte de bois, ce que j'ai moi-même vu, un après-midi. C'était un berger allemand dont la prothèse semblait avoir été taillée dans une matraque. L'enchevêtrement de courroies qui tenait le truc en place m'a vraiment surpris, mais plus étrange encore était le bruit qu'il faisait sur le sol de la rame de métro, un bruit sourd qui parvenait à paraître à la fois plaintif et violent. Puis il y a eu le maître du chien, qui a considéré la prothèse faite maison, puis m'a regardé, l'air de dire : « Pas mal, hein ? »

Ou peut-être croiseraient-ils sur leur chemin quelque chose d'aussi infime quoique non moins étonnant. Un matin, en allant à l'arrêt de bus, je suis tombé sur une femme bien habillée allongée sur le trottoir devant un magasin de fournitures de bureau. Une petite foule s'était rassemblée, et juste au moment où je me suis mêlé à la cohue, un camion de pompiers s'est arrêté. En Amérique, si quelqu'un s'effondre dans la rue, on appelle une ambulance, mais en France, ce sont les pompiers qui se chargent des premiers secours. Ils étaient quatre, et, après s'être assuré que la femme allait bien, l'un d'eux est retourné au camion et a ouvert la portière. J'ai cru qu'il cherchait une couverture en aluminium, de celles qu'on utilise pour les gens ayant subi un choc, mais à la place il a sorti un verre à pied. N'importe où ailleurs, ç'aurait été un gobelet en carton ou en plastique, mais là, c'était un verre, avec un pied. J'imagine qu'ils les trimballent sur le siège avant, à côté des haches ou je ne sais quoi.

Le pompier a versé de l'eau dans le verre à pied, qu'il a ensuite tendu à la femme à présent assise sur son séant, et qui se passait la main dans les cheveux, comme lorsqu'on se réveille d'une sieste. Ce fut le sujet principal de mon journal intime ce soir-là, mais j'ai eu beau essayer de fignoler, j'ai senti qu'il manquait quelque chose. Avais-je bien spécifié que ça se passait pendant l'automne ? Les feuilles sur le trottoir avaient-elles contribué au grisant délice que j'avais ressenti, ou était-ce seulement le verre à pied et la dignité dont il témoignait ?

« Certes, vous êtes à terre ; certes ce verre est peut-être votre dernier – mais faisons les choses dans les règles, voulez-vous ? »

Chacun a ses propres critères, mais, à mon avis, un tel spectacle est au moins cinquante fois supérieur à celui que j'offrais. Un verre à pied vous fournit de la matière pendant des années, alors qu'un gars en slip vous fera deux jours, une semaine maximum. Sauf si, bien sûr, le gars en slip c'est *vous*, auquel cas l'histoire vous accompagnera sans doute jusqu'à la fin de votre vie – elle ne flottera pas nécessairement à la lisière de votre conscience, elle ne sera pas immédiatement disponible comme un numéro de téléphone, mais elle demeurera néanmoins à portée, comme une bouchée de steak, ou un chien avec une patte de bois. Vous repenserez souvent à la chaise froide en plastique, au visage de l'infirmière qui, en passant devant la salle d'attente, vous aperçoit les mains entre les genoux. Quelle surprise, quelle rigolade, tandis qu'elle propose quelque nouvelle aventure, puis reste là, dans l'attente de votre « *d'accord* ».

Les mots croisés du samedi

Dans le vol pour Raleigh, j'ai éternué, et la pastille contre la toux que je suçais a été expulsée de ma bouche, a ricoché sur la tablette repliée à la verticale, et a atterri, tel que je m'en souviens, sur le giron de ma voisine, qui était endormie et avait les bras croisés sur la poitrine. Je suis étonné que la force de projection ne l'ait pas réveillée – c'est vous dire l'ampleur du choc – mais elle s'est contentée de battre des paupières et de pousser un minuscule soupir, de ceux qu'émettent parfois les bébés.

Dans des circonstances normales, j'aurais eu trois possibilités, la première étant de ne rien faire. La femme se réveillerait à un moment donné, remarquerait quelque chose qui ressemblerait à un nouveau bouton brillant cousu à l'entrejambe de son jean. C'était un petit avion avec un siège par rangée dans le couloir A, et deux sièges par rangée dans le couloir B. Nous, c'était la B, donc dès qu'elle chercherait à comprendre, je serais le premier sur sa liste.

« C'est à vous ? » demanderait-elle.

Alors je regarderais avec stupeur entre ses genoux.

« Est-ce que quoi est à moi ? »

L'option numéro deux consistait à se pencher et ramasser ma pastille échouée sur son pantalon, et la numéro trois était de la réveiller et d'inverser les rôles en disant :

« Je suis navré, mais je crois que vous avez quelque chose qui m'appartient. »

Elle me restituerait alors ma pastille, voire me présenterait ses excuses, embêtée à l'idée de me l'avoir en un sens dérobée.

Sauf qu'en l'occurrence, les circonstances n'étaient *pas* normales, car avant que la femme s'endorme, elle et moi avions eu une altercation. Je ne la connaissais que depuis une heure, et cependant je sentais sa haine aussi fort que je sentais le courant d'air froid qui m'arrivait à la figure – cela après qu'elle eut réorienté l'embout qui se trouvait au-dessus de sa tête, un va-te-faire-foutre final avant de s'installer pour piquer son roupillon.

Le plus étrange, c'est que, au départ, jamais je n'aurais cru qu'elle me causerait des ennuis. Je m'étais retrouvé derrière elle à l'embarquement, et c'était juste une femme en tee-shirt et short en jean, la quarantaine tout au plus. Elle avait des cheveux bruns qui lui tombaient sur les épaules, et tandis que nous attendions, elle les avait ramenés en une queue-de-cheval tenue par un élastique. Il y avait un homme à côté d'elle qui avait à peu près le même âge et était également en short, mais il y avait un ourlet au sien. Il feuilletait un magazine de golf, et j'ai vu juste en devinant que les deux prenaient l'avion pour partir en vacances. Engagée sur la passerelle, la femme a fait référence à une voiture de location et s'est demandé s'il y aurait une épicerie non loin de la villa en bord de mer. Manifestement, elle se réjouissait à l'avance de son séjour, et je me suis pris moi-même à espérer que, quelle que soit la plage où ils allaient, l'épicerie ne serait pas trop loin. C'était juste une de ces réflexions qui vous traversent l'esprit. *Je vous souhaite bien du plaisir*, ai-je pensé.

Une fois à bord de l'appareil, je me suis rendu compte que la femme et moi allions être assis l'un à côté de l'autre, ce qui n'était pas un problème. J'ai pris place, et, dans la minute, elle s'est excusée et est allée quelques rangées plus loin discuter avec l'homme au magazine de golf. Il était complètement devant, face à la cabine, en tête de rangée, et je me rappelle avoir eu de la peine pour lui, parce que moi je déteste me retrouver sur le siège du premier rang. Les grands recherchent ardemment cet emplacement, mais moi je préfère avoir le moins de place possible pour les jambes. En avion ou au cinéma, j'aime m'avachir le plus bas possible et appuyer les genoux sur le dossier du siège de devant. Quand on a le siège du premier rang, on n'a personne devant soi, hormis une paroi qui se trouve à un bon mètre devant, et je ne sais jamais quoi faire de mes jambes. Autre inconvénient, il faut mettre toutes ses affaires dans le compartiment à bagages, or, le temps que j'embarque, il est habituellement déjà plein. Bref, je préférerais être accroché à une des roues plutôt que d'être assis complètement devant.

Une fois notre départ annoncé, la femme est revenue à sa place et est restée le postérieur à quinze centimètres au-dessus du coussin pour pouvoir continuer sa conversation avec l'homme avec qui elle discutait plus tôt. Je n'ai pas prêté attention à ce qu'ils se disaient, mais je crois avoir entendu le type l'appeler Becky, un nom bien innocent qui collait tout à fait avec l'enthousiasme contagieux, presque enfantin, de cette femme.

L'avion a décollé, et tout se déroulait normalement jusqu'à ce qu'elle me touche le bras et montre du doigt l'homme avec qui elle avait discuté.

« Hé, a-t-elle dit, vous voyez le gars, là-bas ? (Elle l'a alors appelé – Eric, je crois – et l'homme s'est retourné et a fait un petit signe de la main.) C'est mon mari, vous voyez, et je me demande si vous accepteriez de changer de place avec lui, pour que lui et moi on soit côte à côte.

– Eh bien, en fait… »

Mais avant que je puisse finir, elle m'a interrompu en disant :

« Quoi ? Ça vous pose un *problème* ?

– Ma foi, d'ordinaire, je serais ravi de me déplacer, mais il a la tête de rangée, et je déteste ce siège.

– Il a *quoi* ?

– La tête de rangée, ai-je répété. C'est comme ça qu'on appelle le siège situé complètement à l'avant.

– Écoutez, a-t-elle dit. Je vous demande pas de changer parce que c'est une mauvaise place. Je vous demande de changer parce qu'on est mariés. (Elle m'a montré son alliance, et lorsque je me suis penché pour regarder de plus près, elle a retiré la main.) Oh, c'est pas grave. Laissez tomber. »

C'est comme si elle m'avait claqué la porte au nez, et de manière assez injuste, me semblait-il. J'aurais mieux fait d'en rester là, mais, à la place, j'ai essayé de la raisonner.

« Le vol ne dure que quatre-vingt-dix minutes », ai-je dit, sous-entendant que, dans le contexte général du grand ordre de l'univers, elle ne serait pas séparée si longtemps de son mari. « Je veux dire, quoi, il doit aller en prison à l'instant où on atterrira à Raleigh ?

– Non, il ne va pas en *prison*, a-t-elle dit en prononçant *prison* d'une voix aiguë pour se moquer de moi.

– Écoutez, ce serait un enfant, je le ferais. »

Et elle m'a coupé :

« Peu importe. »

Puis elle a levé les yeux au ciel et regardé furieusement par le hublot.

Elle avait décidé que j'étais un mauvais coucheur, un de ces types qui, indépendamment des circonstances, refusent de rendre le moindre service à quiconque. Mais ce n'est pas vrai. C'est juste que je préfère que l'initiative du service rendu vienne de *moi*, ce qui me donne l'impression d'être quelqu'un de gentil, et non pas qu'on me force la main, ce qui me met mal à l'aise. *Alors non. Qu'elle boude dans son coin*, ai-je décidé.

Eric avait cessé d'agiter la main et me faisait signe d'appeler Becky.

« Ma femme, articulait-il en silence. Dites à ma femme de me regarder. »

Pas moyen d'y couper, alors j'ai tapé sur l'épaule de sa femme.

« Ne me touchez pas, a-t-elle dit en montant sur ses grands chevaux, comme si je lui avais donné un coup de poing.

– Votre mari vous appelle.

– Et alors ? C'est pas pour ça que vous avez le droit de me *toucher*. »

Becky a détaché sa ceinture de sécurité, soulevé son arrière-train au-dessus du siège, et s'est adressée à Eric d'une voix théâtrale :

« Je lui ai demandé de changer de place, mais il veut pas. »

Il a incliné la tête, pour dire : « Comment ça ? », et elle a expliqué, en haussant le ton bien plus qu'il n'était nécessaire :

« Parce que c'est un *trou du cul*, voilà pourquoi. »

Une femme âgée du couloir A s'est retournée pour me regarder, et j'ai sorti les mots croisés du *Times* du sac sous mon siège. Ça vous donne toujours l'air raisonnable, surtout le samedi, lorsque les mots sont longs et les définitions extrêmement difficiles. Le problème c'est qu'il faut se concentrer, or j'étais obnubilé par cette Becky, là.

Dix-sept, horizontalement : radiographie de l'intérieur de l'utérus, en seize lettres. « Suis pas un trouduc », je l'ai écrit, ça collait.

Cinq, verticalement : tribu indienne, en cinq lettres. « Toi si. »

Regardez ce type intelligent qui fait les mots croisés les doigts dans le nez, ai-je imaginé qu'ils se disaient tous. Ce doit être un génie. Voilà pourquoi il n'a pas voulu changer de place pour cette pauvre femme mariée. Il sait quelque chose que nous ignorons.

C'est pitoyable, l'importance que j'attache aux mots croisés du *Times*, qui sont faciles le lundi et chaque jour plus difficile au fur et à mesure que la semaine avance. Je vais passer quatorze heures à terminer ceux du vendredi, après quoi je les brandirai à la face de quelqu'un en exigeant qu'il reconnaisse mon intelligence supérieure. Je suis persuadé que ça prouve que je suis plus malin que le voisin, mais tout ce que cela signifie en réalité c'est que ma vie est un désert.

Quand je me suis remis à mes mots croisés, Becky a pris un roman en édition de poche, un de ceux à la couverture en relief. J'ai essayé de voir le titre, mais, d'un geste sec, elle l'a tourné vers le hublot. C'est étrange, ces choses-là, on peut sentir le regard de quelqu'un sur son livre ou sur son magazine aussi sûrement qu'une sensation tactile. Ça ne marche que pour l'écrit. J'ai regardé ses pieds pendant cinq bonnes minutes, et elle ne les a pas brusquement déplacés. Après notre altercation, elle avait enlevé ses baskets, et j'ai vu qu'elle avait du vernis blanc sur les ongles de ses orteils, et que chaque ongle était parfaitement sculpté.

Dix-huit, horizontalement : « M'impressionne pas. »

Onze, verticalement : « Catin. »

Je ne regardais même plus les définitions.

Lorsque le chariot des boissons est arrivé, nous nous sommes bagarrés par hôtesse interposée.

« Que puis-je vous offrir, messieurs dames ? a-t-elle demandé, et Becky a posé brutalement son livre en disant :

– On n'est pas ensemble. »

Elle n'en revenait pas qu'on ait pu nous prendre pour un couple, ou même des amis.

« Je voyage avec mon mari, a-t-elle enchaîné. Il est assis là-bas, en tête de rangée. »

C'est moi qui t'ai appris ce mot, ai-je songé.

« Ah, puis-je vous offrir…

– Je vais prendre un Coca, a dit Becky. Pas trop de glaçons. »

J'avais soif moi aussi, mais plus qu'une boisson je voulais avant tout que l'hôtesse m'apprécie. À qui irait votre préférence, la nana revêche qui vous coupe la parole et vous ennuie avec ses histoires de glaçons, ou le gentleman pensif et accommodant qui lève la tête de ses mots croisés difficiles, et vous sourit en disant : « Pour moi, rien, merci » ?

Si l'avion venait à perdre de l'altitude et que la seule solution pour ne pas perdre d'altitude fût de pousser quelqu'un par la sortie de secours, j'avais à présent la certitude que l'hôtesse choisirait Becky plutôt que moi. Je l'imaginais se cramponnant au chambranle de la porte, les cheveux soufflés avec tant de force qu'ils commenceraient à tomber.

« Mais, mon mari… », s'écrierait-elle.

Sur ce, je m'avancerais en disant :

« Écoutez, moi, je suis déjà allé à Raleigh. Si quelqu'un doit sauter, ce sera moi. »

Becky verrait que je ne suis pas le trou du cul pour qui elle m'a malencontreusement pris, et à cet instant elle lâcherait prise et serait happée dans l'espace.

Deux, verticalement : « Prends ça ! »

C'est toujours si satisfaisant lorsqu'on arrive à faire en sorte que la haine de quelqu'un se métamorphose en culpabilité – que la personne réalise qu'elle avait tort, que son jugement était hâtif, obnubilée qu'elle était par ses propres considérations mesquines. Le problème c'est que ça marche dans les deux sens. Je l'avais d'emblée prise pour la bonne femme qui arrive en retard au cinéma et me demande de m'asseoir juste derrière le type le plus grand de la salle, pour qu'elle et son mari puissent être ensemble. Tout le monde doit souffrir, tout ça parce qu'elle couche avec quelqu'un. Et si c'est moi qui avais tort ? Je l'imaginais dans une pièce faiblement éclairée, tremblant devant une série de radiographies rayonnantes.

« Je vous donne deux semaines tout au plus, dit le médecin. Faites-vous donc les ongles, achetez-vous un joli short en jean, et profitez de vos derniers précieux instants avec votre mari. Il paraît que les plages de Caroline du Nord sont chouettes en cette période de l'année. »

Je l'ai regardée, et me suis dit : *Non*. Si elle avait eu ne fût-ce qu'un tout petit mal de ventre, elle en aurait parlé. Mais après tout, en étais-je si sûr ? Je ne cessais de me répéter que j'étais dans mon bon droit, mais j'ai su que ça ne marchait pas en me remettant à mes mots croisés quand j'ai commencé à dresser une liste des diverses raisons qui faisaient que je n'étais pas un trou du cul.

Quarante, horizontalement : « Je donne de l'argent à la r…

Quarante-six, verticalement : « … adio publique. »

Tout en cherchant désespérément une raison numéro deux, j'ai noté que Becky, elle, ne faisait pas de liste. C'est elle qui m'avait insulté, qui avait tout fait pour que la situation dégénère, mais ça ne semblait pas l'ennuyer le moins du monde. Après avoir terminé son Coca, elle a replié la tablette et appelé l'hôtesse pour qu'elle récupère sa canette vide, et s'est remise en position pour dormir. C'est peu après que j'avais mis la pastille dans ma bouche, et peu après ça que j'avais éternué, projetant la pastille comme une balle sur son short, dans l'entrecuisse.

Neuf, verticalement : « Eh merde ! »

Treize, verticalement : « Bon, et maintenant ? »

C'est à ce moment-là qu'une autre option m'est venue à l'esprit. *Tu sais quoi*, ai-je songé. *Je vais peut-être changer de place avec son mari.* Mais j'avais trop attendu, et maintenant lui aussi dormait. La seule façon de m'en sortir consistait à réveiller la femme d'un petit coup de coude et de lui faire la proposition que je fais parfois à Hugh. En pleine dispute, je m'arrête au beau milieu d'une phrase et lui demande si on peut tout reprendre à zéro.

« Je vais sortir, et lorsque je rentrerai, on fera comme s'il ne s'était rien passé, d'accord ? »

En cas d'énorme dispute, il attendra que je sois dans le vestibule, puis fermera à clé la porte derrière moi, mais dans le cas d'une dispute mineure, il jouera le jeu, et je rentrerai dans l'appartement en disant :

« Qu'est-ce que tu fais à la maison ? »

Ou :

« Hum, ça sent bon ici. Qu'est-ce qui mijote ? » (Question facile car il a toujours quelque chose sur le feu.)

Sur le coup, ça paraît neuneu, mais la gêne finit par s'estomper, et nous nous glissons dans le rôle de deux personnes convenables, prises au piège dans une pièce de théâtre plutôt ennuyeuse.

« Qu'est ce que je peux faire pour t'aider ?

– Tu peux mettre la table si tu veux.

– Bah très bien, d'accord ! »

J'ignore combien de fois j'ai mis la table en milieu d'après-midi, bien avant qu'on prenne place pour le dîner. Mais la pièce n'en serait que plus ennuyeuse s'il n'y avait pas du tout d'action, et je ne veux rien entreprendre de vraiment dur, comme peindre une pièce par exemple. Je suis simplement tout content qu'il accepte. La vie des autres peut être pleine de cris et d'assiettes qui volent, mais moi je préfère que la mienne demeure aussi civile que possible, même si cela implique de faire semblant de temps en temps.

J'aurais volontiers repris les choses à zéro avec Becky, mais mon petit doigt me disait qu'elle n'aurait pas été d'accord. Même endormie, elle diffusait son hostilité, chaque doux ronflement retentissant comme une accusation. Trou-*du cul*. Trou-*du cul*. L'annonce de l'atterrissage imminent ne parvint pas à la réveiller, et lorsque l'hôtesse lui demanda d'attacher sa ceinture de sécurité, elle le fit dans un demi-sommeil, sans regarder. La pastille disparut sous la boucle, ce qui me donna dix minutes de plus, temps que je passai à rassembler mes affaires, de manière à pouvoir filer vers la sortie dès que nous serions arrivés à notre porte. Simplement je n'avais pas anticipé le fait que le type devant moi serait un tout petit peu plus rapide et me bloquerait en essayant de sortir son paquetage du compartiment à bagages. S'il n'avait pas été là, j'aurais pu être déjà dehors au moment où Becky détachait sa ceinture de sécurité, mais en fait, je ne m'étais éloigné que de quatre rangées, et je me trouvais précisément au niveau du fameux siège.

Le nom dont elle me traita, ce n'était pas la première fois que je l'entendais, ni la dernière. La définition pourrait être la suivante, en neuf lettres : « Cavité dans le fondement. » Évidemment, ils ne donnent pas des définitions comme ça dans les mots croisés du *Times*. Parce que, là, tout le monde arriverait à les terminer.

Silhouettes adultes se précipitant
sur un champignon vénéneux en béton

Avant d'être déplacé près du champ de foire, le musée des Beaux-Arts de Caroline du Nord se trouvait dans le centre de Raleigh, et souvent, quand nous étions jeunes, ma sœur Gretchen et moi séchions l'église et passions une heure à regarder les peintures. La collection n'était pas splendide, mais suffisait à vous donner un panorama général, et vous rappeler qu'en gros, vous ne valiez pas un clou. Gretchen et moi, on se considérait tous les deux comme des artistes. Elle du genre de ceux qui savent vraiment dessiner et peindre, et moi du genre à faire semblant de savoir vraiment dessiner et peindre. Quand ma sœur regardait un tableau, elle se tenait à distance, puis, lentement, presque imperceptiblement, se rapprochait, jusqu'à avoir le nez sur la toile. Elle examinait la peinture dans son ensemble, puis les différentes parties, tamponnant dans le vide par empathie en étudiant les coups de pinceau.

« À quoi tu penses ? lui ai-je demandé une fois.

– Oh, tu sais, a-t-elle dit, la composition, les surfaces, la façon dont les choses paraissent réalistes quand tu es loin mais bizarres quand tu les observes de près.

– Moi aussi. » Mais ce que je me disais en réalité, c'est que ce serait génial de posséder une véritable œuvre et de l'exposer dans ma chambre.

Même avec mes revenus du baby-sitting, les tableaux étaient hors de question, alors à la place j'ai investi dans des cartes postales, qu'on pouvait acheter pour vingt-cinq cents à la boutique du musée et disposer sur du carton à chemise. Ce qui les rendait plus présentables.

Je cherchais des idées d'encadrement, un après-midi, lorsque je suis entré dans une petite galerie d'art qui s'appelait La Petite Galerie d'Art. C'était un endroit relativement nouveau, situé dans la galerie commerciale de North Hills, appartenant à une femme du nom de Ruth, qui avait à peu près l'âge de ma mère, et m'a fait découvrir le mot « fabuleux », comme dans : « Si ça t'intéresse, j'ai un nouveau Matisse fabuleux qui est arrivé juste hier. »

C'était une affiche, plus qu'une peinture, mais je l'ai quand même observée comme un connaisseur l'aurait fait, pensais-je, en enlevant mes lunettes, en suçotant les branches tout en inclinant la tête. « C'est juste que je ne suis pas sûr qu'il colle avec le reste de ma collection », ai-je dit, désignant ainsi mon calendrier Gustav Klimt et la pochette du disque de King Krimson punaisée au-dessus de ma commode.

Ruth me traitait en adulte, ce qui était un exploit, vu la manière dont je me comportais.

« Je ne sais pas si vous réalisez, lui ai-je dit une fois, mais il semble que Picasso soit en fait espagnol.

– Ah bon ?

– J'avais quelques-unes de ses cartes postales sur mon mur français, celui où il y a mon bureau, mais maintenant je les ai déplacées à côté de mon lit, à côté de Miró. »

Elle a fermé les yeux, faisant semblant d'imaginer cette nouvelle configuration. « Bonne idée », a-t-elle dit.

La Petite Galerie d'Art n'était pas loin de mon collège, et j'avais coutume de m'y arrêter après les cours et d'y traîner. Je rentrais à la maison des heures plus tard, et lorsque ma mère me demandait où j'étais passé pendant tout ce temps, je répondais : « Ah, chez mon marchand d'art. »

En 1970, les seules œuvres d'art dans la maison de mes parents étaient un arbre généalogique et un portrait au charbon, sans cadre, de mon frère, de mes quatre sœurs et de moi, fait par un gars lors d'une foire locale. Les deux étaient accrochées dans la salle à manger, et je les trouvais pas mal jusqu'à ce que je commence à passer du temps avec Ruth et décide qu'elles n'étaient pas assez stimulantes.

« Qu'est-ce que tu attendais d'un portrait de groupe montrant six enfants gâtés ? » a demandé ma mère, et plutôt qu'essayer de lui expliquer, je l'ai emmenée voir Ruth. Je savais qu'elles s'entendraient bien, toutes les deux. Simplement je n'avais pas imaginé qu'elles s'entendraient si bien. Au début, c'était moi leur sujet de conversation – Ruth dans le rôle de la pom-pom girl en chef, ma mère dans celui de celle qui acquiesce du bout des lèvres. « Oh oui, disait-elle. Sa chambre est charmante. Chaque chose à sa place. »

Puis ma mère a commencé à traîner aussi à la galerie, et à y faire des achats. Son premier a été une statue oblongue d'homme sculptée dans une matière qui ressemblait à du papier entortillé mais était en réalité du métal moulé en fines lamelles. Elle devait faire une soixantaine de centimètres de haut, et retenait trois fils de fer rouillés, chacun attaché à un ballon en verre soufflé qui flottait au-dessus de sa tête. *M. Homme-Ballon*, l'appelait-elle.

« Simplement, je doute qu'il ait besoin de ce chapeau haut de forme », lui ai-je dit.

Et ma mère de répondre : « Ah, vraiment ? » sur un ton qui signifiait : quand j'aurai besoin de ton avis, je te sonnerai.

Ça m'ennuyait qu'elle ait acheté quelque chose sans m'avoir consulté, aussi ai-je continué à lui faire part de mes critiques avisées, dans l'espoir qu'elle en tire quelque enseignement.

L'achat suivant fut une pendule grand-père avec un corps en noyer et un visage humain travaillé à partir de ce qui semblait être un gong chinois. Le visage n'était pas réaliste, mais « semi-abstrait », comme disait ma mère, mot qu'elle avait emprunté à Ruth. Un mot censé m'appartenir. Je ne savais pas combien avait coûté la pendule au juste, mais je savais que c'était cher. Elle l'appelait *M. Creech*, en l'honneur de l'artiste, et quand j'ai essayé de lui expliquer que l'art n'était pas un animal domestique à qui on donnait un petit nom, elle m'a répondu qu'elle l'appellerait comme bon lui semblerait.

« Devrais-je placer *Monsieur Creech* à côté de *Monsieur Homme-Ballon*, ou est-ce que ça va faire trop pour la salle à manger ?

– Ne me demande pas, lui ai-je dit. L'experte, c'est toi. »

Puis mon père a été présenté à Ruth, et lui aussi est devenu un expert. L'art rapprocha mes parents comme rien d'autre ne les avait rapprochés, et comme leur intérêt était nouveau, ils purent le partager sans entrer en compétition. Soudain ils constituèrent une équipe, les Walter et Louise Arensberg de Raleigh, Caroline du Nord.

« Ta mère a vraiment l'œil », fanfaronnait mon père – et ce à propos de *L'Homme fendu*, un visage semi-abstrait fabriqué précisément par le potier qui avait réalisé notre nouvelle table basse. Papa n'avait pas l'habitude de jeter l'argent par les fenêtres, et ça, expliquait-il, c'était un investissement, quelque chose qui, comme les actions et les obligations, prendrait régulièrement de la valeur, et finirait par « crever le plafond ».

« Et entre-temps, nous en profitons tous, disait ma mère. Nous tous, à l'exception de Monsieur Grincheux », sobriquet dont elle m'avait affublé.

L'attrait de l'art avait toujours été que mes parents n'y connaissaient rien. Il s'était agi d'un centre d'intérêt confidentiel entre Gretchen et moi. Et maintenant, tout le monde était sur le coup. Même ma grand-mère grecque avait un avis, lequel étant qu'un tableau où ne figurait pas Jésus ne méritait pas d'être regardé. *Yiayia* ne faisait pas preuve d'un esprit critique très affiné – un Giotto ou un Rouault, peu importe, du moment que le sujet était soit cloué à une croix soit en train de lever les bras face à une foule. Elle aimait que l'art raconte une histoire, et, bien que cette histoire en particulier ne m'intéresse pas, j'aimais la même chose. C'est pour ça que je préférais la *Scène de marché sur un quai* du musée à son Kenneth Noland. Pour ce qui était de faire de l'art, en revanche, j'étais plutôt Noland, car mesurer des triangles était bien plus facile que de peindre un églefin ayant l'air d'un vrai.

Avant de se mettre à traîner à la galerie, mes parents me considéraient comme un pionnier. Désormais ils me prenaient pour ce que j'étais : pas seulement un copieur, mais de surcroît un fainéant. Regardant mon carré vert posé sur un fond couleur citrouille, mon père s'est reculé en s'écriant :

« C'est exactement comme machin-truc, là, le gars qui habite sur les Rives extérieures.

– En fait, c'est plus comparable à Ellsworth Kelly, ai-je dit.

– Eh bien, il a dû s'inspirer du gars des Rives extérieures. »

À l'âge de quinze ans, je n'étais peut-être pas l'expert pour lequel je me faisais passer, mais je possédais bel et bien un exemplaire de *L'Histoire de l'art* et savais que la bande est de la Caroline du Nord n'était pas le berceau de l'expression artistique. J'étais également assez convaincu qu'aucun peintre sérieux ne consacrerait la moitié de la toile à sa signature, ni ne collerait un point d'exclamation à la fin de son nom.

« Cela en dit long sur ce que *toi* tu sais, a dit ma mère. Sauf qu'en art, il ne s'agit pas de suivre les règles. Il s'agit de les casser. Pas vrai, Lou ?

– Absolument », a dit mon père.

Ils ont ensuite acheté un portrait réalisé par un homme que j'appellerai Bradlington.

« C'est un alcoolique », a annoncé ma mère, comme si le fait de boire le rendait plus authentique.

À l'exception de ma grand-mère, tout le monde appréciait le Bradlington, à commencer par moi. Il ressemblait à certains Goya que j'avais vus dans mon livre d'histoire de l'art – les peintures qu'il avait faites vers la fin, quand les visages étaient juste esquissés en quelques mouvements secs. « C'est très sombre, ai-je déclaré. Très… évocateur. »

Quelques mois plus tard, ils ont acheté un autre Bradlington, le portrait d'un garçon allongé sur le dos dans un fossé. « Il contemple les étoiles », a dit ma mère, mais moi, ses yeux me paraissaient vides, des yeux de mort. Je croyais que mes parents étaient partis sur leur lancée, aussi quelle ne fut ma déception lorsque, au lieu d'acheter un troisième Bradlington, ils sont revenus à la maison avec un Edna Hibel. C'était une lithographie plus qu'une peinture, et elle représentait une jeune femme ramassant des fleurs dans un panier. Le jaune des fleurs était assorti au nouveau papier peint du coin-repas, aussi a-t-il été accroché au-dessus de la table. L'idée d'assortir une œuvre d'art à la décoration était, pour moi, une abomination, mais pour ma mère, dès que ça rimait avec « nouvel achat », elle adorait. Elle acheta un canapé que le vendeur désignait comme « le Navajo », puis une poterie qui allait bien avec les motifs du tissu d'ameublement. C'était un vase d'un mètre trente de haut, qui servait à conserver des unioles maritimes séchées de la même couleur que le cadre d'un tableau placé à côté, représentant un paysage.

Joyce, la sœur de ma mère, vit une photo de notre nouveau séjour et expliqua que les Indiens d'Amérique ne se réduisaient pas à des coussins de canapé. « As-tu la moindre idée de la façon dont vivent ces gens ? » demanda-t-elle. Joyce travaillait pour une œuvre de bienfaisance avec les tribus du Nouveau-Mexique, et, par son intermédiaire, ma mère en apprit davantage sur le dénuement et les poupées indiennes kachina.

Mon père préférait les tribus du Nord-Ouest, sur la côte pacifique, et s'est mis à collectionner des masques, qui dardaient leurs petits sourires satisfaits et leurs regards noirs depuis le mur au-dessus de la cage d'escalier. J'avais espéré que les trucs indiens conduiraient mes parents à revenir sur certains de leurs choix antérieurs, mais je n'eus pas cette chance. « Je ne peux pas me débarrasser de *Monsieur Creech*, a dit ma mère. Il n'a pas encore pris de valeur. »

J'étais alors en deuxième année d'université, et je commençais juste à réaliser que les noms que mes parents avaient toujours à la bouche n'étaient pas connus au plan national et ne le seraient jamais. Allez donc citer Bradlington à votre professeur d'histoire de l'art de l'université d'État de Kent, et elle enlèvera le crayon qu'elle avait dans la bouche pour dire :

« Qui ça ?

– Mais si, vous savez, c'est un alcoolique… Il habite en Caroline du Nord…

– Je suis navrée, mais je n'ai jamais entendu parler de lui. »

Quant aux autres, les Edna Hibel et autres Stephen White, ils étaient de ceux dont on vantait les œuvres dans *ARTnews* plutôt que dans *Artforum*, leurs tableaux et lithographies étant « fièrement exposés » aux côtés de carillons éoliens dans des endroits aux noms tels que La Mouette criante, ou les Couchers de soleil du désert, des galeries presque toujours situées sur des lieux de vacances. J'ai essayé de faire comprendre ça à mes parents, mais ils ne voulaient rien entendre. Peut-être bien qu'*aujourd'hui* ma prof d'histoire de l'art ignorait l'existence de Bradlington, mais quand son foie l'aurait lâché, elle saurait parfaitement qui il avait été.

« C'est comme ça que ça se passe, parfois, a dit mon père. L'artiste n'est apprécié qu'après sa mort. Regarde Van Gogh !

– Alors *tous* les artistes seront appréciés après leur mort ? ai-je demandé. Si je me fais écraser par un bus demain après-midi, est-ce que la peinture que j'ai faite la semaine dernière vaudra une fortune ?

– En un mot, non. Mourir n'est pas suffisant. Il faut avoir du talent. Bradlington est pétri de talent, et Hibel pareil. La nana qui a fabriqué la table basse durera pour l'éternité, mais toi, par contre, je ne parierais pas.

– Qu'est-ce que ça signifie exactement ? »

Mon père s'est assis sur le Navajo.

« Ça signifie que tes œuvres d'art ne ressemblent pas à de l'art.

155

« – Et toi, tu es expert en la matière ?

– Je dirais que oui.

– Eh ben, va te faire voir, tiens », lui ai-je rétorqué.

Je ne l'aurais jamais admis, mais je voyais exactement ce que mon père voulait dire. Au mieux, mon art ressemblait aux devoirs à faire à la maison. Ce à quoi on pouvait s'attendre de la peinture et du dessin – qui nécessitaient de véritables aptitudes –, si ce n'est que même mes dernières œuvres conceptuelles n'étaient pas convaincantes. L'enveloppe par avion remplie de rognures d'ongles, la maquette du monument à la mémoire de Lincoln en caramel – façonnés par quelqu'un d'autre, de tels objets auraient pu susciter des discussions, mais, fabriqués par moi, ils semblaient juste désespérés et prétentieux. Pas seulement des devoirs, mais de mauvais devoirs.

J'ai arrêté les devoirs à la maison l'année de mes trente ans, et j'ai commencé à collectionner des tableaux quelque dix ans plus tard, peu après m'être installé en Europe. Quelques-unes de mes toiles sont françaises ou anglaises, des portraits principalement, datant des années 1800, mais celles auxquelles je tiens le plus sont hollandaises, et datent du dix-septième siècle. *Singe mangeant des pêches*, *Homme fuyant un village en feu*, *Figures tourmentées par des diables en enfer* – comment peut-on se tromper quand les titres sont aussi simples et directs ? Ce sont des artistes mineurs – des fils, le plus souvent, de pères infiniment plus talentueux – mais si je prononce leur nom avec une certaine autorité, j'arrive presque toujours à provoquer une réaction. (« Vous avez dit Van der Pol ? Ah oui, il me semble bien avoir vu quelque chose de lui au Louvre. »)

Les gens font silence quand ils sont devant mes tableaux. Les mains jointes dans le dos, ils se penchent en avant, se demandant, le plus souvent, combien je les ai payés. J'ai envie de leur dire que chaque toile coûte moins que la somme moyenne dépensée par individu en assurance automobile, frais d'entretien compris – vidanges, plaquettes de frein et autres. Moi, personnellement, je n'ai pas de voiture, alors pourquoi ne pas utiliser cet argent pour quelque chose que j'apprécie ? Et puis les tableaux prendront de la valeur, peut-être pas beaucoup, mais, avec le temps, je peux certainement récupérer ma mise, donc, en un sens, j'en suis juste le gardien. Fournir cette explication, cependant, ruinerait l'illusion que je suis aisé et que j'ai bon goût. Un connaisseur. Un collectionneur.

L'arnaque tombe à l'eau uniquement quand un authentique collectionneur me rend visite, ou, encore pire, mon père, qui est venu l'hiver 2006 et a passé une semaine à remettre en question mon jugement. Un de mes tableaux représente une bande de chats jouant d'instruments de musique. Ça peut paraître un peu cucul la praline, dit comme ça – voire gentillet –, mais dans la vraie vie c'est agréablement épouvantable, les musiciens ressemblant plus à des monstres qu'à des animaux de compagnie. Je l'ai dans mon séjour, et, après en avoir demandé le prix, mon père a secoué la tête, comme on fait lorsqu'on assiste à un accident. « Mon gars, a-t-il dit. *Toi*, ils t'ont vu venir, ça c'est sûr. »

Que j'achète un tableau ou un couvre-lit, son postulat est toujours le même – en l'occurrence que je suis attardé, et que je me fais systématiquement pigeonner.

« Pourquoi est-ce que quelque chose qui a survécu trois cents ans ne coûterait *pas* ce prix-là ? » ai-je demandé, mais il était déjà passé à un autre cauchemar évident pour les yeux, ce tableau hollandais représentant un homme subissant une douloureuse et primitive opération du pied.

« Je ne passerais pas deux minutes à regarder celui-ci, a-t-il déclaré.

– Ce n'est pas grave.

– Même si j'étais en prison, et que c'était le seul truc au mur, je ne perdrais pas mon temps à regarder cette croûte. Je regarderais mes pieds ou mon matelas, n'importe quoi, mais pas ça, hors de question. »

J'ai fait de mon mieux pour ne pas trop trahir mon enthousiasme.

« Est-ce que quelqu'un t'envoie en prison ?

– Non. Mais celui qui t'a vendu ce machin devrait y être, tiens. Je ne sais pas combien ça t'a coûté, mais si c'est plus de dix dollars, je pense que tu dois pouvoir intenter un procès au gars pour escroquerie. » Il l'a regardé une dernière fois, puis s'est frotté les yeux, comme si on les avait aspergés de gaz. « Grand Dieu. Qu'est-ce qui t'est passé par la tête ?

– Si l'art est une question de goût personnel, pourquoi es-tu si agressif ?

– Parce que tu as un goût de chiotte. » Ce qui l'a amené à formuler des réflexions sur *L'Homme fendu*, toujours accroché dans l'entrée à côté de son séjour. « C'est trois plaques d'argile cimentées à une planche, et pas un jour ne passe sans que je m'asseye pour observer ce truc, a-t-il dit. Je ne parle pas d'un bref coup d'œil, mais d'une véritable observation. Une contemplation, si tu vois ce que je veux dire.

– Je vois. »

Il s'est alors employé à décrire l'œuvre pour Hugh, qui revenait juste de l'épicerie.

« Ç'a été fait par une nana qui s'appelle Proctor. Je suis sûr que tu as entendu parler d'elle.

– En fait, non », a dit Hugh.

Mon père a répété le nom sur un ton normal. Puis il s'est mis à le crier, et Hugh l'a interrompu en disant :

« Ah, exact. Je crois avoir lu quelque chose sur elle.

– Un peu, mon neveu », a dit mon père.

Avant de commencer à collectionner des œuvres d'art, mes parents ont acheté des choses assez géniales, la meilleure étant une décoration en béton pour gazon qu'ils ont achetée au début des années 1960. C'est un champignon vénéneux d'environ un mètre de haut, avec un chapeau à taches rouges et un sympathique petit troll qui se détend à son pied. Mon père le plaça juste au-delà du patio dans notre jardin, et ce qui nous frappa, mes sœurs et moi, à l'époque, et nous frappe toujours, c'est l'expression de totale acceptation sur le visage du troll. D'autres pourraient hurler ou se mettre en rogne lorsque leurs goûts personnels sont dénoncés et tournés en ridicule, mais pas lui. Des glaçons pendent à sa barbe, des limaces s'accrochent sur le dessus de ses chaussures pointues : « Ma foi, semble-t-il dire. Ça arrive, ces choses-là. »

Même lorsque nous sommes devenus adolescents et avons acquis un certain sens de l'humour, jamais l'idée ne nous est venue de trouver le troll ringard. Personne ne lui a jamais fourré une cigarette allumée dans la bouche, ni ne l'a déshonoré en l'affublant d'organes sexuels, comme nous l'avions fait avec *M. Homme-Ballon* ou la petite sorcière porte-bonheur que ma mère avait suspendue dans la cuisine. Les uns après les autres, mes sœurs et moi avons quitté la maison, et le jardin est devenu un dépotoir. Des serpents ont fait leur nid sous les vélos abîmés et les tas d'outils inutilisés, mais lorsque nous revenions rendre visite à mes parents, chacun prenait son courage à deux mains et entrait sur le patio pour une audience avec M. Champignon-Vénéneux. « Vous et cette décoration de jardin, disait ma mère. Franchement, hein, on dirait que vous avez grandi dans un mobile home. »

Debout dans son séjour au milieu de sa collection d'art, notre mère nous prévenait souvent que la mort révélait la part d'ombre des gens. « Les enfants, vous vous croyez unis, mais attendez que votre père et moi disparaissions et qu'il vous faille vous répartir la propriété. C'est alors que vous verrez les sauvages que vous êtes. »

Mes sœurs et moi, on a toujours imaginé que, le moment venu, on passerait calmement en revue la maison en mettant nos noms sur ceci ou cela. Lisa aurait les assiettes à dessert ; Amy, le mixeur ; et ainsi de suite, sans la moindre dissension. Aussi a-t-il été assez pénible de découvrir que la seule chose que nous voulons tous, c'est ce champignon vénéneux. Il symbolise les gens que nos parents ont été, et, plus que toute autre chose dans la maison, à nos yeux, c'est de l'art.

Quand mon père mourra, je vois d'avance la horde de dingues s'engouffrer par la porte d'entrée, on passera devant le Hibel et les Bradlington, on passera devant *L'Homme fendu*, et devant *M. Homme-Ballon*, on pénétrera en territoire indien, où on se poussera les uns les autres dans l'escalier, six connaisseurs, tous grisonnants, se précipitant sur un champignon vénéneux en béton.

Memento Mori

Ces quinze dernières années, j'ai pris l'habitude de toujours avoir un petit carnet dans ma poche. Le modèle que je préfère actuellement s'appelle Europa, et je le sors en moyenne dix fois par jour, pour y griffonner des listes de courses, des observations, et de menues réflexions sur les moyens de se faire de l'argent, ou d'embêter les gens. La dernière page est toujours réservée aux numéros de téléphone, et l'avant-dernière, je m'en sers pour les idées de cadeaux. Pas des choses que je pourrais offrir aux gens, mais des choses qu'eux pourraient m'offrir : un chausse-pied, par exemple – toujours voulu en avoir. Idem pour une trousse d'écolier. Le premier prix ne coûte sans doute pas plus cher qu'un beignet.

J'ai aussi des idées dans la fourchette entre cinq cents et deux mille dollars, quoiqu'elles tendent à être plus précises. Ce portrait de chienne du dix-neuvième siècle, par exemple. Je ne suis pas ce qu'on appellerait un ami des chiens, loin de là, mais celle-ci – un lévrier whippet, je crois – avait des tétons incroyablement gros, énormes, comme des boulons à moitié vissés dans le ventre. Le plus intéressant était qu'elle semblait en être consciente. Cela se voyait dans ses yeux tandis qu'elle se tournait pour faire face au peintre. « Oh non, pas maintenant, semblait-elle dire. Un peu de décence, que diable. »

J'ai vu le portrait au marché de Portobello Road à Londres, et j'ai eu beau multiplier pendant des mois les appels du pied, personne ne me l'a acheté. J'ai même essayé de lancer l'idée d'une cagnotte en proposant d'y mettre quelques centaines de dollars de ma poche, mais personne n'a suivi. Au final, j'ai donné l'argent à Hugh et lui ai demandé d'aller l'acheter. Puis je lui ai demandé de me l'empaqueter et de me l'offrir.

« Mais, en quel honneur ? » ai-je demandé.

Et, suivant fidèlement le script, il a répondu :

« Ai-je besoin d'une raison pour t'offrir un cadeau ? »

Alors j'ai dit :

« Ohhhhh, c'est-y pas mignon. »

Toutefois, ça ne marche jamais dans l'autre sens. Demandez à Hugh ce qu'il veut pour Noël ou son anniversaire, et il répondra :

« À toi de me dire.

– Mais, il n'y a pas quelque chose que tu aurais repéré ?

– Peut-être bien que oui. Peut-être bien que non. »

Hugh estime que les listes constituent une échappatoire facile et dit que si je le connaissais *vraiment* je n'aurais pas à lui demander ce qu'il veut. Ça ne suffit pas que je fouille les boutiques ; il faut aussi que je fouille son âme. Il transforme la remise de cadeau en test, ce que je trouve totalement injuste. Si j'étais du genre à me réveiller à la dernière seconde, sa plainte serait recevable, mais je m'y prends des mois à l'avance. Et, en plus, je suis attentif. Si, disons au milieu de l'été, Hugh signale qu'il aimerait un ventilateur électrique, je le lui achète le jour même, et le cache dans mon placard à cadeaux. Le matin de Noël venu, il ouvrira son

cadeau et fera la moue un moment avant que je dise :
« Tu ne te souviens pas ? Tu as dit que tu crevais de
chaud et que tu donnerais n'importe quoi pour avoir un
peu d'air. »

C'est juste un cadeau pratique, histoire de remplir
les chaussettes de Noël. Son vrai cadeau, c'est ça qui
m'intéresse vraiment, et, sachant cela, il ne me tend pas
la moindre perche. Ou plutôt il avait coutume de ne pas
me tendre la moindre perche. Il a fallu attendre cette
année pour qu'il daigne m'indiquer une piste, et même
là, ce fut pour le moins cryptique. « Sors par la porte
d'entrée et prends à droite. Ensuite prends à gauche et
continue à marcher. »

Il n'a pas dit : « Arrête-toi avant d'arriver au boulevard » ni « Quand tu arriveras à la frontière tchèque, tu
sauras que tu es allé trop loin », mais ce n'était pas
nécessaire. J'ai su de quoi il parlait à l'instant où je l'ai
vu. C'était un squelette humain, un vrai de vrai, suspendu dans la vitrine d'une librairie médicale. L'ancienne
prof de dessin de Hugh en avait un, et cela avait beau
remonter à dix ans, je me suis soudain souvenu de lui
disant : « Si j'avais un squelette comme celui de
Minerva… » Je ne me rappelle plus le reste de la phrase,
car le nom de la prof m'avait toujours décontenancé,
Minerva. Un nom de sorcière.

Il y a des choses qu'on a plaisir à acheter et d'autres
non. Le matériel électronique, par exemple. Je déteste
faire les magasins pour acheter des trucs de ce genre,
indépendamment du plaisir de celui qui recevra le
cadeau. Idem pour les bons d'achat et les livres sur le
golf ou les stratégies d'investissement ou les conseils
pour perdre six kilos tout en restant soi-même. Je pensais que j'aurais plaisir à acheter un squelette humain,
mais en regardant dans la vitrine j'ai ressenti une pointe

familière de déception. Cela n'avait rien à voir avec des considérations d'ordre moral. Je n'avais aucun scrupule à acheter quelqu'un qui était mort depuis un bail ; seulement je n'avais pas envie de l'empaqueter. Ça allait être la croix et la bannière pour trouver une boîte, et ensuite il y aurait le papier, qu'il faudrait attacher par bandes parce que personne ne vend des rouleaux de cette largeur. Avec toutes ces complications en perspective, j'ai presque été soulagé d'apprendre que le squelette n'était pas à vendre. « C'est notre mascotte, a dit la responsable du magasin. Nous ne pouvons absolument pas nous en débarrasser. »

En Amérique, cela signifie : « Faites-moi une offre », mais en France, ils le pensent vraiment. Il y a des magasins à Paris où vous avez beau insister tant que vous voulez, rien n'est à vendre. Je pense que les gens se sentent seuls. Leurs appartements sont pleins à craquer, et plutôt que de louer un entrepôt, ils récupèrent une boutique. Puis ils s'asseyent au milieu, et se délectent d'avoir si bon goût.

M'entendre dire que je ne pouvais pas acheter le squelette était exactement ce dont j'avais besoin pour en vouloir vraiment un. Le problème était peut-être là depuis le début. C'était trop facile : « Tu prends à droite, puis à gauche et tu continues à marcher. » Cela ôtait tout le côté chasse au trésor.

« Connaissez-vous quelqu'un qui *accepterait* de me vendre un squelette ? » ai-je demandé.

Et la responsable du magasin a réfléchi un moment.

« Vous pourriez peut-être regarder les panneaux d'affichage. »

J'ignore dans quels cercles évolue cette femme, mais, de ma vie, je n'ai jamais vu de petite annonce concernant la vente d'un squelette. Vélos usagés, oui, mais os humains que nenni, ni même cartilage d'ailleurs.

« Merci pour votre aide », ai-je dit.

N'ayant rien de mieux à faire de mon temps que du shopping, j'ai tendance à m'exciter quand quelqu'un veut quelque chose de difficile à trouver : un roman épuisé, une tasse cassée à remplacer. Je pensais qu'il serait difficile de trouver un autre squelette, mais j'en ai trouvé deux autres le même après-midi – un mâle dans la force de l'âge (ayant terminé sa croissance) et un nouveau-né. Les deux au marché aux puces, vendus par un homme se spécialisant dans ce qu'il appelait « les sortes de choses qui ne sont pas pour tout le monde ».

Le bébé était tentant en raison de sa taille – j'aurais pu l'empaqueter dans une boîte à chaussures – mais j'ai finalement choisi l'adulte, qui a trois cents ans et tient grâce à un réseau de fils de fer. Il y a un loquet au milieu du front, et, en retirant le pivot, on peut ouvrir le crâne, soit pour fouiller, soit pour cacher des choses à l'intérieur – de la drogue, disons, ou de petits bijoux. Ce n'est pas ce qu'on espère quand on pense à une vie après la mort (« J'aimerais que ma tête serve à planquer la beuh »), mais ça ne m'a pas freiné. J'ai acheté le squelette de la même manière que j'achète à peu près tout. Ce n'était qu'un assemblage de divers éléments, pour moi, comme une lampe ou un buffet.

J'ai réalisé que ç'avait jadis été une personne uniquement le jour de Noël, quand Hugh a ouvert le cercueil en carton. « Si tu n'aimes pas la couleur, on peut le blanchir à la Javel, ai-je dit. Ou l'échanger contre le bébé. »

J'aime proposer des solutions alternatives, bien qu'en l'occurrence elles aient été tout à fait inutiles. Hugh était aux anges, je n'aurais pas pu lui faire plus plaisir. J'imaginais qu'il prendrait le squelette pour modèle et j'ai été un peu déconcerté quand, au lieu de le prendre dans son studio, il l'a porté dans la chambre à coucher et l'a suspendu au plafond.

« Tu es sûr de ça ? » ai-je demandé.

Le lendemain matin, en cherchant une chaussette sous le lit, je suis tombé sur ce que j'ai cru tout d'abord être une boucle d'oreille constituée de trois morceaux emboîtés verticalement. Cela ressemblait à ce qu'on peut trouver à une foire de l'artisanat, pas joli, mais assurément fait main, façonné à partir de ce qui ressemblait à du bois silicifié. Je le tenais à la hauteur de mon visage, et c'est là que j'ai pensé : *Attends voir, mais c'est un index*. Il avait dû tomber quand Hugh avait transporté le squelette. Ensuite, l'un d'entre nous, lui, moi, ou peut-être sa mère venue nous rendre visite pendant les vacances, l'avait accidentellement fait glisser sous le lit d'un coup de pied.

Je ne me considère pas comme particulièrement chochotte, mais ça m'a ennuyé de trouver un doigt par terre dans ma chambre.

« Si ce machin doit commencer à perdre des bouts, tu *devrais* vraiment le mettre dans ton studio », ai-je dit à Hugh, qui m'a répondu que c'était son cadeau, et qu'il le mettrait où il voudrait. Sur ce, il est allé chercher du fil de fer et a rattaché le doigt manquant.

C'est ce qu'on n'achète *pas* qui vous accompagne le plus longtemps. Ce portrait d'une femme inconnue, par exemple. Je l'ai vu il y a quelques années à Rotterdam, et plutôt que de céder à mon impulsion première, j'ai dit au vendeur que j'allais y réfléchir. Le lendemain, je suis revenu, et il n'y était plus, vendu, ce qui était sans doute une bonne chose. Si je m'étais acheté le tableau, il aurait fini accroché dans mon bureau. Je l'aurais admiré une semaine ou deux, puis, petit à petit, il serait devenu invisible, exactement comme le portrait de la chienne. Je le voulais, je le voulais, mais du moment où il m'a appartenu, il a cessé de m'intéresser. Je ne vois plus les yeux emplis de honte ni les tétons démesurés, alors que je vois la femme inconnue, son visage vermeil, pieux, et le collier de dentelle qui lui ceignait le cou comme un filtre à air.

Au fil des jours, je continue d'espérer que le squelette deviendra invisible, mais cela ne se produit pas. Suspendu entre la coiffeuse et la porte de la chambre, c'est la dernière chose que je vois avant de m'endormir, et la première chose que je vois en ouvrant les yeux le matin.

C'est drôle comme certains objets véhiculent un message – ma machine à laver et mon sèche-linge, par exemple. Ils ne parlent pas, bien entendu, mais chaque fois que je passe devant, ils me rappellent que je m'en sors plutôt bien. « Pour toi, finis les Lavomatic », fredonnent-ils. Mon four, c'est la déprime, il me rappelle chaque fois que je ne sais pas cuisiner, et avant que je puisse me défendre, ma balance intervient : « Hé, il faut qu'il fasse *quelque chose*. Il est au-delà du max. » Le squelette a un vocabulaire bien plus limité et ne dit qu'une seule chose : « Tu vas mourir. »

J'ai toujours cru comprendre ça, mais récemment j'ai réalisé que ce que j'appelle « comprendre » est en fait juste du fantasme. Je pense constamment à la mort, mais seulement d'une manière romantique et tout à mon honneur, commençant le plus souvent par ma maladie tragique et se terminant par mes funérailles. Je vois mon frère accroupi au bord de ma tombe, tellement

167

taraudé par la culpabilité qu'il est incapable de tenir debout. « Si seulement je lui avais remboursé les vingt-cinq mille dollars que je lui ai empruntés », dit-il. Je vois Hugh qui se sèche les yeux sur la manche de sa veste de costume, puis pleure de plus belle quand il se souvient que c'est moi qui la lui ai achetée. Ce que je ne *voyais pas* c'était tous les gens qui allaient peut-être fêter ma mort, mais tout cela a changé avec le squelette dont les traits évoluent en permanence.

À un moment donné, c'est une vieille Française, celle à qui je n'ai pas cédé ma place dans le bus. Pour moi, si on veut être traité comme une personne âgée, il faut avoir l'air d'une personne âgée. Autrement dit pas de lifting, pas de chevelure blonde et certainement pas de bas résille. J'estime que c'est une règle tout à fait valable, mais j'aurais pu faire un effort et prendre ses béquilles en considération.

« Je suis désolé », dis-je, mais avant que les mots sortent de ma bouche, le squelette s'est métamorphosé en un gars du nom de Stew, que j'ai arnaqué une fois sur un plan dope.

Stew et la Française seront contents de me voir dispa-raître, et il y en a des centaines d'autres qui font la queue derrière, certains que je peux nommer, et d'autres que j'ai réussi à blesser et insulter sans même que nous ayons été officiellement présentés. Ça faisait des années que je n'avais pas pensé à ces gens, mais c'est là toute l'intelli-gence du squelette. Il entre dans ma tête quand je suis endormi et remue la fange au fond de mon crâne.

« Pourquoi moi ? je demande. Hugh est allongé dans le même lit. Pourquoi est-ce que tu ne t'en prends pas à lui ? »

Et le squelette dit :

« Tu vas mourir.

– Mais c'est moi qui ai retrouvé ton doigt.

– Tu vas mourir. »

Je dis à Hugh :

« Tu es *sûr* que tu ne serais pas plus heureux avec le bébé ? »

Les premières semaines, je n'entendais la voix que quand j'étais dans la chambre. Puis elle s'est amplifiée et a envahi tout l'appartement. J'étais assis dans mon bureau, à papoter au téléphone, et le squelette intervenait, avec la voix d'une opératrice aux renseignements internationaux. « Tu vas mourir. »

Je m'étirais dans la baignoire, laissant pénétrer les huiles odorantes, tandis que, à l'extérieur de ma fenêtre, des clochards s'agglutinaient comme des chatons à la chaleur des grilles du métro.

« Tu vas mourir. »

Dans la cuisine, j'ai jeté à la poubelle un œuf encore parfaitement bon. J'ai pris dans mon armoire un pull fait par un enfant à moitié aveugle contre dix graines de sésame. Dans le séjour, j'ai sorti mon calepin et ai ajouté un buste de Satan à la liste des cadeaux que j'aimerais recevoir.

« Tu vas mourir. Tu vas mourir. Tu vas mourir.

– Est-ce que tu pourrais changer de disque, juste un peu ? » ai-je demandé.

Mais il a refusé.

Étant mort depuis trois cents ans, il y a pas mal de choses que le squelette ne comprend pas : la télé, par exemple.

« Tu vois, lui ai-je dit, tu n'as qu'à appuyer sur ce bouton, et les divertissements arrivent chez toi. »

Il a paru impressionné, alors j'ai poussé un cran plus loin.

« C'est moi qui l'ai inventée, pour apporter réconfort aux vieux et aux malades.

– Tu vas mourir. »

Il a eu la même réaction envers l'aspirateur, même lorsque j'ai utilisé l'embout pour lui dépoussiérer le crâne.

« Tu vas mourir. »

C'est à ce moment-là que j'ai craqué.

« Je ferai tout ce que tu veux. Je ferai amende honorable auprès des gens que j'ai blessés, je me baignerai dans de l'eau de pluie, tout ce que tu souhaites, mais je t'en prie, dis n'importe quoi, mais autre chose. »

Le squelette a hésité un moment.

« Tu vas être mort… un jour. »

Alors j'ai rangé l'aspirateur en pensant : *Bon, c'est un début.*

Toute la beauté qu'il te faut

À Paris, ils vous préviennent avant de couper l'eau, mais en Normandie, on est censé savoir. On est aussi censé être préparé, et c'est cet aspect-là qui me prend au dépourvu à chaque fois. Et pourtant, je m'en sors. Une casserole de bouillon de poulet fera l'affaire pour se raser, et à la rigueur je peux toujours trouver quelque chose à verser dans le réservoir de la chasse d'eau : jus d'orange, lait, champagne médiocre. Si, un jour, j'ai vraiment le couteau sous la gorge, j'imagine que je dois pouvoir randonner à travers bois pour aller me baigner dans la rivière, mais on n'en est jamais encore arrivé à de telles extrémités.

Le plus souvent, ils nous coupent l'eau pour cause de travaux de reconstruction, soit dans notre village, soit dans celui d'à côté. Ils creusent un trou, remplacent une conduite, et, en quelques heures, les choses reviennent à la normale. Le mystère, c'est la parfaite synchronisation avec mon emploi du temps. Tout ça pour dire que le robinet va être à sec exactement au moment où je vais sortir du lit, ce qui se produit généralement entre 10 heures et 10 h 30. Pour moi, ça fait tôt, mais pour Hugh et pour la plupart de nos voisins, c'est plus proche du milieu de journée que de l'heure du réveil. Quant à savoir ce qu'ils fabriquent à 6 heures du matin, alors là, à chacun de deviner. Tout ce que je sais c'est qu'ils en sont incroyablement satisfaits et qu'ils parlent de l'aube comme s'il s'agissait d'une récompense personnelle qui leur était décernée en raison de leur formidable vertu.

La dernière fois qu'on nous a coupé l'eau, c'était au début de l'été. Je me suis réveillé à l'heure habituelle et ai vu que Hugh était parti quelque part, vaquer à ses occupations. Si bien que je me suis retrouvé seul pour résoudre le problème du café – une sorte de quadrature du cercle, car, pour réfléchir correctement, j'ai besoin de caféine, or, pour avoir de la caféine, il fallait au préalable que je réfléchisse correctement. Une fois, à moitié endormi, j'en ai fait avec du Perrier, ce qui *a priori* semble jouable, mais en réalité ne l'est pas. Une autre fois, j'ai réchauffé un reste de thé que j'ai versé sur le marc. Si le thé avait été noir plutôt que vert, le café aurait pu être buvable, mais en l'occurrence le résultat fut infect. Ce n'était pas le genre de chose à essayer plus d'une fois, alors cette fois-ci je ne me suis pas occupé de la théière et je me suis précipité directement sur un vase de fleurs des champs posé près du téléphone sur une des tables du séjour.

Hugh les avait cueillies la veille, et ça m'a fendu le cœur de l'imaginer traverser un champ boueux avec un bouquet à la main. Il fait ces choses qui sont d'une certaine manière *au-delà* du pédé et sembleraient mieux convenir à une misérable femme de pionnier : faire de la confiture, disons, ou confectionner des rideaux de chambre en toile de jute. Une fois, je l'ai surpris sur les berges de la rivière à frapper nos vêtements sales contre un roc. C'était avant qu'on ait une machine à laver, mais tout de même, il aurait pu faire la lessive dans la baignoire. « Mais qui *es-tu* donc ? » ai-je demandé, et, quand il s'est retourné, je me suis à moitié attendu à voir un bébé contre sa poitrine, non pas confortablement pelotonné dans un porte-bébé, mais accroché, tout rouge, par les gencives.

Lorsque Hugh frappe des slips contre les rochers de la rivière ou décide qu'il pourrait être amusant de moudre lui-même sa farine, je repense à un couple que j'ai rencontré un jour. Ça remonte à plusieurs années, au début des années quatre-vingt-dix. J'habitais à New York et j'étais retourné en Caroline du Nord pour Noël, ma première priorité étant de me défoncer et de rester défoncé. Mon frère Paul avait entendu parler d'un gars qui aurait peut-être un peu d'herbe à vendre, donc on a passé un coup de fil, et, ainsi que se déroulent ces choses-là, nous nous sommes retrouvés dans une caravane, à une trentaine de kilomètres de Raleigh.

Le revendeur s'appelait Little Mike, et disait « vieux frères » lorsqu'il s'adressait à la fois à Paul et à moi. Il avait une dégaine de lycéen, ou, plutôt, la dégaine du gars qui avait laissé tomber le lycée et passait ses journées à traîner autour du parking : survêtement, queue-de-rat, bout de fil passé dans un piercing tout frais à l'oreille. Après quelques mots concernant la voiture de mon frère, Little Mike nous a fait entrer et nous a présentés à sa femme, qui était assise sur leur canapé, à regarder une émission spécial Noël. La nana avait des bas, ses pieds étaient posés sur la table basse, et, installé entre ses cuisses, juste au sud de son giron, il y avait un chat persan au museau aplati. Les deux, elle et l'animal, avaient les yeux assez écartés l'un de l'autre, et une toison rousse, si ce n'est qu'elle l'avait partiellement cachée sous un bonnet de laine. Ils avaient en commun aussi cette manière de dresser le nez en l'air lorsque mon frère et moi sommes entrés dans la pièce. On pouvait s'attendre à un brin d'hostilité de la part du persan, et je me suis dit que je ne pouvais pas non plus en vouloir à l'épouse. Elle était là à essayer de regarder la télé, et deux gars débarquent, qu'elle ne connaît ni d'Ève ni d'Adam.

« Vous occupez pas de Beth, a dit Little Mike, et il a giflé la plante des pieds de la fille.

– Aïïeeee, enfoiré. »

Il a fait mine de frapper la plante de l'autre pied, et j'ai feint d'admirer le sapin de Noël, qui était miniature et artificiel, posé sur un tabouret à côté de la porte d'entrée. « Il est joli », ai-je annoncé, et Beth m'a lancé un sourire flétri. *Menteur*, disait son regard, *tu dis ça uniquement parce que mon imbécile de mari vend de la beuh.*

Elle avait vraiment envie qu'on débarrasse le plancher, mais Little Mike semblait apprécier notre compagnie et vouloir nous accueillir. « Assieds-toi, me dit-il. On va boire un coup. » Lui et Paul sont allés au réfrigérateur nous chercher des bières, et la fille leur a demandé de lui rapporter un rhum Coca. Puis elle s'est retournée vers la télé, a regardé l'écran d'un air furieux en disant : « Cette émission est chiante. Passe-moi le nègre. »

J'ai souri au chat, comme si, d'une façon ou d'une autre, ça pouvait remettre les choses en ordre, et lorsque Beth a montré du doigt l'extrémité de la table basse, j'ai vu qu'elle faisait allusion à la télécommande. En d'autres circonstances, j'aurais dressé la liste des différences entre les Noirs qui avaient été contraints aux travaux forcés, et les appareils noirs à piles servant à changer de chaînes, qui n'avaient ni pensées ni sentiments et se fichaient de turbiner gratuitement. Mais nous n'avions pas encore commencé à parler affaires, et, plus que tout, je voulais ma dope. Aussi la télécommande lui a-t-elle été tendue, et j'ai regardé la femme du dealer d'herbe passer d'une chaîne à l'autre, à la recherche de quelque chose susceptible de la satisfaire.

Elle venait juste de s'arrêter sur une comédie à l'eau de rose quand Paul et Little Mike sont revenus avec les boissons. Beth était mécontente du nombre de glaçons dans son verre, et, après lui avoir suggéré d'aller se faire foutre, notre hôte a sorti de la ceinture de son pantalon de survêtement un sachet de marijuana, qui devait peser dans les deux cent cinquante grammes. Un petit coussin. Et comme mes yeux se repaissaient de ce spectacle, Little Mike a poussé les pieds de sa femme pour qu'ils libèrent la table, en disant :

« Salope, va me chercher ma balance.

– Je regarde la télé. Va la chercher toi-même.

– Putain.

– Trou du cul.

– Voyez le genre de merde avec quoi je suis obligé d'habiter ? » a soupiré Little Mike en se retirant dans le fond de la caravane – la chambre à coucher, je suppose – pour revenir une minute plus tard avec une balance et du papier à rouler. L'herbe était collante, avec plein de têtes, et son odeur m'a fait penser à un sapin de Noël, mais toutefois pas celui juché sur le tabouret. Après avoir pesé mes trente grammes et recompté mon argent, Little Mike a roulé un joint, qu'il a allumé, il a tiré dessus et l'a passé à mon frère. Il est ensuite arrivé à moi, et, juste au moment où je le repassais à notre hôte, sa femme s'est manifestée :

« Hé, et *moi*, alors ?

– Tiens donc, regardez-moi qui veut faire joujou, maintenant, a dit son mari. Les femmes. Elles vont te sucer un joint jusqu'au dernier bout de feuille, mais quand le vieux Papa Ours a besoin d'une petite pipe pour la route, comme par hasard elles ont toujours mal à la gorge. »

Beth a essayé de parler et de retenir la fumée en même temps :

– Oucle-la, hou du cul.

– Un de vous deux est marié, non ? a demandé Little Mike, et Paul a fait non de la tête.

– J'ai failli me fiancer une fois, mais David ici présent n'est jamais allé jusque-là, vu qu'il est pédé et tout ça. »

Little Mike a rigolé, puis m'a regardé.

« Pour de vrai ? Est-ce que le vieux frère me dit la vérité ?

– Oh, il est à fond là-dedans, a dit Paul. Il s'est dégoté un suceur de bite – je veux dire un petit copain – et tout le tralala. »

J'aurais pu parler moi-même, mais c'était plutôt chouette d'entendre mon frère, qui en devenait presque vantard, comme si j'étais un animal domestique ayant appris les maths.

« Comme quoi, hein », a dit Little Mike.

Sa femme s'est ébrouée à ce moment-là et est devenue presque sociable.

« Et ce petit copain. Que je te demande. Lequel des deux est la femme ?

– Eh bien, ni l'un ni l'autre, lui ai-je répondu. C'est ce qui fait de nous un couple homosexuel. On est tous les deux des gars.

– Mais non. Je veux dire, genre, en prison ou je sais pas. Faut bien qu'il y en ait un des deux qui y soit pour meurtre et l'autre pour agression sexuelle sur enfant ou un truc dans le genre, non ? Je veux dire, y en a un des deux qui est plus comme un homme normal. »

J'ai eu envie de demander si c'était l'assassin ou le violeur d'enfant, mais au lieu de cela j'ai accepté le joint en disant : « Oh, on habite à New York », comme si ça répondait à la question.

On est restés dans la caravane encore une demi-heure, et pendant le retour sur Raleigh, j'ai réfléchi à ce qu'avait dit la femme du dealer. Ses exemples étaient un peu tordus, mais je voyais où elle voulait en venir. Des gens que je connais, des gens qui vivent dans des maisons et ne disent pas « le nègre » pour désigner leur télécommande, posent souvent la même question, quoique habituellement à propos des lesbiennes, qui sont toujours soit absentes soit assez loin pour ne pas entendre. « Laquelle est l'homme ? »

C'est étonnant tout le temps que certains hétérosexuels consacrent à la sexualité des homosexuels – à essayer de déterminer ce qui va où et selon quelle fréquence. Ils n'arrivent pas à imaginer un système en dehors du leur, et semblent obsédés par l'idée des rôles, à la fois au lit et en dehors. Qui a traité qui de salope ? Qui pleure le plus à la mort du chat ? Quel est celui qui passe le plus de temps dans la salle de bains ? Je suppose qu'ils pensent que tout cela est bien décidé une fois pour toutes, alors qu'évidemment ce n'est pas le cas. Hugh peut cuisiner, et de fait porter un tablier lorsqu'il s'y met, mais il coupe aussi le bois, répare le chauffe-eau, et pourrait m'arracher le bras sans plus d'effort qu'il n'en faut pour déraciner un pissenlit. Est-ce que cela fait de lui l'assassin, ou est-ce que les rideaux faits maison le réduisent au rang de violeur d'enfant ?

Je réfléchissais à ces questions en observant les fleurs des champs qu'il avait cueillies la veille de la coupure d'eau. Certaines avaient la couleur que j'associe aux panneaux « cédez le passage », et d'autres une sorte de lavande pastel, avec des tiges fines comme des fils de fer. J'ai imaginé Hugh le dos voûté, voire agenouillé, tandis qu'il faisait sa cueillette, et puis j'ai pris tout le bouquet et l'ai jeté par la fenêtre. Cela fait, j'ai transporté le vase jusqu'à la cuisine et ai vidé l'eau jaune dans une casserole. Je l'ai ensuite portée à ébullition et m'en suis servi pour faire du café. J'allais le payer cher quand mon homme reviendrait au bercail, mais au moins, j'aurais les yeux en face des trous, et je serais en mesure de faire valoir, peut-être même de manière convaincante, que je suis toute la beauté qu'il lui faut.

Je suis très à cheval sur les principes

On aurait dit des gens qui revenaient d'un concours hippique : un couple majestueux, la soixantaine bien tassée, lui en blazer cachemire, elle en veste de tweed gris, au revers de laquelle étincelait un trèfle incrusté de pierres précieuses sur le feutre cossu. C'étaient mes voisins dans le vol de Denver à New York, et en me relevant pour les laisser s'installer, j'ai ressenti la honte de qui est tragiquement surclassé. La veste de sport dont j'étais si fier semblait à présent clownesque, de même que mes chaussures, et la poignée d'aiguilles de pin séchées que j'appelle mes cheveux. « Pardon », ai-je dit, leur demandant en gros d'excuser mon existence.

Le couple a pris place, et juste au moment où je m'asseyais à leur côté, l'homme s'est tourné vers la femme en disant : « Je ne veux pas entendre ces conneries. »

J'ai supposé qu'il poursuivait une dispute entamée antérieurement, mais il s'est avéré qu'il faisait référence à la chanson de Gershwin que la compagnie avait choisie comme air emblématique. « Les conneries de merde qu'ils vous obligent à écouter en avion, de nos jours, j'y crois pas. »

La femme a tapoté sa chevelure argentée et signifié son accord en disant que celui ou celle qui avait programmé cette musique était un trou du cul.

« Un enculé, l'a corrigé l'homme. Un putain de trou du cul d'enculé. » Ils ne parlaient pas fort, et n'avaient même pas vraiment l'air en colère. C'était juste leur manière de parler, l'équivalent verbal de leur porcelaine quotidienne. En société, la femme dirait sans doute qu'il faisait un brin frisquet, mais ici, cela se traduisait par :

« Je me les caille.

– Moi aussi, a dit son mari. Quelle merde, putain on se les caille ici. »

Merde est le tofu des jurons et peut être accommodé à toutes les sauces, au gré des désirs du locuteur. Chaleur de merde. Vent de merde. Moi-même j'étais déconcerté comme une merde de m'être à ce point trompé sur ces gens. Comment, après tant d'années, puis-je encore croire que les vêtements coûteux signifient quoi que ce soit de plus qu'un revenu confortable, que le tweed et le cachemire sont signes de raffinement ?

Quand nos plateaux-repas nous ont été servis, le couple s'est vraiment déchaîné.

« Qu'est-ce que c'est ces saloperies ? a demandé l'homme.

– C'est de la merde, a dit sa femme. De la putain de merde en boîte. »

L'homme a sorti ses lunettes de lecture et a brièvement examiné son biscuit enveloppé dans du plastique avant de le rejeter dans la boîte.

« D'abord ils te font écouter de la merde, et ensuite ils te la font bouffer !

– Eh ben, putain, moi je vais pas la bouffer, a dit la femme. On grignotera quelque chose à l'aéroport.

– C'est ça, et raquer à un fils de pute quinze biftons pour un casse-dalle ? »

La femme a soupiré et levé les mains en l'air.

« Est-ce qu'on a le choix ? C'est soit ça, soit manger ce qu'on nous refile, autrement dit de la merde.

– Bof, tout ça c'est de la merde, a dit son mari. »

On aurait dit qu'ils avaient kidnappé les grands-parents d'une pub Ralph Lauren pour les mettre de force dans une pièce de David Mamet – et c'est cela, en partie, qui m'avait attiré chez ce couple : il y avait quelque chose de ridicule et d'inattendu chez eux. Ils faisaient une bonne équipe, et j'avais envie de passer une semaine ou deux à les suivre, invisible, et de voir le monde à travers leurs yeux.

« Dîner de Thanksgiving, mon cul », les imaginais-je dire.

L'après-midi tirait sur sa fin lorsque nous sommes arrivés à LaGuardia. J'ai attrapé un taxi devant la salle de livraison des bagages et suis entré dans un truc qui empestait le mauvais cocktail tropical, ceci étant le résultat d'un désodorisant noix de coco suspendu au rétroviseur. On déteste être puéril à propos de ce genre de chose, alors j'ai entrebâillé la vitre et ai donné au chauffeur l'adresse de ma sœur dans le West Village.

« Oui, monsieur. »

L'homme était étranger, mais j'ignore absolument d'où il venait. Un de ces pays tragiques, j'imagine, un pays assailli par les cobras et les typhons. Mais c'est le cas de la moitié du globe, en réalité. Il avait la peau noire, plus brune qu'olive, et des cheveux épais enduits d'huile capillaire. Les dents de son peigne avaient laissé de profonds sillons sur tout l'arrière de sa tête qui disparaissaient sous le col effiloché de sa chemise. Le taxi s'est éloigné du trottoir, et comme il se fondait dans la circulation, le chauffeur a ouvert la vitre entre les sièges avant et la banquette arrière, et m'a demandé mon prénom. Je le lui ai donné, et il m'a regardé dans le rétroviseur en me disant : « Vous êtes un type bien, David, pas vrai ? Vous êtes quelqu'un de bien ?

– Pas trop mal, ai-je répondu, et il a continué.

– David est un bon nom, et New York est une bonne ville. Vous trouvez pas ?

– Sans doute », ai-je dit.

Le chauffeur a souri timidement, comme si je lui avais fait un compliment, et je me suis demandé à quoi ressemblait sa vie. On lit des choses, des portraits dans le journal et ainsi de suite, et on se fait une idée de l'infatigable immigrant besogneux qui retombe immédiatement sur ses pattes et se remet de suite au turbin – au volant le plus souvent. L'homme ne pouvait avoir plus de trente-cinq ans, et une fois sa journée terminée, je l'imaginais suivre probablement des cours et étudier jusqu'à ne plus pouvoir garder les yeux ouverts. Quelques heures à la maison avec sa femme, puis retour sur le siège avant, et ainsi de suite jusqu'à obtenir son diplôme et reprendre sa carrière de radiologiste. La seule chose qui le retarderait était son accent, mais il disparaîtrait probablement avec du temps et de l'assiduité.

J'ai repensé à mes premiers mois à Paris, combien il avait été frustrant lorsque les gens parlaient vite ou utilisaient un français impropre, puis j'ai répondu de nouveau à sa question, en articulant le plus clairement possible.

« Je n'ai aucun avis sur le prénom David, ai-je dit. Mais je suis d'accord avec vous en ce qui concerne la ville de New York. C'est un endroit très satisfaisant. »

Il a ensuite dit quelque chose que je n'ai pas tout à fait saisi, et, lorsque je lui ai demandé de répéter, il est devenu fébrile puis s'est retourné sur son siège en disant : « Quel est le problème, David ? Vous n'entendez pas, quand quelqu'un parle ? »

Je lui ai dit que mes oreilles étaient bouchées à cause de l'avion, bien que ce ne soit pas vrai. Je l'entendais parfaitement. C'est juste que je ne le comprenais pas.

« Je vous demande ce que vous faites comme profession. Faites-vous beaucoup des argents ? Je sais à votre veste que oui, David. Je sais que vous êtes riche. »

Soudain ma veste sport a eu bien meilleure allure.

« Je m'en sors. Autrement dit, je subviens à mes besoins, ce qui n'est pas la même chose qu'être riche. »

Ensuite il m'a demandé si j'avais une petite amie, et quand je lui ai dit non, il a froncé ses épais sourcils et a émis un petit claquement de langue désapprobateur.

« Oh, David, il vous faut une femme. Pas pour l'amour, mais pour la chatte, qui est une chose nécessaire pour un homme. Comme moi, par exemple. Je baise quotidiennement.

– Ah. Et nous sommes aujourd'hui... mardi, c'est ça ? »

J'avais espéré le faire dévier de sa trajectoire – le faire parler des jours de la semaine, peut-être – mais il en avait marre de l'initiation à l'anglais.

« Comment se fait-il que vous n'ayez pas besoin de chatte ? a-t-il demandé. Est-ce que votre bite se dresse pas ?

– Pardon ?

– Le sexe. Est-ce que personne en a jamais parlé à vous ? »

J'ai sorti le *New York Times* de mon bagage à main, et ai fait mine de lire, une initiative qui apparemment expliquait tout.

« Ahhhh, s'est exclamé le chauffeur. Je comprends. Vous n'aimez pas chatte. Vous aimez la bite. C'est ça ? »

J'ai approché le journal de mon visage, et il a passé le bras par la petite fenêtre et a claqué l'arrière de son siège.

« David, a-t-il dit. David, écoutez-moi quand je vous parle. Je vous ai demandé si vous aimez la bite ?

– Je travaille, c'est tout, lui ai-je dit. Je travaille, et ensuite je rentre à la maison, et ensuite je travaille encore. »

J'essayais de donner un bon exemple, j'essayais d'être la personne que je l'imaginais être, mais c'était peine perdue.

« Moi je baise-baisouille chaque jour, s'est-il vanté. Deux femmes. J'ai une épouse et une autre fille pour le week-end. Deux sortes de chattes. Êtes-vous sûr que vous pas aimer baise-baisouille ? »

Si vraiment je suis obligé, je peux supporter le mot « chatte », mais « baise-baisouille » me donnait le mal de la voiture.

« Ce n'est pas un vrai mot, lui ai-je dit. Vous pouvez dire que vous *baisez*, mais *baise-baisouille* ça ne veut rien dire. Personne ne parle comme ça. Vous n'avancerez jamais avec ce type de langage. »

La circulation s'est franchement congestionnée à cause d'un accident, et, comme nous étions à l'arrêt, le chauffeur a passé sa langue sur ses lèvres.

« Baise-baisouille, a-t-il répété. Je baise-baisouille-baisouille-baisouille. »

À Manhattan, je serais sorti de la voiture et je me serais trouvé un autre taxi, mais nous étions encore sur l'autoroute, donc quelle autre solution avais-je que de rester à ma place et de regarder avec envie les véhicules de secours qui approchaient ? La circulation a fini par redevenir un peu plus fluide, et je me suis résigné à vingt minutes de torture supplémentaire.

« Alors, comme ça, vous allez dans le West Village, a dit le chauffeur. Très bon endroit où habiter pour vous. Beaucoup de garçons et de garçons ensemble. Filles et filles ensemble.

– Je n'y habite pas. C'est l'appartement de ma sœur.

– Dites-moi comment ces lesbiennes font l'amour ? Comment elles s'y prennent ? »

J'ai dit que je ne savais pas, et il m'a regardé avec la même expression triste que tout à l'heure, lorsque je lui avais dit que je n'avais pas de petite amie.

« David. » Il a soupiré. « Vous n'avez jamais vu un film de lesbiennes ? Il faut, vous savez. Vous rentrez à la maison, vous buvez whisky, et vous en regardez un, juste pour voir comment c'est fait. Voir comment elles s'y prennent avec la chatte. Comment elles baisent-baisouillent. »

Alors là, j'ai répondu hargneusement, ce qui n'est vraiment pas mon genre :

« Vous savez, je ne crois pas que je vais suivre vos conseils en la matière. En fait, je *sais* que je ne vais pas suivre votre conseil.

– Oh, mais vous devriez.

– Pourquoi ?. Pour être plus comme *vous* ? Vous parlez d'un objectif. Je me dégoterai un déodorant à la noix de coco et je roulerai en ville en essayant d'impressionner les gens avec le magnifique langage appris dans les films pornographiques. "Bonjour, monsieur, est-ce que votre bite se dresse pas ?" "Bonjour, madame, vous aimez baise-baisouille ?" Cela me paraît merveilleux, mais je ne sais pas si je pourrais supporter une existence aussi enrichissante. Je ne la mérite pas. Donc si vous le voulez bien, je ne regarderai pas de films de lesbiennes ce soir, ni demain soir, ni n'importe quel autre soir, d'ailleurs. Au lieu de cela, je me contenterai de travailler et de laisser les gens tranquilles. »

J'ai attendu une réaction, et comme aucune ne venait, je me suis calé dans le fond de mon siège, complètement honteux. La familiarité du chauffeur avait été exaspérante, mais ce que j'avais dit avait été cruel et injustifié. Me moquer de lui et de son désodorisant : j'avais le sentiment d'avoir donné un coup de pied à un chaton – un chaton obscène, certes – mais néanmoins un être faible et sans défense. On se vante des choses sexuelles lorsqu'on ne peut se targuer de signes extérieurs de richesse. C'est une façon de dire : « Regarde, je n'ai peut-être pas de veste sport chic, ni même de bagage à main, mais j'ai deux femmes et autant de coïts que je veux. » Cela m'aurait-il blessé de reconnaître sa réussite ?

« Je trouve que c'est formidable que vous soyez si comblé », ai-je ajouté, mais plutôt que de répondre, le chauffeur a mis la radio, qui était bien sûr calée sur NPR, la radio publique américaine.

Le temps que j'arrive chez ma sœur, il faisait nuit. Je me suis servi un scotch et ensuite, comme toujours, Amy a sorti plusieurs choses qu'elle pensait que je trouverais intéressantes. Tout d'abord, un exemplaire de *The Joy of Sex*, qu'elle avait trouvé au marché aux puces, et qu'elle avait l'intention de laisser sur la table basse la prochaine fois que notre père lui rendrait visite. « À ton avis, qu'est-ce qu'il dira ? » a-t-elle demandé. C'était bien la dernière chose qu'un homme avait envie de voir chez sa fille – c'est en tout cas ce que je pensais – mais ensuite elle m'a montré le magazine *New Animal Orgy*, qui était *vraiment* la dernière chose qu'un homme aurait envie de voir dans l'appartement de sa fille.

C'était un vieux numéro, daté de 1974, et il avait l'odeur du magazine ayant passé les dernières décennies à l'ombre, pas seulement caché, mais fermé à clé dans un coffre et enterré.

« N'est-ce pas le truc le plus obscène que tu aies vu de ta vie ? » a demandé Amy, mais je me suis trouvé trop abasourdi pour répondre. Le magazine était consacré principalement à deux sujets – je suppose qu'on pourrait appeler ça des essais photo. Dans le premier, une cycliste s'arrêtait pour se reposer à côté d'un moulin abandonné et séduisait ce que la légende décrivait comme étant un « colley errant ».

« Il n'est pas errant, a dit Amy. Regarde son pelage. On peut quasiment sentir le shampooing. »

Le deuxième article était encore plus triste et traitait d'un couple de femmes qui s'appelaient Inga et Bodil, qui excitaient un étalon blanc en se servant de leurs mains et ensuite de leurs langues. C'était censé être le plus beau jour de la vie du cheval, mais si ç'avait réellement été un grand jour pour lui, me semble-t-il, il aurait arrêté de manger, ou au moins aurait fait quelque chose de différent avec ses yeux. Au lieu de quoi il a continué de vaquer à ses occupations, à faire comme si les femmes n'étaient pas là. Sur la page suivante, il est dans la chambre, debout sur la moquette, à regarder bêtement les objets sur la coiffeuse des femmes : une brosse à cheveux, un aérosol posé sur le côté, une photo encadrée d'une fille tenant un bébé. Au-dessus de la coiffeuse, il y avait une fenêtre sans rideaux par laquelle on pouvait voir un champ donnant sur une forêt de grands pins.

Amy s'est penchée en avant et a montré le bas de la photo.

« Regarde la boue sur la moquette », a-t-elle dit, mais j'avais beaucoup d'avance sur elle.

« C'est la première raison pour laquelle il ne *faut pas* sucer un cheval dans sa chambre », lui ai-je dit, mais en fait cet argument était loin d'être le premier sur ma liste. En quatrième position peut-être, les premières places étant réservées à la perte de dignité, aux risques de maladie et au cas de figure improbable où vos parents entreraient dans la chambre.

À nouveau, les femmes excitent le cheval jusqu'à l'érection, puis commencent à se donner mutuellement du plaisir – dans l'idée, j'imagine, qu'il appréciera le spectacle. Ce qui n'implique pas nécessairement qu'elles étaient lesbiennes – pas plus que le colley n'était errant – mais cela m'a donné à réfléchir et m'a obligé à repenser au chauffeur de taxi. « Je ne suis pas comme vous », lui avais-je dit. Puis, une demi-heure plus tard, regardez-moi : un verre à la main et dans l'autre un magazine montrant deux femmes nues s'embrassant devant un étalon. Bien entendu, les circonstances étaient un peu différentes. Je buvais du scotch et non pas du whisky. C'était un magazine et non pas une vidéo. J'étais avec ma sœur, et nous étions des gens convenables qui riaient un peu. Pas vrai ?

Les oiseaux

Sur le dernier disque de Kate Bush il y a une chanson intitulée « Aerial », et par une après-midi de printemps, Hugh s'est assis pour l'écouter. En ville, je l'enquiquine toujours à propos du volume. « Les voisins ! » Mais, à la campagne, en Normandie, mon excuse ne tient pas, et je dois bien reconnaître que c'est moi que ça dérange. La musique, habituellement, je supporte. Ce sont les paroles que je trouve irritantes, surtout quand je suis à mon bureau et que je cherche un prétexte pour être distrait. Si un vers se termine par, disons, le mot « mèche », je vais essayer de deviner la rime correspondante. *Flèche*, me dirai-je. Ensuite, *Non, attends, c'est un album de Noël. Crèche. Ce sera le mot* « crèche ».

Si je trouve, l'auteur-compositeur sera maudit pour avoir été prévisible. Si je ne trouve pas, il sera « délibérément obtus », formule que j'ai apprise de mon éditeur, qui l'a appliquée au titre de mon dernier livre. C'est une situation de type « qui perd perd », encore pire lorsque les paroles sont inintelligibles, et la voix un cri aigu noyé dans le bruit. Cela non seulement me met de mauvais poil mais *en plus* me donne l'impression d'être vieux, le genre de vieux ronchon qui dit des trucs du genre : « Toi et ton rock, là ! »

Il y a des chanteurs que Hugh n'a pas le droit d'écouter quand je suis à la maison, mais Kate Bush n'en fait pas partie, ou du moins n'en faisait-elle pas partie jusqu'à récemment. La chanson à laquelle je fais référence, « Aerial », commence par des pépiements d'oiseaux. Ce pourrait être une intéressante curiosité pour quelqu'un habitant à la ville, mais en Normandie, on n'entend que ça : un vacarme constant de sifflements et de gazouillis, parfois un peu plus discret à certaines périodes de l'année, mais qui ne disparaît jamais. On croirait habiter dans une volière. En plus des cris des alouettes et des hirondelles il y a les oies et les poules qui vivent de l'autre côté de la route. Une fois tous couchés, les hiboux sortent et font un foin de tous les diables jusqu'à l'aube, heure à laquelle tout le tohu-bohu de la veille reprend.

La chanson de Kate Bush avait commencé depuis trente bonnes secondes quand nous avons entendu un bruit étrange, nous nous sommes alors retournés pour voir un oiseau taper du bec au carreau. Un instant plus tard, son jumeau est apparu à la fenêtre adjacente et a commencé à faire de même. S'ils avaient frappé une fois ou deux, j'aurais considéré qu'il s'agissait d'un accident, mais ces deux-là s'en donnaient à cœur joie, comme des piverts, presque. « Qu'est-ce qui leur prend ? » ai-je demandé.

Hugh s'est plongé dans le livret du CD, dans l'espoir d'y trouver quelque explication. « Peut-être que les oiseaux enregistrés parlent de nourriture gratuite », a-t-il suggéré, mais moi, le message m'a paru bien plus funeste : un appel à l'anarchie, voire au meurtre. Certains pourraient penser que c'était de la folie, mais je me tenais toujours au courant et j'avais appris que les oiseaux sont moins insouciants qu'on veut bien le croire. Tenez, les corbeaux, qui s'abattent chaque hiver sur les champs alentour et arrachent les yeux des agneaux nouveau-nés. Sont-ils à ce point démunis qu'il leur faille éborgner un symbole international de jeunesse et d'innocence, ou sont-ils simplement diaboliques, qualité qu'ils partagent probablement avec les deux volatiles à la fenêtre ?

« Qu'est-ce que vous nous *voulez* ? » ai-je demandé, et les oiseaux ont reculé dans les jardinières, prenant un peu d'élan avant de se jeter contre la vitre.

« Tôt ou tard, ils se lasseront », a dit Hugh. Mais non, même après que les nuages sont arrivés et qu'il s'est mis à pleuvoir. En fin d'après-midi, ils y étaient encore, trempés, mais pas moins déterminés. J'étais allongé sur le divan, absorbé dans des mots croisés, à écouter le son distinct des plumes sur le verre. Toutes les deux minutes, je posais mon journal et traversais la pièce. « Vous croyez que c'est si bien, ici ? je demandais. Vous croyez qu'on a quelque chose dont vous auriez besoin pour vivre ? » Me voyant approcher, les oiseaux s'envolaient, pour revenir à l'instant où je me réinstallais sur le divan. Alors je disais : « D'accord, si vous tenez absolument à entrer… »

Mais les deux volatiles se désintéressaient de la question dès que les fenêtres étaient ouvertes. Je les refermais donc et retournais à mes mots croisés, et à ce moment-là les oiseaux réapparaissaient et reprenaient leur assaut. Alors je disais : « D'accord, si vous tenez absolument à entrer… »

Einstein a écrit que la folie consiste à refaire perpétuellement la même chose en s'attendant à ce que le résultat diffère à chaque fois. Cela dit, qu'est-ce qui est plus fou, se jeter à répétition sur une fenêtre, ou *ouvrir* à répétition cette fenêtre, en pensant que les bestioles qui se jettent dessus pourraient entrer dans sa maison, jeter un coup d'œil, et repartir sans rancune ?

Voilà où j'en étais de mes réflexions, tout en feuilletant *Oiseaux du monde*, un guide illustré épais comme un dictionnaire. Après m'être renseigné sur l'aigle des Philippines – un prédateur impitoyable se repaissant essentiellement de singes –, j'ai identifié les bestioles à la fenêtre comme étant des pinsons. La taille correspondait à peu près, quinze centimètres de la tête à la queue, des pattes effilées, un poitrail rose, et des bandes incurvées sur toute la longueur des ailes. Le livre expliquait qu'ils se nourrissent de fruits, de graines et d'insectes. Il stipulait que certains pinsons hivernent volontiers en Inde ou en Afrique du Nord, mais n'expliquait pas pourquoi ils essayaient d'entrer dans ma maison.

« Est-ce que ça pourrait être quelque chose qu'ils ont attrapé en Afrique ? » me suis-je demandé. Et Hugh, qui y a vécu jusqu'à la fin de son adolescence, a dit : « Pourquoi est-ce que tu me demandes ? »

Quand le soleil s'est finalement couché, les oiseaux sont partis, mais ils ont remis ça le lendemain matin. Entre leurs départs précipités et leurs pitoyables chutes sur le derrière, les fleurs des jardinières avaient été saccagées, les pétales et les morceaux de tiges éparpillés. Il y avait des traces de griffures sur les carreaux, avec ce que je supposais être de la salive, cette sorte de mousse épaisse qui se forme quand on est enragé.

« Qu'est-ce qu'on fait, maintenant ? » ai-je demandé.

Et Hugh m'a dit de les ignorer. « Ils cherchent juste à attirer l'attention. » L'explication passe-partout qui s'applique autant aux enfants turbulents qu'aux avions volant à basse altitude.

« Regarde ailleurs et ils s'en iront », m'a-t-il dit. Mais comment pouvais-je regarder ailleurs ?

La solution, semblait-il, consistait à confectionner une sorte d'épouvantail, ce qui n'est pas un mauvais projet quand on est d'humeur. Ma première tentative consista en un balai à l'envers et un sac en papier que je disposai sur les poils du balai, et sur lequel je dessinai un visage en colère. Pour faire les cheveux, j'utilisai un nœud de paille de verre. Mon épouvantail avait l'air vieux et impuissant, on aurait dit une grand-mère excessivement bronzée, furieuse de ne pas avoir de bras. Les oiseaux trouvèrent ça drôle, et après avoir gloussé un moment, ils reculèrent un peu et chargèrent contre la fenêtre.

Le plan B était bien plus facile et n'impliquait rien d'autre que de monter au grenier, dont Hugh a fait son studio. Quelques années auparavant, poussé par l'ennui, et au milieu de plusieurs projets, il s'était mis à recopier des gros plans de visages qu'il avait découpés dans les journaux. Les portraits qu'il avait faits étaient de différents styles, mais ceux qui correspondaient le plus à l'usage que je voulais en faire semblaient mésopotamiens et représentaient les pirates de l'air du vol 11 d'American Airlines. Mohammed Atta tenait parfaitement dans l'encadrement de la fenêtre, et son effet fut immédiat. Les oiseaux s'envolèrent, virent un terroriste qui les toisait, et déguerpirent.

J'étais très fier de moi, lorsque j'ai entendu un bruit sourd venant de derrière un rideau tiré à côté de la bibliothèque. Une autre virée au grenier, un autre pirate de l'air, et ainsi de suite, jusqu'à ce que les quatre fenêtres du séjour soient sécurisées. C'est alors que les oiseaux concentrèrent leur attention sur la chambre à coucher, et je n'ai eu d'autre choix que de remonter au grenier.

Outre les CD, que Hugh achète comme des bonbons, sa collection de vinyles est aussi assez imposante. La plupart sont des disques qu'il a achetés dans sa jeunesse et fait expédier en Normandie en dépit de mes réticences : *Led Zeppelin II*, *Dark Side of the Moon* de Pink Floyd. Si c'est le genre de truc qui a pu être écouté non-stop dans une chambre de résidence universitaire qui sentait le renfermé, il l'a dans sa discothèque. Je reviens à la maison de ma promenade de fin d'après-midi, et j'entends Toto ou Bad Company à fond dans le grenier. « Baisse cette daube », je hurle, mais évidemment Hugh ne peut pas m'entendre. Alors je monte, et il est là, en position, devant son chevalet, un pied rigide au sol, l'autre marquant la mesure avec un type en pantalon lycra.

« Ça ne t'embête pas ? » dis-je.

Je n'aurais jamais pensé que j'apprécierais sa collection de disques, mais les pinsons ont changé tout ça. Ce dont j'avais besoin, c'était des pochettes avec des têtes grandeur nature, alors j'ai commencé au A, et j'ai passé en revue tout ce qu'il y avait dans les cartons. La surprise a été que certains des albums de Hugh n'étaient pas si mauvais. « J'ignorais qu'il avait ça », me suis-je dit, et j'ai dévalé les escaliers pour caler Roberta Flack à la fenêtre de la chambre. C'était la pochette de *Chapter Two*, et si, à mes yeux, la chanteuse semblait avenante, les oiseaux étaient d'un autre avis, et sont passés à ce qui avait naguère été l'étable. J'ai calfeutré les fenêtres avec Bob Dylan, Bruce Springsteen, Joan Armatrading et Donna Summer, qui a ses faiblesses, mais peut vraiment coller une trouille bleue à un pinson.

Les deux volatiles s'en sont ensuite pris à mon bureau, à l'étage, où Janis Joplin et moi les attendions. Bonnie Raitt et Rodney Crowell se tenaient prêts, au cas où il y aurait eu des problèmes côté lucarnes, mais, étonnamment, les oiseaux ne s'y sont pas intéressés. Les surfaces horizontales ce n'était pas leur truc, aussi sont-ils passés à la salle de bains.

En fin d'après-midi, toutes les fenêtres étaient parées. Les nuages d'orage apparus la veille se sont finalement dissipés, et j'ai pu marcher jusqu'au village voisin. L'itinéraire que je prends habituellement fait une boucle et me conduit devant une maison en stuc occupée par un couple frêle de personnes âgées. Pendant des années, ils ont élevé des lapins dans leur jardin, mais l'été dernier, ou ils les ont mangés, ce qui serait normal dans cette région, ou ils les ont relâchés, ce qui serait du jamais vu. Ensuite, ils se sont débarrassés du clapier et ont construit à la place une remise en bois rudimentaire. Quelques mois plus tard, une cage est apparue sur le seuil de ladite remise. C'était le genre adapté à un rongeur, mais au lieu d'y mettre un cochon d'Inde, ils y ont mis un couple de pies adultes. Ce sont des oiseaux de belle taille – presque aussi gros que des corneilles – et leurs quartiers sont bien trop petits pour eux. Contrairement aux perruches, qui finiront par se calmer, les pies essaient constamment de s'échapper et gigotent comme si elles étaient en feu, se jetant d'une extrémité à l'autre de la cage, se cognant la tête contre le plafond grillagé.

Leur désespoir est contagieux, et les regarder provoque chez moi des accélérations cardiaques. Être enfermé c'est une chose, mais ne pas avoir la moindre notion de ce qu'est la claustration, être ignorant de ses termes et ne pas comprendre que se débattre est inutile – c'est à ça que doit ressembler l'enfer. Les pies me plongent dans un tel état de dépression et d'anxiété que je me demande comment je vais pouvoir tenir jusqu'à la maison. Cependant, à chaque fois je tiens bon, et il est toujours rassérénant d'apercevoir la maison, surtout ces derniers temps. Sur le coup de 7 heures, la lumière du jour éclaire le mur ouest de notre maison, illuminant deux des pirates de l'air et une demi-douzaine d'auteurs-compositeurs qui regardent par les fenêtres, certains sourient, comme s'ils étaient contents de me voir, et d'autres regardent juste dans le vide, comme on fait parfois lorsqu'on écoute de la musique, ou lorsqu'on attend, sans grand enthousiasme, que quelque chose se produise.

Des souris et des hommes

J'ai toujours admiré les gens qui peuvent entrer dans une conversation sans se mettre en avant. Mon amie Evelyn, par exemple. « Bonjour, ravie de vous rencontrer », après quoi elle accepte les choses telles qu'elles viennent. Si sa nouvelle connaissance veut parler plantes, elle fera peut-être état des quelques-unes qu'elle possède, jamais vantarde, mais sur le ton agréable de la surprise, comme si elle apprenait que son palmier nain et celui de l'autre personne avaient fréquenté par pure coïncidence le même lycée. Le secret de sa réussite en société est qu'elle s'intéresse réellement, peut-être pas à tous les sujets, mais en tout cas à tous les gens. J'aime à penser que j'ai moi aussi cette qualité, mais dès qu'il s'agit de faire connaissance avec des inconnus, j'ai tendance à m'angoisser et à m'appuyer sur un stock d'histoires préparées à l'avance. Elles s'inspirent parfois d'observations ou de on-dit, mais tout aussi souvent elles sont tirées du journal : un article sur une femme déprimée du Delaware qui se pendit à un arbre le 29 octobre et fut prise par erreur pour une décoration d'Halloween. Le fait qu'il est interdit d'offrir une cigarette à un singe dans l'État du New Jersey. Chacune est tragique à sa manière, et laisse l'auditeur avec une image mentale forte : ici une femme morte qui se balance sur fond de feuilles cramoisies. Là un gardien de zoo avec un paquet de Marlboro ouvert. « Vas-y, chuchote-t-il. Prends-en une. »

Et puis il y a l'histoire qui m'a été envoyée par un inconnu de Nouvelle-Angleterre, qui l'avait découpée dans son journal local. Il s'agissait d'un homme du Vermont de quatre-vingt-un ans, dont la maison était envahie par les souris. La maison proprement dite n'était pas décrite, mais dans mon esprit elle avait un étage et était isolée sur une route de campagne. Je décidai également qu'elle était peinte en blanc – non pas que c'eût tant d'importance, je trouvais juste que ça apportait une touche agréable. Donc la maison du retraité grouillait de souris, et lorsqu'il n'en put plus, il procéda à la fumigation. Les souris s'échappèrent dans le jardin et élurent domicile dans un tas de feuilles mortes, lesquelles assurément crépitèrent sous leur poids. Pensant les avoir piégées, l'homme mit le feu au tas de feuilles, puis vit une souris en feu retourner à la cave et brûler la maison jusqu'à ce qu'il n'en reste plus rien.

L'article de presse était arrivé au printemps 2006, juste au moment où je me préparais à prendre l'avion pour les États-Unis. Il y avait du repassage à faire et de la paperasse à trier, mais avant d'entreprendre quoi que ce soit, j'ai écrit un mot de remerciement au résident de la Nouvelle Angleterre, lui disant que l'article m'avait ému de manière inattendue. Je n'ai pas précisé que j'avais l'intention de le recycler à l'envi, mais c'est ce que j'espérais ; comment ne pas faire mouche avec une histoire comme ça ? Elle était, à mes yeux, impeccable, il me tardait de la glisser dans la première conversation qui se présenterait. « Eh bien justement, puisqu'on parle de personnes de quatre-vingt-un ans… », m'imaginais-je dire.

Six mois plus tôt, pour briser la glace, je racontais l'histoire de la strip-teaseuse devenue tétraplégique qui finissait le vagin rongé par les escarres, ce qui n'est tout de même pas le truc le plus facile à placer dans une conversation. Mais si j'étais capable de sortir celle-là, alors, me disais-je, une souris en feu ne devait pas poser de problèmes.

La première occasion s'est présentée à New York quand j'ai pris un taxi pour aller de JFK à mon hôtel situé vers la 80e Rue. Le chauffeur avait dix à quinze ans de plus que moi, était américain de naissance, et avait la tête rasée. Il y a certainement des hommes à qui ça va très bien, mais là, on aurait dit que quelqu'un y était allé au marteau – peut-être pas récemment, il n'y avait pas de sang ni d'ecchymoses, simplement tout un tas de bosses. Nous nous sommes mis tous les deux à discuter, et après lui avoir dit que j'habitais à Paris, et avoir écouté ses remarques subséquentes comme quoi les Français étaient des snobs et des couards, j'ai trouvé ma transition : « À propos de rats, ou d'animaux de cette famille en général… »

Je trouvais que je m'en étais plutôt bien sorti, mais une fois l'histoire terminée, au lieu d'être médusé, le chauffeur a dit :

« Et ensuite, qu'est-ce qui s'est passé ?

– Comment ça ?

– Je veux dire, est-ce que le gus a touché l'argent de l'assurance ? Est-ce qu'il a pu récupérer certaines de ses affaires ? »

Comment expliquer que mon histoire ne *portait* pas vraiment sur le propriétaire. Il y jouait un rôle, bien sûr, mais l'image durable est celle de la souris en flammes, cette petite torche déterminée qui retourne dans la maison et y met le feu. Ce qui s'est passé ensuite n'a pas d'importance. C'est pour ça que le journal n'en a pas parlé.

J'ai abordé cet aspect des choses avec autant de légèreté que possible, et le chauffeur de taxi m'a répondu avec un slogan pour tee-shirt :

« Y a vraiment qu'à New York.

– Mais ça ne *s'est pas passé* à New York, ai-je dit. Vous n'avez pas écouté ? Ça s'est passé dans le Vermont, à la campagne, là où les gens ont des maisons et des tas de feuilles mortes dans leurs jardins. »

L'homme a haussé les épaules.

« Eh ben, ç'aurait pu se passer ici.

– Sauf que ça ne s'est *pas passé* ici.

– Eh ben, on sait jamais. »

C'est là que je me suis dit : *OK, le Bosselé, tu viens juste de perdre un pourboire. Ta tirade sur les Français, j'étais prêt à laisser passer, mais ton « Y a vraiment qu'à New York » et « Ç'aurait pu se passer ici » viennent de te coûter cinq dollars, mon petit pote, c'est comme ça et pas autrement.*

Évidemment, je lui ai quand même laissé un pourboire, j'en laisse toujours. Mais avant de le lui tendre, j'ai pratiquement déchiré le billet en deux. Agression passive, je crois que c'est comme ça qu'on dirait.

J'étais venu en Amérique pour un cycle de conférences – c'est comme ça que ça s'appelle, mais en fait je me contente de lire à voix haute. Ma première date était dans le New Jersey, et comme je ne conduis pas, l'organisation m'avait envoyé une voiture, qui m'attendait devant mon hôtel. Au volant se trouvait un chauffeur noir en costume et cravate qui s'est présenté comme étant M. Davis. Il devait avoir dans les soixante-dix ans, et lorsqu'il a abaissé la visière pour ne pas être aveuglé par le soleil couchant, j'ai remarqué ses ongles longs, effilés, et recouverts de vernis clair. Au-dessus de chaque articulation brillait une bague, et, à son poignet, en plus d'une montre, était accroché un délicat bracelet en or.

J'avais l'intention de me lancer directement dans mon histoire de souris, mais avant que je puisse commencer, M. Davis est parti sur ce qu'il a formulé comme étant « la situation routière au niveau fluidité ». Son ton était pointilleux, et plutôt que de parler normalement, il avait tendance à psalmodier, comme Dieu s'adressant à Moïse à travers les nuages, mais en version gay. Après m'avoir dit que les gens étaient fous de circuler dans Manhattan, il a regardé à l'intérieur des voitures qui nous entouraient et s'est mis à débiner les automobilistes avec qui il était en compétition. La femme à côté de nous était une cruche. L'homme devant une andouille. Des benêts, des crétins, des nigauds, et des nullards : on aurait dit qu'il avait un dictionnaire des synonymes sur les genoux, et qu'il débitait les différents termes par ordre alphabétique. Il a critiqué un chauffeur qui utilisait son téléphone portable, puis a sorti le sien et a laissé un message furieux au standard qui n'aurait jamais dû l'envoyer dans cette pagaille.

M. Davis a continué de fulminer et de bougonner pendant des rues et des rues jusqu'à ce qu'on arrive sur Canal Street, où il m'a montré une brèche dans l'enfilade des gratte-ciel qui se détachaient à l'horizon. « Voyez ça, a-t-il dit. C'est là que se trouvait le World Trade Center. »

Par politesse, j'ai fait comme si cette information était nouvelle pour moi. « Vous en savez, des choses ! »

M. Davis a regardé au sud et a épousseté une peluche sur son épaule. « Onze septembre, deux mille un. J'étais présent en ce matin fatidique et ne l'oublierai jamais, aussi longtemps que je vivrai. »

Je me suis avancé sur mon siège.

« Comment était-ce ?

– Un de ces boucans », a dit M. Davis.

On aurait pu s'attendre à quelques détails supplémentaires, mais aucun ne fut donné, alors, pour aller de l'avant, je lui ai demandé ce qu'il faisait là.

« J'avais un rendez-vous avec une société d'import-export. C'était ma profession, à l'époque, mais le onze septembre a fichu tout ça en l'air. On ne peut plus rien expédier, maintenant, en tout cas, plus moyen de se faire du pognon par ce biais. »

Je lui ai demandé ce qu'il importait, et lorsqu'il m'a répondu « De tout », j'ai regardé à l'intérieur de la voiture d'à côté.

« Hum. De petits animaux en peluche ?

– J'en ai expédié, oui. Mais mon champ d'action, moi, c'était surtout le textile, ça et puis l'électronique.

– Alors vous avez beaucoup voyagé ?

– Partout. Pour avoir bourlingué, ça, j'ai bourlingué.

– Vous êtes déjà allé en Chine ? »

Il a dit y être allé tant de fois qu'il ne les comptait plus, et lorsque je lui ai demandé ce qu'il avait vu, il a avancé de quelques centimètres.

« Beaucoup de gens qui mangent du riz, dans des bols pour la plupart.

– Zut. Alors c'est donc vrai ! Et l'Inde ? C'est un endroit que j'ai toujours eu envie de visiter.

– Qu'est-ce que vous croyez que vous allez y voir ? a demandé M. Davis. Des pauvres ? Le chaos ? Tellement d'ordures que c'est à peine supportable ? »

Quand je lui ai dit que je m'intéressais aux singes, il a répondu que le pays en était infesté.

« Un jour, j'étais avec mon chauffeur, et on est passés devant un arbre qui en abritait plus de deux cents. Des babouins, je crois que c'était, et je me rappellerai toujours comment ils se sont agglutinés autour de notre voiture, à taper sur les portières en réclamant des cacahuètes. »

Un homme tenant un panneau en carton s'est approché, et M. Davis lui a fait signe de déguerpir.

« Un autre problème, en Inde, c'est la chaleur. La dernière fois que j'étais là-bas, la température a atteint les soixante-six degrés, je l'ai vu au thermomètre, de mes yeux vu. J'avais un rencard avec des swamis, là, mais au moment de quitter l'hôtel, j'ai dit : "Ras le bol. Pas de rendez-vous pour moi aujourd'hui." Je vous assure, j'avais l'impression de brûler vivant. »

Je n'aurais pu rêver meilleure transition.

« À propos de brûler vivant, il y avait un retraité qui habitait dans le Vermont, voyez, et sa maison était envahie de souris… »

Une fois que j'ai eu terminé, M. Davis a croisé mon regard dans le rétroviseur.

« Alors vous, vous êtes un sacré menteur.

– Non. L'histoire est vraie. Je l'ai lue dans le journal.

– Journal ou pas, c'est un tissu de c…, et je vais vous dire pourquoi : impossible qu'une souris couvre une telle distance sans que les flammes s'éteignent. Le vent les aurait soufflées.

– Et la fille au Vietnam, alors ? ai-je demandé. Celle de la célèbre photo qui vient d'être aspergée de napalm ou je ne sais quoi et court toute nue sur la route ? Je ne crois pas que le vent lui ait rendu service, elle n'avait que la peau, pas de fourrure inflammable, que je sache.

– Ma foi, ce fut une période sombre de l'histoire de notre nation, a dit M. Davis.

« – Mais cette période-*ci*, elle n'est pas sombre, peut-être ? »

J'ai posé la question juste au moment où nous entrions dans le Holland Tunnel. Le vacarme de la circulation amplifié dans un espace clos a rendu la conversation impossible, alors je me suis calé au fond de mon siège en essayant de contrôler ma colère croissante. Depuis quand la politique affecte-t-elle la capacité d'un mammifère à supporter une flamme ? Cela mis à part, qui *a dit* qu'une souris ne pouvait pas parcourir une distance de quatre mètres ? Qu'est-ce qui conférait à ce gars la moindre autorité en la matière ? Ses ongles ? Ses bijoux ?

Ce qui faisait vraiment mal, c'était de se faire traiter de menteur, et comme ça, de but en blanc. Par quelqu'un qui réduisait les Chinois à un tas de gens mangeant du riz dans des bols. Puis il y avait son laïus sur les babouins. J'avais entendu dire qu'ils pouvaient attaquer les gens pour leur voler des fruits, mais le coup des cacahuètes, ça ressemblait à une idée glanée dans un cirque. Je ne croyais pas un seul instant qu'il avait été dans le World Trade Center le 11 septembre, quant à la chaleur de 66 degrés, je suis pratiquement sûr qu'à cette température, la tête explose, tout simplement. Tout ça, et c'était *moi* le menteur ? Moi ?

Sortir du tunnel a été comme être libéré d'une canalisation bouchée. On roulait à présent, on a passé un virage puis on est arrivés à une autoroute surélevée. En contrebas, il y avait des cuves ressemblant à de l'aspirine sale, et tandis que je me suis demandé à quoi elles servaient, M. Davis a sorti son téléphone portable et s'est mis à discuter jusqu'à ce qu'on arrive à notre sortie. « C'était ma femme », a-t-il dit après avoir raccroché, et j'ai songé :

C'est ça. La femme avec laquelle tu es marié. Un sacré loulou, je parie.

Après le New Jersey, je suis allé dans le Connecticut, puis dans l'Indiana. Et ainsi de suite pendant trente jours. Je suis rentré à mon appartement début mai, et après avoir refermé la porte derrière moi, j'ai demandé à Hugh de chercher sur Internet le record de température. Il a pris place devant son ordinateur et je suis resté debout à côté de lui, doigts croisés. *Pourvu que ce ne soit pas 66, pourvu que ce ne soit pas 66, pourvu que ce ne soit pas 66.*

Plus tard ce jour-là, au milieu de mes factures, je suis tombé sur la carte de visite de M. Davis. Il fallait que quelqu'un lui dise que la température maximale est 58, alors je lui ai écrit un mot bref, en précisant que le record avait été atteint en Libye, et non pas en Inde, en 1922. Sous-entendu : *Avant que tu sois né. Avant que tu puisses impunément traiter quelqu'un de menteur.*

J'ai songé à lui envoyer également l'article de journal, et c'est là que mon triomphe a perdu de son lustre. « La revanche de la souris : elle met le feu à la maison », tel était le gros titre, et c'est ensuite que j'ai remarqué les lettres « AP » et j'ai vu alors que si l'article avait été publié dans le Vermont, l'action s'était en fait déroulée au Nouveau-Mexique, ce qui, en quelque sorte, ruinait tout. Maintenant, à la place de la maison blanche en bois, je voyais une sorte de bicoque avec des crânes de vache fixés aux murs extérieurs. Il s'avérait ensuite que le propriétaire n'avait pas procédé par fumigation, et qu'il n'y avait eu qu'une seule souris, qu'il avait réussi je ne sais comment à attraper vivante, et avait jetée dans un tas de feuilles auquel il avait mis le feu plus tôt. Ce qui pourrait certainement être qualifié d'acte irréfléchi, mais à aucun moment il n'avait regardé les souris suffocantes, tâchant d'échapper aux fumées toxiques. Il n'entendit pas le grésillement des feuilles sous leurs pattes, ni ne s'empara de ses allumettes en pensant : *Aha !*

Comment avais-je pu à ce point lire de travers l'article, et pourquoi ? Tel un chien avec les restes d'un repas, l'avais-je tout simplement dévoré trop vite, ou bien est-ce que je crois, quelque part à un niveau inconscient, que les souris de la côte Est sont par nature mieux disposées que leurs cousines de l'Ouest ? Où suis-je allé pêcher cette histoire de fumigation, et l'idée que la maison de cet homme était envahie par les souris ? Je me revois avant ma tournée, assis à mon bureau à allumer cigarette sur cigarette, comme je le fais quand le temps presse. Des guirlandes de fumée dérivaient dans la pièce d'à côté et encrassaient les sinus de nos hôtes venus de loin, arrivés quelques jours plus tôt, et qui dormaient dans notre lit. *La maison était envahie, l'extermination s'imposait.* Avais-je subrepticement projeté mes préoccupations personnelles sur l'article de journal ?

Cependant, même si j'ai quelque peu brodé, les faits les plus importants demeurent véridiques : la souris est effectivement retournée à l'intérieur. Ses flammes n'ont pas été soufflées par le vent. Le feu s'est propagé, la maison a été dévorée par le feu, et, assurément, la période est sombre, en raison des incendies, mais aussi pour ceux qui les déclenchent.

April in Paris[1]

En regardant la télé, un soir, je suis tombé sur un reportage animalier traitant de la fabrication de reportages animaliers. Le boulot du caméraman était de saisir un oiseau de paradis dans toute sa splendeur, alors il creusait un trou, le recouvrait de branches, et s'asseyait à l'intérieur pendant trois semaines. C'était en Nouvelle-Guinée, où les gens portaient jadis des pagnes affriolants, mais arborent maintenant des tee-shirts sur lesquels on peut lire « Les Cowboys aiment ça sans selle » et « J'ai survécu au week-end d'intégration IPC 2002 ». Un villageois pouvait être en short de sport et arborer un sac banane ou une visière avec un nom de casino flottant inscrit dessus. J'imagine que ces machins provenaient d'une organisation humanitaire, soit ça soit le bateau d'une croisière avait coulé, et ils mettaient ce qui avait été rejeté sur la plage.

Je parie qu'elles ne manquent pas, les visières qui ont atterri en Asie du Sud-Est après le tsunami. Les nouvelles brutales se sont enchaînées, et cela a duré pendant des semaines. Les numéros de téléphone d'organisations d'aide défilaient en bas de l'écran de télé, et je me rappelle m'être dit que s'ils avaient voulu des donations

1. Chanson à succès datant de 1932, interprétée notamment par Billie Holiday et Frank Sinatra.

substantielles, ils auraient dû montrer un chiot. Un seul aurait suffi. Il aurait pu dormir, le ventre rempli d'enfants sous-alimentés montrés la veille au soir, mais rien de tout cela n'aurait eu d'importance. Les gens qui n'avaient jamais donné de leur vie ont vidé leurs poches quand ils ont vu un cocker sur un toit après l'ouragan Katrina. « Vous croyez que j'avais le choix ? demandaient-ils. Cette pauvre bête a regardé la caméra et s'est immiscée au fond de mon âme. »

Les yeux de la grand-mère abandonnée, ai-je remarqué, furent beaucoup moins émouvants. Elle était là, accrochée à une cheminée, on voyait sa bretelle de soutien-gorge, et la seule question que tout le monde se posait était de savoir si elle avait un chien. « Ce serait horrible de savoir qu'il y a un terrier écossais dans sa maison, peut-être coincé au rez-de-chaussée. Quel est le numéro de l'agence de rescousse canine ? »

Dire que ce fut une réaction unanime est, bien entendu, exagéré. Il y avait des amoureux des chats aussi, et ceux dont le cœur vibrait pour les reptiles abandonnés. La vue d'un iguane voguant dans la rue sur un réfrigérateur a mis un de mes amis erpétologiste dans tous ses états. « Il semble dire : "Où est mon maître ?" spéculait-il. Et voilà, c'est l'heure de notre câlin quotidien, et moi je suis coincé sur le paquebot Whirlpool !!! »

J'ai souvent entendu dire que prêter des sentiments humains à un animal est la pire injustice qu'on puisse lui faire. Cela dit, je suis aussi coupable que n'importe qui. Dans les histoires pour enfants, l'escargot attrape son portefeuille et sort en trombe mettre de l'argent dans le parcmètre. Le lapin pleure quand le geai bleu se moque de ses dents proéminentes. La souris aime sa sœur, mais pas *de cette manière*. Et nous pensons : *Ils sont exactement comme nous !*

Certains reportages animaliers ne font qu'ajouter à cette conception erronée, mais c'est pour cela, à mon sens, qu'on s'y attache tant. Prenez *L'Enfance d'un chameau*, une émission que mon amie Ronnie et moi avons regardée un soir. Ça se passait dans un zoo privé, quelque part dans le Massachusetts. Le chameau en question était une chamelle qui s'appelait Patsy, et le narrateur nous a rappelé plusieurs fois au fil des cinquante minutes de l'émission qu'elle était née le dimanche du Super Bowl. Alors qu'elle était encore toute petite – le stade de football n'était sans doute même pas encore vide –, elle avait été retirée à sa mère. Maintenant elle était quasiment à l'âge adulte, et comme l'heure des publicités approchait, le narrateur a annoncé les retrouvailles. « Et juste après, les chamelles se réconcilient après leur longue séparation. »

Dans la partie suivante, les deux bêtes étaient de nouveau présentées l'une à l'autre, et la vieille mère ronchon pourchassait sa fille dans l'enclos. Quand l'occasion se présenta, elle mordit Patsy à l'arrière-train, et assez dur, m'a-t-il semblé. Ça, c'étaient les chamelles qui ne s'entendaient *pas*, ce qui n'était pas très différent de leur comportement lorsqu'elles s'entendaient bien.

Avant la page de publicité suivante, le narrateur a mis en haleine l'auditeur en annonçant : « Et juste après, une tragédie qui changera à jamais la vie de Patsy. »

J'aurais misé de l'argent sur une jambe amputée, mais il s'avéra que ce ne fut rien de si dramatique. Ce qui s'est passé c'est que la mère a eu un cancer des os et qu'elle est morte. Ce fut un coup dur pour le vétérinaire mais Patsy ne parut pas s'en soucier outre mesure. Et de fait, pourquoi s'en serait-elle inquiétée ? Sa mère n'avait jamais fait que l'enquiquiner et lui voler sa nourriture, alors n'était-elle pas mieux sans elle ?

Les gardiens du zoo craignaient que, laissée seule, Patsy n'oublie comment être chamelle, aussi lui trouvèrent-ils de la compagnie en faisant venir un mâle du nom de Josh, et sa petite amie Josie, qui furent expédiés du Texas. La dernière image les montrait tous les trois, debout dans le soleil, s'ignorant sereinement les uns les autres. « Voici donc ce qu'il advint de la petite chamelle née le dimanche du Super Bowl », a dit Ronnie.

Elle a rallumé la lumière, m'a regardé dans les yeux. « Tu *pleures* ? » a-t-elle demandé, et je lui ai dit que j'avais une poussière dans l'œil.

L'Enfance d'un chameau n'était pas dépourvu de mérite, mais je crois que je préfère les reportages animaliers plus sérieux, ceux où l'on suit l'animal en liberté dans la nature, justement. Ce peut être une forêt, une mare, ou un système gastro-intestinal humain, cela ne change rien. Qu'on me montre un tigre ou un ver solitaire, je regarderai avec la même intensité. Dans ce genre d'émissions, nous voyons l'univers de la créature réduit à ses composantes de base : nourriture, sécurité et reproduction. C'est un perpétuel enchaînement de désespoir et de chagrin, l'esprit général étant que la vie est dure, et qu'elle s'achève violemment. Je sais que je devrais regarder ces choses-là avec un air détaché, mais très souvent je me laisse emporter. L'émission avance, et ensuite je reste allongé sur le sofa, anéanti par la mort d'un doda ou d'un guib, une de ces bestioles genre antilope en quatre lettres qu'on trouve tout le temps dans les mots croisés.

Outre le fait de me vider et de me déprimer, ces émissions me rappellent que je suis rarement, voire jamais, seul. Si ce n'est pas un insecte qui tue le temps au plafond, il y a certainement un acarien qui m'observe depuis ma serviette de bain, ou un parasite qui se repose sur les berges de mon courant sanguin. Ce qui me rappelle que, aussi repoussante qu'elle soit, chacune de ces créatures est fascinante, et mérite de faire l'objet d'un reportage animalier.

C'était une leçon que j'avais apprise quelques étés plus tôt en Normandie. J'étais à mon bureau un après-midi, à écrire une lettre, lorsque j'ai entendu un bourdonnement ténu, comme une voiture miniature en train de passer à la vitesse supérieure. Par curiosité, je suis allé à la fenêtre, et là, dans une toile, j'ai vu quelque chose qui ressemblait à un raisin sec en colère. C'était une mouche prise au piège, et, comme je me penchais pour voir ça de plus près, une araignée s'est précipitée et l'a emportée toute hurlante jusqu'à un petit campement tissé situé entre le mur et l'encadrement de la fenêtre. C'était comme voir quelqu'un que vous détestez se faire agresser : trois secondes de violence terrible, et, une fois que c'est terminé, vous n'avez qu'une envie : que ça recommence.

J'ai du mal à me remettre dans l'état d'esprit de l'époque où j'ignorais tout de la *tegenaria duellica*, mais cette période a pourtant bel et bien existé – j'étais un blanc-bec muni d'un guide pratique de troisième ordre. Tout ce que je savais, c'est que c'était une araignée, une grosse, de la forme d'une cacahuète non décortiquée. Question couleur, ça allait du brun-roux au marron foncé, les teintes alternant pour former un motif marbré sur l'abdomen. Plus tard j'ai appris que la *tegenaria* pouvait vivre jusqu'à deux ans, et que celle-ci était une femelle adulte. Sur le coup, toutefois, debout à la fenêtre, bouche bée, tout ce que j'éprouvais c'était un profond sentiment d'émerveillement.

Comment avais-je passé tout ce temps dans cette maison sans réaliser ce qui se déroulait autour de moi ? Si les *tegenaria* avaient aboyé ou convoité ma nourriture, j'aurais peut-être pu les remarquer plus tôt, mais en l'occurrence elles étaient aussi paisibles et discrètes que des paysans amish. En dehors de la saison des amours, elles restent pour ainsi dire immobiles, rien à voir avec les araignées-loups avec lesquelles j'ai grandi en Caroline. Celles-là étaient des chasseurs plus que des trappeurs. Des bestioles hirsutes grosses comme des mains de bébé qui hantaient le sous-sol de la maison familiale et provoquaient chez mes sœurs des cris prolongés à vous glacer le sang, ceux qui s'imposent dans les films quand la momie pénètre dans la penderie de la femme sensible. « Tue-la ! » s'écriaient-elles, et j'entendais ensuite une demi-douzaine de chaussures frappant le linoléum, suivies d'un atlas mondial ou d'un tabouret de piano – n'importe quoi pourvu que ce fût lourd et à portée de main.

J'étais moi aussi dégoûté par les araignées-loups, mais je n'ai jamais pensé qu'elles m'en voulaient particulièrement. Tout d'abord, elles ne semblaient pas si organisées. Et puis, je me disais qu'elles avaient leur propre vie à mener. Cette attitude, je la devais à mon père, qui n'écrasait rien qui ne fût directement de sa famille. « Les filles, vous avez peur de votre ombre », disait-il, et quelle que soit la taille de la bestiole, il la ramassait à l'aide d'un journal et la relâchait dehors. Au moment de se coucher, je frappais à la porte de mes sœurs et prédisais que l'araignée était maintenant en train de ramper sur le faîte de la maison, elle soufflait un dernier coup avant de descendre par la cheminée. « J'ai lu dans l'encyclopédie que cette espèce est connue pour sa capacité à retrouver ses proies, et qu'une fois qu'elle a repéré ses victimes, presque rien ne peut l'arrêter. Enfin peu importe, bonne nuit. »

Elles auraient été horrifiées par la maison en Normandie, comme probablement la plupart des gens le seraient. Avant même que je m'inscrive à la Société américaine d'arachnologie, l'endroit paraissait hanté, des toiles d'araignée pendaient des chevrons et des tringles à rideaux comme la décoration d'un QG de campagne. Quand il y en avait une sur mon chemin, je la dégommais. Mais tout cela changea avec ma découverte de cette première *tegenaria* – April, l'ai-je baptisée. Après avoir inscrit son nom sur une fiche et l'avoir scotchée au mur, mon intérêt s'est étendu à ses voisines. La fenêtre sur laquelle elles vivaient était comme un immeuble, les foyers empilés les uns sur les autres, de part et d'autre du chambranle. Au-dessus d'April, il y avait Marty, puis Curtis et Paula. En face, il y avait Linda, Russell, Tommy le Grand Chef, et un tout petit machin asexué que je décidai de baptiser Leslie. Et ça c'était juste une fenêtre.

Voyant que j'avais déjà enfreint la règle numéro un d'un bon documentaire animalier – ne pas donner de noms à vos sujets –, j'enchaînai en enfreignant la suivante, qui consistait à ne jamais se mêler de leur vie. « Manipuler », disait Hugh, mais, pour moi, le terme faisait un peu trop savant fou. Manipuler, c'est croiser des races, ou organiser des combats à mort avec des mille-pattes. Ce que je faisais s'appelait simplement nourrir.

Aucune araignée, ou en tout cas aucune que j'ai observée, ne veut d'un insecte mort, même de fraîche date. Sa nourriture se doit d'être vivante et en train de se débattre, et comme notre maison était envahie de bestioles et que j'avais du temps devant moi, j'ai décidé de donner un coup de main. À mon avis, le meilleur endroit pour attraper des mouches c'est contre la vitre. Il y a quelque chose dans le verre qui semble les perturber, et elles sont encore plus gourdes lorsqu'on leur tombe dessus avec un bocal ouvert. Dès que j'en avais une, je refermais le couvercle et secouais comme pour la préparation d'un cocktail. Le petit corps se cognait aux parois, et tandis que Hugh me la jouait de plus en plus Gandhi, je lui rappelais que c'étaient des insectes nuisibles, porteurs de maladies, qui se repaissaient de cadavres, puis revenaient à l'intérieur danser sur notre argenterie. « Je veux dire, allez. Tu ne peux pas compatir sur *tout*. »

Les *tegenaria* construisent ce que j'ai vite appris à appeler des « toiles de feuilles à l'horizontale », des structures denses façon trampoline qui sont le plus souvent triangulaires, et qui vont, en taille, du mouchoir plié au set de table. Une fois ma proie bien étourdie, je soulevais le couvercle et inclinais le bocal en direction de l'araignée qui attendait. La mouche tombait, et, après être restée immobile quelques instants, elle commençait à se tortiller et s'éveiller, comme un ivrogne de dessin animé revenant à lui après une longue nuit de bamboche. « Oh la vache… ! » l'imaginais-je dire. Ensuite, elle remarquait les ailes et les fronts de victimes antérieures. « Il faut que je me tire d'ici. » Des bruits de pas au loin, à peine perceptibles, et juste au moment où la mouche goûtait l'absurdité de la situation, le monstre était sur elle.

« … et coupez ! » m'écriais-je.

Ce spectacle devint pour moi comme une drogue, de même que, par la suite, la capture de mouches. Il y a eu des jours où j'en livrais à la mort trois bonnes douzaines, ceci au détriment des autres choses que j'étais censé faire. Comme les araignées initialement en bonne santé devenaient obèses, leurs pieds faisaient des trous dans la toile. Courir devint une corvée, et je crois que leurs pattes commencèrent à s'irriter à cause des frottements. Arrivé à ce stade, il m'était impossible de nier mon attachement émotionnel. Il y eut des nuits, lors de ce premier été, où je me relevais du lit à 3 heures du matin et arpentais mon bureau avec une lampe de poche. Tout le monde était debout, mais c'était toujours April que je choisissais. Si je pensais à elle une centaine de fois par jour, il semblait logique qu'elle aussi pense à moi. Mon nom, mon visage : je ne m'attendais pas à ce qu'elle les enregistre, mais à la manière d'un corps qui ressent la chaleur du soleil, j'imaginais qu'elle sentait ma présence, et que je lui manquais quand je n'étais pas là.

« Tout va bien, lui disais-je. Ce n'est que moi. » Souvent je prenais ma loupe et observais le chaos qu'était son visage.

La plupart des gens auraient trouvé ça grotesque, mais quand on aime, rien n'est trop abstrait ou horrible pour ne pas être jugé mignon. Ça m'éclatait qu'elle ait huit yeux, et qu'aucun ne semble lui être utile. C'était davantage comme une décoration, en réalité, un ébrasement de perles entassées sur le dessus de ses *chelicerae*. Ces dernières étant ce dont elle se servait pour attraper ses proies, et en la regardant sous le bon angle on les voyait comme une paire d'énormes dents de lapin. Ce qui lui donnait un air ballot plutôt qu'effrayant, quoique jamais je n'aurais dit ça en sa présence. Pour une *tegenaria*, elle était plutôt séduisante, et j'étais content de voir que le principal Hodges partageait mon point de vue. Sa mue adulte était récente et il avait voyagé depuis l'autre bout de la pièce et passé six jours à l'intérieur de son saint des saints. Pourquoi Marty, Curtis ou

Tommy le Grand Chef ne se sont pas accouplés à April, c'est un mystère, que je consigne dans ma liste des questions qui me turlupinent, au même titre que : « Comment était Jésus à l'adolescence ? » et « Comment se fait-il qu'on ne voie jamais de bébé écureuil ? »

Comme l'été progressait, les mystères s'épaissirent. Les araignées déménagèrent, les mâles et les femelles, et j'ai commencé à remarquer beaucoup de membres épars – une patte abandonnée, ou une antennule, gisant sur une toile ayant naguère appartenu à Paula, Philip ou Mgr Karen. Le nouveau ou la nouvelle emménageait, et dès que je punaisais une nouvelle fiche avec un nom, il ou elle se carapatait sans préavis. Ce qui paraissait naguère un chouette quartier est rapidement devenu un quartier dangereux, dont les habitants étaient tous des voyous de passage. April était peut-être la plus respectée de tous dans son secteur de fenêtre. Peut-être ses ennemis savaient-ils qu'elle était observée, toujours est-il qu'elle fut l'une des rares *tegenaria* qui réussirent à rester sur place et survivre. À la mi-septembre, Hugh et moi sommes retournés à Paris et, à la dernière minute, j'ai acheté un terrarium en plastique et décidé de l'emmener avec moi. Je n'avais pas réellement pris conscience de l'ampleur de l'affaire « April in Paris » jusqu'à ce que, dans le train, je me surprenne à placer sa petite boîte devant la vitre en disant : « Regarde, la tour Eiffel ! »

Marrant, ces détails qui échappent à votre vigilance jusqu'à ce qu'il soit trop tard. Le fait, par exemple, qu'on n'ait pas vraiment de mouches à Paris, du moins dans notre appartement. En Normandie, attraper des proies était facile comme tout. Je pouvais m'y adonner pieds nus, en pyjama, mais maintenant j'étais obligé de sortir et d'errer du côté des poubelles du jardin du

Luxembourg. Quelqu'un balançait une couche sale, et j'attendais à quelques pas de la poubelle que l'odeur soit repérée. Ensuite, il y avait l'attaque furtive, le bocal qui se referme, le bref instant passé à jurer et la cavalcade. Si les mouches avaient été réunies sur une vitre de fenêtre, j'aurais bien rigolé, c'est moi qui aurais eu le dernier mot, mais en plein air, avec un public constitué de Français remarquant chacun de mes échecs, mon sublime violon d'Ingres devint une corvée.

Cela faisait des mois que je me disais qu'April avait besoin de moi – alors qu'à l'évidence ce n'était pas le cas. Une quantité suffisante de proies tombait dans sa toile, et elle en capturait toute seule avec une incontestable efficacité – du moins en Normandie. Sauf que maintenant, prise au piège d'un terrarium dans un appartement au troisième étage, elle avait objectivement besoin de moi, et la responsabilité qui pesait sur mes épaules n'était pas mince. Les *tegenaria* peuvent tenir trois mois sans manger, mais chaque fois que je rentrais à la maison bredouille, je sentais le jugement de la petite araignée poindre depuis son abri de plastique. Ce visage naguère ballot était à présent rogue, dans l'expectative. « Hum, l'imaginais-je dire. Je crois m'être bel et bien trompée sur ton compte. »

Début octobre, le temps a fraîchi. Puis la pluie est arrivée, et, du jour au lendemain, toutes les mouches de Paris ont fait leurs valises et quitté la ville. April n'avait pas mangé depuis une semaine lorsque, complètement par hasard, je suis passé devant une animalerie et ai appris qu'on y vendait des grillons vivants, les petits noirs, banals, qui ressemblaient à des boulons sur pattes. J'en ai acheté une pleine boîte toute pépiante et me suis senti très fier de moi jusqu'au lendemain matin, quand j'ai appris ce qu'aucun documentaire animalier ne m'avait jamais appris : les grillons empestent. Ils puent. Non pas les couches sales ou la viande avariée – au moins, ce sont des odeurs précises, qu'on peut identifier –, leur odeur est celle d'un trait de personnalité : la cruauté, voire la haine.

Nulle quantité d'encens ou de désodorisant ne diminuait leur pestilence. Toute tentative ne faisait qu'empirer la situation, et c'est, plus que toute autre chose, ce qui m'a fait revenir en Normandie. April et moi avons pris le train fin octobre, et je l'ai relâchée dans son ancienne demeure. Je crois bien que je pensais qu'elle réemménagerait dans son ancien logis, mais, en notre absence, sa toile s'était écroulée. Un coin s'était détaché, dont le bord constellé de mouches pendouillait comme un jupon crasseux sur le bord d'une fenêtre. « Je suis à peu près sûr que ça peut se réparer », lui ai-je dit, mais avant que je puisse entrer dans les détails, voire juste lui dire au revoir, elle s'est échappée à toutes pattes. Et je ne l'ai plus jamais revue.

Il y a eu d'autres *tegenaria* au fil des ans, une nouvelle population chaque été, et si, certes, je les nourris encore et consigne par écrit leurs allées et venues, c'est avec une distance croissante qui n'est pas déplaisante. Je comprends que, contrairement aux mammifères, les araignées ne font que ce qu'elles sont censées faire. Ce qui fait courir l'engeance d'April est personnel et rigoureux, et mes tentatives de l'humaniser n'ont fait que m'éloigner de sa majesté. Je ne résiste cependant toujours pas à la tentation de capturer des mouches, mais question noms et déménagements, j'ai considérablement levé le pied, même si Hugh dirait : pas suffisamment.

Je suppose qu'il y a une place dans le cœur de chacun, réservée à une autre espèce. La mienne est recouverte de toiles d'araignée plutôt que de poils de chien ou de chat, et, pour cette raison, les gens estiment qu'elle n'existe pas. Mais si, elle existe, et je l'ai ressentie douloureusement lorsque Katrina a frappé. La télé était allumée, la grand-mère faisait de grands signes du haut de son toit, et je me suis retrouvé à me demander, avec un sentiment proche de la panique, s'il n'y avait pas des araignées dans sa maison.

Le chialeur

Le vol de nuit à destination de Paris quitte JFK à 7 heures du soir et arrive à de Gaulle le lendemain aux environs de 8 h 45, heure française. Entre le décollage et l'atterrissage, il y a un bref semblant de soirée : le dîner est servi, les plateaux sont emportés, et quatre heures plus tard c'est l'heure du petit déjeuner. L'idée est de faire croire au corps qu'il a passé une nuit comme une autre – que votre petit somme peu satisfaisant était un vrai sommeil, que maintenant vous êtes reposé et que avez droit à votre omelette.

Espérant rendre le mensonge plus convaincant, de nombreux passagers se préparent à aller se coucher. Je les observe faire la queue devant les toilettes, certains ont des brosses à dents, certains sont en pantoufles ou en vêtements amples de type pyjama. Leur démarche lente et amortie confère à la cabine une atmosphère de salle d'hôpital : les couloirs sombres sont les couloirs de l'hôpital, les agents de bord les infirmières. L'impression augmente encore une fois que vous quittez la classe éco. Devant, là où les sièges s'inclinent presque à l'horizontale comme des lits, les passagers chouchoutés sont allongés sous leurs couvertures et râlent. J'ai entendu dire, d'ailleurs, que le personnel de vol appelait la classe affaire l'USI, « l'unité de soins intensifs », car les gens qui y sont réclament qu'on s'occupe d'eux en permanence. Ils veulent ce dont bénéficient leurs supérieurs de la première classe, aussi se plaignent-ils constamment, dans l'espoir d'être surclassés.

Il n'y a que deux classes dans les compagnies que je prends normalement entre la France et les États-Unis – classe économique et un truc qui s'appelle Business Elite. La première fois que j'y ai pris place, c'était pour une tournée promotionnelle, et ce n'est pas moi qui m'étais occupé des réservations. « Vraiment, avais-je insisté, ce n'est pas la peine. » Tout le binz consistant à entrer les premiers dans l'appareil, je trouvais ça un peu gênant, mais ensuite ils m'ont apporté un bol de noix, noisettes et amandes chaudes et j'ai commencé à me radoucir. On ne se fait pas dorloter comme ça de but en blanc, ça demande un peu d'habitude. Une hôtesse de l'air me donne du « monsieur Sedaris » et je suis navré qu'elle soit obligée de mémoriser mon nom plutôt que, disons, le numéro de portable de sa petite fille. Cependant, dans cette compagnie, ils s'y prennent si bien que ça paraît parfaitement naturel, en tout cas au bout d'un certain temps.

« Puis-je vous apporter une boisson pour accompagner ces noix, noisettes et amandes chaudes, monsieur Sedaris ? » a demandé la femme qui s'occupait de moi – cela alors que les passagers de la classe économique en étaient encore à embarquer. Les regards qu'ils m'ont lancés en passant étaient les mêmes que ceux que je lance lorsque s'ouvre la portière d'une limousine. On s'attend toujours à voir en sortir une vedette de cinéma, ou, pour le moins, quelqu'un de mieux habillé que vous, mais à chaque fois c'est pareil, ce n'est qu'un type insignifiant et débraillé. D'où le regard, que l'on peut traduire par : « Va te faire foutre, être insignifiant et débraillé, toi qui m'as fait tourner la tête pour rien. »

Lors de tous mes vols ultérieurs, la section Business Elite serait d'un seul tenant, mais dans cet avion-là, elle était divisée en deux : quatre rangées à l'avant et deux à l'arrière. L'agent de bord répétait à tous ceux de ma section que si nous étions techniquement à l'arrière, il ne fallait pas *voir* les choses ainsi. Nous avions les mêmes droits et privilèges que les passagers installés devant nous. Et pourtant, ils étaient bel et bien *devant* nous, et je ne pouvais m'empêcher de penser que, d'une certaine manière, ils avaient été favorisés.

Sur le vol à destination de New York, j'étais assis à côté d'un Français barbu, qui a gobé un cachet peu après le décollage et a été hors jeu jusqu'à l'atterrissage. Au retour, il n'y avait personne à côté de moi, du moins pendant la première demi-heure. Puis une hôtesse de l'air s'est agenouillée dans le couloir à côté de moi et a demandé si je pouvais lui rendre un service. C'est comme ça qu'ils parlent en Business Elite. « Je me demandais, monsieur Sedaris, si vous pouviez me rendre un service ? »

Façon hamster, les joues remplies de noix, noisettes et amandes chaudes, j'ai relevé la tête.

« J'ai un passager quelques rangées plus loin, dont les cris dérangent les gens autour de lui. Pensez-vous qu'il soit possible qu'il prenne place ici ? »

La femme était blonde et fortement maquillée. Des lunettes pendaient à une chaîne autour de son cou, et tandis qu'elle montrait d'un geste le siège côté hublot à côté de moi, j'ai eu droit à une agréable bouffée de ce qui ressemblait à des biscuits aux flocons d'avoine.

« Je crois qu'il est polonais, murmura-t-elle. C'est-à-dire, je pense qu'il est de Pologne. Le pays.

– C'est un enfant ? ai-je demandé, et l'hôtesse de l'air m'a répondu non.

– Il est ivre ? »

À nouveau elle a dit non.

« Sa mère vient de mourir, il se rend à son enterrement.

– Alors les gens ne sont pas contents parce qu'il *pleure sa mère défunte* ?

– C'est ça, en effet. »

J'avais lu une fois qu'un passager de première classe s'était plaint – avait menacé de poursuites, si je me souviens bien – parce que la personne aveugle à côté de lui voyageait avec un chien pour non-voyant. Il n'était pas allergique, ce type. Les labradors dans la rue ne l'importunaient pas, mais il n'avait pas payé des milliers de dollars pour se retrouver à côté de l'un d'eux, c'était en tout cas son argument. Si ce type avait la palme de la goujaterie, mes voisins de devant n'étaient pas loin derrière.

J'ai dit que l'homme pouvait bien sûr venir s'asseoir à côté de moi, et l'hôtesse a disparu dans l'obscurité, pour revenir quelques minutes plus tard avec le passager en deuil.

« Merci », a-t-elle articulé en silence.

Et j'ai dit : « De rien. »

Le Polonais devait avoir dans les quarante-cinq ans mais semblait plus âgé, comme les gens de la génération de mes parents l'avaient été. Le sang étranger, ou l'abondance de responsabilités, lui avait dérobé l'adolescence prolongée dont jouissent actuellement les Américains du même âge, si bien que son visage, bien que peu ridé, semblait plus vieux que le mien, plus usé. Il avait les yeux rouges et gonflés d'avoir pleuré ; son nez, qui était imposant et à multiples facettes, semblait avoir été grossièrement taillé dans du bois et ne pas encore avoir été poncé. Dans la faible lumière, il ressemblait à ces bouchons artisanaux ouvragés qu'on utilise lorsqu'une bouteille est entamée – le bon paysan, ou l'ivrogne débonnaire qui incline son chapeau quand on tire la cordelette. Après s'être installé, l'homme a regardé par le hublot foncé. Puis il s'est mordu la lèvre inférieure, s'est caché la figure derrière ses mains remarquablement grandes, et s'est mis à sangloter, douloureusement. J'ai eu le sentiment qu'il fallait que je dise quelque chose, mais quoi ? Et comment ? Il était peut-être préférable, moins gênant pour lui, que j'ignore ses pleurs – que je fasse comme s'il n'était pas là, en gros. Et c'est ce que j'ai fait.

Le Polonais n'a pas voulu dîner, a juste refusé le plateau-repas d'un geste de ses pognes gigantesques, mais quand j'ai attaqué mon poulet aux herbes, j'ai senti qu'il regardait, se demandant très probablement comment on pouvait continuer à vivre en une telle période. C'est ce que j'ai ressenti quand ma mère est morte. Les funérailles ont eu lieu un samedi après-midi de novembre. Il faisait étonnamment chaud pour la saison ce jour-là, même pour Raleigh, et en revenant de l'église, nous sommes passés devant des gens qui s'activaient sur leur gazon comme si de rien n'était. Un gars avait même enlevé sa chemise. « Alors là, c'est le pompon ! », ai-je dit à ma sœur Lisa, sans penser à toutes les processions mortuaires qui avaient défilé devant moi pendant des années – moi qui rigolais, à lancer des pierres sur les panneaux, à essayer de tenir debout sur la selle de mon vélo. Et maintenant, j'étais en train de manger, et ce n'était pas mauvais, d'ailleurs. Le mieux, avec cette compagnie, c'est le sundae en guise de digestif. La crème glacée à la vanille est déjà dans la coupe, mais on peut choisir parmi un grand nombre de nappages. Je commande caramel et noix pilées, et l'hôtesse de l'air en verse de pleines cuillerées sous mes yeux. « Y a-t-il assez de sauce, monsieur Sedaris ? » demandera-t-elle, et : « Êtes-vous sûr de ne pas vouloir de crème fouettée ? » Il me faudrait des années avant de trouver le courage de demander à en avoir un deuxième, et quand je l'ai finalement fait, je me suis senti tout bêta.

« Est-ce que vous croyez, hum… Je veux dire, serait-il possible d'en avoir un autre ?

– Enfin, évidemment, monsieur Sedaris ! Et même un troisième si vous le désirez ! »

Voilà, c'est ça, Business Elite. Dépensez huit mille dollars pour un billet, et si vous voulez treize cents de rab de crème glacée, il n'y a qu'à demander. C'est comme lorsque vous achetez une voiturette de golf et qu'on vous fait cadeau de quelques tees, il n'empêche, ça marche. « Mince alors. Merci ! »

Pendant les années passées avant que j'ose demander du rab, mes sundae, je les savourais – chaque miette de cachou ou de noix mangée séparément, comme un oiseau pourrait le faire. Une fois tout cela englouti, j'inclinais un peu le dossier et attaquais le caramel. Le temps que la glace proprement dite soit finie, j'étais allongé à l'horizontale, à regarder un film sur mon écran personnel. Les boutons de manœuvre des sièges se trouvent sur un accoudoir commun, et il me faudrait facilement trois ou quatre vols avant d'en comprendre le fonctionnement. Sur ce vol-ci, par exemple, je n'ai pas cessé d'écraser les boutons, me demandant pourquoi ils ne fonctionnaient pas : pieds en l'air, pieds en bas, tête en arrière, tête en avant. J'étais à deux secondes d'appeler l'hôtesse de l'air quand j'ai vu le Polonais chanter ses lamentations funèbres en gigotant malgré lui. C'est alors que j'ai réalisé que je manipulais les mauvais boutons. « Je suis navré », ai-je dit, et il a brandi sa main de la taille d'une poêle à frire, comme on fait lorsqu'on veut dire : « Sans rancune. »

Lorsque ma coupe vide a été emportée, j'ai feuilleté le magazine de la compagnie, attendant le moment où le chagrin de mon voisin s'estomperait un peu et où je pourrais m'endormir. Tâchant de me montrer respectueux, j'avais déjà loupé le premier cycle de films, mais je ne pensais pas pouvoir tenir beaucoup plus longtemps. Devant, dans la partie joyeuse des Business Elite, quelqu'un a rigolé. Ce n'était pas le gloussement dont on se fend quand quelqu'un raconte une blague, mais quelque chose de plus authentique, un aboiement, presque. C'est le bruit que l'on fait quand on regarde des films idiots en avion, des films qui ne vous feraient certainement pas rire au cinéma. Je pense que c'est la rareté de l'air qui fait tomber vos résistances. Un pilote va vous sortir une blague éculée, et même les passagers les plus habitués à prendre l'avion se bidonneront. Moi, la seule annonce amusante que j'aie entendue a été faite par un steward, une folle, qui s'est emparé du microphone tandis que nous roulions sur la piste d'atterrissage de San Francisco. « Ceux d'entre vous qui sont debout dans le couloir devraient avoir une vue magnifique sur le signe Attachez vos ceintures », a-t-il dit.

Le souvenir que j'avais de lui et de sa voix stricte de matrone a été interrompu par mon voisin qui semblait craquer à nouveau. L'homme s'était remis à pleurer, pas fort mais régulièrement, et je me suis demandé, sans doute à tort, s'il n'en faisait pas un peu trop. En lançant un bref coup d'œil à sa massive silhouette larmoyante, j'ai repensé à l'époque de mes quinze ans quand une fille de mon collège était morte de leucémie, ou « maladie de Love Story », comme on disait souvent à l'époque. Le principal a annoncé le décès, et, avec le reste de mes amis, nous avons fait du deuil un simulacre grandiloquent. Étreintes de groupes, bouquets déposés au pied du drapeau. Difficile d'imaginer ce que ç'aurait été si nous l'avions réellement connue. Sans me vanter, je crois que c'est moi qui ai pris tout ça le plus à cœur. « Pourquoi elle et pas moi ? » me lamentais-je.

« C'est drôle, disait ma mère, mais je ne me souviens pas de t'avoir jamais entendu parler d'une Monica. »

Mes amis étaient bien plus compréhensifs, surtout Barbara, qui, une semaine après les funérailles, annonça qu'elle allait peut-être se donner la mort elle aussi.

Aucun d'entre nous ne lui rappela que Monica avait été en phase terminale d'une maladie, car, en un sens, ça n'avait d'importance pour personne. L'important était qu'elle était morte, que nos vies ne seraient plus jamais pareilles : nous étions des gens qui connaissaient des gens qui étaient morts. Autant dire que nous avions été touchés par la tragédie, ce qui nous conférait un statut à part. À en croire les apparences, j'étais abattu, mais en fait je ne m'étais jamais senti aussi déterminé et comblé.

La fois suivante, lorsque quelqu'un est mort, c'était une véritable amie, une jeune femme qui s'appelait Dana, renversée par une voiture durant notre première année d'université. Mon chagrin fut authentique, et pourtant, j'avais beau lutter contre de toutes mes forces, il y avait un côté grand spectacle, l'espoir que quelqu'un dise : « On dirait que tu viens de perdre ta meilleure amie. »

Alors je pourrais répondre : « Eh bien, il se trouve que c'est le cas », d'une voix fêlée, angoissée.

C'était comme si j'avais appris le chagrin en regardant la télévision : là tu pleures, là tu te jettes sur le lit, là tu regardes dans la glace et remarques comme ça te va bien, ce visage baigné de larmes.

Comme la plupart des imposteurs chevronnés, je soupçonne franchement tout le monde d'être aussi sournois que moi. Ce Polonais, par exemple. Le temps qu'il achète un billet et se rende à JFK, sa mère devait déjà être morte depuis au moins six heures, peut-être plus. Il ne s'en était toujours pas remis ? Je veux dire, c'est vrai, quoi, *pour qui* étaient ces larmes ? C'était comme s'il disait : « J'aimais ma mère bien plus que tu aimes la tienne. » Pas étonnant que son ancien voisin se soit plaint. Ce type avait tellement l'esprit de compétition, il était tellement content de lui, tellement outrancier.

Nouvel aboiement de rire quelques rangées devant, et il m'est apparu que ma compassion était peut-être déplacée. Si ça se trouve, ces larmes étaient le produit de la culpabilité plutôt que du chagrin. J'ai imaginé une femme au nez en patate, un tube lui faisant entrer des liquides dans le bras. Elle passait des coups de fil – ça coûtait cher – à son fils unique aux États-Unis. « Viens vite », disait-elle, mais il était trop pris par sa propre vie. Une période si mouvementée. Tant de choses à faire. Sa femme était en train de passer son brevet de strip-teaseuse. On lui avait demandé de parler à l'audience de son fils en liberté conditionnelle avec le juge d'application des peines. « Ben, tu sais quoi, répondait-il. Je viendrai à la fin de la saison des courses de lévriers. » Et ensuite… ça. Elle va vers la mort sur un chariot d'hôpital bosselé, et lui s'envole pour ses funérailles en Business Elite. L'homme a tué sa mère par sa négligence, et à cause de ça je ne peux pas regarder un film dans l'avion ?

J'ai tiré mon écran personnel escamotable de l'accoudoir, et je venais juste de mettre mes écouteurs quand l'hôtesse est revenue : « Vous êtes sûr que je ne peux pas vous apporter quelque chose à manger, monsieur... ? » Elle a regardé son bloc-notes et a émis un son, on aurait dit qu'elle se gargarisait avec des cailloux.

Le Polonais a fait non de la tête, et elle m'a regardé d'un air déçu, comme si c'était à moi qu'incombait la mission de lui ouvrir l'appétit. *Je vous croyais pas comme ça*, semblaient dire ses yeux.

Je voulais faire remarquer qu'au moins je ne m'étais pas plaint. J'avais respecté son chagrin en n'allumant pas mon écran, si ce n'est que je l'ai quand même allumé une fois qu'elle est retournée dans la pénombre. Sur les quatre films qui étaient diffusés, j'en avais déjà vu trois. Le quatrième était *Les Pieds sur terre*, avec Chris Rock dans le rôle d'un aspirant comique de one man show. Un beau jour, il se fait renverser par un camion, meurt, et, après un bref passage au paradis, il est renvoyé parmi les vivants dans le corps d'un vieillard blanc. Les critiques avaient été tièdes, tout au plus, mais je jure que je n'ai jamais rien vu d'aussi drôle. J'ai essayé de ne pas rire, j'ai vraiment essayé, mais c'était perdu d'avance. Ça, je l'ai appris étant petit. Je ne sais pas pourquoi, exactement, mais rien n'irritait autant mon père que le son du bonheur de ses enfants. Les pleurs collectifs, il supportait, mais les rires collectifs lui étaient insupportables, surtout à table.

Le problème, c'est qu'il y avait tant de choses tordantes, surtout à l'époque où ma grand-mère grecque habitait chez nous. Si nous avions été plus vieux, ç'aurait sans doute été différent. « La pauvre a des gaz », aurions-nous pu dire. Sauf que, pour les enfants, il n'y a pas mieux qu'une vieille dame flatulente. Ce qui rendait le tout encore plus dingue, c'est que cela ne semblait pas la gêner – pas plus que cela ne gênait Duchesse, notre colley. On aurait dit qu'elle testait une tronçonneuse, et cependant son visage restait de marbre, inchangé.

« Il y a quelque chose d'amusant ? » nous demandait notre père, cela comme s'il n'avait pas entendu, comme si sa chaise à lui n'avait pas vibré comme les nôtres. « Vous trouvez qu'il y a quelque chose d'amusant, c'est ça ? »

Si garder une figure impassible était difficile, répondre non demandait tant d'efforts que c'en était douloureux.

« Donc vous riez pour rien ?

– Oui, répondions-nous. Pour rien. »

Là-dessus, elle rebalançait une puissante perlouze, et ce qui avait été jusqu'alors difficile devenait impossible. Mon père gardait à côté de son assiette une lourde cuillère pour faire le service, et je ne me rappelle plus combien de fois il me l'a abattue sur la tête.

« Vous trouvez toujours qu'il y a quelque chose de rigolo ? »

Bizarrement, le fait de se prendre un coup de cuillère rendait tout plus amusant, c'était comme ça. Mes sœurs et moi, on n'en pouvait plus, on était pliés en deux, du lait sortait en gerbes de nos bouches et de nos nez, jaillissant d'autant plus fort qu'on avait essayé de se retenir. Certains soirs il y avait du sang sur la cuillère, des soirs où les cheveux collaient au sang, mais notre grand-mère continuait de péter, et nous, on continuait à rire jusqu'à ce que les murs en tremblent.

Cela s'est-il vraiment passé il y a quarante ans ? Repenser à mes sœurs et moi, si jeunes alors, si sereins, m'a dégrisé, et une minute plus tard, Chris Rock ou pas, c'est moi qui pleurais dans l'avion de nuit à destination de Paris. Je n'avais pas l'intention de voler la vedette à

230

qui que ce soit. Une minute ou deux, c'est tout ce dont j'avais besoin. N'empêche, entre-temps, on a eu l'air fin : deux hommes adultes dans des sièges confortables, chacun chialant dans sa propre flaque de lumière Business Elite.

Vieux fidèle[1]

Je me suis retrouvé avec une espèce de protubérance apparue du jour au lendemain. Je pense que c'était un kyste ou un furoncle, un de ces trucs qu'on associe aux trolls, et il était en plein sur mon coccyx, un noyau de pêche logé en haut de la raie des fesses. C'est en tout cas la sensation que j'avais. J'avais peur de regarder. Au début, c'était juste un petit durillon de rien du tout, mais en grossissant, il a commencé à me faire mal. La position assise est devenue douloureuse, et impossible de m'allonger sur le dos ou de me pencher en avant. Au cinquième jour, mon coccyx me lançait, et je me suis dit, comme je me l'étais dit la veille, que si ça continuait à enfler, j'irais voir un médecin. *Mais vraiment*, ai-je dit. Je suis même allé jusqu'à sortir l'annuaire et lui tourner le dos, espérant que le furoncle comprendrait que je ne plaisantais pas et qu'il disparaîtrait de lui-même. Mais évidemment il n'a pas disparu.

Tout ceci se passait à Londres, où la vie est cruellement, follement chère. Hugh et moi sommes allés au

1. *Old Faithful* (littéralement « Vieux fidèle ») est un des geysers emblématiques du parc national de Yellowstone, aux États-Unis. Un spectaculaire jet d'eau surchauffée en jaillit environ toutes les heures.

cinéma un soir et nos tickets nous ont coûté l'équivalent de quarante dollars, et ce, après en avoir dépensé soixante en pizzas. Et encore, c'étaient des mini-pizzas, à peine plus grosses que des pancakes. Vu le prix d'une simple sortie, je me suis dit que la visite chez le médecin coûterait à peu près le prix d'un minibus customisé. Plus que de l'argent, cependant, c'était le diagnostic qui me faisait peur. « Cancer du bas du dos, allait dire le médecin. On dirait bien qu'il va falloir vous enlever tout le derrière. »

En fait, en Angleterre, il aurait probablement dit « postérieur », un mot qui ne m'a jamais vraiment botté. Ce qui est triste c'est qu'il pourrait bien m'enlever le cul, la plupart des gens ne s'en rendraient même pas compte. Il est tellement insignifiant que le furoncle constituait en fait une amélioration, une sorte de faux cul, si ce n'est qu'il était rempli de poison. Le seul véritable inconvénient était la douleur.

Les premiers jours, j'ai pris sur moi, fier de donner le bon exemple. Quand Hugh est patraque, il en fait immédiatement profiter tout le monde. Une minuscule écharde se glisse dans sa paume et le voilà qui prétend savoir exactement ce que Jésus a dû ressentir sur la croix. Il exige qu'on compatisse pour une piqûre d'insecte ou une coupure avec du papier, alors que moi, il faut que je perde au moins un litre de sang avant d'avoir droit, au mieux, à une petite tape sur la main.

Une fois, en France, on a eu la chance d'attraper le même virus au ventre. Un de ces trucs qui vous met à plat pendant vingt-quatre heures, vous vide totalement et vous ôte l'envie de vivre. Vous prendriez bien un verre d'eau, mais il faudrait pour cela se lever, alors à la place, vous regardez vers la cuisine, dans l'espoir que l'une des canalisations explose et que l'eau viendra à

233

vous. On avait tous les deux exactement les mêmes symptômes, et pourtant il insistait en disant que son virus était bien plus puissant que le mien. J'ai osé exprimer mon désaccord, et on s'est retrouvés à se tirer la bourre pour savoir lequel de nous deux était le plus malade.

« Tu peux au moins bouger tes mains, a-t-il dit.

– Non, lui ai-je répondu, c'est le vent qui les a fait bouger. Je n'arrive pas du tout à contrôler mes muscles.

– Menteur.

– Bah c'est gentil de dire ça à quelqu'un qui va probablement calancher durant la nuit. Merci beaucoup, mon pote. »

C'est dans ces moments qu'on se demande comment on en est arrivé là. On rencontre quelqu'un et on tombe amoureux ; puis, un bon nombre d'années plus tard, on est allongé par terre dans un pays étranger, à promettre – à espérer, en fait – qu'on sera mort au lever du jour. « Je vais te montrer », ai-je gémi, et là j'ai dû me rendormir.

Quand on se chamaille pour savoir qui de nous deux a le plus mal, je repense à mon premier petit copain, que j'ai rencontré alors que j'avais presque trente ans. Il y avait quelque chose de pourri dans la combinaison que nous formions, le résultat étant que nous étions en compétition dans tous les domaines, y compris les plus mesquins. Quand quelqu'un riait à l'une de ses blagues, il fallait absolument que je fasse rire cette personne encore plus fort. Si je trouvais un machin pas trop moche à un vide-grenier, il fallait qu'il y trouve quelque chose de mieux – et ainsi de suite. La mère de mon petit copain était infernale, chaque année, juste avant Noël, elle se prévoyait une mammographie, sachant qu'elle n'aurait pas les résultats avant la fin des vacances. La vague éventualité qu'elle ait un cancer était suspendue au-dessus de la tête de ses enfants, juste hors de portée, comme du gui, et elle prenait grand plaisir à l'arranger au mieux. Une fois la famille réunie, elle retenait ostensiblement ses larmes en annonçant : « Je ne voudrais pas gâcher votre joie, mais il est bien possible que ce soit notre dernier Noël ensemble. » En d'autres occasions, si quelqu'un avait quelque chose de prévu – un mariage, une remise de diplôme –, elle prenait rendez-vous pour une intervention chirurgicale exploratoire, n'importe quoi pour capter et retenir l'attention. Lorsque j'ai enfin fait sa connaissance, elle n'avait pas un seul organe n'ayant pas été touché par des mains humaines. *Oh mon Dieu*, ai-je pensé en la regardant pleurer sur le canapé de notre séjour, *la famille de mon petit copain est plus tordue que la mienne.* Je veux dire, ça m'a vraiment chiffonné.

On est restés six ans ensemble, et quand on s'est finalement séparés, j'ai eu le sentiment d'être un raté, un divorcé. J'avais désormais ce que les livres de « développement personnel » appellent un « bagage en termes de relation amoureuse », que j'allais me trimballer le restant de ma vie. Le truc consistait à rencontrer quelqu'un ayant le même bagage afin de former un couple harmonieux, mais comment s'y prendre pour trouver une telle personne ? Les bars étaient exclus ; ça, je le savais. J'avais rencontré mon premier petit ami dans un endroit qui s'appelait le Man Hole – pas le genre d'endroit qui suggère la fidélité. C'était comme rencontrer quelqu'un dans une baston, puis aller se plaindre parce qu'il est violent. Pour être honnête, il n'a jamais vraiment promis d'être monogame. La monogamie, c'était mon idée, et j'ai eu beau tout faire pour tâcher de le convertir, l'attrait d'autres gens était tout simplement trop fort.

La plupart des couples homo que je connaissais avaient une sorte d'arrangement. Le petit copain A avait le droit de coucher avec un autre, du moment qu'il ne le ramenait pas à la maison – ou, *au contraire*, du moment qu'il le ramenait à la maison. Et le petit copain B était libre de faire pareil. C'était un bon accommodement pour ceux qui appréciaient la variété et l'excitation de la chasse, mais pour moi, c'était juste effrayant, et bien trop d'effort – comme avoir un boulot tout en postulant pour un autre. Un petit ami, c'était déjà énorme, c'était le *maximum*, en fait, et si moi je trouvais ça parfaitement naturel, mes amis, eux, y voyaient une forme de répression et en étaient venus à me considérer comme une sorte de puritain. Je me demandais : En suis-je un ? Mais il y avait des boucles à polir et des pierres sur lesquelles s'agenouiller, aussi me suis-je sorti la question de l'esprit.

J'avais besoin d'un petit copain aussi conventionnel que je l'étais, et par chance j'en ai trouvé un – je l'ai simplement rencontré par le truchement d'un ami commun. J'avais trente-trois ans, et Hugh venait juste d'en avoir trente. Comme moi, il avait récemment rompu avec quelqu'un et s'était installé à New York pour repartir à zéro. Nous avions quelques trucs pratiques en commun, mais ce qui nous a vraiment rapprochés c'est la peur de l'abandon et de l'amour à plusieurs. C'était une base, et nous avons construit notre relation là-dessus, en y ajoutant notre peur du sida et des piercings aux tétons, des cérémonies de fiançailles et de la perte de sang-froid. En rêve, parfois, je découvre un bel inconnu qui attend dans ma chambre d'hôtel. C'est habituellement quelqu'un que j'ai vu plus tôt ce jour-là, dans la rue ou dans une publicité à la télé, et le voilà maintenant nu, il m'attire vers le lit. Je regarde ma clé, convaincu d'être dans la mauvaise chambre, et lorsqu'il bondit en avant et se précipite sur ma braguette, je fonce vers la porte, qui est inévitablement faite de serpents ou de goudron bouillant, un de ces matériaux de construction exaspérants, difficiles à laver, dont sont si souvent tissés les rêves. Les poignées bougent dans un sens puis dans l'autre, et tout en essayant de l'attraper, je bredouille une excuse pour expliquer pourquoi je ne peux pas aller plus loin. « J'ai un petit copain, tu vois, et, euh, le truc c'est qu'il me tuerait s'il apprenait que j'avais été, tu sais, infidèle ou quoi que ce soit. »

En réalité, ce n'est pas la peur de la punition que m'infligerait Hugh qui m'arrête. Je me rappelle une fois en voiture avec mon père. J'avais douze ans, et on n'était que tous les deux, on revenait de la banque, on rentrait à la maison. Ça faisait plusieurs croisements qu'on n'avait pas dit un mot quand, de but en blanc, il s'est tourné vers moi pour dire :

« Je veux que tu saches que je n'ai jamais trompé ta mère.

– Euh. D'accord », j'ai dit.

Puis il a allumé la radio et écouté un match de football.

Des années plus tard, j'ai raconté cet incident à une amie, qui en a conclu que mon père avait dit ça justement parce qu'il *avait été* infidèle. « C'est sa mauvaise conscience qui parlait », a-t-elle dit, mais je savais qu'elle avait tort. Plus probablement, mon père avait des problèmes au boulot et avait besoin de se souvenir qu'il n'était pas qu'un bon à rien. Ça fait penser à ces formules sur les affiches de cinéma : parfois on ne peut se raccrocher qu'aux péchés qu'on n'a pas commis. Si on est vraiment désespéré, on peut être obligé de naviguer à vue en disant, par exemple : « Je n'ai jamais tué qui que ce soit *avec un marteau* » ou : « Je n'ai jamais volé quelqu'un *qui ne le méritait pas.* » Mais quelles qu'aient été ses fautes, mon père n'était pas forcé de tomber si bas.

Je n'ai jamais trompé un petit ami, et, comme pour mon père, c'est devenu une partie intégrante de l'idée que je me fais de moi-même. Dans mon rêve sexuel manqué, je peux entrevoir à quoi ressemblerait ma vie sans mon casier vierge, ou à quel point je me sentirais perdu sans ce fragment d'intégrité, et la frousse est assez puissante pour me réveiller. Une fois réveillé, cependant, j'ai tendance à rester allongé, en me demandant si j'ai commis une grave erreur.

Dans les livres et les films, l'infidélité paraît toujours si fascinante, la *chose à faire*. Voilà des gens qui se rient des conventions mesquines et sont récompensés par des tranches de vie parmi les plus goûteuses. Ils ne vieillissent jamais ni ne souffrent de la panique paralysante que je ressens chaque fois que Hugh, pris d'un vent de spontanéité, suggère que nous allions au restaurant.

« Au restaurant ? Mais de quoi va-t-on parler ?

– Je ne sais pas. Qu'est-ce que ça peut faire ? »

Quand nous sommes tous les deux, j'apprécie notre silence amical, mais ça me flanque la trouille qu'on soit assis en public, bien droits sur nos chaises comme deux momies. À la table d'à côté, il y a toujours un couple qui va sur ses quatre-vingts ans, chacun tenant son menu d'une main tavelée tremblotante.

« La soupe, c'est bien », dira la femme, et le mari opinera, grognera ou tripotera le pied de son verre à vin. Il finira par regarder de mon côté, et je verrai dans son regard l'air sinistre de celui qui se reconnaît en moi.

Nous sommes votre avenir, semble-t-il clamer.

J'ai tellement peur qu'on n'ait rien à se dire, Hugh et moi, qu'avant de quitter la maison, je feuillette les journaux et note une demi-douzaine de sujets susceptibles d'alimenter la conversation au moins jusqu'à la fin du plat principal. La dernière fois qu'on a mangé dehors, je me suis préparé en lisant le *Herald Tribune* et *The Animal Finder's Guide*, un trimestriel consacré aux animaux domestiques et aux zinzins qui en ont chez eux. Le serveur a pris nos commandes, et tandis qu'il s'éloignait, je me suis tourné vers Hugh en disant :

« Enfin bon, en tout cas j'ai entendu dire que les singes peuvent devenir vraiment revêches une fois l'âge de la reproduction atteint.

– *Ça*, j'aurais pu te le dire, a-t-il rétorqué. Ça m'est arrivé avec mon singe. »

J'ai essayé de le faire parler, mais ça le rend triste, Hugh, de discuter du singe qu'il avait dans son enfance. « Ah, Maxwell », soupirera-t-il, et en l'espace d'une minute il aura commencé à pleurer. Sur ma liste, j'avais ensuite les cinq signes annonciateurs de la dépression parmi les chameaux en captivité, mais je n'arrivais pas à me relire, et le sujet a fini en eau de boudin après le signe numéro deux : le refus de se coucher. À une table voisine, une femme âgée arrangeait et réarrangeait la serviette sur ses genoux. Son mari regardait fixement la plante en pot, et j'ai puisé dans le *Herald Tribune*.

« Tu as entendu parler de ces trois Indiennes qui ont été brûlées pour sorcellerie ?

– Quoi ?

– Les voisins les accusaient de jeter des sorts et les ont brûlées vives.

– Ma foi, c'est terrible, a-t-il dit sur un ton légèrement accusateur, comme si je trempais moi-même en partie là-dedans. On ne peut pas brûler les gens, pas de nos jours.

– Je sais, mais…

– C'est taré, voilà tout. Je me souviens d'un jour, à l'époque où j'habitais en Somalie, il y avait une femme…

– Oui ! » ai-je soupiré, puis j'ai regardé le couple de personnes âgées en pensant : *Voyez, nous causons bûchers de sorcières !* C'est du boulot, n'empêche, et c'est toujours moi qui m'y colle. Si je devais compter sur Hugh, on resterait tous les deux plantés sur nos chaises, à nous comporter conformément à ce que nous sommes : deux personnes qui se connaissent tellement que c'en est à hurler. Parfois, lorsque j'ai du mal à dormir, je repense à l'époque où on s'est rencontrés, à la nouveauté du corps de chacun, à l'impatience que j'éprouvais de tout savoir de cette personne. Maintenant que j'y repense, j'aurais dû y aller plus doucement, étaler mon programme sur cinquante ans plutôt que le bombarder de questions en si peu de temps. À la fin de notre premier mois ensemble, je lui avais fait subir un interrogatoire tellement méticuleux qu'il ne me restait plus que les toutes dernières nouvelles – le peu de chose s'étant passé au cours des quelques heures pendant lesquelles je ne l'avais pas vu. S'il avait été flic ou médecin urgentiste, il y aurait peut-être eu beaucoup de rattrapage, mais comme moi, Hugh travaille seul, donc il n'y avait jamais grand-chose à déclarer. « J'ai mangé quelques chips », pouvait-il dire, à quoi je répondais : « Quelle sorte ? » ou « C'est drôle, moi aussi ! » Le plus souvent, on se contentait de souffler dans nos combinés respectifs.

« Tu es toujours là ?

– Oui oui.

– Bien. Ne raccroche pas.

– Non non, je ne raccroche pas. »

À New York, nous dormions sur un futon. Je prenais le côté gauche et restais allongé, la nuit, face à la porte du placard. À Paris, nous avions un vrai lit qui occupait pratiquement toute la chambre. Hugh s'endormait immédiatement, comme il l'a toujours fait, et moi je restais à fixer le mur nu, à gamberger sur tous les gens qui avaient dormi dans cette chambre avant nous. L'immeuble datait du dix-septième siècle, et j'imaginais des mousquetaires en grandes bottes souples, donnant du plaisir à des femmes qui ne se plaignaient pas quand la pointe des épées déchirait les draps. Je voyais des gentilshommes en chapeau haut de forme et bonnet de nuit, des femmes en bonnet de laine, béret et serretête à perles, un essaim de copulateurs fantômes, qui tous me regardaient de haut et comparaient ma vie à la leur.

Après Paris vint Londres et une chambre au cinquième étage avec des fenêtres donnant sur de jolies rangées de cheminées edwardiennes. Un ami a parlé de « vue à la Peter Pan », et désormais je ne peux plus la voir autrement. Je suis allongé éveillé en pensant à quelqu'un avec un crochet en guise de main, et ensuite, inévitablement, à la jeunesse, à me demander si je l'ai gâchée. Il y a vingt-cinq ans, j'étais un jeune homme, avec toute une vie sexuelle devant lui. Comment se faisait-il que 9 125 jours relativement peu riches en péripéties aient passé si vite, et comment empêcher que ça se reproduise ? Encore vingt-cinq ans et je tiendrai à peine sur mes jambes, vingt-cinq ans de plus et je serai une de ces silhouettes hantant ma chambre de Paris. Est-il moralement acceptable, je me demande, de tromper quelqu'un *après* la mort ? Peut-on même parler de tromperie à ce stade ? Quelles sont les règles ? Dois-je attendre un certain laps de temps, ou puis-je juste sauter sur ma proie, ou, en l'occurrence, me laisser suinter en elle ?

Durant ma période « furoncle », ces questions ont semblé particulièrement pertinentes. La douleur était toujours plus forte à la nuit tombée, et, le sixième soir, j'étais quasi certain que ma fin était arrivée. Hugh était allé se coucher plusieurs heures auparavant, et j'ai sursauté en entendant sa voix. « Et si on perçait ce truc, qu'en dis-tu ? »

C'est le genre de question qui vous prend au dépourvu. « Est-ce que tu viens juste d'utiliser le terme *percer* ? » ai-je demandé.

Il a allumé la lumière.

« Quand est-ce que tu as appris à percer les furoncles ?

– Je n'ai pas appris, a-t-il dit. Mais je parie que je pourrais apprendre tout seul. »

N'importe qui d'autre m'aurait dit ça, ç'aurait été non, mais Hugh est capable de faire à peu près n'importe quoi s'il décide de s'y mettre. C'est quelqu'un qui faisait toute la plomberie chez lui en Normandie, puis descendait à la cave fabriquer son propre fromage. Il n'y a personne en qui j'aie davantage confiance, aussi ai-je clopiné jusqu'à la salle de bains, ce théâtre de la chirurgie à domicile, où j'ai baissé mon pantalon de pyjama, et me suis arc-bouté contre le porte-serviettes, pendant qu'il stérilisait l'aiguille.

« Ça me fait beaucoup plus souffrir que toi », a-t-il dit. C'était sa formule consacrée, mais je savais que cette fois-ci il avait raison. Pire que le furoncle : le machin qui en est sorti, une sorte d'horrible flan strié de sang. Ce qui m'a importuné, et l'a importuné, lui, encore plus, a été la puanteur, insupportable, qui ne ressemblait à rien de ce que j'avais pu sentir jusqu'alors. L'odeur de l'enfer, me suis-je dit. Comment pouvait-on continuer à vivre avec quelque chose d'aussi pourri en soi ? Et puis qu'est-ce qu'il y en avait ! La première cuillerée a jailli juste sous l'effet de la pression, comme quelque chose jaillissant d'un geyser. Puis Hugh y est allé avec les doigts et a fait sortir le reste. « Ça se passe comment derrière ? » ai-je demandé, mais il avait des haut-le-cœur et n'a pas pu répondre.

Une fois mon furoncle vidé, il l'a aspergé d'alcool et a mis un pansement dessus, comme pour un petit bobo, une coupure en se rasant, un genou éraflé, quelque chose de normal qu'il n'aurait pas eu à traire comme une vache morte. Et ça, pour moi, valait au moins cent nuits sur les cent vingt nuits de Sodome. De retour au lit, je l'ai baptisé Perce-val.

« Ce n'est pas un val que j'ai percé », a-t-il dit.

C'était vrai, mais Perce-furoncle manquait tout de même un peu de panache.

« En plus, ai-je dit, je sais que tu le referas s'il le faut. Nous sommes un couple monogame vieillissant, et ça fait partie de nos prérogatives respectives. »

Cette pensée a maintenu Hugh en éveil cette nuit-là, et c'est encore le cas aujourd'hui. Nous allons au lit et il regarde vers la fenêtre tandis que je dors profondément à côté de lui ; malgré le pansement, mon furoncle suinte en silence sur les draps.

Espace fumeurs

PARTIE I (AVANT)

Un

La première fois que quelqu'un m'a tapé pour me demander une cigarette j'avais vingt ans et ça faisait deux jours entiers que je fumais. C'était à Vancouver, en Colombie-Britannique. Mon amie Ronnie et moi avions passé le mois précédant à cueillir des pommes dans l'Oregon, et la virée au Canada était notre récompense. Nous sommes restés cette semaine-là dans un appart-hôtel, et je me souviens d'avoir été enchanté par le lit escamotable, dont j'avais déjà entendu parler, mais que je n'avais jamais vu en vrai. Pendant notre séjour, mon plus grand plaisir a consisté à le replier puis à contempler l'espace vide ainsi dégagé. Je tire le lit, je le replie, je le retire, je le replie. Et ainsi de suite, jusqu'à en avoir mal au bras.

C'est dans une petite boutique à deux pas de notre hôtel que j'ai acheté mon premier paquet de cigarettes. Celles que j'avais fumées avant étaient à Ronnie – des Pall Mall, je crois – et elles avaient beau avoir un goût ni pire ni meilleur que ce que j'imaginais, j'ai senti qu'au nom de l'individualité, il fallait que je me trouve ma marque à moi, quelque chose de différent. Quelque chose qui soit moi. Les Carlton, les Kent, les Alpine : c'était comme choisir une religion, car les amateurs de Vantage n'étaient-ils pas fondamentalement différents des mordus de Lark ou de Newport ? Ce que je n'avais pas réalisé c'est qu'on pouvait se convertir, on en avait le droit. L'amateur de Kent, avec très peu d'efforts, *devient* un amateur de Vantage, même s'il était plus difficile de passer des mentholées aux normales, ou des tailles normales aux ultralongues. Toutes les règles avaient leurs exceptions, mais tel que j'en vins à voir les choses, ça se passait généralement comme ça : les Kool et les Newport étaient pour les Noirs et les prolétaires blancs. Les Camel étaient pour les procrastinateurs, ceux qui écrivaient de la mauvaise poésie, et ceux qui reportaient au lendemain l'écriture de mauvaise poésie. Les Merit étaient pour les obsédés sexuels, les Salem étaient pour les alcooliques, et les More pour ceux qui se croyaient extravagants mais ne l'étaient pas vraiment. Il ne fallait jamais prêter de l'argent à un fumeur de Marlboro mentholées, même si l'on pouvait habituellement compter sur un fumeur de Marlboro normales pour vous rembourser. L'éventuelle sous-classe des *mild*, des *light* et des *ultralight*, non seulement compliquait tout, mais rendait quasiment impossible de rester franchement fidèle à sa marque, si ce n'est que tout cela est venu plus tard, en même temps que les avertissements sur les paquets et les American Spirit.

Le paquet que j'ai acheté ce jour-là à Vancouver, c'étaient des Viceroy. Je les avais souvent vues dans les poches de chemise des pompistes dans les stations-service, et estimais sans conteste qu'elles me conféraient un côté masculin, ou en tout cas le plus masculin *possible* pour quelqu'un arborant un béret et un pantalon en toile de gabardine qui se boutonnait aux chevilles. Ajoutez-y le foulard blanc en soie de Ronnie, et j'avais besoin du maximum de Viceroy, surtout vu le quartier dans lequel se trouvait notre apparthôtel.

C'était bizarre. J'avais toujours entendu dire que le Canada était propre, paisible, mais les gens parlaient peut-être d'une autre région du pays, le centre peut-être, ou alors ces îles rocheuses au large de la côte orientale. Là, il n'y avait que des ivrognes repoussants. Ceux qui étaient ivres morts et tombés dans les pommes ne me gênaient pas outre mesure, mais ceux qui étaient ivres morts et sur le point de tomber dans les pommes – qui titubaient en agitant les bras – ceux-là me faisaient craindre pour ma vie.

Tenez, ce gars, par exemple, qui m'a approché à la sortie de la boutique, le gars qui avait une longue natte noire. Pas le genre gentil joliment tressé que vous auriez si vous jouiez de la flûte, mais quelque chose de plus proche du fouet : une *natte de prison*, me suis-je dit. Un mois plus tôt, je me serais peut-être simplement recroquevillé, mais là, je me suis vissé une cigarette au bec, comme on pourrait le faire juste avant le peloton d'exécution. Ce type allait me braquer, puis me fouetter avec sa natte et m'immoler – mais non. « Passe-m'en une », a-t-il dit en montrant le paquet que j'avais à la main. Je lui ai tendu une Viceroy, et quand il m'a remercié, j'ai souri et je l'ai remercié à mon tour.

C'était, me suis-je dit par la suite, comme si je m'étais promené avec un bouquet et qu'il m'avait demandé une unique pâquerette. Il aimait les fleurs, j'aimais les fleurs, et n'était-ce pas magnifique que ce sentiment partagé transcende nos multiples différences et d'une certaine manière nous réunisse ? J'ai dû me dire aussi que, dans la situation inverse, il aurait été content de *me*

246

donner une cigarette, cependant ma théorie ne fut jamais mise à l'épreuve.

J'ai peut-être été scout pendant deux ans seulement, mais jamais je n'oublierai le mot d'ordre : « Toujours prêt. » Ce qui ne signifie pas : « Toujours prêt à demander des trucs aux gens », mais : « Réfléchis à l'avance et anticipe, surtout au regard de tes vices. »

Deux

Quand j'étais en CM1, ma classe a fait une sortie à l'usine American Tobacco près de Durham. Nous avons assisté à la fabrication de cigarettes et on nous a donné des paquets gratuits à rapporter à nos parents. Quand je raconte ça aux gens, ils me demandent quel âge j'ai, en pensant, je suppose, que j'ai fréquenté la première école élémentaire au monde, où on écrivait sur les murs des cavernes et on allait chasser le déjeuner avec des matraques. Je trahis à nouveau mon âge quand je parle du préau fumeurs au lycée. C'était en extérieur, mais même, aujourd'hui cela n'existerait plus, même dans une école à l'intérieur d'une prison.

Je me rappelle avoir vu des cendriers dans les salles de cinéma et les épiceries, mais ils ne m'ont jamais donné envie de fumer. En fait, c'était exactement l'effet contraire. Une fois, j'ai perforé une cartouche de Winston de ma mère à l'aide d'une aiguille à broder, en piquant et repiquant comme si c'était une poupée vaudou. Elle m'a alors tabassé pendant vingt secondes, après quoi elle s'est arrêtée, à bout de souffle, haletante. « Ce n'est... pas... marrant. »

Quelques années plus tard, alors que nous étions assis à la table du petit déjeuner, elle m'a invité à tirer une bouffée. J'ai tiré une bouffée. Puis je me suis précipité à la cuisine pour écluser une brique entière de jus d'orange, buvant avec une telle furie que ça a dégouliné sur le menton et sur la chemise. Comment avait-elle pu s'accoutumer, elle ou quiconque, d'ailleurs, à quelque chose d'aussi fondamentalement déplaisant ? Quand ma sœur Lisa s'est mise à fumer, je lui ai interdit d'entrer dans ma chambre avec une cigarette allumée. Elle pouvait m'adresser la parole, mais uniquement à condition de rester de l'autre côté du seuil, et il fallait qu'elle tourne la tête de l'autre côté quand elle soufflait la fumée. J'ai fait la même chose avec ma sœur Gretchen quand elle s'y est mise.

Ce n'était pas la fumée mais l'odeur qui me dérangeait. Par la suite, ça me serait égal, mais à l'époque, je trouvais ça déprimant : l'odeur des gens qui se négligent, c'est comme ça que je voyais les choses. Ça ne se remarquait pas tellement dans le reste de la maison, mais il faut dire que le reste de la maison était négligé. Ma chambre était propre et rangée, et cela n'aurait tenu qu'à moi, elle aurait eu l'odeur d'une pochette d'album au moment où on enlevait la cellophane. Autrement dit, une odeur d'excitation impatiente.

Trois

À l'âge de quatorze ans j'ai accompagné un camarade de classe dans un parc de Raleigh. On y a retrouvé quelques amis à lui, et on a fumé un joint au clair de lune. Je ne me rappelle pas avoir plané, mais je me rappelle avoir fait semblant de planer. Mon comportement s'inspirait des hippies dans les vapes que j'avais vus au cinéma et à la télé, donc en gros je me suis contenté de beaucoup rigoler, sans me soucier de savoir s'il y avait quoi que ce soit de rigolo. En rentrant à la maison j'ai réveillé mes sœurs et leur ai fait sentir mes doigts. « Tu sens ? ai-je dit. C'est de la marijuana, ou de l'"herbe", comme on l'appelle parfois. »

J'étais fier d'être le premier de ma famille à fumer un joint, mais après avoir revendiqué le titre, je suis devenu farouchement antidrogue et le suis resté jusqu'à ma première année de fac. Pendant tout le premier semestre, je me suis répandu en injures contre mes coturnes : l'herbe, c'était pour les losers. Ça vous attaquait le cerveau et vous obligeait à intégrer des universités d'État minables, comme celle où on était.

Par la suite, je repenserais à la satisfaction qu'ils avaient dû éprouver – biblique, presque – à être témoins de mon revirement complet. La Révérende Mère devient la traînée du bourg, le prohibitionniste un ivrogne, et moi un défoncé de première, et si vite ! C'était exactement comme dans un téléfilm :

LE COPAIN SYMPA AU BOUT DU COULOIR : Oh, allez. C'est pas une bouffée qui va te faire du mal.

MOI : J'espère bien ! De toute façon, il faut que j'étudie.

LE COTURNE MIGNON DU COPAIN SYMPA AU BOUT DU COULOIR : Laisse-moi te faire une soufflette.

MOI : Une soufflette ? Qu'est-ce que c'est ?

LE COTURNE MIGNON : Tu t'allonges et je te souffle de la fumée dans la bouche.

MOI : Où veux-tu que je m'allonge ?

Je me vois revenir dans ma chambre ce soir-là, j'ai posé sur ma lampe un foulard en soie. Le bureau, le lit, les lourdauds projets de poteries difformes : rien de nouveau, mais tout était différent ; neuf, pour ainsi dire, et plein d'intérêt. Un aveugle qui se mettrait soudain à voir se serait sans doute comporté comme moi, avançant lentement dans la pièce, émerveillé par tout ce que j'avais sous les yeux : une chemise pliée, une pile de livres, un bout de pain de maïs enveloppé dans du papier d'alu. « Étonnant. » Le périple s'est achevé lorsque je me suis retrouvé debout devant le miroir avec un turban sur la tête. *Eh bien, salut, toi*, ai-je pensé.

J'ai laissé un étudiant de la fac me faire une soufflette, et les vingt-trois années qui ont suivi, ma vie a tourné autour d'une chose : me défoncer. C'est l'herbe, en fait, qui m'a conduit au tabac. Ronnie et moi étions sur le bord de la nationale, en route pour le Canada, et je pleurnichais parce qu'on n'avait pas de marijuana. La monotonie générale me tapait sur les nerfs, et j'ai demandé si les cigarettes faisaient un peu d'effet.

Ronnie en a allumé une et a réfléchi un instant.

« Je dirais qu'elles font un peu tourner la tête, a-t-elle dit.

– Tu veux dire qu'elles donnent envie de vomir ?

– Un peu », a-t-elle dit.

Alors j'ai décidé que ça ferait bien l'affaire.

Quatre

Comme pour l'herbe, c'est étonnant de voir à quelle vitesse je me suis mis aux cigarettes. C'était comme si ma vie était une pièce de théâtre et que l'accessoiriste avait enfin fait son apparition. Soudain il y avait des paquets à défaire, des allumettes à gratter, des cendriers à remplir puis à vider. Mes mains étaient en parfaite harmonie avec la besogne en cours, comme celles d'un cuisinier ou d'un couturier.

« Ma foi, voilà une sacrée bonne raison pour s'empoisonner », a dit mon père.

Ma mère, en revanche, a vu le côté positif des choses. « Maintenant, je saurai quoi mettre sous l'arbre de Noël ! » Elle en a mis aussi avec les œufs de Pâques, des cartouches entières. Aujourd'hui, ce serait dur à avaler de voir un jeune homme accepter que sa mère lui allume sa cigarette, mais fumer n'a pas toujours été si grave. La cigarette n'a pas toujours été un enjeu. À l'époque où j'ai commencé, on pouvait encore fumer au travail, même si on travaillait dans un hôpital où des enfants sans jambes étaient branchés à des machines. Si un personnage fumait à la télé, ça ne signifiait pas nécessairement qu'il était faible ou diabolique. C'était comme une cravate rayée ou une raie à gauche – un détail, mais rien de particulièrement révélateur.

Je n'ai pas vraiment remarqué mes collègues fumeurs avant le milieu des années quatre-vingt, lorsqu'on a commencé à nous parquer. Il y avait désormais des zones séparées dans les salles d'attente et les restaurants, et je regardais souvent autour de moi pour prendre la mesure de ceux que je considérais désormais comme étant « de mon équipe ». Au début, ils m'ont paru suffisamment normaux – des gens normaux, si ce n'est qu'ils avaient des cigarettes à la main. Puis la campagne a commencé pour de bon, et j'ai eu l'impression que s'il y avait dix adultes dans une pièce, au moins l'un d'entre eux fumait par un trou dans sa gorge.

« Alors, tu trouves ça toujours aussi *cool* ? » disait l'autre camp. Mais le fait que ce soit *cool*, pour la plupart d'entre nous, n'avait aucun rapport. On a coutume de croire que chaque fumeur a subi un lavage de cerveau, qu'il a été dupé par le positionnement judicieux du produit et les pubs subliminales dans la presse. L'argument est bien commode lorsqu'on cherche des responsables, mais ne tient pas compte du fait que fumer c'est souvent formidable. Pour les gens comme moi, les gens qui gigotaient, se trémoussaient et criaient de leurs petites voix aiguës, les cigarettes étaient une aubaine. Non seulement ça, mais elles avaient bon goût, surtout la première de la matinée, et les sept ou huit qui suivaient immédiatement. Arrivé en fin d'après-midi, une fois que j'avais à peu près terminé le paquet, je ressentais généralement une gêne dans les poumons, surtout dans les années 1980, quand je travaillais au milieu de produits chimiques dangereux. J'aurais dû toujours avoir un masque sur le visage, mais ce n'était pas pratique pour fumer, alors je le laissais de côté.

Je l'ai reconnu une fois en présence d'un pathologiste médico-légal. Nous étions en salle d'autopsie, dans le bureau du médecin légiste, et sa réaction a été de me confier un poumon. Il avait appartenu à un obèse, un Noir clair de peau, un gros fumeur à l'évidence, qui reposait sur une table à moins d'un mètre. Son sternum avait été découpé à la scie, et compte tenu de la manière dont la cage thoracique était ouverte, la graisse qui débordait, comme de la crème fraîche, me faisait penser à une pomme de terre cuite au four. « Alors, a fait le pathologiste. Qu'est-ce que vous dites de *ceci* ? »

Il avait à l'évidence essayé de m'impressionner, de créer une sorte de prise de conscience qui vous pousse à changer de vie, mais ça n'a pas vraiment marché. Si vous êtes médecin et que les mains de quelqu'un vous tendent un poumon malade, il est très possible que vous l'examiniez et fassiez par la suite des changements radicaux. Si, en revanche, vous n'êtes *pas* médecin, vous ferez probablement ce que j'ai fait, à savoir rester planté là à vous dire : *Bon sang, ce qu'il est lourd, ce poumon.*

Cinq

Quand New York a décrété l'interdiction de fumer dans les restaurants, j'ai arrêté de dîner en ville. Quand il a été interdit de fumer sur le lieu de travail, j'ai arrêté de travailler, et quand le prix du paquet est passé à sept dollars, j'ai pris mes cliques et mes claques et suis parti en France. Il a été difficile d'y trouver ma marque fétiche, mais peu importait. Au moins deux fois par an, je retournais aux États-Unis. Les cartouches en duty free ne coûtaient que vingt dollars pièce, et j'en achetais quinze avant de reprendre l'avion pour Paris. À cela il fallait ajouter les cigarettes apportées par les amis qui me rendaient visite, lesquels faisaient office de contrebandiers, et celles que je continuais de recevoir pour Noël et Pâques, même après la mort de ma mère. Lorsque j'étais à mon apogée, toujours paré contre l'éventualité d'un incendie ou d'un vol, j'ai eu jusqu'à trente-quatre cartouches entassées à trois endroits différents. « Mon stock », je l'appelais, comme lorsqu'on dit : « La seule chose qui m'empêche de sombrer dans la dépression nerveuse, c'est mon stock. »

C'est ici que je vais m'identifier comme étant un fumeur de Kool Mild. Ce qui, pour certains, revient à lire les confessions d'un amateur de vin, et se rendre compte à mi-chemin que sa boisson de prédilection est une piquette, mais c'est comme ça. C'est ma sœur Gretchen qui m'a fait découvrir les cigarettes mentholées. Elle avait travaillé dans une cafétéria pendant tout le lycée et s'était mise aux Kool par le truchement d'un cuisinier du nom de Dewberry. Je n'ai jamais rencontré le gars, mais au cours de ces quelques premières années, chaque fois que j'étais essoufflé, j'avais une pensée pour lui en me demandant ce que ma vie aurait été s'il avait fumé des Tareyton.

Les gens disaient qu'il y avait de la fibre de verre dans les Kool, mais ce n'était à coup sûr qu'une rumeur, lancée, très probablement, par les adeptes des Salem ou des Newport. J'avais également entendu dire que les mentholées étaient pires que les cigarettes normales, mais ça aussi, ça me paraissait suspect. Juste après avoir commencé la chimiothérapie, ma mère m'a envoyé trois cartouches de Kool Mild. « Elles étaient en promo », a-t-elle dit d'une voix rauque. À l'agonie ou pas, elle aurait dû savoir que je fumais des Filter King, mais je me suis ravisé en les regardant, et me suis dit : *Ma foi, elles sont gratuites.*

Pour les gens qui ne fument pas, une cigarette *mild* ou *light* c'est comme une normale avec un trou d'épingle dedans. Avec les Kool c'est la différence qu'il y a entre subir la ruade d'un âne et subir la ruade d'un âne en chaussettes. Il a fallu s'y habituer, mais au moment où ma mère a été incinérée, je m'étais converti.

Six

Au fil des ans, des extraits de mes livres ont paru dans des manuels scolaires. Quand les élèves sont des lycéens ou plus jeunes, les éditeurs me demandent parfois s'ils peuvent remplacer ou éliminer certains mots ou certaines phrases, ce qui n'est pas aberrant, j'imagine. Ce qui était aberrant en revanche, du moins à mon sens, fut une requête similaire pour éliminer une cigarette, en gros pour la gommer. On fait la même chose ces temps-ci avec les photographies. Voici Marlene Dietrich au repos, les doigts écartés dans le vide sans raison, les yeux fixant le bout incandescent de rien.

Le manuel scolaire dont il est question était destiné aux élèves de seconde. *Horizons*, il s'appelait, ou peut-être *Perspectives*. La ligne que l'éditeur voulait effacer ne faisait pas l'éloge de la cigarette. La cigarette en question appartenait à ma mère et était qualifiée de substance irritante, agressive, qui m'avait donné mal à la tête. J'imagine que j'aurais pu remplacer la Winston par une chandelle romaine irritante, mais l'histoire était censée être vraie, et ma mère ne s'est jamais assise avec une fusée de feu d'artifice au bec. La position que j'ai défendue est que certaines personnes fument. Ça fait partie de ce qu'elles sont, et si l'on n'est pas obligé d'apprécier, modifier le caractère de quelqu'un me paraît un peu rude, surtout quand ce quelqu'un est votre mère, et que la décrire sans cigarette est inimaginable. « C'est comme si elle était un jouet mécanique et que c'était avec ça qu'elle se remontait », ai-je dit.

Ça paraît dingue d'exclure les mères fumeuses des manuels scolaires, mais, d'ici quelques années, elles n'auront plus le droit non plus d'apparaître dans les films. Une femme peut jeter son nouveau-né du toit d'une tour d'habitation. Elle peut récupérer le corps et le piétiner tout en tirant au fusil dans les fenêtres d'une garderie, mais fêter ces meurtres en allumant une cigarette c'est envoyer un message nocif. Après tout, il y a des jeunes gens qui regardent, pas question de leur mettre de mauvaises idées dans le crâne.

On nous avertit constamment contre le tabagisme passif, mais si c'était effectivement aussi dangereux qu'ils le prétendent, je serais mort avant mon premier anniversaire. Mon frère et mes sœurs seraient morts aussi, ou, pour commencer, nous ne serions jamais venus au monde, puisque notre mère aurait calanché, à cause des cigarettes de ses parents.

Mes grands-parents du côté de mon père ne fumaient pas, mais, en tant que propriétaires d'un kiosque à journaux faisant bureau de tabac, ils ont bénéficié du fait que les autres fumaient. Mon père a commencé à fumer à la fac, mais il a arrêté quand ma sœur aînée et moi étions encore jeunes. « C'est une sale habitude puante. » Il disait ça cinquante fois par jour, ce qui n'a pas servi à grand-chose. Même avant que les mises en garde soient imprimées sur les paquets, tout le monde voyait bien que fumer était mauvais pour la santé. Joyce, la sœur de ma mère, était mariée à un chirurgien, et chaque fois que je dormais chez eux, j'étais réveillé à l'aube par la toux sèche de mon oncle, qui était mauvaise, semblait douloureuse, et suggérait une mort imminente. Plus tard, à la table du petit déjeuner, je le voyais une cigarette au bec, et je me disais : *Enfin bon,* c'est lui*, le médecin.*

Oncle Dick est mort d'un cancer du poumon, et quelques années plus tard ma mère a commencé à avoir une toux presque identique. On pourrait penser que, étant une femme, la sienne était plus douce, une délicate toux sèche de femme, mais non. Je me revois allongé au lit, pensant avec honte : *Ma mère tousse comme un homme.*

Le temps que mon embarras se métamorphose en inquiétude, je savais qu'il était inutile de la sermonner. J'étais moi-même devenu fumeur, alors qu'est-ce que je pouvais lui dire, franchement ? Elle a finalement renoncé à ses Winston pour quelque chose de *light*, puis d'*ultralight*. « C'est comme tirer sur une paille, se plaignait-elle. Passe-moi donc une des tiennes, tu veux ? »

Ma mère m'a rendu deux fois visite lorsque j'habitais à Chicago. La première fois pour la remise des diplômes de la fac, et la deuxième, quelques années plus tard. Elle venait juste d'avoir soixante ans, et je me souviens d'avoir été obligé de ralentir le pas quand je marchais avec elle. Grimper jusqu'au métro aérien signifiait s'arrêter à peu près toutes les cinq marches, tandis qu'elle soufflait bruyamment et se raclait la gorge en tapant le poing sur la poitrine. *Allons*, je me rappelle m'être dit. *Dépêche-toi*.

Vers la fin de sa vie, elle a réussi à passer deux semaines sans une cigarette. « C'est pratiquement la moitié d'un mois, m'a-t-elle dit au téléphone. Tu te rends compte ? »

J'étais à New York à l'époque et j'ai essayé de l'imaginer vaquant à ses occupations : prendre la voiture pour aller à la banque, lancer une lessive, regarder la télé portative dans la cuisine, avec rien dans la bouche que sa langue et ses dents. À cette période de sa vie, ma mère avait un boulot à temps partiel dans un dépôt-vente. Easy Elegance, s'appelait l'endroit, et elle ne manquait jamais de me rappeler qu'ils ne prenaient pas n'importe quoi. « Il faut que ce soit chic. »

Le propriétaire interdisait qu'on fume à l'intérieur, si bien que, toutes les heures, ma mère sortait par la porte de derrière. Je pense que c'est là, debout sur le gravier du parking où il faisait si chaud, qu'elle en est venue à se dire que ce n'était pas si raffiné de fumer. Je ne l'avais jamais entendue parler d'arrêter, mais quand elle a appelé au bout de deux semaines sans cigarettes, j'ai perçu dans sa voix la satisfaction d'avoir accompli quelque chose. « Le plus dur c'est le matin, a-t-elle dit. Et ensuite, évidemment, plus tard, à l'heure de l'apéritif. »

J'ignore ce qui l'a fait replonger : le stress, la force de l'accoutumance, ou peut-être a-t-elle décidé qu'elle était trop vieille pour arrêter. J'aurais probablement été de son avis, si ce n'est qu'aujourd'hui, bien sûr, soixante et un ans, c'est rien.

Il allait y avoir d'autres tentatives pour arrêter de fumer, mais aucune n'a duré plus de quelques jours. Lisa me disait que maman n'avait pas fumé une seule cigarette depuis dix-huit heures. Ensuite, quand ma mère appelait, j'entendais le cliquetis de son briquet, suivi du souffle d'une inspiration hachée. « Quoi de neuf, mon trésor ? »

Sept

Quelque part entre ma première cigarette et ma dernière, je me suis mis à voyager pour affaires. Mes affaires, en l'occurrence, consistent à lire à voix haute, ce qui ne m'empêche pas de faire beaucoup de chemin. Au départ, j'étais déjà bien content d'être hébergé quelque part, que ce soit un Holiday Inn ou un Ramada à proximité de l'aéroport. Les dessus-de-lit étaient généralement gras au toucher, ornés de motifs aux couleurs foncées qui dissimulaient les taches. Échoués ici et là sur la moquette, dans le couloir, il y avait un certain nombre de plateaux de guingois, avec ici un petit pain de hamburger, là une croûte de tartine. *Le service dans les chambres*, songeais-je. *Il y en a qui ne s'embêtent pas.*

Je n'ai pas tardé à devenir plus exigeant. Il semble que lorsqu'on paie pour soi, n'importe quelle chaîne d'hôtel de troisième ordre fera l'affaire. Mais si quelqu'un d'autre règle la douloureuse, alors là, il vous faut en quelque sorte ce qui se fait de mieux. Les endroits qui ont fait de moi l'insupportable snob que je suis aujourd'hui vont de excellent à ridiculement excellent. Les draps sentaient l'argent frappé de fraîche date, et il y avait toujours un petit cadeau qui attendait sur la table basse : un fruit, ou parfois une bouteille de vin. À côté du cadeau se trouvait un message rédigé de la main du directeur, qui tenait à dire combien il était heureux de m'avoir comme client. « Si vous avez besoin de quoi que ce soit, absolument quoi que ce soit, je vous en prie, appelez-moi au numéro suivant », avait-il écrit.

La tentation était grande d'appeler pour demander un poney – « et que ça saute, mec, je ne vais pas attendre cent sept ans » – mais évidemment, je ne l'ai jamais fait. Trop timide, je suppose. Trop persuadé que je dérangerais quelqu'un.

Après plus de dix ans de snobisme, je suis toujours réticent lorsqu'il s'agit de faire cavaler quelqu'un. Une fois, on m'a monté un gâteau dans ma chambre, et plutôt que d'appeler la réception pour demander des couverts, je l'ai coupé avec ma carte de crédit et j'ai mangé les morceaux à la main.

Quand j'ai commencé à voyager pour affaires, il était encore possible de fumer. Pas *autant* que dans les années quatre-vingt, mais c'était permis pratiquement partout. Je me rappelle m'être plaint lorsque, pour fumer une cigarette, il a fallu que je traverse à pied toute l'aérogare, mais rétrospectivement ce n'était rien. Au fil des années quatre-vingt-dix, ma vie est devenue de plus en plus difficile. Les bars et les restaurants des aéroports sont devenus des « zones d'air non pollué », et les quelques villes qui continuaient d'accepter que l'on fume ont construit des fumoirs hideux.

Ceux de Salt Lake City étaient correctement entretenus, mais ceux de Saint Louis et d'Atlanta étaient des taudis miniatures aux murs de verre : cendriers jamais vidés, ordures par terre, conduits d'aération apparents et placards couleur caramel qui s'affaissaient. Et puis il y avait les gens. Mon vieux copain avec le trou dans la gorge était toujours là, de même que sa femme, valise dans une main, bonbonne d'oxygène dans l'autre. À côté d'elle se trouvaient les militaires d'Abou Ghraïb, deux prisonniers menottés à des agents fédéraux, et la famille Joad des *Raisins de la colère*. C'était une publicité en direct contre la cigarette, et les passants s'arrêtaient souvent pour nous montrer du doigt, surtout s'il y avait des enfants. « Vous voyez la vieille dame avec le tube scotché au nez ? C'est comme ça que vous voulez finir ? »

Dans un de ces fumoirs, je me suis retrouvé à côté d'une femme dont le fils de deux ans était en chaise roulante. Ce type d'endroit attirait normalement le genre de public en rogne qui brandit des flambeaux, et j'admirais la manière avec laquelle sa mère faisait abstraction de tout ça. Après avoir grillé les trois quarts de sa Salem en quelques puissantes bouffées, elle a jeté le mégot en direction du cendrier en disant : « Bon sang, ce que c'était bon. »

Aussi moches qu'aient pu être les fumoirs, je n'ai jamais tourné le dos à un seul. Le seul autre choix étant d'aller dehors, ce qui est devenu de plus en plus compliqué et chronophage après le 11 septembre. Dans un aéroport de grande ville, il y en aurait probablement pour une demi-heure, uniquement pour arriver à l'entrée principale, après quoi il faudrait encore s'éloigner de la porte de dix, puis de vingt, puis de cinquante mètres. Des voitures grosses comme des bus de ramassage scolaire passeraient, et le chauffeur, le plus souvent la seule personne à bord, vous gratifierait d'un regard signifiant : « Hé, monsieur Je-tire-sur-ma-clope, merci de polluer notre air. »

Avec le siècle nouveau, de plus en plus d'endroits sont devenus totalement non-fumeurs. Dont la totalité des hôtels Marriott. Cela en soi ne me dérangeait pas outre mesure – *Qu'ils aillent se faire foutre*, ai-je songé – mais Marriott possède les Ritz-Carlton, et quand ceux-ci ont suivi, alors là je me suis assis sur ma valise et j'ai pleuré.

Il n'y a pas que les commerces, des villes entières ont depuis décrété l'interdiction de fumer. Ce ne sont généralement pas les endroits les plus vitaux de la planète, mais ils voulaient néanmoins envoyer un message. Si vous pensiez pouvoir apprécier une petite cigarette dans l'un de leurs bars ou restaurants, eh bien vous vous mettiez le doigt dans l'œil, et idem pour leurs chambres d'hôtels. De savoir que le soir le voyageur ne fumerait pas à l'Hyatt de Pétaouchnok, les bons citadins pouvaient dormir sur leurs deux oreilles, j'imagine. Pour moi, cela marqua le début de la fin.

J'ignore pourquoi les mauvaises idées se propagent plus vite que les bonnes, mais c'est comme ça. De toutes parts, les interdictions de fumer sont devenues effectives, et j'ai commencé à me retrouver à la périphérie des villes, dans ces centres commerciaux omniprésents, entre le magasin de gaufres et le garage spécialisé dans les pots d'échappement. Vous n'avez peut-être pas fait attention, mais il y a un hôtel, dans ce secteur. Il n'y a pas de piscine, et pourtant le couloir sent quand même le chlore, avec juste un soupçon d'odeur de frites. Si d'aventure l'idée vous prend d'en commander et que vous veniez à manquer de ketchup, il n'y a qu'à essuyer le combiné ou le bouton du combi chauffage-climatisation fixé au mur. Il y a de la moutarde aussi. J'ai déjà vu ça.

La seule chose qui soit pire qu'une chambre dans cet hôtel est une chambre fumeur dans cet hôtel. Avec un peu d'air frais, ce ne serait pas tout à fait aussi atroce, mais, neuf fois sur dix, les fenêtres ont été bloquées au fer à souder. Soit ça, soit elles ne s'entrouvrent que d'un demi-centimètre, ceci au cas où vous auriez besoin de jeter dehors une tartine grillée. La fumée stagnante prise au piège est traitée avec une bombe aérosol, dont l'efficacité tend à être variable. Au mieux, elle rappelle un cendrier plein, avec les mégots flottant dans une flaque peu profonde de limonade. Au pire, ça sent la momie en pleine combustion.

Dans les hôtels où je me suis trouvé cantonné, il y avait des affiches dans les ascenseurs. « Notre Pizza Super-Crousti est excell*crousti*llente !!! » pouvait-on lire sur l'une d'elles. D'autres faisaient état d'amuse-bouches tout ronds « qui mettent l'O à la bouche », à consommer jusqu'à 22 heures au restaurant Perspectives ou Horizons, toujours présenté comme étant « l'endroit à voir et où il faut être vu ! » Là-dessus, vous allez dans votre chambre, et vous voilà devant d'autres photos de nourriture, le plus souvent sous forme de prospectus en relief posé bien droit à côté du téléphone et du radio-réveil. S'il est rare de trouver une photographie de lard véritablement réussie, il est plus rare encore d'en trouver une sur votre table de chevet. Idem pour les nachos. Ils ne sont pas photogéniques, voilà tout.

Quand ma chambre est au rez-de-chaussée, j'ai une vue imprenable sur le semi-remorque garé juste devant, mais si je suis plus en hauteur dans les étages, je peux parfois voir le parking du restaurant à gaufres, et, au-delà, l'autoroute. Le paysage peut être décrit comme « hostile aux piétons », c'est le moins qu'on puisse dire. Il est inutile de tenter de faire une promenade, alors je me contente généralement de rester dans ma chambre en envisageant de me tirer une balle dans la tête. Dans un hôtel correct, il y a toujours la perspective réjouissante de prendre un bain, mais ici, la baignoire est peu profonde et en fibre de verre. Quand la bonde a disparu – ce qui est généralement le cas –, je bouche l'orifice à l'aide d'un sac en plastique plié en boule. Au bout d'environ trois minutes, il n'y a plus d'eau chaude, alors je reste là, avec mon savon gros comme un gâteau sec qui a exactement la même odeur que la moquette.

Je me suis dit que si c'est là que je devais me retrouver pour fumer, eh bien qu'à cela ne tienne. Au diable les Ritz-Carlton et leurs conseillers municipaux puritains. J'avais tenu presque quarante ans sans draps dignes de ce nom, alors je pouvais très bien y revenir. Ma décision a tenu tout l'automne 2006 mais n'a jamais été irrévocable. Et le jour où j'ai trouvé une couche de sperme sur ma télécommande, cela faisait déjà un certain temps que j'avais commencé à envisager l'impensable.

Huit

Si la première étape pour arrêter a consisté à changer d'avis, la deuxième a été de combler le vide ultime que j'allais laisser. Je détestais l'idée qu'il y ait un trou au sein du monde des fumeurs, aussi ai-je recruté quelqu'un pour me remplacer. Les gens m'en ont beaucoup voulu, mais je suis quasi certain que, après le lycée, cette fille aurait commencé de toute façon, surtout si elle choisissait l'armée plutôt que l'université locale.

Après avoir fait une croix en face de « remplacement » dans ma liste, je suis passé à l'étape trois. Selon les experts, la meilleure façon d'arrêter de fumer est de changer d'environnement, de rompre avec le train-train quotidien. Pour les gens qui ont des boulots sérieux et des responsabilités, cela peut consister à déplacer le canapé, ou se rendre au travail dans une voiture de location. Pour ceux qui ont des boulots moins sérieux et moins de responsabilités, la solution était de s'échapper quelques mois : nouvelle vue, nouvel emploi du temps, un second souffle.

Comme je parcourais l'atlas en quête d'un endroit où m'enfuir, Hugh a émis l'idée de retourner sur les territoires de sa folle jeunesse. Sa première proposition a été

Beyrouth, où il était allé à l'école maternelle. Sa famille en était partie au milieu des années soixante pour s'installer au Congo. Après ça, ce fut l'Éthiopie, puis la Somalie, que de très chouettes endroits, selon lui.

« Gardons l'Afrique et le Moyen-Orient pour quand je déciderai d'arrêter de vivre », ai-je dit.

Finalement, nous nous sommes mis d'accord pour Tokyo, où nous étions allés l'été d'avant. La ville a beaucoup de choses à offrir, mais ce qui m'a attiré en premier, c'est la situation dentaire. On aurait dit que les gens avaient mâché des boulons rouillés. Si une dent était intacte, alors, très probablement, soit elle était saillante, soit elle était arrimée à un bridge à l'allure dingue. En Amérique, je souris la bouche fermée. Même en France et en Angleterre, je suis mal à l'aise, mais à Tokyo, pour la première fois depuis des années, je me suis senti normal. J'adorais aussi les grands magasins, et la manière dont les employés saluaient les clients : « *Irrasshimase !* » On aurait dit des chats, et quand un groupe le disait en chœur, le vacarme était fantastique. Quand je repensais à notre bref séjour de trois jours, je pensais essentiellement aux curiosités : une jeune femme vêtue sans raison à la manière de la Petite Bergère rentrant ses blancs moutons, un type à vélo tenant un plateau. Il y avait un bol de nouilles posé dessus, et si le bouillon allait jusqu'au bord, pas une goutte ne fut renversée.

J'avais imaginé que le Japon serait un paradis pour les fumeurs, mais, comme partout ailleurs, c'était devenu plus restrictif. À Tokyo, dans la plupart des endroits, il est illégal de marcher dans la rue avec une cigarette allumée à la main. Ce qui ne veut pas dire qu'on ne peut pas fumer, seulement qu'on ne peut pas se déplacer et fumer en même temps. Des cendriers ont été installés en extérieur, et s'il n'y en a pas autant qu'on le souhaiterait, ils existent encore. La plupart sont repérables aux panneaux en métal, les messages japonais et anglais étant accompagnés par de simples illustrations : « Prière de surveiller vos manières. » « Ne pas jeter de mégots sur la voie. » « Par respect pour votre entourage, veuillez utiliser les cendriers portatifs. »

Dans un espace fumeurs du quartier de Shibuya, les messages poussaient davantage à la réflexion, de même que les images qui allaient avec : « Je tiens dans ma main un feu à 370 degrés avec des gens qui circulent tout autour de moi ! » « Avant de lâcher un gaz, je regarde derrière moi, mais quand je fume, je m'en fiche. » « Une cigarette allumée se trouve à la hauteur du visage d'un enfant. »

Tous les messages étaient liés à des considérations civiques. Fumer génère des ordures. Fumer peut brûler ou aveugler partiellement votre entourage. Rien à voir avec le doigt réprobateur qu'on voit en Amérique, nul « vous ne devriez pas », nul « comment pouvez-vous encore ? », ces remontrances qui ont pour effet ultime d'allumer plus de cigarettes que d'en éteindre.

Question restrictions, le Japon a pris le contre-pied des mesures prises partout ailleurs. Au lieu d'envoyer ses fumeurs dehors, ceux-ci ont été parqués à l'intérieur, là où il y avait de l'argent à se faire. Dans les cafétérias et les restaurants, dans les taxis, les bureaux et les chambres d'hôtel, la vie était comme un film en noir et blanc. Comparé aux États-Unis, c'était choquant, mais comparé à la France, ça paraissait assez normal, la différence la plus criante étant les avertissements sur le flanc des paquets. « FUMER TUE », lit-on en France, en lettres si grosses qu'elles peuvent être lues de l'espace. Au Japon, l'écriture et le message étaient plus discrets : « Soyez attentifs aux quantités que vous fumez de manière à ne pas mettre en péril votre santé. »

Nulle mention de cancer ni d'emphysème, et assurément aucune photo d'organes malades. Ils le font au Canada, et j'ignore si ça encourage les gens à arrêter, ce que je sais en revanche c'est que le paquet est très moche.

Avec toutes ces possibilités de fumer à l'intérieur, le Japon nous ramenait d'une certaine manière en arrière. On aurait pu penser que c'était un endroit pour commencer plutôt que pour arrêter, mais quand j'ai finalement songé à arrêter, j'ai pensé à Tokyo. Le fait que tout m'était si étranger m'occuperait l'esprit, espérais-je, et me fournirait quelque chose sur quoi focaliser l'attention, en plus de ma propre souffrance.

Neuf

Nous avons opté pour Tokyo début novembre, et avant que je puisse faire machine arrière, Hugh nous a trouvé un appartement dans le quartier de Minato-ku. C'était une tour d'habitations, dont la plupart des locataires louaient à court terme. L'agent immobilier avait envoyé des photos, et je les avais regardées sans être tout à fait emballé. Tokyo, je trouvais ça excitant, mais l'idée de ne pas fumer – de pousser le processus jusqu'au bout – me rendait un peu malade. Ma plus longue période sans cigarettes était douze heures, mais c'était en avion, ce qui, probablement, ne comptait pas.

En moyenne, je fumais environ un paquet et demi par jour, davantage si j'étais saoul ou si j'avais pris de la drogue, et plus encore si je faisais une nuit blanche pour respecter une date butoir. Le lendemain matin, j'avais ce qui revenait à une gueule de bois à la nicotine, la tête prise, la langue comme une sorte de sandale

crasseuse enfoncée dans la bouche – ce qui ne m'empêchait pas de recommencer à zéro à l'instant où je sortais
du lit. Habituellement j'attendais d'avoir une tasse de
café à la main, mais, au début des années 1990, même
cette étape passait à la trappe. La seule règle étant que
je sois éveillé.

En me préparant à arrêter, j'ai commencé à réfléchir
à telle ou telle cigarette en particulier, me demandant
pourquoi je l'avais allumée. Il y en a certaines dont on a
besoin, un point c'est tout – celles qu'on allume en sortant de chez le dentiste ou du cinéma –, mais il y en
avait d'autres que je fumais comme on invoque un gri-
gri. « Mon bus n'apparaîtra que si j'allume celle-là, me
disais-je. Le distributeur ne me donnera des petites cou-
pures que si j'allume celle-ci. » Des cigarettes étaient
allumées parce que le téléphone sonnait, parce qu'on
sonnait à la porte, même une ambulance de passage
était une excuse. Il y aurait certainement des sonneries
et des sirènes à Tokyo, mais je doutais que quiconque
viendrait à notre porte. Et, compte tenu du décalage
horaire, je ne m'attendais pas non plus à recevoir beaucoup d'appels. Lorsque je ne cédais pas à la panique,
j'arrivais parfois à me féliciter pour ce qui était en fait
un plan assez convenable.

Dix

Pendant l'été 2006, peu avant notre voyage de trois
jours à Tokyo, j'ai acheté un CD pour apprendre le
japonais. Il n'y avait que les rudiments : « Bonjour »,
« Puis-je avoir une fourchette ? » Ce genre de choses.
La personne qui prononçait la traduction anglaise parlait à un rythme normal, mais celle qui parlait japonais,
une femme, était remarquablement lente et hésitante.
« *Koooonniiiichiii waa*, disait-elle. *Oooooohaaaayooooo*

gooooo... zainasssssuuu. » J'ai retenu tout ce qu'elle avait dit, et je suis arrivé au Japon en me sentant assez sûr de moi. Un groom nous a escortés, Hugh et moi, jusqu'à notre chambre d'hôtel et, sans trop de difficulté, j'ai été en mesure de lui dire que ça me plaisait. « *Korrree gaaa sukiii dessssu.* » Le lendemain matin j'ai sorti quelques plaisanteries au concierge, qui m'a poliment fait remarquer que je parlais comme une dame, une vieille riche, apparemment. « Vous pourriez peut-être accélérer un petit peu le débit », a-t-il suggéré.

Mon japonais a fait rire beaucoup de gens pendant ce séjour, mais je n'ai jamais eu le sentiment qu'on se moquait de moi. C'était plutôt comme si j'avais accompli un tour, quelque chose de pervers et d'inattendu, comme sortir une saucisse de mon oreille. La première fois que je suis venu en France, j'ai eu peur d'ouvrir la bouche, mais à Tokyo, essayer était amusant. Les quelque soixante phrases mémorisées avant de venir m'ont rendu grand service, et j'ai quitté le pays en souhaitant en apprendre davantage.

Ce qui m'a conduit à un deuxième programme d'apprentissage bien plus conséquent – quarante-cinq CD, par opposition à un seul. Les interlocuteurs étaient jeunes, un gars et une fille, et ils ne ralentissaient pour personne. L'idée, là, était d'écouter et de répéter – pas d'écriture –, sauf que, moi, ça me paraissait un peu trop beau pour être vrai. Ce n'était pas conseillé, mais à la fin de chaque leçon, je recopiais tous les nouveaux mots et toutes les nouvelles phrases sur des fiches bristol. Ce qui me permettait de réviser, et, encore mieux, de me faire interroger. Hugh n'a pas la patience pour ce genre de chose, alors j'ai demandé à mes sœurs Amy et Lisa de le faire. Elles sont toutes les deux venues à Paris pour Noël, et, à la fin de chaque journée, je tendais à l'une ou à l'autre mon tas de fiches bristol.

« Bien, disait Lisa. Comment demandes-tu si je suis une maîtresse de CE1 ?

– Je n'ai pas encore appris ça. Si ce n'est pas écrit noir sur blanc, je ne sais pas le dire.

– Ah bon ? s'est-elle exclamée avant de tirer une carte du tas en fronçant les sourcils. D'accord, alors dis-moi : "Et cet après-midi, qu'allez-vous faire ?"

– *Gogo wa, nani o shimasu ka ?*

– "Qu'*avez-vous fait* cet après-midi ?" Est-ce que tu sais dire ça en japonais ?

– Ma foi, non…

– Est-ce que tu sais dire que toi et ta sœur aînée avez vu un mauvais film, où il y avait un dragon ? Est-ce qu'au moins tu sais dire "dragon" ?

– Non.

– Je vois », a-t-elle dit, et tandis qu'elle tirait une autre carte, j'ai senti monter en moi un sentiment d'impuissance.

C'était encore pire lorsque Amy m'interrogeait.

« Comment demandes-tu une cigarette à quelqu'un ?

– Je ne sais pas.

– Comment dis-tu : "J'ai essayé d'arrêter, mais ça ne marche pas" ?

– Aucune idée.

– Dis : "Je te taillerai une pipe si tu me donnes une cigarette."

– Contentons-nous de ce qui est écrit sur les fiches bristol.

– Dis : "Mon Dieu, ce que j'ai grossi ! Vous vous rendez compte le poids que j'ai pris depuis que j'ai arrêté de fumer ?"

– En fait, ai-je dit, je crois que je vais me débrouiller tout seul.

Onze

Durant les mois qui ont précédé notre voyage à Tokyo, j'ai parlé à bon nombre de gens qui avaient soit arrêté de fumer soit essayé. Certains avaient arrêté depuis des années. Puis la deuxième femme du grand-père était morte, ou leur chien avait un croc de travers, et ils reprenaient là où ils avaient arrêté.

« Penses-tu que peut-être tu *cherchais* un prétexte pour reprendre ? » ai-je demandé.

Tous ont répondu non.

Le message étant qu'on n'était jamais tout à fait hors de danger. Une décennie entière sans une cigarette, et là… paf ! Ma sœur Lisa a repris au bout de six ans, et m'a dit, comme d'autres avant elle, qu'arrêter était beaucoup plus difficile la deuxième fois.

Interrogés pour savoir comment ils ont fait pour tenir les premières semaines, beaucoup de gens ont évoqué le patch. D'autres ont parlé de chewing-gums et de pastilles, d'acupuncture, d'hypnose et d'un nouveau médicament dont tout le monde avait entendu parler mais dont personne ne se rappelait le nom. Et puis il y avait les livres. Le problème avec la littérature prodiguant moult conseils pour vous aider à arrêter – la fameuse *quit lit* – c'est qu'on ne peut pas indéfiniment répéter « fumer » et « cigarettes ». L'astuce est d'alterner l'un et l'autre, pour ne pas aller piocher dans le dictionnaire des synonymes. Ça m'ennuie de lire que machin truc « inhala une bouffée de sa cancérette », ou « tira une taffe de sa cibiche ». Je ne connais personne qui parle du tabac en disant que c'est « l'herbe du diable ». Les gens au Royaume-Uni disent effectivement *fags* pour désigner une sèche, mais, en Amérique, *fags* signifie fiotte ou lopette, et c'est tout simplement embarrassant, volontairement grivois, pire que de dire d'un chat que c'est un minou ou une chagatte.

Le livre qu'on m'a donné utilisait tous ces termes et bien d'autres. J'ai lu les cent premières pages, puis j'ai proposé à Hugh le résumé suivant :

« Le gus dit que fumer nique-poumon sur nique-poumon c'est une sale habitude, que c'est dégoûtant.

– Non, ce n'est pas vrai », a-t-il dit.

Après des années à ouvrir en grand les fenêtres et me dire que je refoulais du gésier comme un casino, Hugh ne semblait plus vouloir que j'arrête. « Tu as juste besoin de ralentir un peu ta consommation. »

N'étant pas lui-même fumeur, il ne comprenait pas à quel point cela me mettrait au supplice. Ç'avait été la même chose avec l'alcool ; plus facile d'arrêter une bonne fois pour toutes que de me mettre chaque jour à l'épreuve. Pour ce qui était de s'arracher la tronche, j'étais assurément un petit joueur. Tout ce que je sais c'est que je buvais dans le but d'être ivre, et que j'ai atteint mon objectif chaque soir pendant plus de vingt ans. Pour l'essentiel, j'étais très prévisible et bourgeois dans ce domaine. J'attendais toujours 8 heures du soir pour commencer à boire, et presque toujours à la maison, le plus souvent à ma machine à écrire. Ce qui avait commencé à l'âge de vingt-deux ans à raison d'une bière par soir est finalement passé à cinq, suivies de deux grands scotchs, le tout sur un estomac vide en quelque quatre-vingt-dix minutes. Le dîner me dégrisait un peu, et, après manger, je me mettais à fumer de l'herbe.

Le pire, dans tout ça, était la monotonie, chaque soir la même histoire à l'identique. Hugh ne fumait pas d'herbe, et s'il lui arrivait de prendre un cocktail, et parfois du vin au dîner, il n'a jamais paru être dépendant.

On pouvait lui téléphoner à 11 heures du soir, il avait la même voix qu'à midi. Moi, quand on m'appelait à 11 heures du soir, au bout d'une minute je ne savais déjà plus qui était à l'autre bout du fil. Puis ça me revenait, et je fêtais ça en tirant un bon coup sur la pipe à eau. C'était encore pire quand c'est moi qui appelais.

« Oui, disais-je. Est-ce que je pourrais parler à... oh, tu sais. Il est plutôt brun, il conduit un minibus avec son nom écrit dessus ?

– David, c'est toi ?

– Oui.

– Et tu veux parler à ton frère Paul ?

– C'est ça. Tu pourrais me le passer s'il te plaît ? »

Le plus souvent, je restais debout jusqu'à 3 heures du matin, à me balancer sur ma chaise en pensant aux trucs que je pourrais faire si je n'étais pas à ce point déchiré. Hugh allait au lit aux environs de minuit, et une fois qu'il s'était endormi, je m'envoyais un autre dîner. Physiologiquement, je ne pouvais pas avoir faim. C'était juste l'herbe qui me donnait la fringale. J'étais à ses ordres : « Prépare-moi un œuf. » « Fais-moi un sandwich. » « Coupe une tranche de fromage et barbouille-la de tout ce qu'il y a sur cette étagère, là. » On ne pouvait pas garder un condiment plus d'une semaine, aussi épouvantable ou ridicule fût-il.

« Où est la sauce tica-tica nigériane qu'Oumafata nous a rapportée de Lagos mardi dernier ? demandait Hugh.

– La sauce tica-tica, répondais-je. Jamais vue. »

À New York, je me faisais livrer ma marijuana. Il suffisait de composer un numéro, de donner un nom de code, et vingt minutes plus tard un étudiant de NYU aux joues rebondies se pointait à votre porte. Dans son havresac il y avait huit variétés d'herbe, chacune affublée d'un chouette nom et ayant un goût bien précis. Se défoncer sur Thompson Street était la chose la plus facile au monde, mais à Paris, je ne savais pas du tout où trouver un tel étudiant. Je connaissais bien un endroit de la ville où les gens étaient tapis dans les ombres. Leur façon de chuchoter et de faire signe était familière, mais en tant qu'étranger, je n'osais prendre le risque de me faire arrêter. Et puis, à tous les coups ils revendaient de la mousse ou du rembourrage de sofa en crin de cheval. Si vous saviez toutes les saloperies que j'ai pu acheter à des inconnus à la nuit tombée, il y aurait de quoi vous faire dresser les cheveux sur la tête.

Avec la marijuana, il n'y a pas d'accoutumance comme avec le speed ou la cocaïne. Le corps n'est pas en manque, contrairement à tout le reste de vous-même. *Je me demande comment ce serait si j'étais stone.* Je me disais ça vingt fois par jour, à propos de toutes sortes de choses, ça allait de Notre-Dame à notre nouvel appartement au plafond élevé avec poutres apparentes. Avec l'herbe, ce qui était normal paraissait dix fois mieux, alors je ne pouvais qu'imaginer l'effet sur ce qui était extraordinaire.

Si j'avais survécu à Paris sans me défoncer, c'était uniquement parce que j'avais encore la perspective de la boisson. Les bouteilles en France sont plus petites qu'aux États-Unis, mais le taux d'alcool est bien supérieur. Je ne suis pas bon en math, mais je me suis dit qu'en gros cinq bières américaines équivalaient à neuf françaises. Ce qui signifiait qu'il fallait que je sois vigilant pour le recyclage. Que je vienne à manquer une fois les poubelles, et on aurait l'impression que j'avais invité toute la Belgique à venir boire un coup à la maison.

Avec le temps je savais que mon quota augmenterait, puis continuerait d'augmenter. Je voulais arrêter avant que cela se produise, mais des considérations pratiques m'en empêchaient constamment. Lorsque la boisson et le travail allaient de pair, il était facile de s'asseoir chaque soir à son bureau. Mais sans boire, comment écrire ? Quelle serait la motivation ? Et puis il y avait tout le processus à suivre pour arrêter : le centre d'accueil avec le moulin à paroles en guise de voisin de chambre, les réunions des Alcooliques anonymes où il faudrait se tenir par la main.

Finalement, j'ai arrêté tout seul. Une soirée sans boire s'est transformée en deux soirées, puis en trois, et ainsi de suite. Les toutes premières semaines, j'ai un peu marché sur des œufs, mais pour l'essentiel, c'est moi qui en faisais tout un plat. Quant à l'écriture, j'ai simplement changé mes horaires et travaillé la journée plutôt que le soir. Quand d'autres personnes buvaient, j'essayais de me réjouir pour eux, et quand ils étaient saouls et s'écroulaient, j'estimais ne pas avoir à faire l'effort. Mon bonheur était authentique, je n'avais pas à me forcer. *Regarde ce que je suis en train de louper*, me disais-je.

Aux États-Unis, si vous refusez un verre, les gens saisiront le message sans que vous ayez à vous expliquer. « Ah », diront-ils, honteux d'avoir pensé qu'il pouvait en être autrement. « D'accord. Je ferais bien… d'arrêter, moi aussi. » En Europe, du moment que vous n'habitez pas à moitié à poil dans la rue, à boire de l'antigel dans une vieille godasse, vous n'êtes pas alcoolique. Tant que vous n'en êtes pas là, vous êtes juste un « joyeux luron » ou un « bon vivant ». Allez couvrir votre verre de la main en France ou en Allemagne – voire, encore pire, en Angleterre – et, de la voix de quelqu'un ayant personnellement été insulté, votre hôte vous demandera pourquoi vous ne buvez pas.

« Oh, c'est juste que je n'en ai pas envie, ce matin.

– Et pourquoi donc ?

– Je suppose que je ne suis pas d'humeur…

– Eh bien justement, ça va vous mettre d'humeur. Allez. Un petit verre.

– Non, vraiment, sans façon.

– Goûtez, au moins.

– En fait, j'ai… comment dire ?… euh, j'ai disons un problème avec ça.

– Bon, alors au moins un *demi*-verre ? »

J'étais à un mariage français il y a quelques années, et au moment de trinquer en l'honneur des jeunes mariés, la mère de la mariée s'est approchée de moi avec une bouteille de Veuve Clicquot.

« Ça va aller comme ça, lui ai-je dit, mon verre d'eau me suffit amplement.

– Mais il faut que vous buviez du champagne !

– Vraiment, ai-je dit, ça va très bien, merci.

– Mais… »

Ce fut alors le moment de trinquer. J'ai levé mon verre en l'air, et, au moment où je le portais à mes lèvres, quelqu'un m'a enfoncé un doigt humecté de champagne dans la bouche. C'était la mère de la mariée. « Je suis navrée, a-t-elle dit, mais ce sont les règles. On ne trinque pas avec du Perrier. »

En Amérique, je suis pratiquement sûr qu'on doit pouvoir intenter un procès à quelqu'un pour une chose pareille. Mais chez cette femme, cela partait d'un bon sentiment, et, au moins, elle s'était coupé les ongles. Depuis le mariage, au fil des ans, j'ai appris à accepter le verre de champagne. Il est plus facile de le prendre, puis de le refiler discrètement à Hugh que d'en faire toute une histoire. Hormis cela, je ne pense désormais plus trop à l'alcool. Je ne pense pas trop aux drogues non plus, à moins que quelque chose de nouveau se présente, un truc que je n'ai encore jamais essayé. Ce qui compte, me semble-t-il, c'est que j'aie été capable d'arrêter. Et si j'avais pu arrêter de boire et de me droguer, je serais peut-être également capable d'arrêter de fumer. Le truc consistait à ne pas tomber dans la sensiblerie, de peur de ternir davantage la connotation déjà peu reluisante du terme *abstinence*.

Douze

Ma dernière cigarette a été fumée dans un bar à l'aéroport Charles-de-Gaulle. C'était le 3 janvier, un mercredi matin, et certes nous avions une correspondance à Londres et aurions une halte de près de deux heures, mais je pensais qu'il était préférable d'arrêter tant que j'étais encore dans cette dynamique.

« Bien, ai-je dit à Hugh. Ça y est, c'est ma dernière. » Six minutes plus tard, j'ai sorti mon paquet et répété la même chose. Puis encore une fois. « Cette fois-ci, c'est la bonne. » Tout autour de moi, des gens fumaient avec délectation leurs cigarettes : le couple d'Irlandais rougeauds, les Espagnols avec leurs verres de bière. Il y avait les Russes, les Italiens, et même quelques Chinois. Ensemble nous formions un petit congrès fétide : les Nations unies du goudron, la confrérie du Rond de fumée. C'était mon peuple, et j'allais maintenant le trahir, j'allais lui tourner le dos au moment où il avait le plus besoin de moi. Je souhaiterais qu'il en soit autrement, mais il n'en reste pas moins que je suis en réalité quelqu'un de très intolérant. Quand je vois un ivrogne ou un junky mendier dans la rue, je ne me dis pas : *Je l'ai échappé belle*, mais plutôt : *J'ai arrêté, toi aussi tu peux. Alors dégage avec ton gobelet de petites pièces.*

C'est une chose d'arrêter de fumer, et c'en est une autre de devenir un ancien fumeur. Ce que je serais à l'instant où je quitterais le bar, aussi me suis-je un peu attardé, en contemplant mon briquet aux couleurs criardes et le cendrier en aluminium crasseux de cendre. Quand j'ai fini par me lever, Hugh a fait remarquer qu'il restait encore cinq cigarettes dans mon paquet.

« Tu vas les laisser comme ça sur la table ? »

J'ai répondu en citant une phrase prononcée des années plus tôt par une Allemande. Elle s'appelait Tina Haffmans, et elle avait beau s'excuser souvent pour le niveau de son anglais, je n'aurais pas voulu qu'il fût meilleur. Pour la conjugaison des verbes, elle était irréprochable, mais de temps en temps, elle se trompait sur un mot. Ce qui avait pour effet non pas une perte de sens mais un enrichissement du sens. Je lui ai demandé une fois si son voisin fumait, et elle a réfléchi un moment avant de dire : « Karl est… fini avec la cigarette. »

Elle voulait bien sûr dire qu'il avait arrêté, mais je préférais de beaucoup sa version erronée. « Fini » donnait l'impression qu'il avait eu droit à un certain nombre de cigarettes, trois cent mille, disons, lui ayant été alloué à la naissance. S'il avait commencé un an plus tard ou avait fumé plus lentement, son quota ne serait peut-être pas épuisé, mais en l'état, il était arrivé à la dernière, puis avait continué à vivre sa vie. Ça, m'étais-je dit, c'était *ma* façon de voir les choses. Oui, il restait cinq Kool Mild dans ce paquet, et vingt-six cartouches empilées à la maison, mais c'était du rab, une erreur comptable. Pour ce qui était de fumer, moi, j'étais fini avec la cigarette.

5 janvier

La première fois que nous avons pris l'avion pour Tokyo, je me suis précipité dehors immédiatement après la douane. Je venais juste de passer une demi-journée sans cigarette, et celle que j'ai allumée sur le trottoir m'a tellement fait tourner la tête que j'en suis tombé à la renverse. Pour la plupart des gens, ça peut paraître déplaisant, mais pour un fumeur, il n'y a pas mieux – la première cigarette du matin fois dix. C'était toujours ma récompense quand je voyageais, et sans ça, je me serais senti bien perdu. Après avoir passé la douane après ce tout dernier vol, j'ai posé ma valise et me suis tourné vers Hugh. « Et maintenant ? » ai-je demandé. Et, sans tambour ni trompette, il nous a conduits au train.

C'était hier matin, et j'ai pourtant l'impression que ça remonte à des mois. J'ai fumé ma dernière cigarette il y a trente-huit heures, et je dois dire que, si ça n'a pas été totalement indolore, ça n'a pas non plus été aussi épouvantable que je pensais. Je m'attendais à un effondrement complet, mais étonnamment c'est Hugh qui est devenu de mauvais poil et irritable. Moi je suis comme d'habitude, ce qui est peut-être lié au patch que je me suis mis au bout de trois heures de vol. Je n'avais pas l'intention d'en acheter, mais, il y a quelques jours, en passant devant une pharmacie, j'ai changé d'avis et j'en ai acheté quatre-vingts. Si je n'en avais jusqu'alors jamais utilisé, c'est que, pour moi, fumer se réduisait à ça – une activité produisant de la fumée. Les patchs ne satisfont pas la forte envie de se coller un truc dans le bec et de l'allumer, mais ils sont étrangement apaisants.

278

Tant que j'y étais, j'ai aussi acheté cinq boîtes de pastilles à la nicotine. Je ne les ai pas encore ouvertes, mais le fait de savoir qu'elles sont disponibles – peut-être que ça m'apaise, ça aussi.

Plus que mes produits, je pense que ça aide que tout soit si nouveau et différent : nos W-C électriques, par exemple. Il y a un panneau de commande fixé au siège, et dessus une douzaine de boutons. À chacun correspond une explication en japonais et une illustration simple. Ce qui ressemble à un *w* minuscule est un derrière. Le Y majuscule est un vagin. Si vous avez les deux, vous pouvez vous occuper pendant des heures, mais même pour les gars, il y a beaucoup à faire. « Puis-je laver ça pour vous ? » demandent silencieusement les W-C. « Pour l'eau, préféreriez-vous un jet constant ou bien l'explosion staccato ? Quelle température ? Puis-je offrir également mon service séchoir ? » Et ainsi de suite.

Le gérant de l'immeuble nous a montré comment fonctionnaient les W-C électriques ainsi que tous les autres ustensiles de l'appartement. Gardien-san, je l'appelle. L'homme mesure une dizaine de centimètres de moins que moi et semble ne connaître aucun mot d'anglais autre que « hello ». Deux mois d'apprentissage sur CD m'ont permis de nous présenter en toute confiance, Hugh et moi, et de me fendre d'un commentaire sur le temps agréable tandis que nous montions dans l'ascenseur pour nous rendre au vingt-sixième étage.

MOI : *Ii o tenki desu ne ?*
LUI : *So desu ne !*

Une fois franchi le seuil de notre appartement, Gardien-san a enlevé ses mocassins. Hugh a fait de même, puis m'a donné un coup de pied en chaussette.

« Chaussures interdites.

– Mais, c'est *notre* appartement, ai-je murmuré.

– Peu importe. »

Au bout du petit couloir, juste là où commence la moquette, se trouve un arbre en métal bas auquel sont suspendus des chaussons. Ils sont tout neufs, un assortiment pour hommes et pour femmes, et tous ont encore les étiquettes de prix sur les semelles. Gardien-san a enfilé la plus petite paire puis nous a fait visiter ce qui sera notre foyer pour les trois mois à venir.

Je savais comment dire que l'appartement était grand et bien, mais pas qu'il sentait le neuf et me faisait penser à ces apparthôtels de gamme moyenne. Dans le séjour il y a deux images encadrées. Elles ressemblent aux échantillons de couleurs qu'on trouve dans les magasins de peinture, sauf qu'elles sont anonymes et montées sur fond blanc. Elles sont accrochées au-dessus d'un meuble hi-fi vide, face à un rayon de bibliothèque vide. Il y a également un placard vide aux portes en verre, ainsi que deux sofas, une table, des chaises, et un téléviseur qui a l'air compliqué. Si l'appartement en lui-même n'a rien de remarquable, à l'extérieur c'est le pays des merveilles. Dans le prolongement du séjour se trouve un balcon peu profond, et de là on voit la Tour de Tokyo. Il y a également un balcon dans la chambre à coucher, qui donne sur un dédale de canaux, certains avec de petits bateaux dessus. Et puis il y a un dépôt ferroviaire, et, plus loin, une usine de retraitement des déchets. J'ai dit à Gardien-san : « Bien. Bien. Notre appartement est bien. » Quand il a souri, nous avons souri. Quand il s'est incliné, nous nous sommes inclinés. Quand il est parti, nous avons pris ses chaussons et les avons accrochés à l'arbre bas en métal.

6 janvier

Notre tour est située dans une rue animée mais pas déplaisante, bordée de bâtiments sensiblement de même hauteur, certains occupés par des commerces, d'autres résidentiels. Sur notre trottoir, nous avons d'un côté un bureau de poste, et de l'autre un restaurant appartenant à une chaîne. Devant la porte d'entrée se trouvent des arbres ornés de lampions, et de l'autre côté de la rue une alimentation générale qui s'appelle Lawson. Lorsqu'ils transcrivent un mot étranger, les Japonais utilisent le syllabaire katakana, mais ce panneau-ci, comme celui du 7-Eleven, est en anglais. Ils vendent ma marque de cigarettes chez Lawson, mais si je les voulais encore plus vite je pourrais m'en procurer au Peacock, un supermarché assez grand situé au sous-sol de notre immeuble. Leur enseigne est également en anglais, j'ignore pourquoi. Si vous vous adressez aux Occidentaux, la première chose dont vous avez besoin, ce sont des Occidentaux. Il y a Hugh et moi, mais à part nous, je n'en ai pas vu un seul dans les rues, et certainement pas non plus au Peacock. Nous y sommes descendus deux fois hier et avons été complètement perdus. Le lait, je le reconnais aux boîtes en carton rouge et à la petite silhouette de vache, mais comment trouver de la sauce soja lorsque, dans les rayons, tout ressemble à de la sauce soja ? Comment faire la différence entre le sucre et le sel, entre le café normal et le décaféiné ?

À Paris, les caissières sont assises, et non pas debout. Elles font passer les produits devant un rayon laser et vous demandent ensuite l'appoint. L'argument étant qu'il n'y a pas assez d'euros en circulation. « Dans toute l'Europe il y a pénurie de pièces. »

À quoi je réponds : « Vraiment ? » parce qu'il y en a plein en Allemagne. On ne me demande jamais de faire l'appoint en Espagne, en Hollande ni en Italie, donc je pense que le problème est lié aux caissières parisiennes, qui sont, disons-le, fainéantes. Ici, à Tokyo, elles ne sont pas seulement besogneuses, mais presque violemment joyeuses. En bas, au Peacock, la petite monnaie s'écoule comme l'eau du robinet. Les femmes derrière leur caisse enregistreuse s'inclinent devant vous, et attention, pas un vague hochement de tête, comme on le fait parfois quand quelqu'un passe dans la rue. Ces caissières joignent les mains et se penchent à partir de la taille. Puis elles disent quelque chose qui, pour moi, ressemble à : « Nous, les gens de ce magasin, vous vénérons comme nous vénérerions un dieu. »

7 janvier

Une Japonaise que nous avions rencontrée à Paris est venue à l'appartement hier et a passé plusieurs heures à nous expliquer le fonctionnement de nos appareils électroménagers. Le micro-ondes, la bouilloire, la baignoire électrique, tout clignote, bipe et retentit au milieu de la nuit. Je me demandais pourquoi le cuiseur à riz insistait, et Reiko nous a expliqué qu'il était sur minuteur et voulait seulement qu'on sache qu'il était là, prêt à l'usage. Idem pour la bouilloire ; la baignoire en revanche était juste une emmerdeuse, et nous réveillait sans raison.

8 janvier

J'ai ôté mon patch hier soir et ai été dégoûté par la marque dégueu qu'il m'a faite. J'ai l'impression d'avoir porté un autocollant, alors plutôt que de remplacer celui que j'ai enlevé, je crois que je vais juste ne pas en mettre et voir ce qui se passe. Quant à mes trois cents dollars de pastilles, je ne les ai toujours pas ouvertes, et je ne crois pas que je les ouvrirai. Ce que j'ai fait, à la place, c'est que j'ai roulé des fiches bristol pour obtenir de petits tubes. J'en ai toujours un à la bouche quand j'écris à mon bureau, et lentement je le mâchonne jusqu'à obtenir une pâte que j'avale. J'en suis désormais à six par jour et me demande si je ne pourrais pas passer à une marque plus légère, et sans les lignes.

9 janvier

Au rayon épicerie du grand magasin Seibu, j'ai vu un poulet entier qui coûtait l'équivalent de quarante-quatre dollars. Ça m'a paru excessif jusqu'à ce que je voie, dans un autre grand magasin, quatorze fraises pour quarante-deux dollars. Elles étaient assez grosses, mais quand même. Quarante-deux dollars – c'est presque le prix d'un poulet.

10 janvier

Je suis passé me renseigner dans une école où on donne des cours de japonais, et la femme à l'accueil a proposé, puisque j'étais là, que je passe tout de suite le test de niveau. « Pourquoi pas ? a-t-elle dit. Autant le faire maintenant ! » Je n'avais pas prévu de rester si longtemps, mais j'ai apprécié qu'elle l'ait présenté sous un jour amusant et facile. Un test ! En japonais ! Justement, j'y songeais !

Une minute plus tard j'étais assis derrière une porte close dans une petite salle blanche.

Q : *Ueno koen __ ___ desu ka ?*
R : *Asoko desu !*

J'avais été en forme toute la matinée – à l'appartement, dans le métro, en faisant la queue à la poste. Ce n'était pas comme si je n'avais jamais fumé de ma vie, mais j'avais réussi à ne pas trop me focaliser sur le fait que j'étais devenu non-fumeur. Sauf que maintenant que j'étais sous pression pour répondre à la vingtaine de questions de mon test, j'aurais volontiers donné un de mes yeux contre une cigarette, même une qui ne soit pas de ma marque. Je me suis rendu compte que ça aidait de me mâchouiller doucement la langue, mais ça ne marche que pendant les périodes de manque standard. Là, j'avais besoin de mâchouiller la langue de quelqu'un d'autre – jusqu'à l'arracher.

Enfermé dans cette petite pièce étouffante, j'ai regretté de ne pas avoir suivi le conseil de mon amie Janet, qui mettait deux, trois centimètres d'eau et une douzaine de mégots dans un petit pot de bébé. Elle se le trimballait dans son sac à main, et chaque fois qu'elle avait envie d'une cigarette, elle ouvrait le couvercle du récipient et aspirait une bonne bouffée de ce fumet assez répugnant, même le fumeur le plus enthousiaste se doit de le reconnaître. Pendant les moments de faiblesse, il est facile d'oublier pourquoi on a voulu un jour arrêter. C'est pour ça que j'aurais dû garder cette télécommande. Même une fois le sperme séché et écaillé, je pense que ç'aurait été un pense-bête efficace.

Inspire. Expire. Ça m'a pris quelques minutes, mais j'ai fini par me calmer, et je me suis rendu compte, grâce à mes CD pour apprendre le japonais, que je connaissais quelques-unes des réponses à ces questions, du moins dans la partie où il fallait remplir les blancs. Pour couronner le tout, je devais faire une rédaction sur le thème : « Mon pays, présentation. »

« Je suis américain, mais maintenant j'habite dans d'autres endroits parfois, ai-je écrit. L'Amérique c'est grand et pas très cher. »

Ensuite je me suis assis les mains croisées jusqu'à ce qu'un professeur me fasse revenir dans le couloir. Mon test a été noté en moins d'une minute, et lorsque la femme derrière son bureau m'a mis dans le cours pour débutants, j'ai essayé de faire comme si j'étais flatté, comme s'il existait une catégorie *sous*-débutants, et qu'il venait juste d'être décidé que j'étais trop bon pour ce cours-là.

12 janvier

En termes de stress et du rapport entre le stress et le fait de fumer, une école de langues n'est probablement pas la meilleure idée au monde ; j'y ai pensé hier matin en allant à mon premier cours. C'était de 9 heures à 12 h 45, et durant cette période nous avions deux professeurs différents, deux femmes, toutes deux très gentilles. Avec Ishikawa-sensei, nous avons commencé par le commencement : Bonjour. Ravi(e) de vous rencontrer. Je m'appelle Lee Chung Ha, Keith, Matthieu, et ainsi de suite. Parmi les dix élèves, quatre sont coréens, trois français, deux américains, et un est indonésien. Heureusement je n'étais pas le plus âgé de la classe. Cette distinction revenait à Claude, un professeur d'histoire de Dijon.

C'est triste, vraiment. Il suffit que je me retrouve dans une salle de classe pour qu'en cinq minutes, tout me revienne : le côté lèche-bottes, la jalousie, le désir d'être le premier de la classe, et la réalité : je n'ai jamais été assez intelligent. J'écris dans mon carnet : « Arrête de parler. Ce n'est que le premier jour. N'épuise pas immédiatement tout le monde. »

J'aime bien Sang Lee, la Coréenne de dix-sept ans, assise au deuxième rang. En fait, « bien aimer » n'est sans doute pas le terme qui convient. C'est surtout que j'ai besoin d'elle, j'ai besoin de quelqu'un qui soit pire que moi, de quelqu'un que je puisse regarder de haut. Comme c'est un cours pour débutants, je ne pensais pas que quiconque connaîtrait l'alphabet hiragana. Un caractère ou deux, peut-être, mais sûrement pas la totalité. Quand il est apparu que tout le monde le connaissait, tout le monde sauf moi et cette petite sotte de Sang Lee, j'ai été accablé.

« Où avez-vous appris ça ? » ai-je demandé à l'un des étudiants français.

Et il a répondu d'un ton neutre :

« Oh, je l'ai attrapé comme ça par bribes, par-ci par-là.

– C'est la grippe, qu'on "attrape comme ça", lui ai-je dit. Ou les paroles d'une chanson en espagnol. Mais un alphabet de quarante-six caractères, ça ne s'apprend pas, sauf à s'asseoir exprès pour les apprendre, en se les rentrant dans le crâne. »

« Attrapé comme ça », tu parles. Moi j'en connais deux, des caractères. C'est tout. Deux, pas un de plus. Ce qui me place deux crans devant cette adorable idiote de Sang Lee, une avance somme toute pas très confortable.

13 janvier

L'école continue, le défilé des professeurs aussi. Nous en avons eu deux différents, hier, Ayuba-sensei et Komito-sensei. Les deux étaient patientes et enthousiastes, mais aucune n'avait l'exubérance de Miki-sensei de jeudi. À un moment donné, elle m'a demandé comment dire le chiffre *six*. J'ai hésité un peu trop longtemps, et du coin de la bouche elle a soufflé : « Roku.

– Redites voir ! »

Elle l'a chuchoté une deuxième fois, et quand je l'ai répété avec succès après elle, elle a applaudi avec une sincérité qui ne semblait pas feinte, et m'a dit que c'était vraiment très bien.

16 janvier

Juste avant 3 heures du matin, je me suis réveillé car notre lit était en train de bouger. « Tremblement de terre ! » me suis-je écrié. Hugh s'est assis sur son séant, en entendant ma voix, et ensemble nous sommes restés bouche bée devant les rideaux qui tanguaient douce-ment. Ce n'était pas le moment de se lever, ni même de courir chercher un abri, mais je me rappelle m'être dit que ce ne serait vraiment pas juste de mourir deux semaines après avoir arrêté de fumer.

17 janvier

J'étais à la pause avec Christophe-san hier, et nous nous sommes mis à parler des distributeurs automa-tiques, pas seulement ceux que nous avions devant nous, mais ceux en extérieur aussi.

« Vous vous rendez compte ? m'a-t-il dit. Dans les stations de métro, dans la rue, ils restent là sans être endommagés.

– Je sais. »

Notre camarade de classe indonésien est arrivé, et, après nous avoir écoutés un moment, il nous a demandé ce qu'il y avait de si extraordinaire.

« À New York ou à Paris, ces machines seraient van-dalisées », lui ai-je dit.

L'Indonésien a froncé les sourcils.

« Il veut dire détruites, a précisé Christophe. Les gens casseraient les vitres et les couvriraient de graffitis. »

L'étudiant indonésien a demandé pourquoi, et nous avons eu bien du mal à lui expliquer.

« Peut-être parce que ça occupe ? ai-je proposé.

– Mais les gens peuvent lire le journal, a rétorqué l'Indonésien.

– Oui, ai-je dit, mais ce n'est pas ça qui va satisfaire le besoin basique de casser quelque chose. »

Il a fini par dire : « Ah, d'accord », comme je le fais lorsqu'il me paraît plus important de passer à autre chose que de comprendre. Puis nous sommes tous retournés en cours.

J'ai repensé à notre conversation après l'école, tout en franchissant à la hâte une passerelle qui reliait deux stations de métro. Il y avait des fenêtres de part et d'autre des tapis roulants, dont les rebords étaient ornés de fleurs en pots. Personne n'avait arraché les pétales. Personne n'avait jeté de détritus dans les pots ni ne les avait jetés au sol. Comme la vie semble différente quand les gens se tiennent bien – les fenêtres ne sont pas barricadées, les murs ne sont pas couverts de peinture antigraffitis. Et ces distributeurs automatiques comme ça, en plein air, alignés sur le trottoir comme des gens qui attendent leur bus.

18 janvier

Dans mon livre pour arrêter de fumer, l'auteur écrit que manger ne peut remplacer les cigarettes. Il le répète à peu près trente fois, à l'envi, comme un hypnotiseur. « Manger ne peut remplacer les cigarettes. Manger ne peut remplacer les cigarettes… » Je me le répète moi-même en inspectant le réfrigérateur et en grimaçant face aux trucs dingues que Hugh a rapportés à la maison hier : des sortes de tiges en marinade, ça y ressemble en tout cas. Tout est marron foncé et flotte dans un sirop trouble. Et puis il y a ce poisson, emballé dans du papier. Il est censé être mort, mais je ne peux m'empêcher de penser qu'il a simplement été paralysé. Mon nouveau QG est le Cozy Corner, une cafétéria à l'occidentale, proche de la station de métro Tamachi. J'ai montré du doigt quelque chose dans la vitrine, et la vendeuse a identifié ladite chose comme étant *shotokeki*. Qui est en fait le terme japonais pour désigner un *shortcake*, autrement dit un sablé.

19 janvier

Aujourd'hui, on a fait une dictée, et je me suis surpris à avoir envie de pleurer. Ce n'est pas juste que je suis le plus mauvais de la classe, c'est que je suis clairement le plus mauvais élève de la classe, à des kilomètres derrière l'ex-andouille, Sang Lee. Ce qui rend la situation bien plus difficile à supporter, c'est la gentillesse du professeur, qui finit par ressembler à de la pitié. « Vous pouvez garder votre livre ouvert », m'a dit Miki-sensei, mais même ça, ça ne m'a pas été d'une grande aide. Au lieu de *kyoshi*, j'ai écrit *quichi*. Au lieu de *Tokyo*, j'ai écrit *doki*, comme dans *tokidoki*, qui signifie « parfois ». « Ce n'est pas grave, a dit Miki-sensei. Vous finirez par y arriver. »

Après la dictée, nous avons ouvert nos livres et lu à voix haute. Mae Li a réussi les doigts dans le nez, de même qu'Indri et Claude. Puis ç'a été à mon tour.

« À… qui… est… ce…

– Livre, a chuchoté Sang Lee.

– À qui est ce livre ? ai-je poursuivi.

– Bien, a dit Miki-sensei. Essayez la ligne suivante. »

J'ai entendu le reste de la classe gémir.

« Est…-ce… ta… ton livre… »

Acheter du shampooing pour se rendre compte ensuite que c'est du lait pour bébé, c'est pénible, mais c'est une humiliation intime. Alors que là, c'est en public, et tout le monde autour de moi en pâtit. *N'interrogez pas David-san, n'interrogez pas David-san*, j'entends mes camarades de classe penser ça bien fort dans leur tête. Lorsqu'on se met par groupes pour faire des exercices, je vois bien ce regard qui signifie : « Mais c'est pas juste. J'ai déjà été obligé d'être avec lui la fois *d'avant*. »

J'ai vécu un peu ça en cours de français, mais je ne réalisais pas alors à quel point c'était de la rigolade, comparé à ce que j'endure maintenant. Il y a certaines lettres qu'on ne prononce pas en français, mais au moins c'est le même alphabet. J'étais plus jeune, à l'époque, aussi, et à l'évidence j'encaissais mieux. Je suis sorti de cours hier avec un objectif – me trouver un endroit à l'écart, m'asseoir, et me laisser aller à chialer un bon coup. Malheureusement, on est à Tokyo, et il n'existe pas d'endroit à l'écart – pas d'église où se réfugier, pas de banc dans la pénombre d'un parc.

Le fait que je sorte du métro à Shinjuku n'a pas arrangé les choses. Deux millions de gens transitent chaque jour par cette gare. Puis ils s'égaillent dans les tours de bureaux et les grands magasins, dans les rues congestionnées et les galeries commerciales souterraines à l'éclairage cru. Je suis toujours tenté de comparer tel ou tel secteur à Times Square. Puis je parcours un ou deux kilomètres, et voilà un autre secteur, encore plus bondé. Et ainsi de suite, et à chaque nouveau quartier je me sens encore plus insignifiant. C'est comme regarder un ciel plein d'étoiles en ayant la certitude que chacune n'est pas simplement habitée, mais surpeuplée, le message étant : tu es moins que rien.

C'est sans doute une bonne chose que je n'aie pas pleuré. Beaucoup de gens pensent que fumer et boire vont de pair. « Les deux sont inséparables », insistent-ils. Je pense la même chose des larmes, je crois bien. Si l'on ne peut pas conclure une bonne séance de pleurs par une cigarette, alors à quoi bon ?

21 janvier

De temps en temps, il m'arrive d'oublier que j'ai arrêté de fumer. Je suis dans le métro ou dans un magasin, et je me dis : *Ah, une cigarette, voilà qui devrait tout résoudre.* Alors je mets la main à la poche, et, après la panique qui accompagne le fait de n'avoir rien trouvé, je me rappelle que j'ai arrêté, et ça me fiche comme un petit coup accablant. Comme lorsqu'on vous annonce une nouvelle horrible, mais à une plus petite échelle, non pas « le bébé va mourir » mais « le bébé ne gardera pas tous ses cheveux ». Dix fois par jour, ça arrive. J'oublie, et ensuite je me souviens.

23 janvier

« Si vous voulez arrêter de fumer, il faut revenir à la personne que vous étiez avant de commencer. » Quelqu'un m'a dit ça il y a quelques mois, et j'ai cru qu'il plaisantait. Maintenant, que cela me plaise ou non, je vois que je reviens à celui que j'étais à vingt ans, en tout cas sur le plan scolaire. Hier matin, on a fait un contrôle de hiragana. Sur 100, j'ai eu 39. C'était la plus mauvaise note de la classe, ce qui n'a pas empêché la prof de décorer ma copie à l'aide d'un autocollant fantaisie sur lequel il y avait écrit « Hourra la vôtre !!! »

« C'est une très mauvaise note », m'a dit Claude-san. Lui-même avait eu 100 sur 100, et tandis qu'il s'apprêtait à fêter ça en se fumant une cigarette, je l'ai regardé en pensant : *Pauvre mec.*

25 janvier

Selon le livre que je lis, au bout de trois semaines sans fumer, je suis censé ressentir une sorte d'allégresse. *Youpi,* devrais-je me dire. *Je suis libre !* Hier, ça faisait exactement trois semaines, mais au lieu d'être joyeux je me suis senti faible et j'ai envisagé la possibilité de fumer une cigarette. *Juste une,* ai-je songé. *Juste pour avoir la preuve qu'elles ne sont pas aussi bonnes que dans mon souvenir.*

Puis j'ai pensé au supermarché en sous-sol, et au petit magasin de l'autre côté de la rue. Je pouvais descendre m'acheter un paquet de Kool Mild, en prendre juste une, et jeter le reste à la poubelle. Rien qu'à imaginer le goût – le coup de fouet presque thérapeutique au fond de la gorge – j'ai littéralement salivé, et pour la première fois depuis que j'avais arrêté, j'ai éprouvé un sentiment d'impuissance. On arrête de fumer, et après ? On passe le reste de sa vie misérable à avoir envie d'une cigarette ? Ce n'était pas pareil avec la boisson, mais bon, j'ai une vie, des choses à faire, et le fait d'être saoul avait tendance à compliquer les choses. Contrairement à l'alcool, la cigarette ne présente pas d'inconvénient immédiat. Qu'on en fume une, qu'on en fume cinq ou vingt, on peut non seulement fonctionner, mais mieux fonctionner, à moins… bon, évidemment, d'abattre des arbres ou de réanimer les gens, deux choses que je ne fais plus guère. *Juste une cigarette,* me disais-je. *Juste une.*

C'est gênant, mais ce qui m'a fait tenir pendant mon moment de faiblesse a été la perspective du Four Seasons à Santa Barbara. Les chambres normales sont assez épatantes, mais les villas particulières sont encore mieux. Je suis allé dans l'une d'elles, une fois, à l'époque où on pouvait encore fumer, et j'ai été impressionné par la sensation de confort, vraiment comme à la maison. La plupart des hôtels sont assez spartiates. Tout ce qui n'est pas solidement fixé risque d'être dérobé, donc il n'y a que le lit, le bureau, la stupide estampe clouée au mur : les rudiments. Ces villas, en revanche, ressemblent à de petites maisons habitées par des gens riches de bonne famille. Plaids en cachemire, bols de fabrication artisanale – pas exactement à mon goût, mais qui s'en soucie ? Ma villa était équipée d'une cheminée, et, si je me souviens bien, il y avait un tisonnier et une pince accrochés au serviteur à côté de l'âtre. C'est tellement pédé de penser à ça – la pince pour la cheminée, au Four Seasons de Santa Barbara – mais c'est comme ça. J'y ai pensé une ou deux minutes, puis je me suis senti mieux, l'envie était passée, encore une chose qu'ils disent dans le livre que je lis : il faut tenir, c'est tout.

26 janvier

C'est dur de dire dans quel genre de quartier on est. Coincés entre les tours de bureaux, il y a pas mal d'immeubles d'habitation. Je n'arrive pas à savoir exactement qui y vit. Des gens aisés ? Classe moyenne ? Une femme va porter une robe en lambeaux par-dessus un pantalon, et à mes yeux, ce sera du Comme des Garçons, avec une saison de retard peut-être, mais néanmoins chic et cher. Le long des canaux il y a des maisons simples d'un ou deux étages. En Amérique, on pourrait nonchalamment regarder par les fenêtres, mais ici, si, par un improbable hasard, les rideaux sont ouverts, vous risquez de voir l'arrière d'un buffet ou d'une bibliothèque. Même dans les maisons qui donnent sur le parc, les gens ont leurs fenêtres obstruées. Ou alors le verre a une texture particulière. J'ai remarqué la même chose quand on est allés à la campagne. Voilà un village de vingt maisons, et il n'y en a pas une dont on puisse voir l'intérieur.

De la même façon, certains cachent leurs livres sous des couvertures décoratives à motifs, pour qu'on ne voie pas ce qu'ils sont en train de lire. Partout ailleurs dans le monde, si quelqu'un vous intrigue, vous n'avez qu'à le suivre un moment. En l'espace de quelques minutes, son portable va sonner, et vous en saurez sur son compte bien plus que vous ne vouliez en savoir. Ici, bien sûr, il y a la considérable barrière de la langue, mais même si je parlais couramment le japonais, ça ne m'aiderait en rien. Au bout de trois semaines, je n'ai pas vu un seul passager, que ce soit en bus ou dans le métro, parler dans son téléphone portable. Les gens le font parfois dans la rue, mais même là, ils chuchotent et se couvrent la bouche de leur main libre. Quand je vois ça, je me demande : *Qu'est-ce que vous cachez ?*

27 janvier

Il est possible que les véritables Japonais perçoivent les choses autrement, mais en tant que visiteur je suis impressionné par la gentillesse et le côté accommodant de tout le monde. La fleuriste en bas de chez nous, par exemple. Je lui ai demandé par où passer pour prendre le monorail, et après qu'elle m'a patiemment donné les indications, j'ai décidé d'acheter un bouquet Hello Kitty. Ce qui consiste en gros à un œillet avec des oreilles pointues. Ajoutez-y deux ronds en plastique pour les yeux et un de plus pour le nez, et vous avez votre chat à vingt dollars. « Mignon », ai-je dit, et comme la fleuriste en convenait, j'ai boosté mon compliment en disant :

« Très mignon.

– Vous parlez avec habileté », m'a-t-elle dit.

Grisé par ces louanges, j'ai alors fait remarquer que nous avions beau temps. Elle a confirmé, et, après avoir payé, je me suis dirigé vers la porte. N'importe où ailleurs, je dis au revoir en sortant d'un magasin ou d'un restaurant. Ici, cependant, j'utilise une phrase apprise dans mes CD pédagogiques. « Maintenant, je m'en vais », j'annonce, et les gens autour de moi s'esclaffent, peut-être parce que, en disant ça, j'enfonce une porte ouverte.

30 janvier

Hier, après la pause de milieu de matinée, la prof s'est approchée de moi dans le couloir. « David-san, a-t-elle dit, je pense que vos devoirs à la maison *chotto*… »

Ce qui signifie « un peu » et est utilisé quand on ne veut pas vexer quelqu'un.

« Vous pensez que c'est *chotto* quoi ? *Chotto* mauvais ?

– Non.

– *Chotto* bâclés ? *Chotto* fainéants ? »

La prof a joint les mains et les a contemplées un moment avant de poursuivre. « Peut-être, euh, vous ne comprenez pas tant que ça. »

Avant, je me moquais de cet art japonais du louvoiement, mais maintenant je vois qu'il s'agit d'une véritable délicatesse, pas seulement pour le pratiquer, mais aussi pour l'interpréter. À 11 heures, nous changions de professeur. Miki-sensei est arrivée, ses livres et des supports visuels à la main, puis nous a expliqué comment demander des choses. Si vous voulez, par exemple, emprunter de l'argent, vous demandez à votre interlocuteur s'il en a. Si vous désirez savoir l'heure qu'il est, vous demandez à l'autre personne si elle a une montre.

J'ai levé la main.

« Pourquoi ne pas juste demander l'heure ?

– Trop direct, a dit Miki-sensei.

– Mais l'heure, c'est gratuit.

– Peut-être. Mais au Japon, pas une bonne idée. »

Après les cours, je suis allé au Cozy Corner avec Akira, qui a passé de nombreuses années en Californie et travaille à présent pour un traducteur littéraire. Nous avons tous les deux commandé des shotokeki, et tandis que nous mangions, il a fait remarquer que, contrairement à l'anglais, le japonais est une langue d'auditeur. « Ce qui n'est pas exprimé est souvent plus important que ce qui l'est. »

Je lui ai demandé comment complimenter quelqu'un pour, disons, sa chemise.

« Est-ce que je dis : "J'aime la chemise que vous portez" ou "J'aime votre chemise" ?

– Ni l'un ni l'autre. Au lieu de perdre du temps avec l'objet, tu diras juste : "J'aime", en laissant la personne deviner de quoi il s'agit. »

Nos professeurs nous ont dispensé des conseils pour le moins similaires. Donnez-leur une phrase, et ils la dépouilleront de tout ce qui est superflu. « Inutile de commencer par je, puisqu'il est clair que c'est vous qui parlez », diront-ils.

La prochaine session de cours de japonais reprend le 8 février et je viens juste de décider de ne pas me réinscrire. Faut-il que je l'annonce à l'avance, mais est-ce que ça ne risque pas d'être trop verbeux et direct ? Il est peut-être préférable de prendre la porte et de ne jamais revenir. Je m'en voudrai pendant un ou deux jours, mais avec le temps, je m'en remettrai. Tel que je vois les choses, je suis venu ici pour arrêter de fumer. C'est ma priorité principale, et, du moment que je ne replonge pas, je peux considérer que l'opération, à défaut d'être un succès, n'est pas un échec complet.

31 janvier

Quatre semaines sans une cigarette.

Compte tenu de mon niveau en japonais, il semble injuste de critiquer les phrases d'anglais que j'ai pu voir. L'enseigne d'un salon de beauté annonce « Mascala / Limmel », et au lieu de me moquer, je pourrais les féliciter de ne pas être tombés si loin. Ce qui m'agace, ce sont les erreurs sur les produits manufacturés, celles commises chez Lawson, par exemple. Une chaîne immense, d'envergure nationale, et voici ce qui est imprimé sur les emballages de leurs sandwichs préparés : « Nous avons des sandwichs dont vous pouvez apprécier différents goûts. Pour que vous trouviez votre préféré de nos sandwichs. Nous espérons que vous pouvez choisir le meilleur pour vous-même. »

Ce n'est pas atrocement à côté de la plaque, mais, il n'empêche, quelqu'un de la direction, peut-être, pourrait dire : « J'ai un cousin qui habite en Amérique. Ça vous dirait que je lui passe un coup de fil pour lui lire le texte avant qu'on le colle sur dix millions d'emballages ? » Eh bien non.

Parmi les cadeaux d'anniversaire de Hugh, il y avait deux tasses à thé fabriquées artisanalement que j'avais achetées au grand magasin Mitsukoshi. Dans la boîte se trouvait un portrait de l'artisane, qui a, pendant des années, été enchantée par « la chaleur de l'Agile ». Je pensais qu'il s'agissait d'un autre artisan, L'Agile-san bien-aimé, mais Hugh a deviné qu'ils voulaient dire

« argile ». La phrase complète est la suivante : « En étant enchantée par la chaleur de l'Agile et la poterie traditionnelle sur la période si loin elle joue une part active largement comme coordinatrice qui non seulement produit et conçoit sa propre poterie mais propose le remplissage de toute la vie de l'Humain avec plaisir et un esprit joyeux. »

5 février

À côté du palais impérial se trouve un parc avec un grand lac rempli de carpes koï. Hugh et moi nous approchions hier du portail quand deux jeunes hommes nous ont abordés en disant : « Oui. Bonjour. Une minute s'il vous plaît ? »

Ils étaient tous les deux étudiants dans une université locale, et se proposaient de nous faire visiter, « pas pour de l'argent, a expliqué le plus grand des deux, mais pour nous aider à améliorer notre angueu-lais ».

« Non merci », lui a répondu Hugh, et le jeune homme qui avait parlé et qui s'appelait Naomichi, s'est tourné vers son ami. « Il nous dit : "Non, merci." »

C'est là que je suis intervenu.

« Oh, et puis après tout, ai-je dit à Hugh. Allez, ça va être marrant.

– Êtes-vous en train de dire : "Oui, s'il vous plaît" ? » a demandé Naomichi.

Et je lui ai dit oui.

Durant les cinq premières minutes de notre visite guidée, nous avons parlé des édifices en ruine.

« Si ce sont les vestiges du corps de garde, où est l'endroit que les gardes gardaient ? ai-je demandé.

– Disparu incendie », m'a dit l'Étudiant n° 2.

À part quelques murs, il semblait que tout avait brûlé. « Pourquoi n'avez-vous pas construit en pierre ?

ai-je demandé, comme si je réprimandais l'un des trois petits cochons. S'il y avait des risques d'incendie, et manifestement c'était le cas, pourquoi ne pas être passé à des matériaux ignifugés ?

– Pas notre manière, a dit Naomichi.

– Nous ne savions pas faire à l'époque », a ajouté son ami.

C'est là que nous avons cessé de nous intéresser au parc et avons commencé à interroger les étudiants sur leur vie. « Qu'est-ce que vous étudiez ? » « Est-ce que vous habitez chez vos parents ? » « Depuis combien de temps étudiez-vous l'anglais ? » pendant que Hugh et Naomichi parlaient du déclin de popularité du sumo, l'Étudiant n° 2 et moi avons discuté de la majesté de la nature.

« Qu'est-ce que vous avez comme animaux sauvages, à Tokyo ? ai-je demandé.

– Animaux sauvages ?

– Vous avez des écureuils ? »

Pas de réponse.

J'ai fait semblant de me remplir les joues de noix, et le jeune homme a dit : « Ah, *sukaworra* ! »

Je suis alors passé aux serpents et lui ai demandé s'il en avait peur.

« Non, je pense qu'ils sont très mignons. »

Manifestement, ai-je pensé, *il m'a mal compris.*

« Serpent, ai-je répété, et j'ai mimé avec le bras un cobra prêt à frapper. Horrible. Dangereux. Serpent.

– Non, a-t-il dit. La seule chose qui me fait peur c'est baleine.

– Les baleines dans la mer ?

– Non, a-t-il dit, *baleine*. Peut-être je le dis mal, mais *baleine. Baleine.* »

J'étais sur le point de faire semblant de comprendre lorsqu'il a sorti un dictionnaire électronique et a tapé le mot qu'il cherchait, *ga*, dont la traduction, chose étrange, est « phalène ».

« Tu as peur des phalènes ? »

Il a fait oui et a grimacé un peu.

« Mais personne n'a peur des papillons de nuit.

– Moi si, a-t-il chuchoté, et il a regardé derrière nous, comme s'il avait peur qu'il y en ait un qui soit en train d'écouter.

– Tu as aussi peur des papillons ? » ai-je demandé.

Le jeune homme a incliné la tête.

« Papillon, ai-je dit, le cousin coloré de la phalène. As-tu peur que lui aussi attaque ? »

Hugh m'a entendu dire ça et s'est retourné.

« Bon sang, de quoi discutez-vous, tous les deux ? »

Et l'Étudiant n° 2 a dit :

« De sauvagerie. »

6 février

Je pensais avant de venir ici que je prendrais chaque après-midi mon iPod et mes cartes bristol, et que je ferais une longue promenade. C'est ce que je faisais à Paris, si bien que chaque fois que j'utilise une phrase particulière, je me rappelle où je l'ai apprise. Hier matin, par exemple, je suis tombé sur Gardien-san, et quand je lui ai demandé combien d'enfants il avait, j'ai pensé au boulevard Daumesnil, à hauteur du viaduc des Arts. Il avait beaucoup plu le jour où j'avais appris la leçon 13, et les dernières feuilles de la saison, brun-roux et grosses comme des maniques, s'accrochaient au trottoir, on aurait dit qu'elles y avaient été collées, puis recouvertes de vernis. J'avais marché deux heures cet après-midi-là, et les phrases apprises alors avaient été mémorisées pour de bon, disons en tout cas jusqu'à maintenant. Je pense que ça m'avait aidé de fumer. En décembre, je pouvais encore allumer une cigarette sans réfléchir. Maintenant, je n'en allume *pas* et je pense si fort à ce qui me manque qu'il n'y a plus de place pour autre chose.

Il y a un autre problème, c'est qu'il est difficile de marcher, par ici, du moins comme je le fais à Londres ou Paris. Prenez Ginza, un quartier de magasins de luxe et de grands magasins. C'est le genre d'endroit que je me sens coupable d'apprécier, par exemple, le genre d'endroit où les cartes de menu sont en anglais. Il y a un stand qui vend de la crème glacée noire et un autre qui vend de la pizza en cornet. Les dimanches après-midi, la rue principale est fermée à la circulation, et des gens somptueusement vêtus défilent dans leurs plus beaux atours.

Ginza est à presque deux kilomètres de notre appartement, et pour m'y rendre je dois traverser je ne sais combien de files de voitures, en utilisant souvent des passerelles. Ensuite il y a les routes surélevées, les voies ferrées suspendues, les bretelles de sortie, et les chantiers. Pas seulement dans ce quartier, mais partout où je vais. L'agencement des bâtiments est aussi un sacré méli-mélo, le cube aux parois réfléchissantes entre la tour d'habitation et la maison de plain-pied en planches assemblées au petit bonheur.

Quand j'étais petit, j'avais trouvé une fourmi qui avait un parcours dingue dans le sous-sol de mes parents. Je voulais ouvrir la porte et faire sortir la bébête, mais j'ai ensuite eu une meilleure idée, je l'ai jetée dans le venti-lateur à l'arrière de notre téléviseur. Ce que la fourmi a vu alors et ce que je vois maintenant sont probablement deux visions similaires : une vue chaotique de l'avenir, grouillante de prodiges, mais curieusement dénuée de charme. Pas de lacs, pas d'espaces verts, pas d'avenues feuillues, et ça s'étend à l'infini.

7 février

J'ai essayé un maillot de bain dans l'un des grands magasins de Ginza et j'ai commis l'erreur d'entrer tout habillé sur la moquette de la cabine de déshabillage. La vendeuse m'a vu et m'a interpellé de la seule voix stridente que j'ai entendue depuis mon arrivée. « Stop. Attendez ! Vos chaussures ! »

Il ne m'était pas venu à l'esprit qu'il fallait que je les enlève, mais depuis le temps, je suppose que j'aurais dû le savoir. Dans une petite boutique où je suis allé le week-end dernier, il a fallu que j'enfile des pantoufles pour regarder dans la vitrine. Ensuite j'ai remis mes chaussures et j'ai dû à nouveau les enlever pour monter les escaliers jusqu'au premier étage, qui était une zone uniquement chaussettes.

Et puis il y a eu notre récente visite au musée Asakura Choso, le domicile restauré qui était également l'atelier de l'éminent sculpteur défunt. En entrant, on enfile des chaussons, qu'on remplace ensuite par d'autres chaussons, pour ceux qui veulent aller dans le patio. On enlève les chaussons au premier étage, mais on les remet au deuxième, puis il y a encore un changement pour le jardin sur le toit. Les sculptures de l'artiste étaient disposées dans toute la maison, et, certes, il y en avait pas mal, mais il aurait pu en réaliser deux fois plus s'il n'avait pas eu à se déchausser toutes les trois minutes.

8 février

Hier c'était mon dernier jour de cours, et une fois de plus j'ai eu des remords à l'idée de leur faire faux bond.

Notre première prof était Ayuba-sensei, une de mes préférées. Avec elle, on passe beaucoup de temps à répéter les choses, ce qui me convient tout à fait. Parler est le seul domaine où je ne sois pas trop mauvais, et elle me récompense d'un petit « *Li desu* » qui signifie « Bien ».

À la fin de la session, elle a fait glisser ses doigts de haut en bas sur ses joues, mimant des larmes. J'ai commencé à penser que je commettais une terrible erreur, mais ensuite il y a eu la pause et deux heures avec Miki-sensei. C'est une femme adorable, mais j'étais un peu dans mes petits souliers quand elle a distribué des feuilles en nous demandant d'écrire un essai intitulé « *Watashi No Nihon No Seikatsu* » (Ma vie japonaise).

Ma production finale fut assez simple, mais il s'agissait de ne pas tricher, et tout était écrit en hiragana. « Ma vie japonaise est distrayante mais très occupée. Chez moi c'est grand – 27 étages – et tout le temps je suis dans l'ascenseur. Parfois je vais au cinéma avec mon ami Hugh-san. Chaque jour je fais mes devoirs mais toujours j'ai de mauvaises notes. Maintenant je vais aller en Angleterre et parler anglais. Peut-être plus tard j'étudierai le japonais. »

9 février

Pour fêter la fin des cours, Hugh et moi sommes allés au restaurant. J'ai commandé le menu dégustation, qui se composait de huit plats, dont aucun n'était de taille à remplir une soucoupe. Le deuxième – un radis rabougri taillé pour ressembler à une fleur, un peu de poisson, une pomme de terre grosse comme une bille – était servi dans une profonde boîte en bois et accompagné d'un signe calligraphié à la main. La présentation était magnifique, chaque assiette de taille différente, de forme différente, de texture différente. La nourriture était bonne également. C'est juste qu'il n'y en avait pas assez.

Nous avons mangé au comptoir, non loin d'un homme qui finissait sa bouteille de vin. « Ça vous ennuie si j'allume une cigarette ? » a-t-il demandé, et je lui ai dit qu'il pouvait y aller. « Fumez-en trois, je vous en prie, et merci de souffler la fumée par ici ! » Je pense qu'il a cru ma remarque sarcastique, alors que j'étais totalement sincère. À l'époque où j'étais moi-même fumeur, j'étais souvent irrité par l'odeur des cigarettes des autres. Maintenant, allez savoir pourquoi, j'adore. Surtout quand je mange.

12 février

Hier en fin de matinée, Hugh et moi avons pris nos maillots de bain tout neufs et sommes allés dans un bâtiment municipal voisin. Là, au sixième étage, se trouve une piscine de dimensions olympiques. Ça m'a plu qu'on aperçoive notre appartement des baies vitrées derrière la chaise du maître nageur. J'ai apprécié les vestiaires et la manière silencieuse avec laquelle les gens se déplaçaient. La seule chose qui ne m'a pas emballé, c'est la nage en elle-même.

Contrairement à Hugh, qui a toujours un bonnet de bain et une paire de lunettes de piscine qui sèchent dans la salle de bains, ça fait plus de trente ans que je n'ai pas tenté de faire une longueur. Le vélo, ça va à peu près, mais dans l'eau, au bout de trois brasses, j'ai l'impression que mon cœur va exploser. Ça m'a pris du temps, mais j'ai finalement réussi à nager d'une extrémité à l'autre du bassin. Puis je l'ai refait, et encore refait, chaque longueur s'achevant par un mugissement soutenu. Grognant et haletant, j'attrapais le rebord et fermais les yeux de toutes mes forces, ressemblant, j'imagine, à un singe à moitié mort. De tous les gens présents, j'étais le seul avec des poils sur la poitrine. Déjà, ce n'était pas gagné, mais d'en avoir aussi sur le dos – j'ai véritablement senti que je dégoûtais les gens.

14 février

J'ai arrêté de fumer il y a seulement six semaines, mais déjà ma peau est différente. Avant, elle était grise, alors que maintenant elle est grise avec un peu de rose dedans. Je remarque aussi combien il est plus facile de se déplacer, de monter les escaliers, de courir après le bus. J'ai souvent entendu les cigarettes comparées à des amis. Elles ne peuvent pas vous prêter d'argent, mais elles sont, en un sens, là pour vous, ces petites marchandes de réconfort muettes, toujours prêtes à vous remonter le moral. C'est le sentiment que j'éprouve désormais pour les noix de macadamia, et ces drôles de petits biscuits salés que j'achète depuis peu. Je n'arrive pas à deviner la liste des ingrédients, mais ils ont vaguement un goût de pénis.

15 février

C'est maintenant officiel : il n'existe pas d'endroit au monde qui n'ait son groupe péruvien. En quittant la gare Tamachi hier soir, j'ai entendu les accents familiers d'« El Condor Pasa » de Simon et Garfunkel. Je monte l'escalator, et voilà : cinq hommes en poncho, qui soufflaient dans leurs flûtes de pan, reprises par des micros sans fil. « Je ne vous ai pas vus récemment à Dublin ? ai-je eu envie de demander. Ou, non, attendez, c'était peut-être à Hong-Kong, Oxford, Milan, Budapest, Toronto, Sioux Falls, dans le Dakota du Sud. »

16 février

En rentrant du parc hier, j'ai décidé de m'arrêter pour me faire couper les cheveux. Le coiffeur était assis à regarder la télé quand je suis entré, et il m'a suggéré de poser mes sacs sur l'une de ses trois chaises vides. Ensuite il m'a fait signe de prendre place. C'est ce que j'ai fait, et tandis qu'il me passait une grande blouse, je me suis rendu compte que le type avait de la merde sur les mains, une traînée ou je ne sais quoi, très certainement sur la paume. L'odeur était tout à fait caractéristique, et chaque fois qu'il levait les ciseaux, j'avais un mouvement de recul. Si j'avais repéré l'endroit exact, ça m'aurait apaisé, mais comme il était occupé et avait le plus souvent quelque chose dans la main, il était difficile de bien regarder. Et puis, aussi, j'étais préoccupé par notre conversation, qui exigeait une bonne dose de concentration.

Merde sur les mains ou pas, on ne pouvait nier que c'était un coiffeur remarquablement amical, et de talent, par-dessus le marché. En début de carrière, il avait remporté une sorte de concours. Je le sais car il m'a montré une photo : lui, avec cinquante ans de moins, à qui l'on remettait une médaille. « Champion numéro un », a-t-il dit, et pendant qu'il brandissait l'index, je me suis penché en avant et j'ai bien regardé. « Pas numéro deux ? »

Il connaissait, à mon avis, huit mots d'anglais, et une fois qu'il les a eu tous utilisés, nous avons parlé exclusivement en japonais.

« Hier soir j'ai mangé du porc, lui ai-je dit. Et vous ?

– *Yakitori*, a-t-il répondu, et je me suis demandé comment je pourrais lui demander si un peu de yakitori, version digérée, ne serait pas par hasard revenu le hanter.

– *Mimi*, ai-je dit, et j'ai montré mon oreille.

– Très bien, a-t-il dit en montrant son oreille. *Mimi !* »
Je me suis ensuite touché le bout du nez.

« *Hana*.

– C'est exact, *hana* », a dit le coiffeur, et il s'est à son tour touché le nez.

Ensuite j'ai levé la main, écarté les doigts, et je l'ai lentement tournée dans un sens, puis dans l'autre, comme pour montrer des bijoux sur la chaîne de téléachat.

« *Te*.

– Excellent », a dit le coiffeur, mais au lieu de montrer sa main, il s'est contenté de la lever un peu.

Ça a duré comme ça pendant vingt minutes, et quand il a eu fini de me couper les cheveux, le coiffeur m'a recouvert la tête d'une serviette humide. Il s'est mis ensuite à me donner des coups de poing autour des oreilles. Je n'ai pas arrêté d'y penser, et j'hésite encore, je me demande si « coup de poing » n'est pas exagéré, mais vraiment je ne pense pas. Il ne m'a pas fracturé le crâne, ne s'est cassé aucune jointure, en fait il n'a jamais retiré le bras, mais ça a vraiment fait mal.

« Hé », ai-je dit, mais il s'est contenté de rire et m'en a collé un autre juste au-dessus de la *mimi* droite. Heureusement qu'il y avait la serviette, car sinon, en plus de la douleur, je me serais focalisé sur la merde qu'il aurait pilonnée sur ma nouvelle coupe de cheveux. Bien sûr, je me suis quand même lavé les cheveux tout de suite après, deux fois, d'ailleurs. Hugh s'est lui aussi fait couper les cheveux il y a quelques semaines, alors je lui ai demandé si le coiffeur lui avait aussi cogné sur la tête.

« Bien sûr », a-t-il dit. Cette partie-là, au moins, était normale.

19 février

D'après Helen Ann, la copine d'Amy, il faut trente jours pour mettre un terme à une accoutumance bénigne, et quarante-cinq jours lorsqu'il s'agit d'une toxicomanie. Pour mon quarante-cinquième jour sans cigarettes, j'étais à Kyoto et n'ai songé à fumer qu'en sortant d'un temple lorsque nous avons croisé un groupe d'hommes réunis autour d'un cendrier extérieur. Il devait être dans les 4 heures de l'après-midi, et durant un bref moment la pluie s'était arrêtée.

Notre escapade du week-end était un forfait tout compris – trajet en train et deux nuits dans un hôtel légèrement miteux. J'ignore si c'est habituel ou pas, mais tous les grooms étaient des femmes. Pas une ne pesait plus de quarante-cinq kilos, si bien que ça faisait un peu bizarre de leur confier ma valise. C'était aussi étrange de ne pas donner de pourboire, mais, selon Reiko, ça ne se pratique pas du tout.

Il n'y avait pas grande activité à l'hôtel, et le fait qu'il était relativement vide ne le rendait que plus déprimant. Notre petit déjeuner à l'occidentale a été servi au rez-de-chaussée, dans une salle de banquet à l'éclairage simple et cru. C'est là que j'ai vu une Japonaise manger un croissant avec des baguettes. C'était un self-service, et je me demande qui a été consulté pour décider du menu. Des œufs et des saucisses, ça se tenait, de même que les toasts, les céréales et les fruits. Mais qui est-ce qui mange de la salade verte au petit déjeuner ? De la soupe aux champignons, de la soupe de maïs à la crème ou des brocolis à la vapeur ? Le deuxième matin, nous sommes descendus dans une salle tout aussi tristounette et avons commandé le petit déjeuner japonais, qui a été servi par des femmes en kimono. Ça aussi, ç'a été un sacré cauchemar, et, frémissant, j'ai imaginé une mère en train de gronder son fils. « Certainement pas, aurait-elle dit. C'est le repas le plus important de la journée, alors pas question que tu ailles où que ce soit tant que tu n'auras pas terminé tes petits légumes macérés dans le vinaigre. Eh oui, et tes algues aussi. Ensuite je veux que tu manges tes œufs pochés froids qui barbotent dans le bouillon et au moins la moitié de ton poisson bigleux. »

22 février

Allongé au lit ce matin, j'ai réalisé que depuis que j'avais quitté Paris, je n'ai pas vu une seule personne en rollers. Ni sur ces fameuses trottinettes qui ont eu leurs cinq minutes de gloire dans le reste du monde, mais demeurent inexplicablement populaires en France. Le problème ici ce sont les vélos, avec lesquels les gens circulent sur les trottoirs plutôt que sur les chaussées. Partout ailleurs, les cyclistes circulent avec la conviction d'être dans leur bon droit – « Dégage donc, toi » – mais les cyclistes de Tokyo semblent heureux d'arriver en douce, lentement, par-derrière : « Ne t'occupe pas de moi » semble être l'attitude générale. Je remarque aussi que, sur les centaines de vélos garés à l'extérieur de la station de métro, il n'y en a pratiquement aucun avec antivol. Du coup, je me demande si les gens ferment à clé leur voiture et la porte d'entrée de leur appartement.

23 février

Chaque fois que je reviens du supermarché en sous-sol, Hugh veut savoir quelle musique ils passaient. Je me suis demandé ce qui motivait sa curiosité, puis je me suis mis à faire attention et je me suis rendu compte que c'est une vraiment bonne question. Il y a quelques jours, en faisant la queue, j'ai eu droit à une version anglaise de « For He's a Jolly Good Fellow ». Depuis, j'ai entendu « Rock-a-bye Baby », « Supercalifragilistic-expialidocious », « The Bear Went Over the Mountain », et ce qui pourrait bien être le chœur du Tabernacle mormon interprétant : « Aïe-hi, aïe-ho, on rentre du boulot. »

27 février

Dans la salle immaculée de la gare de Tamachi, j'ai remarqué qu'à côté de chaque urinoir se trouvait un crochet pour le parapluie. Ce sont ces petites touches personnelles qui font qu'on y revient.

3 mars

Dans l'entrée de notre immeuble, il y a quatre sofas en cuir et deux tables basses. Les gens s'y asseyent parfois, mais pas très souvent. « Peut-être à cause de ça », a dit Hugh hier, en montrant un règlement écrit en japonais. « Interdiction de fumer » était assez explicite, juste une cigarette barrée d'un trait. Et puis il y avait « Ne pas boire le lait directement à la brique » et soit « Ne pas manger de bonbons en forme de cœur » soit « Ne pas tomber amoureux ».

4 mars

Je me suis toujours considéré comme un fumeur prudent, mais hier soir, en regardant aux infos télévisées un incendie qui avait pris dans un immeuble, j'ai repensé à l'après-midi où j'avais mis le feu à la chambre d'hôtel. Ce qui s'était passé c'est que j'avais vidé mon cendrier un peu hâtivement. Un des mégots ne devait pas être tout à fait éteint, et il a mis le feu à tout le papier qu'il y avait dans ma corbeille. Les flammes ont léché le rebord de mon bureau et auraient attaqué les rideaux si je n'étais pas promptement intervenu.

Et puis il y a eu la fois où je me promenais en Normandie, et le bout de ma cigarette a effleuré la manchette de ma veste. À un moment donné j'ai ressenti une impression de chaleur au poignet, et l'instant d'après j'étais comme l'épouvantail dans *Le Magicien d'Oz*. Des flammes montaient de ma manche, je sautais d'un pied sur l'autre et tapais dessus en appelant à l'aide.

Sur le coup, ma cigarette à demi fumée m'est tombée de la main et a roulé jusqu'au bord de la route. Une fois le feu éteint, ayant à moitié repris contenance, je l'ai ramassée, je me suis épousseté, et me la suis remise dans le bec, juste heureux d'être en vie.

6 mars

J'ai pris le train pour Yokohama hier et j'étais à la gare de Shinagawa quand un couple est monté avec leur jeune fils qui devait avoir environ un an et demi. Les premières minutes, le garçon est resté assis sur les genoux de sa mère. Puis il a commencé à rouspéter et a clairement fait comprendre qu'il voulait regarder par la fenêtre. Le père a dit quelque chose qui, d'après le ton, semblait signifier : « Tu as déjà regardé par la fenêtre il y a deux jours. » Puis il a soupiré et s'est penché pour ôter les chaussures de son fils. La mère, entre-temps, a fouillé dans son sac pour en sortir une petite serviette, qu'elle a ensuite étalée sur le siège. Le garçon s'est mis debout dessus, sans ses chaussures, et, tout en examinant le paysage, a claqué les paumes contre la vitre. « Ba », disait-il et je me suis demandé si c'était un mot ou juste un son. « Ba, ba. »

Pendant dix minutes, le voyage a été agréable pour tout le monde, et, peu avant que le train arrive à leur arrêt, le père a rechaussé son garçon. Sa femme a remis la serviette dans le sac, puis, à l'aide d'un chiffon spécial, a effacé les traces de doigts que son fils avait laissées sur la vitre. Pour quelqu'un venant de France où les gens mettent régulièrement les pieds sur les sièges des trains, et d'Amérique, où non seulement ils pilonnent les fenêtres, mais y gravent leurs initiales, une telle démonstration fut presque effrayante. « Ba », ai-je décidé depuis, est le terme japonais qui signifie : « Regardez attentivement, et faites ce que nous faisons. »

7 mars

Au bout de quatre heures de *Yoshitsune et les Mille Cerisiers*, je me suis demandé comment j'avais survécu toutes ces années sans kabuki. Les petits transmetteurs radio, loués pour l'occasion, nous ont été, je crois, bien utiles. Celui de Hugh et le mien étaient en anglais, et celui d'Akira en japonais. La pièce était également en japonais, mais la façon de parler stylisée rendait les comédiens très difficiles à comprendre. L'équivalent anglais pourrait être Margaret Hamilton dans le rôle de la Méchante Sorcière de l'Ouest qui crie qu'elle fond, mais en plus lent, et avec de fréquentes pauses.

Si je n'avais pas eu le transmetteur radio, je me serais parfaitement contenté d'observer les décors et les comédiens costumés avec minutie. J'aurais remarqué que la plupart des femmes étaient relativement peu attrayantes, pour certaines c'était frappant, mais je n'aurais pas su que ces rôles étaient joués par des hommes, ce qui est l'une des règles du genre, apparemment : aucune fille autorisée, exactement comme à l'époque de Shakespeare.

L'histoire de *Yoshitsune et les Mille Cerisiers* était à la fois simple et compliquée. Simple dans la mesure où les choses ne changent pas : les gens sont constamment jaloux ou impénétrables ou courageux. Quant au reste, tout revenait à une série de malentendus, de ces petites choses qui peuvent arriver à tout le monde. Vous pensez que le seau à sushis est rempli de pièces d'or, mais à la place il y a la tête de Kokingo. Vous croyez tout savoir de votre fidèle amant, mais en fait c'est un renard devenu orphelin qui peut changer de forme à sa guise. C'est lui qui a sorti ma tirade préférée de la soirée, six mots qui en disent long sur le caractère enchanteur et surprenant du kabuki : « Ce tambour c'est mes parents. »

Il y a eu beaucoup de sanglots à la représentation d'hier. Beaucoup de grincements de dents, beaucoup de mourants. Nos transmetteurs expliquaient que les dramaturges voulaient terminer sur une note dramatique, donc à la fin de l'acte six, une fois que Kakuhan se révèle comme étant Noritsune et se promet de rencontrer un jour Yoshitsune sur le champ de bataille, il monte un escalier de deux marches, se tourne vers le public, et se met à loucher. Entre le poing brandi et la coiffure que l'on décrirait avec pertinence comme la coupe effilée du hallebardier, on serait tenté de rire, mais en même temps on ne pouvait s'empêcher d'être ému. Ce qui, me semble-t-il, est en gros l'essence d'un bon spectacle.

9 mars

Dans le train à grande vitesse – le Shinkansen – à destination d'Hiroshima, je me disais que pour un œil non aguerri, toutes les villes françaises devaient se ressembler, de même que celles d'Allemagne ou d'Amérique. Pour un Japonais, Kobe et Osaka devaient être aussi différentes l'une de l'autre que Santa Fe et Chicago, mais je dois dire que cette différence m'échappe. Pour moi, ce n'est que du béton, il y en a du gris et du blanchi à vous flanquer la migraine. On croise à l'occasion un arbre, mais rarement plusieurs. Le Shinkansen va si vite qu'on ne peut pas vraiment fixer son regard sur quoi que ce soit. Tout file tellement qu'à peine une ville est passée, on arrive déjà à la suivante.

Si le monde à l'extérieur du train est fuyant et austère, le monde à l'intérieur est tout le contraire. J'aime la fille en uniforme qui pousse le chariot de snack dans le couloir et les deux filles en uniforme plus clair qui viennent de temps en temps ramasser joyeusement vos déchets. Personne ne parle dans son téléphone portable ni ne laisse de musique dégueuler de son iPod. On ne rencontre pas non plus de goujats. Pendant la première partie du voyage, nous avons été assis face à un homme qui devait avoir dans les cinquante-cinq ans. Le bas de son visage était caché par un masque, comme les gens en portent quand ils ont un rhume. Mais il avait les cheveux gominés et soigneusement peignés. L'homme avait un costume noir, des chaussures noires assorties, et des chaussettes jaune canari qui semblaient être en laine plutôt qu'en coton. C'était une toute petite chose, ces chaussettes, mais je n'arrivais pas à en détacher les yeux. « Hugh, ai-je dit. Tu penses que ça m'irait des chaussettes jaunes ? »

Il a réfléchi un instant avant de répondre : « Non », et ce, sans l'ombre d'un doute, comme si je lui avais demandé si ça m'irait de me balader en babygros.

10 mars

Ayant écrit que tant de villes japonaises se ressemblent, je n'ai pu m'empêcher de remarquer qu'Hiroshima sortait clairement du lot : plus verte, plus ouverte. Nous avons pris un taxi à la gare, et après avoir dit au chauffeur où nous allions, j'ai expliqué que mon ami et moi étions européens en visite, que nous habitions à Paris.

« Ah, a dit le chauffeur. C'est loin.

– Oui, c'est loin », ai-je acquiescé.

Le trajet jusqu'à l'hôtel a duré peut-être une dizaine de minutes, pendant lesquelles Hugh et moi avons presque exclusivement parlé français. Nous l'avons beaucoup fait durant notre séjour à Hiroshima, surtout au musée à la mémoire des victimes de la guerre, qui était atroce. Au moment où on pensait que cette fois on avait atteint le comble de la tristesse, on arrivait à une autre vitrine avec cette mention : « Ongles et peau laissés par un enfant de douze ans. » Ce garçon, apprend-on, brûlé lors de la déflagration, a été pris d'une telle soif qu'il a tenté de boire le pus de ses doigts infectés. Il est mort, et sa mère a conservé ses ongles et la peau tout autour pour montrer à son mari, qui était parti au travail le jour où la bombe a été lâchée, mais n'est jamais rentré à la maison.

Le musée était plein d'histoires comme celle-ci, des récits qui s'achevaient sur des mots tels que : « Mais il est mort / mais elle est morte. » Ce qui a fini par apparaître comme une sorte d'aubaine, surtout après le diorama. Les figures étaient grandeur nature et en relief, un groupe disparate de civils, des enfants pour la plupart, qui titubaient dans un paysage de décombres. Le ciel derrière eux était couleur de braise incandescente, et de la peau brûlée se détachait en lambeaux de leurs bras et de leur visage. Il était inconcevable qu'ils soient encore debout, et plus encore en train de marcher. Cent quarante mille personnes ont été tuées à Hiroshima, et davantage ont péri ensuite de maladies abominables.

Il y avait environ une douzaine de vitrines consacrées aux répercussions des radiations, et dans l'une d'elles une paire de tiges de cinq centimètres de long, incurvées, et de la circonférence d'un crayon à papier, placées sur un socle. Apparemment, un jeune homme avait le bras à la fenêtre au moment de l'explosion de la bombe, et par la suite, après la guérison de la plupart de ses blessures, ces tiges avaient poussé au bout de ses doigts à la place de ses ongles. Le pire c'est qu'elles étaient irriguées de vaisseaux sanguins, et que quand elles cassaient, cela faisait mal, elles saignaient, et étaient finalement remplacées par de nouvelles tiges. Le récit était plutôt bref, pas plus d'un paragraphe, si bien que nombre de mes questions restèrent sans réponse.

Le musée était bondé pendant notre visite, et personne ne parlait autrement qu'à voix basse. J'ai repéré deux Occidentaux devant une photographie de corps calcinés, mais comme ils demeuraient sans voix, je n'ai aucune idée de leur pays d'origine. Après avoir quitté l'exposition principale, nous avons débouché dans une grande salle ensoleillée remplie de dessins et d'écrans vidéo. Les dessins étaient l'œuvre de survivants et étaient au final plus obsédants que n'importe quels bouteilles fondues ou vêtements brûlés exposés dans les salles précédentes. « Cadavres de collégiens entassés comme du bois de charpente » était l'un des titres.

11 mars

Une brochure dans notre chambre d'hôtel présente une section sur la sécurité maladroitement intitulée *Meilleure connaissance de la prévention de dommage de désastre et services à vous demander.* Suivent trois paragraphes, chacun écrit sous un en-tête en caractères gras séparé : « Quand vous entrez dans la chambre d'hôtel », « Quand vous trouvez un feu », et, ma préférée : « Quand vous êtes englouti dans les flammes. »

Autres formules glanées au cours de notre voyage :

316

• Sur un tablier représentant un chien endormi dans un panier : « Je suis content de t'avoir attrapé aujourd'hui. *Profite mama.* »

• Sur des sacs en papier décoratifs où l'on pourrait glisser un cadeau : « Quand je pense à la vie à ma façon j'ai besoin de douces conversations. »

• Sur un autre sac à cadeaux : « Aujourd'hui est un jour spécial pour toi. J'ai réfléchi à quel article de présent est chouette de te rendre content. Viens l'ouvrir maintenant, d'ac ? »

• Sur encore un autre sac à cadeaux : « Seulement l'afflux influe sur le flux qui afflue. » (Celui-ci m'a en fait un peu donné la migraine.)

12 mars

Au dîner, samedi soir, il y avait de petits morceaux de viande de cheval crue servis sur des copeaux de glace. Ce n'était pas la première fois que je mangeais du cheval, ni même du cheval cru, d'ailleurs, en revanche c'était la première fois que je le faisais en robe traditionnelle, deux robes en fait, la première étant une sorte de combinaison. La femme qui nous a servis était plutôt enrobée, jeune, avec de grosses dents de guingois. Après nous avoir conduits à notre table au sol, elle nous a tendu des serviettes éponge fumantes puis nous a regardés successivement à plusieurs reprises. « Il est votre frère ? » a-t-elle demandé, et je me suis rappelé la leçon 8 de mon CD d'apprentissage du japonais. « C'est mon ami », lui ai-je dit.

La même chose s'est produite le mois dernier dans un grand magasin. « Frères voyageant ensemble ? » a demandé le vendeur.

Les Occidentaux pensent souvent que tous les Asiatiques se ressemblent, et on ne voit pas le côté ridicule jusqu'à ce que le phénomène se déroule dans l'autre sens. Au pays, Hugh et moi ne passerions même pas pour des demi-frères.

19 mars

Il faisait froid hier, et, après le déjeuner, armé d'un guide touristique périmé, Hugh et moi avons pris notre correspondance à la station Shinjuku. Le quartier où nous nous sommes retrouvés était censé déborder de magasins d'antiquités, mais ça, vraisemblablement, c'était vrai dans les années quatre-vingt. À présent il n'y avait plus qu'une poignée de boutiques, la plupart vendant des trucs de France ou d'Italie : des pichets avec l'inscription « Campari », ce genre de chose. Il n'empêche, ça valait quand même rudement le déplacement. Peu de bâtiments dépassaient les deux étages. Architecturalement, ils n'avaient pas grand intérêt, mais leur taille conférait au quartier un côté confortable, presque douillet.

Nous nous sommes promenés jusqu'à ce que la nuit commence à tomber, et nous nous dirigions vers la station de métro lorsque nous sommes arrivés à un endroit qui ressemblait à un garage. La porte était ouverte et il y avait une peinture naïve de castor posée contre un comptoir, pas le castor à quatre pattes, en train de construire un barrage ou je ne sais quoi, mais un castor jovial, façon dessin animé, portant chemise et pantalon. Je m'étais juste avancé pour l'admirer quand un homme est apparu, tenant une baguette électronique contre sa gorge. La voix qui s'en dégageait était complètement plate, ne variant jamais ni en ton ni en volume. Robotique, dirait-on, je suppose. D'un autre monde. La voix qu'avaient les extraterrestres dans les films quand ils demandaient à être conduits à notre chef.

Il était tellement difficile de comprendre ce type que, pendant la première minute, je n'ai pas compris s'il parlait anglais ou japonais. J'ai toutefois eu l'impression qu'il posait une question, et, ne voulant pas l'offenser, j'ai répondu oui dans les deux langues. « Yes, ai-je dit. Hai. »

Je dirais que le gars avait dans les soixante-dix ans, mais il avait l'air fringuant. Il avait une casquette de base-ball et un manteau en cuir sans col, qui lui dégageait la gorge, exposée au froid. J'ai de nouveau montré du doigt la peinture, et, quand j'ai eu dit combien elle me plaisait, il m'a apporté un prospectus. Sur la couverture, il y avait le même castor façon dessin animé, mais en plus petit et moins charmant.

Cette fois-ci, j'ai dit : « Ahhh. OK. »

Il était difficile de dire ce que c'était comme magasin. Un mur entier s'ouvrait sur la rue, et la plupart des rayonnages étaient remplis de ce qui ressemblait à de la camelote : vieux journaux, sacs d'épicerie, une coupe de championnat en plastique. « Ma fille, a-t-il bourdonné en anglais, et il a brandi la coupe en l'air et l'a secouée un peu. Elle gagne. »

J'ai ensuite eu droit à une photo d'un gros gars souriant avec les cheveux coiffés en chignon. « Champion sumo amateur », m'a dit le boutiquier.

Et j'ai dit en japonais : « C'est un costaud. »

L'homme a acquiescé, et, comme il remettait la photo sur l'étagère, je lui ai demandé ce qu'il vendait. « Ah, a-t-il dit. Oui. Mes affaires. » Puis il m'a conduit jusqu'à la rue et a montré le toit, où un panneau indiquait « Thé chasse-cancer ».

« J'ai le cancer, a-t-il annoncé.

– Et vous l'avez guéri avec du thé ? »

Il a fait une mimique que j'ai interprétée comme signifiant : « Ma foi... plus ou moins. »

J'allais lui demander quel type de cancer il avait, mais je me suis finalement ravisé. Quand ma mère a été malade, les gens insistaient souvent pour avoir des détails. C'était leur façon de la mettre à l'aise, de dire : « Écoute, je comprends la situation. Je sais. Je ne flippe pas. » Mais quand ils apprenaient qu'elle avait un cancer du poumon, l'humeur avait tendance à changer, ce qui n'aurait pas été le cas si la tumeur avait été au sein ou au cerveau.

Vu la baguette électronique, j'ai supposé que l'homme avait un cancer du larynx. J'ai également supposé, peut-être à tort, qu'il avait été provoqué par la cigarette. Ce qui m'a choqué, tandis que je me tenais devant ce garage dans ce froid de canard, c'était la certitude qu'il ne m'arriverait pas la même chose. C'est tellement curieux, la façon dont ça se passe. Deux mois sans fumer, et me voilà persuadé que tous les dégâts liés à la cigarette se sont résorbés. J'aurai peut-être le lymphome de Hodgkin ou un carcinome hépatocellulaire, mais rien qui soit en rapport avec la cigarette. Tel que je vois les choses, mes poumons sont comme des sweat-shirts dans une publicité pour un détergent, l'avant et l'après sont si fondamentalement différents qu'ils constituent un miracle. Je n'ai jamais réellement cru que je mourrais comme ma mère est morte, mais maintenant je ne le crois vraiment *vraiment* pas. Je suis d'âge moyen, et, pour la première fois depuis trente ans, je me sens invincible.

Un

Durant le vol de retour de Tokyo, j'ai sorti mon carnet et me suis livré à un petit calcul. Entre les billets de train, les trois mois de location de l'appartement, le prix des cours, des patchs et des pastilles inutilisés, arrêter de fumer m'avait coûté près de vingt mille dollars. Ce qui fait deux millions de yens et, si les choses continuent sur leur lancée, dans les dix-huit euros.

Compte tenu du fait que j'achetais la plupart de mes cigarettes en duty free, soit une dépense annuelle d'environ douze cents dollars, pour rentrer dans mes frais, il faudrait que je vive encore dix-sept ans, j'aurai alors soixante-huit ans et ne tiendrai plus à la vie que par un fil. On peut estimer sans risque de se tromper que, en 2025, les flingues seront vendus en distributeurs automatiques, mais qu'on ne pourra plus fumer nulle part en Amérique. Je n'imagine pas non plus l'Europe l'autoriser, en tout cas pas la partie ouest. Pendant les mois où j'avais été absent, la France avait imposé l'interdiction de fumer dans les bâtiments publics. D'ici un an, il serait interdit de fumer dans tous les bars et les restaurants ; exactement comme en Irlande. L'Italie, l'Espagne, la Norvège ; un pays après l'autre, le continent tombait.

Hugh et moi étions allés à Tokyo, et en étions revenus, avec British Airways. La plupart des agents de bord étaient anglais, et j'ai fait signe de ralentir à une des hôtesses de l'air qui passait dans l'allée avec le chariot de marchandises en duty free.

« En temps ordinaire, j'achèterais des cigarettes, lui ai-je dit. Mais pas cette fois-ci, car j'ai arrêté.

– Oh, a-t-elle dit. C'est très bien, monsieur. »

Comme elle se tournait pour repartir, je l'ai à nouveau arrêtée.

« Pendant trois décennies j'ai fumé. Maintenant je ne fume plus.

– Fort bien, monsieur.

– Sevrage à la dure, voilà comment je m'y suis pris. »

Alors elle a dit : « À la bonne heure », et s'est éloignée à la hâte.

« Pourquoi as-tu fait ça ? a demandé Hugh.

– Fait quoi ? » ai-je demandé, avant de continuer à visionner le film que j'étais en train de regarder. La vérité, évidemment, c'est que je voulais qu'on me félicite. J'avais fourni un effort énorme. J'avais accompli quelque chose de dur, et maintenant je voulais que tout le monde me félicite. C'était la même chose en 2000 quand j'avais perdu dix kilos. « Rien remarqué de changé ? » demandais-je – y compris à des gens qui ne m'avaient encore jamais vu.

Deux

C'était une chose d'avoir arrêté, mais je n'ai eu à me définir comme non-fumeur – à formellement me définir de la sorte – qu'à mon retour aux États-Unis. Le temps d'atterrir, je n'avais pas fumé une cigarette depuis exactement trois mois, presque une saison entière. Mon hôtel avait été réservé à l'avance, et, à mon arrivée, le réceptionniste a confirmé la réservation en disant : « Une "Royal non-fumeur", c'est bien ça ? »

Le premier terme faisait référence au lit, mais j'ai choisi de l'entendre comme un titre.

Ajustant ma couronne imaginaire, j'ai dit : « Oui, c'est moi. »

Désormais, quand je voyage, j'aime qu'il y ait une piscine à l'hôtel ou, encore mieux, que l'hôtel ait un arrangement avec la piscine municipale locale. C'est une des choses qui est ressortie de tout ça : un *nouveau* hobby, quelque chose pour remplacer mon étude peu enthousiaste du japonais. Et si je n'apprécie pas encore l'aspect véritablement « nage », j'aime tout ce qu'il y a autour. Trouver une piscine avec des couloirs pour faire des longueurs, essayer de comprendre le système de casier. Et puis il y a le protocole en vigueur lorsqu'il s'agit de doubler quelqu'un, de passer du temps dans l'eau à côté des gens.

À Tokyo, une fois, j'ai complimenté un compagnon occidental pour l'élégance de son dos crawlé. « On dirait que vous avez été élevé par des loutres », ai-je dit, et à sa façon de hocher la tête et de passer dans le couloir d'à côté, j'ai compris que j'avais franchi une barrière fondamentale. C'est la même chose dans les vestiaires, apparemment. Quelqu'un peut avoir une sangsue collée au cul, du moment qu'elle n'est pas causante, et sauf si la bestiole vous pose personnellement une question, il ne faut rien dire.

J'étais à El Paso un après-midi, en train d'enlever mon maillot de bain, et un jeune homme a dit : « Excusez-moi, mais vous ne seriez pas… »

Quand je dis que j'étais en train d'enlever mon maillot de bain, je veux dire que j'étais nu comme un ver. Pas de chaussettes, pas de tee-shirt. Le slip à la main. Je suppose que le gars m'avait reconnu grâce à la photo sur la jaquette de mon livre. Celle en pied où je suis tout nu en quatrième de couverture de l'édition en braille.

Mon autre mauvaise expérience a eu lieu à Londres, dans une piscine de quartier où j'avais coutume d'aller. C'était un samedi après-midi particulièrement bondé. Je venais juste d'arriver au bout de mon couloir, je remontais à la surface pour reprendre ma respiration quand j'ai entendu un coup de sifflet, et c'est là que j'ai remarqué qu'il ne restait plus que moi dans l'eau. « Quel est le problème ? » ai-je demandé, et le maître nageur a dit quelque chose que je n'ai pas vraiment compris.

« Quoi ?

– Caca, a-t-il répété. Tout le monde sort pendant qu'on nettoie le bassin. »

Tandis que je me dirigeais vers les vestiaires, un deuxième maître nageur repêchait les crottes. Il y en avait quatre, chacune ayant la taille et la forme d'une boule de poils de chat. « Troisième fois aujourd'hui que ça se produit », m'a dit la personne à la caisse.

À la piscine que je fréquente actuellement, une des habituées est une femme atteinte de trisomie. Elle est assez enveloppée et porte un maillot de bain à l'ancienne, le genre à froufrous. Et puis il y a le bonnet de bain qui s'attache sous le menton, orné de fleurs en caoutchouc. Étrange, cette satisfaction que j'éprouve chaque fois que je la bats sur une longueur.

« J'ai gagné trois fois sur quatre, ai-je dit à Hugh la première fois qu'elle et moi avons nagé ensemble. Je veux dire, je lui ai vraiment mis la pâtée.

– Attends, que les choses soient claires, a-t-il dit. Elle est obèse. Elle est aussi vieille que toi. Et en plus elle est trisomique ?

– Oui, et je l'ai battue. C'est pas génial ?

– Est-ce qu'au moins elle était au courant que vous faisiez la course ? »

Je déteste quand il est comme ça. Il fera tout pour que je descende de mon petit nuage.

Je ne lui parle plus des vieux contre qui je gagne. Plus vieux que moi, je veux dire – les femmes qui vont sur les quatre-vingts ans, ou qui les ont déjà. Et puis il y a les enfants. J'étais dans l'État de Washington, à la piscine municipale d'une petite ville, quand un garçon s'est égaré dans le couloir réservé aux nageurs et a sorti la tête, à la manière d'un phoque. J'apprendrais par la suite qu'il avait neuf ans, mais à l'époque c'était juste un môme un peu grassouillet avec une coupe de cheveux austère. On aurait dit qu'il était allé chez le coiffeur avec une photo de Hitler, pour vous dire le sérieux de la coupe. On a commencé à discuter, et quand je lui ai dit que je n'étais pas très bon nageur, il m'a mis au défi de faire la course avec lui. Je pense qu'il a cru que, comme la plupart des adultes, je ralentirais pour le laisser gagner, mais il ignorait à qui il avait affaire. Tout ce qui peut consolider ma confiance en moi est bon à prendre, il n'y a pas de petite victoire. J'ai donc nagé comme si ma vie en dépendait, et je l'ai battu à plate couture. Je pensais qu'on en resterait là – qu'il accepterait sa défaite et continuerait de vivre sa vie – mais cinq minutes plus tard il m'a de nouveau arrêté et m'a demandé si je croyais en Dieu.

« Non, lui ai-je dit.

– Pourquoi ? »

J'ai réfléchi une seconde.

« Parce que j'ai des poils au dos, alors que plein d'autres gens, des gens qui tuent, volent et rendent la vie atroce, n'en ont pas. Un vrai Dieu ne laisserait pas ça arriver. »

J'étais content d'en rester là, mais avant que je puisse me remettre à nager, il m'a empêché de passer.

« C'est Dieu qui t'a laissé gagner cette course, a-t-il dit. Il t'a touché la jambe et t'a fait accélérer, c'est comme ça que tu m'as battu. »

À ce moment-là, il ressemblait vraiment à Hitler, ses yeux luisaient comme deux charbons.

« Si Dieu sait que je ne crois pas en lui, pourquoi se donnerait-il du mal pour m'aider ? ai-je demandé. Peut-être qu'au lieu de me faire gagner, moi, il est intervenu pour te faire perdre, toi. Est-ce que tu y as songé ? »

J'ai continué à nager, mais il m'a de nouveau arrêté à la fin de la longueur suivante.

« Tu iras en enfer, a dit le garçon.

– Tout ça parce que j'ai gagné la course ?

– Non, m'a-t-il dit. C'est à propos de Dieu, et si tu ne crois pas en Lui, tu brûleras en enfer pour le reste de l'éternité. »

Je l'ai remercié pour le tuyau, puis suis retourné à mes longueurs, bien content qu'à l'église où j'allais, la messe fût dite en grec. Mes sœurs et moi n'avions aucune idée de ce que racontait le prêtre, et quand on est jeune, c'est sans doute pour le mieux. P'tit Hitler n'était qu'en CE2, et il faisait déjà des projets pour sa vie après la mort. Encore pire, il faisait des projets pour la mienne. En me changeant, il m'est apparu que je n'aurais probablement pas dû le contredire. C'est insensé de discuter religion avec un enfant. Surtout à la piscine municipale. Ce qui me turlupinait c'était qu'il insistait pour dire que j'avais bénéficié d'une aide injuste, que Dieu était intervenu et m'avait poussé jusqu'à la ligne d'arrivée. Je veux dire, c'est vrai, quoi. Je ne suis pas capable de battre un gamin de neuf ans tout seul, peut-être ?

Trois

Quand je repense à ces nombreuses années où j'ai fumé, le seul véritable regret que j'ai c'est tous ces détritus que j'ai générés, ces centaines de milliers de mégots écrasés sous les pieds. J'étais toujours indigné quand un chauffeur vidait son cendrier sur le bitume. « Quel porc ! » je me disais. Mais il faisait seulement en gros ce que moi je faisais à l'unité. Dans une ville, vous vous dites que quelqu'un nettoiera, quelqu'un qui *n'aurait pas* de boulot si vous ne jetiez pas ce mégot sur le trottoir. Donc votre comportement est exemplaire, altruiste. Et puis il faut dire que je n'ai jamais eu le sentiment que c'étaient de véritables détritus, comme jeter, disons, une ampoule cassée. Personne n'allait se couper le pied en marchant sur un mégot de cigarette, et en raison de sa couleur terre, il se fondait plus ou moins dans le paysage, comme une coque de cacahuète. Ce qui en faisait quelque chose de « biologique » ou de « biodégradable » – un de ces mots signifiant que ce n'était pas « mal ».

Je n'ai arrêté de jeter mes mégots par terre que le jour où je me suis fait arrêter pour ça, à l'âge de quarante-huit ans. C'était en Thaïlande, ce qui ne rend l'affaire que plus gênante. Allez dire que vous avez été interpellé par la police à Bangkok, et les gens supposeront sans trop de chance de se tromper qu'après avoir couché avec une gamine de huit ans, vous lui avez sorti les entrailles, et l'avez fait rôtir sur des charbons ardents, cette dernière partie, la cuisson, étant illégale aux yeux de la loi thaïe si on ne possède pas le permis. « Tout est possible », c'est l'impression que j'avais, aussi ai-je été étonné quand, surgis de nulle part, deux policiers se sont approchés. L'un m'a pris le bras droit, l'autre le gauche, et ils m'ont emmené dans une tente marron. « Hugh ! » ai-je appelé, mais comme d'habitude il était à vingt pas devant moi, et il lui faudrait encore dix bonnes minutes avant de se rendre compte que j'avais disparu. Les policiers m'ont assis à une grande table et m'ont fait signe de ne pas bouger. Puis ils sont partis, me laissant abandonné à moi-même, à me demander ce que j'avais bien pu faire pour les offenser.

Avant que j'aie maille à partir avec la police, Hugh et moi avions visité le musée de la criminologie, une sorte de machin bien glauque fait de bric et de broc, dont le clou était un cadavre suspendu dans une boîte en verre, d'où s'écoulait un liquide ambré dans un récipient plat en fonte émaillée. Le panneau, qui était rédigé en thaï et traduit en anglais, indiquait simplement : « Violeur et assassin. » De la même manière qu'un cobra empaillé ou dans le formol serait présenté dans un muséum d'histoire naturelle, une façon de dire : « Voilà à quoi ressemble cette créature. Ouvrez l'œil. »

Hormis le liquide ambré, l'assassin violeur était plutôt beau gosse, il ressemblait pas mal au policier qui m'avait ramassé dans la rue et au type qui nous avait vendu notre déjeuner. Il ne faisait que 150 degrés dehors, alors, après avoir quitté le musée de la criminologie, Hugh s'est dit qu'on pourrait manger une soupe ultrabouillante dans ce qui était une sorte de chaudron ambulant. Il n'y avait pas de tables, alors nous nous sommes installés sur des seaux retournés et avons posé nos bols bouillants sur nos genoux. « Asseyons-nous en plein cagnard et ébouillantons-nous la langue ! » Chez les Hamrick, c'est ce qu'on appelle passer un agréable moment.

De là, nous étions allés dans un grand palais. Ce n'était pas mon genre de truc, mais je ne m'étais pas plaint, et n'avais pas insulté la famille royale. Rien n'avait été volé ni barbouillé au marqueur, donc, là encore, où était le problème ?

Quand les policiers sont revenus, ils m'ont tendu un stylo bille et ont placé une feuille de papier devant moi. Le document était en thaï, langue qui, à mes yeux, ressemble à de la décoration pour pâtisserie. « Qu'est-ce que j'ai fait ? » ai-je demandé, et les hommes ont montré du doigt un panneau derrière moi qui indiquait une amende de mille baths pour quiconque jetait des détritus sur la voie publique.

« Détritus ? » ai-je dit, et un des policiers, le plus beau, a ôté de sa bouche une cigarette invisible, et l'a jetée par terre.

J'ai voulu demander si, au lieu de payer une amende, il pouvait me donner la bastonnade, mais je crois que c'est à Singapour qu'ils font ça, pas en Thaïlande, et je ne voulais pas passer pour un rustre. J'ai fini par signer mon nom, j'ai versé l'équivalent de trente dollars et suis sorti chercher mon mégot, que j'ai finalement trouvé dans le caniveau entre une tête de canard coupée et un sac plastique à moitié rempli de lait de coco.

C'est ça, ai-je pensé. *Collez des amendes aux Occidentaux.* N'empêche, réellement, n'étais-je pas aussi coupable que ceux qui avaient jeté ces détritus ? De deux choses l'une, on souille le paysage ou on ne le souille pas, et moi j'étais clairement membre du premier groupe, population que j'avais toujours considérée, peut-être à tort, comme étrangère ou sans instruction. C'était une notion que je tenais de ma grand-mère grecque. Yiayia vivait chez nous quand j'étais petit et c'était haut la main la pire pollueuse que j'aie jamais vue. Des canettes, des bouteilles, d'épais journaux du dimanche, tout ce qui pouvait passer par la fenêtre de la voiture était balancé par la fenêtre de la voiture. « Mais bon sang, qu'est-ce que tu fabriques ? s'écriait mon père. Jeter des saloperies sur la route, ça ne se fait pas dans ce pays. »

Yiayia clignait des yeux derrière les verres épais de ses lunettes. Puis elle disait : « Oh », et recommençait deux minutes plus tard, comme si le ticket de l'épicerie était un détritus, mais pas le *Time magazine*. Je crois qu'en fait elle mettait de côté ses mouchoirs en papier usagés et ses flacons de médicaments, elle les fourrait dans son sac à main en attendant le prochain trajet en break.

« Typique des Grecs », disait ma mère, ajoutant que sa mère à elle ne jetait jamais rien par la fenêtre de la voiture. « Pas même un noyau de pêche. »

À l'époque où notre grand-mère habitait avec nous, nous étions très sensibles au respect de l'environnement, en partie grâce à la télé. Les publicités « Conservez l'Amérique dans toute sa beauté » montraient un Indien en pleurs, bouleversé à la vue d'un lit de ruisseau jonché d'ordures.

« Tu vois ça ? disais-je à Yiayia. Tous ces déchets et ces machins dans l'eau, c'est mal.

– Ohhhh, tu perds ton temps, disait Lisa. Elle n'a même pas compris que le gars était un Indien. »

Notre père s'inquiétait du mauvais exemple donné par notre grand-mère, mais, en fait, ça marchait dans l'autre sens. Aucun d'entre nous n'aurait jamais eu l'idée de jeter quelque chose par la fenêtre, à moins bien sûr qu'il s'agisse de mégots de cigarette, qui ne sont pas seulement des ordures, mais des ordures embrasées à bout incandescent. « Quel dommage, ce feu de forêt, disions-nous. Il y a vraiment de quoi se poser des questions sur ces gens qui font des trucs comme ça. Ce sont des malades mentaux. »

Je ne peux pas dire qu'après Bangkok je n'ai plus jamais écrasé une cigarette du pied. Cependant je peux dire que je ne l'ai plus jamais fait en ayant bonne conscience. S'il y avait une poubelle dans les environs, je l'utilisais, et sinon, soit je coinçais le mégot dans mon revers de pantalon soit j'essayais de le cacher sous quelque chose, une feuille peut-être, ou un bout de papier jeté par terre par quelqu'un d'autre, comme si l'ombre allait l'aider à se désintégrer plus vide.

Maintenant que j'ai arrêté, je me suis mis à ramasser les ordures – pas des tonnes, mais un petit peu chaque jour. Si, par exemple, je vois une bouteille de bière abandonnée sur un banc de parc, je la ramasse et la jette dans la poubelle la plus proche, qui ne se trouve habituellement qu'à quelques pas. Ensuite je dis : « Sale feignasse, y pouvait pas se donner la peine de balourder lui-même sa boutanche. »

J'aimerais pouvoir accomplir mon repentir avec grâce, mais à mon avis ce n'est pas demain la veille. Les gens me voient ramasser les ordures et pensent, ce qui n'est pas aberrant, que je suis payé pour ça. Ils ne voudraient pas me priver de mon boulot, alors au lieu de jeter leurs fourchettes en plastique dans les poubelles, ils les laissent tomber par terre, ce qui me donne encore plus de détritus à ramasser. Les cornets de frites vides, les gobelets en carton, les tickets de bus usagés… C'est drôle, mais la seule chose que je *refuse* de ramasser, ce sont les mégots. Ce ne sont pas les microbes qui me dégoûtent. Seulement j'ai peur, en en attrapant un entre mes doigts, de soudain reprendre mes esprits et de me rappeler, avec clarté, combien une cigarette serait bonne, là, maintenant.

Table

Ça arrive ici 9

Faut suivre 17

La doublure 26

Mobilier à l'ancienne 40

T'aurais pas une p'tite cravate, mon pote ? 56

Les voyages forment la jeunesse 72

Ce que j'ai appris 82

That's Amore 91

La mort vous va si bien 120

En salle d'attente 129

Les mots croisés du samedi 137

Silhouettes adultes se précipitant
sur un champignon vénéneux en béton 148

Memento Mori 161

Toute la beauté qu'il te faut 171

Je suis très à cheval sur les principes 179

Les oiseaux 189

Des souris et des hommes 197

April in Paris 207

Le chialeur 220

Vieux fidèle 232

Espace fumeurs 244

COMPOSITION : NORD COMPO MULTIMÉDIA
7 RUE DE FIVES - 59650 VILLENEUVE-D'ASCQ

Cet ouvrage a été imprimé en France par
CPI Bussière
à Saint-Amand-Montrond (Cher)
en avril 2010.
N° d'édition : 10173. - N° d'impression : 100514.
Dépôt légal : mai 2010.

Collection Points

DERNIERS TITRES PARUS

P1896. La Ligue des héros. Le Cycle de Kraven I
        Xavier Mauméjean
P1897. Train perdu, wagon mort, *Jean-Bernard Pouy*
P1898. Cantique des gisants, *Laurent Martin*
P1899. La Nuit de l'abîme, *Juris Jurjevics*
P1900. Tango, *Elsa Osorio*
P1901. Julien, *Gore Vidal*
P1902. La Belle Vie, *Jay McInerney*
P1903. La Baïne, *Eric Holder*
P1904. Livre des chroniques III, *António Lobo Antunes*
P1905. Ce que je sais (Mémoires 1), *Charles Pasqua*
P1906. La Moitié de l'âme, *Carme Riera*
P1907. Drama City, *George P. Pelecanos*
P1908. Le Marin de Dublin, *Hugo Hamilton*
P1909. La Mère des chagrins, *Richard McCann*
P1910. Des louves, *Fabienne Jacob*
P1911. La Maîtresse en maillot de bain. Quatre récits d'enfance
        Yasmina Khadra, Paul Fournel,
        Dominique Sylvain et Marc Villard
P1912. Un si gentil petit garçon, *Jean-Loup Chiflet*
P1913. Saveurs assassines. Les enquêtes de Miss Lalli
        Kalpana Swaminathan
P1914. La Quatrième Plaie, *Patrick Bard*
P1915. Mon sang retombera sur vous, *Aldo Moro*
P1916. On ne naît pas Noir, on le devient
        Jean-Louis Sagot-Duvauroux
P1917. La Religieuse de Madrigal, *Michel del Castillo*
P1918. Les Princes de Francalanza, *Federico de Roberto*
P1919. Le Conte du ventriloque, *Pauline Melville*
P1920. Nouvelles chroniques au fil de l'actualité.
        Encore des mots à découvrir, *Alain Rey*
P1921. Le mot qui fait mouche. Dictionnaire amusant
        et instructif des phrases les plus célèbres de l'histoire
        Gilles Henry
P1922. Les Pierres sauvages, *Fernand Pouillon*
P1923. Ce monde est mon partage et celui du démon
        Dylan Thomas
P1924. Bright Lights, Big City, *Jay McInerney*
P1925. À la merci d'un courant violent, *Henry Roth*
P1926. Un rocher sur l'Hudson, *Henry Roth*
P1927. L'amour fait mal, *William Boyd*

P1928. Anthologie de poésie érotique, *Jean-Paul Goujon (dir.)*
P1929. Hommes entre eux, *Jean-Paul Dubois*
P1930. Ouest, *François Vallejo*
P1931. La Vie secrète de E. Robert Pendleton, *Michael Collins*
P1932. Dara, *Patrick Besson*
P1933. Le Livre pour enfants, *Christophe Honoré*
P1934. La Méthode Schopenhauer, *Irvin D. Yalom*
P1935. Echo Park, *Michael Connelly*
P1936. Les Rescapés du Styx, *Jane Urquhart*
P1937. L'Immense Obscurité de la mort, *Massimo Carlotto*
P1938. Hackman blues, *Ken Bruen*
P1939. De soie et de sang, *Qiu Xiaolong*
P1940. Les Thermes, *Manuel Vázquez Montalbán*
P1941. Femme qui tombe du ciel, *Kirk Mitchell*
P1942. Passé parfait, *Leonardo Padura*
P1943. Contes barbares, *Craig Russell*
P1944. La Mort à nu, *Simon Beckett*
P1945. La Nuit de l'infamie, *Michael Cox*
P1946. Les Dames de nage, *Bernard Giraudeau*
P1947. Les Aventures de Minette Accentiévitch
       Vladan Matijeviç
P1948. Jours de juin, *Julia Glass*
P1949. Les Petits Hommes verts, *Christopher Buckley*
P1950. Dictionnaire des destins brisés du rock
       Bruno de Stabenrath
P1951. L'Ère des dragons. Le Cycle de Kraven II
       Xavier Mauméjean
P1952. Sabbat Samba. La Trilogie Morgenstern III
       Hervé Jubert
P1953. Pour le meilleur et pour l'empire, *James Hawes*
P1954. Doctor Mukti, *Will Self*
P1955. Comme un père, *Laurence Tardieu*
P1956. Sa petite chérie, *Colombe Schneck*
P1957. Tigres et Tigresses. Histoire intime des couples
       présidentiels sous la Ve République, *Christine Clerc*
P1958. Le Nouvel Hollywood, *Peter Biskind*
P1959. Le Tueur en pantoufles, *Frédéric Dard*
P1960. On demande un cadavre, *Frédéric Dard*
P1961. La Grande Friture, *Frédéric Dard*
P1962. Carnets de naufrage, *Guillaume Vigneault*
P1963. Jack l'éventreur démasqué, *Sophie Herfort*
P1964. Chicago banlieue sud, *Sara Paretsky*
P1965. L'Illusion du péché, *Alexandra Marinina*
P1966. Viscéral, *Rachid Djaïdani*
P1967. La Petite Arabe, *Alicia Erian*
P1968. Pampa, *Pierre Kalfon*

P1969. Les Cathares. Brève histoire d'un mythe vivant
       Henri Gougaud
P1970. Le Garçon et la Mer, *Kirsty Gunn*
P1971. L'Heure verte, *Frederic Tuten*
P1972. Le Chant des sables, *Brigitte Aubert*
P1973. La Statue du commandeur, *Patrick Besson*
P1974. Mais qui est cette personne allongée
       dans le lit à côté de moi ?, *Alec Steiner*
P1975. À l'abri de rien, *Olivier Adam*
P1976. Le Cimetière des poupées, *Mazarine Pingeot*
P1977. Le Dernier Frère, *Natacha Appanah*
P1978. La Robe, *Robert Alexis*
P1979. Le Goût de la mère, *Edward St Aubyn*
P1980. Arlington Park, *Rachel Cusk*
P1981. Un acte d'amour, *James Meek*
P1982. Karoo boy, *Troy Blacklaws*
P1983. Toutes ces vies qu'on abandonne, *Virginie Ollagnier*
P1984. Un peu d'espoir. La trilogie Patrick Melrose
       Edward St Aubyn
P1985. Ces femmes qui nous gouvernent, *Christine Ockrent*
P1986. Shakespeare, la biographie, *Peter Ackroyd*
P1987. La Double Vie de Virginia Woolf
       Geneviève Brisac, Agnès Desarthe
P1988. Double Homicide, *Faye et Jonathan Kellerman*
P1989. La Couleur du deuil, *Ravi Shankar Etteth*
P1990. Le Mur du silence, *Hakan Nesser*
P1991. Mason & Dixon, *Thomas Pynchon*
P1992. Allumer le chat, *Barbara Constantine*
P1993. La Stratégie des antilopes, *Jean Hatzfeld*
P1994. Mauricio ou les Élections sentimentales
       Eduardo Mendoza
P1995. La Zone d'inconfort. Une histoire personnelle
       Jonathan Franzen
P1996. Un goût de rouille et d'os, *Craig Davidson*
P1997. La Porte des larmes. Retour vers l'Abyssinie
       Jean-Claude Guillebaud, Raymond Depardon
P1998. Le Baiser d'Isabelle.
       L'aventure de la première greffe du visage
       Noëlle Châtelet
P1999. Poésies libres, *Guillaume Apollinaire*
P2000. Ma grand-mère avait les mêmes.
       Les dessous affriolants des petites phrases
       Philippe Delerm
P2001. Le Français dans tous les sens, *Henriette Walter*
P2002. Bonobo, gazelle & Cie, *Henriette Walter, Pierre Avenas*
P2003. Noir corbeau, *Joel Rose*

P2004. Coupable, *Davis Hosp*
P2005. Une canne à pêche pour mon grand-père, *Gao Xingjian*
P2006. Le Clocher de Kaliazine. Études et miniatures
Alexandre Soljenitsyne
P2007. Rêveurs, *Knut Hamsun*
P2008. Pelures d'oignon, *Günter Grass*
P2009. De l'aube au crépuscule, *Rabindranath Tagore*
P2010. Les Sept Solitudes de Lorsa Lopez, *Sony Labou Tansi*
P2011. La Première Femme, *Nedim Gürsel*
P2012. Le Tour du monde en 14 jours, 7 escales, 1 visa
Raymond Depardon
P2013. L'Aïeul, *Aris Fakinos*
P2014. Les Exagérés, *Jean-François Vilar*
P2015. Le Pic du Diable, *Deon Meyer*
P2016. Le Temps de la sorcière, *Arni Thorarinsson*
P2017. Écrivain en 10 leçons, *Philippe Ségur*
P2018. L'Assassinat de Jesse James par le lâche Robert Ford
Ron Hansen
P2019. Tu crois que c'est à moi de rappeler ?
Transports parisiens 2, *Alec Steiner*
P2020. À la recherche de Klingsor, *Jorge Volpi*
P2021. Une saison ardente, *Richard Ford*
P2022. Un sport et un passe-temps, *James Salter*
P2023. Eux, *Joyce Carol Oates*
P2024. Mère disparue, *Joyce Carol Oates*
P2025. La Mélopée de l'ail paradisiaque, *Mo Yan*
P2026. Un bonheur parfait, *James Salter*
P2027. Le Blues du tueur à gages, *Lawrence Block*
P2028. Le Chant de la mission, *John le Carré*
P2029. L'Ombre de l'oiseau-lyre, *Andres Ibañez*
P2030. Les Arnaqueurs aussi, *Laurent Chalumeau*
P2031. Hello Goodbye, *Moshé Gaash*
P2032. Le Sable et l'Écume et autres poèmes, *Khalil Gibran*
P2033. La Rose et autres poèmes, *William Butler Yeats*
P2034. La Méridienne, *Denis Guedj*
P2035. Une vie avec Karol, *Stanislao Dziwisz*
P2036. Les Expressions de nos grands-mères, *Marianne Tillier*
P2037. Sky my husband ! The integrale / Ciel mon mari !
L'intégrale, Dictionary of running english /
Dictionnaire de l'anglais courant, *Jean-Loup Chiflet*
P2038. Dynamite Road, *Andrew Klavan*
P2039. Classe à part, *Joanne Harris*
P2040. La Dame de cœur, *Carmen Posadas*
P2041. Ultimatum (En retard pour la guerre), *Valérie Zénatti*
P2042. 5 octobre, 23 h 33, *Donald Harstad*
P2043. La Griffe du chien, *Don Wislow*

P2044. Les Nouvelles Enquêtes du juge Ti, vol. 6
       Mort d'un cuisinier chinois, *Frédéric Lenormand*
P2045. Divisadero, *Michael Ondaatje*
P2046. L'Arbre du dieu pendu, *Alejandro Jodorowsky*
P2047. Découpé en tranches, *Zep*
P2048. La Pension Eva, *Andrea Camilleri*
P2049. Le Cousin de Fragonard, *Patrick Roegiers*
P2050. Pimp, *Iceberg Slim*
P2051. Graine de violence, *Evan Hunter (alias Ed McBain)*
P2052. Les Rêves de mon père. Un héritage en noir et blanc
       Barack Obama
P2053. Le Centaure, *John Updike*
P2054. Jusque-là tout allait bien en Amérique.
       Chroniques de la vie américaine 2, *Jean-Paul Dubois*
P2055. Les juins ont tous la même peau. Rapport sur Boris Vian
       Chloé Delaume
P2056. De sang et d'ébène, *Donna Leon*
P2057. Passage du Désir, *Dominique Sylvain*
P2058. L'Absence de l'ogre, *Dominique Sylvain*
P2059. Le Labyrinthe grec, *Manuel Vázquez Montalbán*
P2060. Vents de carême, *Leonardo Padura*
P2061. Cela n'arrive jamais, *Anne Holt*
P2062. Un sur deux, *Steve Mosby*
P2063. Monstrueux, *Natsuo Kirino*
P2064. Reflets de sang, *Brigitte Aubert*
P2065. Commis d'office, *Hannelore Cayre*
P2066. American Gangster, *Max Allan Collins*
P2067. Le Cadavre dans la voiture rouge
       Ólafur Haukur Símonarson
P2068. Profondeurs, *Henning Mankell*
P2069. Néfertiti dans un champ de canne à sucre
       Philippe Jaenada
P2070. Les Brutes, *Philippe Jaenada*
P2071. Milagrosa, *Mercedes Deambrosis*
P2072. Lettre à Jimmy, *Alain Mabanckou*
P2073. Volupté singulière, *A.L. Kennedy*
P2074. Poèmes d'amour de l'Andalousie à la mer Rouge.
       Poésie amoureuse hébraïque, *Anthologie*
P2075. Quand j'écris je t'aime
       suivi de Le Prolifique et Le Dévoreur
       W.H. Auden
P2076. Comment éviter l'amour et le mariage
       Dan Greenburg, Suzanne O'Malley
P2077. Le Fouet, *Martine Rofinella*
P2078. Cons, *Juan Manuel Prada*
P2079. Légendes de Catherine M., *Jacques Henric*

P2080. Le Beau Sexe des hommes, *Florence Ehnuel*
P2081. G., *John Berger*
P2082. Sombre comme la tombe où repose mon ami
       Malcolm Lowry
P2083. Le Pressentiment, *Emmanuel Bove*
P2084. L'Art du roman, *Virginia Woolf*
P2085. Le Clos Lothar, *Stéphane Héaume*
P2086. Mémoires de nègre, *Abdelkader Djemaï*
P2087. Le Passé, *Alan Pauls*
P2088. Bonsoir les choses d'ici-bas, *António Lobo Antunes*
P2089. Les Intermittences de la mort, *José Saramago*
P2090. Même le mal se fait bien, *Michel Folco*
P2091. Samba Triste, *Jean-Paul Delfino*
P2092. La Baie d'Alger, *Louis Gardel*
P2093. Retour au noir, *Patrick Raynal*
P2094. L'Escadron Guillotine, *Guillermo Arriaga*
P2095. Le Temps des cendres, *Jorge Volpi*
P2096. Frida Khalo par Frida Khalo. Lettres 1922-1954
       Frida Khalo
P2097. Anthologie de la poésie mexicaine, *Claude Beausoleil*
P2098. Les Yeux du dragon, petits poèmes chinois, *Anthologie*
P2099. Seul dans la splendeur, *John Keats*
P2100. Beaux Présents, Belles Absentes, *Georges Perec*
P2101. Les Plus Belles Lettres du professeur Rollin.
       Ou comment écrire au roi d'Espagne
       pour lui demander la recette du gaspacho
       François Rollin
P2102. Répertoire des délicatesses du français contemporain
       Renaud Camus
P2103. Un lien étroit, *Christine Jordis*
P2104. Les Pays lointains, *Julien Green*
P2105. L'Amérique m'inquiète.
       Chroniques de la vie américaine 1
       Jean-Paul Dubois
P2106. Moi je viens d'où ? *suivi de* C'est quoi l'intelligence ?
       et de E = CM2, *Albert Jacquard, Marie-José Auderset*
P2107. Moi et les autres, initiation à la génétique
       Albert Jacquard
P2108. Quand est-ce qu'on arrive ?, *Howard Buten*
P2109. Tendre est la mer, *Philip Plisson, Yann Queffélec*
P2110. Tabarly, *Yann Queffélec*
P2111. Les Hommes à terre, *Bernard Giraudeau*
P2112. Le Phare appelle à lui la tempête et autres poèmes
       Malcolm Lowry
P2113. L'Invention des Désirades et autres poèmes
       Daniel Maximin

P2114. Antartida, *Francisco Coloane*
P2115. Brefs Aperçus sur l'éternel féminin, *Denis Grozdanovitch*
P2116. Le Vol de la mésange, *François Maspero*
P2117. Tordu, *Jonathan Kellerman*
P2118. Flic à Hollywood, *Joseph Wambaugh*
P2119. Ténébreuses, *Karin Alvtegen*
P2120. La Chanson du jardinier. Les enquêtes de Miss Lalli
       Kalpana Swaminathan
P2121. Portrait de l'écrivain en animal domestique
       Lydie Salvayre
P2122. In memoriam, *Linda Lê*
P2123. Les Rois écarlates, *Tim Willocks*
P2124. Arrivederci amore, *Massimo Carlotto*
P2125. Les Carnets de monsieur Manatane
       Benoît Poelvoorde, Pascal Lebrun
P2126. Guillon aggrave son cas, *Stéphane Guillon*
P2127. Le Manuel du parfait petit masochiste
       Dan Greenburg, Marcia Jacobs
P2128. Shakespeare et moi, *Woody Allen*
P2129. Pour en finir une bonne fois pour toutes avec la culture
       Woody Allen
P2130. Porno, *Irvine Welsh*
P2131. Jubilee, *Margaret Walker*
P2132. Michael Tolliver est vivant, *Armistead Maupin*
P2133. Le Saule, *Hubert Selby Jr*
P2134. Les Européens, *Henry James*
P2135. Comédie new-yorkaise, *David Schickler*
P2136. Professeur d'abstinence, *Tom Perrotta*
P2137. Haut vol : histoire d'amour, *Peter Carey*
P2139. La Danseuse de Mao, *Qiu Xiaolong*
P2140. L'Homme délaissé, *C.J. Box*
P2141. Les Jardins de la mort, *George P. Pelecanos*
P2142. Avril rouge, *Santiago Roncagliolo*
P2143. Ma mère, *Richard Ford*
P2144. Comme une mère, *Karine Reysset*
P2145. Titus d'Enfer. La Trilogie de Gormenghast, 1
       Mervyn Peake
P2146. Gormenghast. La Trilogie de Gormenghast, 2
       Mervyn Peake
P2147. Au monde.
       Ce qu'accoucher veut dire : une sage-femme raconte…
       Chantal Birman
P2148. Du plaisir à la dépendance.
       Nouvelles thérapies, nouvelles addictions
       Michel Lejoyeux

P2149. Carnets d'une longue marche.
Nouvelle marche d'Istanbul à Xi'an
Bernard Ollivier, François Dermaut
P2150. Treize Lunes, *Charles Frazier*
P2151. L'Amour du français.
Contre les puristes et autres censeurs de la langue
Alain Rey
P2152. Le Bout du rouleau, *Richard Ford*
P2153. Belle-sœur, *Patrick Besson*
P2154. Après, Fred Chichin est mort, *Pascale Clark*
P2155. La Leçon du maître et autres nouvelles, *Henry James*
P2156. La Route, *Cormac McCarthy*
P2157. À genoux, *Michael Connelly*
P2158. Baka !, *Dominique Sylvain*
P2159. Toujours L.A., *Bruce Wagner*
P2160. C'est la vie, *Ron Hansen*
P2161. Groom, *François Vallejo*
P2162. Les Démons de Dexter, *Jeff Lindsay*
P2163. Journal 1942-1944, *Hélène Berr*
P2164. Journal 1942-1944 (édition scolaire), *Hélène Berr*
P2165. Pura vida. Vie et Mort de William Walker, *Patrick Deville*
P2166. Terroriste, *John Updike*
P2167. Le Chien de Dieu, *Patrick Bard*
P2168. La Trace, *Richard Collasse*
P2169. L'Homme du lac, *Arnaldur Indridason*
P2170. Et que justice soit faite, *Michael Koryta*
P2171. Le Dernier des Weynfeldt, *Martin Suter*
P2172. Le Noir qui marche à pied, *Louis-Ferdinand Despreez*
P2173. Abysses, *Frank Schätzing*
P2174. L'Audace d'espérer. Un nouveau rêve américain
Barack Obama
P2175. Une Mercedes blanche avec des ailerons, *James Hawes*
P2176. La Fin des mystères, *Scarlett Thomas*
P2177. La Mémoire neuve, *Jérôme Lambert*
P2178. Méli-vélo. Abécédaire amoureux du vélo, *Paul Fournel*
P2179. Le Prince des braqueurs, *Chuck Hogan*
P2180. Corsaires du Levant, *Arturo Pérez-Reverte*
P2181. Mort sur liste d'attente, *Veit Heinichen*
P2182. Héros et Tombes, *Ernesto Sabato*
P2183. Teresa l'après-midi, *Juan Marsé*
P2184. Titus errant. La Trilogie de Gormenghast, 3
Mervyn Peake
P2185. Julie & Julia. Sexe, blog et bœuf bourguignon
Julie Powell
P2186. Le Violon d'Hitler, *Igal Shamir*
P2187. La mère qui voulait être femme, *Maryse Wolinski*

P2188. Le Maître d'amour, *Maryse Wolinski*
P2189. Les Oiseaux de Bangkok, *Manuel Vázquez Montalbán*
P2190. Intérieur Sud, *Bertrand Visage*
P2191. L'homme qui voulait voir Mahona, *Henri Gougaud*
P2192. Écorces de sang, *Tana French*
P2193. Café Lovely, *Rattawut Lapcharoensap*
P2194. Vous ne me connaissez pas, *Joyce Carol Oates*
P2195. La Fortune de l'homme et autres nouvelles, *Anne Brochet*
P2196. L'Été le plus chaud, *Zsuzsa Bánk*
P2197. Ce que je sais… Un magnifique désastre 1988-1995.
       Mémoires 2, *Charles Pasqua*
P2198. Ambre, vol. 1, *Kathleen Winsor*
P2199. Ambre, vol. 2, *Kathleen Winsor*
P2200. Mauvaises Nouvelles des étoiles, *Serge Gainsbourg*
P2201. Jour de souffrance, *Catherine Millet*
P2202. Le Marché des amants, *Christine Angot*
P2203. L'État des lieux, *Richard Ford*
P2204. Le Roi de Kahel, *Tierno Monénembo*
P2205. Fugitives, *Alice Munro*
P2206. La Beauté du monde, *Michel Le Bris*
P2207. La Traversée du Mozambique par temps calme
       Patrice Pluyette
P2208. Ailleurs, *Julia Leigh*
P2209. Un diamant brut, *Yvette Szczupak-Thomas*
P2210. Trans, *Pavel Hak*
P2211. Peut-être une histoire d'amour, *Martin Page*
P2212. Peuls, *Tierno Monénembo*
P2214. Le Cas Sonderberg, *Elie Wiesel*
P2215. Fureur assassine, *Jonathan Kellerman*
P2216. Misterioso, *Arne Dahl*
P2217. Shotgun Alley, *Andrew Klavan*
P2218. Déjanté, *Hugo Hamilton*
P2219. La Récup, *Jean-Bernard Pouy*
P2221. Les Accommodements raisonnables, *Jean-Paul Dubois*
P2222. Les Confessions de Max Tivoli, *Andrew Sean Greer*
P2223. Le pays qui vient de loin, *André Bucher*
P2224. Le Supplice du santal, *Mo Yan*
P2225. La Véranda, *Robert Alexis*
P2226. Je ne sais rien… mais je dirai (presque) tout
       Yves Bertrand
P2227. Un homme très recherché, *John le Carré*
P2228. Le Correspondant étranger, *Alan Furst*
P2229. Brandebourg, *Henry Porter*
P2230. J'ai vécu 1 000 ans, *Mariolina Venezia*
P2231. La Conquistadora, *Eduardo Manet*
P2232. La Sagesse des fous, *Einar Karason*

P2233. Un chasseur de lions, *Olivier Rolin*
P2234. Poésie des troubadours. Anthologie, *Henri Gougaud (dir.)*
P2235. Chacun vient avec son silence. Anthologie
       Jean Cayrol
P2236. Badenheim 1939, *Aharon Appelfeld*
P2237. Le Goût sucré des pommes sauvages, *Wallace Stegner*
P2238. Un mot pour un autre, *Rémi Bertrand*
P2239. Le Bêtisier de la langue française, *Claude Gagnière*
P2240. Esclavage et Colonies, *G. J. Danton et L. P. Dufay,*
       L. Sédar Senghor, C. Taubira
P2241. Race et Nation, *M. L. King, E. Renan*
P2242. Face à la crise, *B. Obama, F. D. Roosevelt*
P2243. Face à la guerre, *W. Churchill, général de Gaulle*
P2244. La Non-Violence, *Mahatma Gandhi, Dalaï Lama*
P2245. La Peine de mort, *R. Badinter, M. Barrès*
P2246. Avortement et Contraception, *S. Veil, L. Neuwirth*
P2247. Les Casseurs et l'Insécurité
       F. Mitterrand et M. Rocard, N. Sarkozy
P2248. La Mère de ma mère, *Vanessa Schneider*
P2249. De la vie dans son art, de l'art dans sa vie
       Anny Duperey et Nina Vidrovitch
P2250. Desproges en petits morceaux. Les meilleures citations
       Pierre Desproges
P2251. Dexter I, II, III, *Jeff Lindsay*
P2252. God's pocket, *Pete Dexter*
P2253. En effeuillant Baudelaire, *Ken Bruen*
P2254. Meurtres en bleu marine, *C.J. Box*
P2255. Le Dresseur d'insectes, *Arni Thorarinsson*
P2256. La Saison des massacres, *Giancarlo de Cataldo*
P2257. Évitez le divan
       Petit guide à l'usage de ceux qui tiennent à leurs symptômes
       Philippe Grimbert
P2258. La Chambre de Mariana, *Aharon Appelfeld*
P2259. La Montagne en sucre, *Wallace Stegner*
P2260. Un jour de colère, *Arturo Pérez-Reverte*
P2261. Le Roi transparent, *Rosa Montero*
P2262. Le Syndrome d'Ulysse, *Santiago Gamboa*
P2263. Catholique anonyme, *Thierry Bizot*
P2264. Le Jour et l'Heure, *Guy Bedos*
P2265. Le Parlement des fées
       I. L'Orée des bois, *John Crowley*
P2266. Le Parlement des fées
       II. L'Art de la mémoire, *John Crowley*
P2267. Best-of Sarko, *Plantu*
P2268. 99 Mots et Expressions à foutre à la poubelle
       Jean-Loup Chiflet

P2269. Le Baleinié. Dictionnaire des tracas
       Christine Murillo, Jean-Claude Leguay,
       Grégoire Œstermann
P2270. Couverture dangereuse, *Philippe Le Roy*
P2271. Quatre Jours avant Noël, *Donald Harstad*
P2272. Petite Bombe noire, *Christopher Brookmyre*
P2273. Journal d'une année noire, *J.M. Coetzee*
P2274. Faites vous-même votre malheur, *Paul Watzlawick*
P2275. Paysans, *Raymond Depardon*
P2276. Homicide special, *Miles Corwin*
P2277. Mort d'un Chinois à La Havane, *Leonardo Padura*
P2278. Le Radeau de pierre, *José Saramago*
P2279. Contre-jour, *Thomas Pynchon*
P2280. Trick Baby, *Iceberg Slim*
P2281. Perdre est une question de méthode, *Santiago Gamboa*
P2282. Le Rocher de Montmartre, *Joanne Harris*
P2283. L'Enfant du Jeudi noir, *Alejandro Jodorowsky*
P2284. Lui, *Patrick Besson*
P2285. Tarabas, *Joseph Roth*
P2286. Le Cycliste de San Cristobal, *Antonio Skármeta*
P2287. Récit des temps perdus, *Aris Fakinos*
P2288. L'Art délicat du deuil
       Les nouvelles enquêtes du juge Ti (vol. 7)
       Frédéric Lenormand
P2289. Ceux qu'on aime, *Steve Mosby*
P2290. Lemmer, l'invisible, *Deon Meyer*
P2291. Requiem pour une cité de verre, *Donna Leon*
P2292. La Fille du Samouraï, *Dominique Sylvain*
P2293. Le Bal des débris, *Thierry Jonquet*
P2294. Beltenebros, *Antonio Muñoz Molina*
P2295. Le Bison de la nuit, *Guillermo Arriaga*
P2296. Le Livre noir des serial killers, *Stéphane Bourgoin*
P2297. Une tombe accueillante, *Michael Koryta*
P2298. Roldán, ni mort ni vif, *Manuel Vásquez Montalbán*
P2299. Le Petit Frère, *Manuel Vásquez Montalbán*
P2300. Poussière d'os, *Simon Beckett*
P2301. Le Cerveau de Kennedy, *Henning Mankell*
P2302. Jusque-là… tout allait bien !, *Stéphane Guillon*
P2303. Une parfaite journée parfaite, *Martin Page*
P2304. Corps volatils, *Jakuta Alikavazovic*
P2305. De l'art de prendre la balle au bond
       Précis de mécanique gestuelle et spirituelle
       Denis Grozdanovitch
P2306. Regarde la vague, *François Emmanuel*
P2307. Des vents contraires, *Olivier Adam*
P2308. Le Septième Voile, *Juan Manuel de Prada*

P2309. Mots d'amour secrets.
100 lettres à décoder pour amants polissons
Jacques Perry-Salkow, Frédéric Schmitter
P2310. Carnets d'un vieil amoureux, *Marcel Mathiot*
P2311. L'Enfer de Matignon, *Raphaëlle Bacqué*
P2312. Un État dans l'État. Le contre-pouvoir maçonnique
Sophie Coignard
P2313. Les Femelles, *Joyce Carol Oates*
P2314. Ce que je suis en réalité demeure inconnu, *Virginia Woolf*
P2315. Luz ou le temps sauvage, *Elsa Osorio*
P2316. Le Voyage des grands hommes, *François Vallejo*
P2317. Black Bazar, *Alain Mabanckou*
P2318. Les Crapauds-brousse, *Tierno Monénembo*
P2319. L'Anté-peuple, *Sony Labou Tansi*
P2320. Anthologie de Poésie africaine,
Six poètes d'Afrique francophone, *Alain Mabanckou (dir.)*
P2321. La Malédiction du lamantin, *Moussa Konaté*
P2322. Green Zone, *Rajiv Chandrasekaran*
P2323. L'Histoire d'un mariage, *Andrew Sean Greer*
P2324. Gentlemen, *Klas Östergren*
P2325. La Belle aux oranges, *Jostein Gaarder*
P2326. Bienvenue à Egypt Farm, *Rachel Cusk*
P2327. Plage de Manacorra, 16 h 30, *Philippe Jaenada*
P2328. La Vie d'un homme inconnu, *Andreï Makine*
P2329. L'Invité, *Hwang Sok-yong*
P2330. Petit Abécédaire de culture générale
40 mots-clés passés au microscope, *Albert Jacquard*
P2331. La Grande Histoire des codes secrets, *Laurent Joffrin*
P2332. La Fin de la folie, *Jorge Volpi*
P2333. Le Transfuge, *Robert Littell*
P2334. J'ai entendu pleurer la forêt, *Françoise Perriot*
P2335. Nos grand-mères savaient
Petit dictionnaire des plantes qui guérissent, *Jean Palaiseul*
P2336. Journée d'un opritchnik, *Vladimir Sorokine*
P2337. Cette France qu'on oublie d'aimer, *Andreï Makine*
P2338. La Servante insoumise, *Jane Harris*
P2339. Le Vrai Canard, Karl Laske, *Laurent Valdiguié*
P2340. Vie de poète, *Robert Walser*
P2341. Sister Carrie, *Theodore Dreiser*
P2342. Le Fil du rasoir, *William Somerset Maugham*
P2343. Anthologie. Du rouge aux lèvres. Haïjin japonaises.
Haïkus de poétesses japonaises du Moyen Age à nos jours
P2344. Poèmes choisis, *Marceline Desbordes-Valmore*
P2345. « Je souffre trop, je t'aime trop », Passions d'écrivains
sous la direction de Patrick et Olivier Poivre d'Arvor

P2346. « Faut-il brûler ce livre ? », Écrivains en procès
sous la direction de Patrick et Olivier Poivre d'Arvor
P2347. À ciel ouvert, *Nelly Arcan*
P2348. L'Hirondelle avant l'orage, *Robert Littell*
P2349. Fuck America, *Edgar Hilsenrath*
P2350. Départs anticipés, *Christopher Buckley*
P2351. Zelda, *Jacques Tournier*
P2352. Anesthésie locale, *Günter Grass*
P2353. Les filles sont au café, *Geneviève Brisac*
P2354. Comédies en tout genre, *Jonathan Kellerman*
P2355. L'Athlète, *Knut Faldbakken*
P2356. Le Diable de Blind River, *Steve Hamilton*
P2357. Le doute m'habite.
Textes choisis et présentés par Christian Gonon
Pierre Desproges
P2358. La Lampe d'Aladino et autres histoires pour vaincre l'oubli
Luis Sepúlveda
P2359. Julius Winsome, *Gerard Donovan*
P2360. Speed Queen, *Stewart O'Nan*
P2361. Dope, *Sara Gran*
P2362. De ma prison, *Taslima Nasreen*
P2363. Les Ghettos du Gotha. Au cœur de la grande bourgeoisie
Michel Pinçon et Monique Pinçon-Charlot
P2364. Je dépasse mes peurs et mes angoisses
Christophe André et Muzo
P2365. Afriques, *Raymond Depardon*
P2366. La Couleur du bonheur, *Wei-Wei*
P2367. La Solitude des nombres premiers, *Paolo Giordano*
P2368. Des histoires pour rien, *Lorrie Moore*
P2369. Déroutes, *Lorrie Moore*
P2370. Le Sang des Dalton, *Ron Hansen*
P2371. La Décimation, *Rick Bass*
P2372. La Rivière des Indiens, *Jeffrey Lent*
P2373. L'Agent indien, *Dan O'Brien*
P2375. Des héros ordinaires, *Eva Joly*
P2376. Le Grand Voyage de la vie.
Un père raconte à son fils
Tiziano Terzani
P2377. Naufrages, *Francisco Coloane*
P2378. Le Remède et le Poison, *Dirk Wittenbork*
P2379. Made in China, *J. M. Erre*
P2380. Joséphine, *Jean Rolin*
P2381. Un mort à l'Hôtel Koryo, *James Church*
P2382. Ciels de foudre, *C.J. Box*
P2383. Robin des bois, prince des voleurs, *Alexandre Dumas*

P2384. Comment parler le belge, *Philippe Genion*
P2385. Le Sottisier de l'école, *Philippe Mignaval*
P2386. « À toi, ma mère », Correspondances intimes
sous la direction de Patrick et Olivier Poivre d'Arvor
P2387. « Entre la mer et le ciel », Rêves et récits de navigateurs
sous la direction de Patrick et Olivier Poivre d'Arvor
P2388. L'Île du lézard vert, Eduardo Manet
P2389. « La paix a ses chances », suivi de « Nous proclamons la
création d'un État juif », suivi de « La Palestine est le pays
natal du peuple palestinien »
Itzhak Rabin, David Ben Gourion, Yasser Arafat
P2390. « Une révolution des consciences », suivi de « Appeler le
peuple à la lutte ouverte »
Aung San Suu Kyi, Léon Trotsky
P2391. « Le temps est venu », suivi de « Éveillez-vous
à la liberté », *Nelson Mandela, Jawaharlal Nehru*
P2392. « Entre ici, Jean Moulin », suivi de « Vous ne serez pas
morts en vain », *André Malraux, Thomas Mann*
P2394. Les 40 livres de chevet des stars, *The Guide*
P2395. 40 livres pour se faire peur, *Guide du polar*
P2396. Tout est sous contrôle, *Hugh Laurie*
P2397. Le Verdict du plomb, *Michael Connelly*
P2398. Heureux au jeu, *Lawrence Block*
P2399. Corbeau à Hollywood, *Joseph Wambaugh*
P2400. Pêche à la carpe sous valium, *Graham Parker*
P2401. Je suis très à cheval sur les principes, *David Sedaris*
P2402. Si loin de vous, *Nina Revoyr*
P2403. Les Eaux mortes du Mékong, *Kim Lefèvre*
P2404. Cher amour, *Bernard Giraudeau*
P2405. Les Aventures miraculeuses de Pomponius Flatus
Eduardo Mendoza
P2406. Un mensonge sur mon père, *John Burnside*
P2407. Hiver arctique, *Arnaldur Indridason*
P2408. Sœurs de sang, *Dominique Sylvain*
P2409. La Route de tous les dangers, *Kriss Nelscott*
P2410. Quand je serai roi, *Enrique Serna*
P2411. Le Livre des secrets. La vie cachée d'Esperanza Gorst
Michael Cox
P2412. Sans douceur excessive, *Lee Child*
P2413. Notre guerre. Journal de Résistance 1940-1945
Agnès Humbert
P2414. Le jour où mon père s'est tu, *Virginie Linhart*
P2415. Le Meilleur de l'os à moelle, *Pierre Dac*
P2416. Les Pipoles à la porte, *Didier Porte*
P2436. István arrive par le train du soir, *Anne-Marie Garat*